喻世明言

〔明〕馮夢龍 編著
李金泉 點校

會校本

下

上海古籍出版社

錢鏐與二鍾睹博

錢鏐王衣錦还鄉

第二十一卷　臨安里錢婆留發迹

貴逼身來不自由，幾年辛苦踏山丘。
滿堂花醉三千客，一劍霜寒十四州。
萊子衣裳宫錦窄，謝公篇詠綺霞羞。
他年名上凌雲閣，豈羡當時萬户侯！

這八句詩，乃是晚唐時貫休所作。那貫休是個有名的詩僧，因避黄巢之亂，來於越地，將此詩獻與錢王求見。錢王一見此詩，大加嘆賞，但嫌其「一劍霜寒十四州」之句，殊無恢廓之意，遣人對他説，教和尚改「十四州」爲「四十州」，方許相見。貫休應聲，吟詩四句。詩曰：

不羡榮華不懼威，添州改字總難依。
閒雲野鶴無常住，何處江天不可飛？

吟罷，飄然而入蜀。錢王懊悔，追之不及，真高僧也。後人有詩譏誚錢王云：

文人自古傲王侯，滄海何曾擇細流？
一個詩僧容不得，如何安坐望添州？

此詩是説錢王度量窄狹，所以不能恢廓霸圖，止於一十四州之主。雖如此説，像錢王生於亂世，獨霸一方，做了一十四州之主，稱孤道寡，非通小可。你道錢王是誰？他怎生樣出身？有詩爲證：

項氏宗衰劉氏窮，一朝龍戰定關中。
紛紛肉眼看成敗，誰向塵埃識駿雄？

話説錢王，名鏐，表字具美，小名婆留，乃杭州府臨安縣人氏。其母懷孕之時，家中時常火發，及至救之，又復不見，舉家怪異。忽一日，黄昏時候，錢公自外而來，遥見一條大蜥蜴，在自家屋上蜿蜒而下，頭垂及地，約長丈餘，兩目熠熠有光。錢公大驚，正欲聲張，忽然不見。只見前後火光亘天，錢公以爲失火，急呼鄰里求救。衆人也有已睡的，未睡的，聽説錢家火起，都爬起來，收拾撓鈎水桶來救火時，那裏有什麽火！但聞房中呱呱之聲，錢媽媽已産下一個孩兒。錢公因自己錯呼救火，蒿惱了鄰里，十分慚愧，正不過意，又見了這條大蜥蜴，都是怪事，想所産孩兒，必然是妖物，留之無益，不如溺死，以絶後患。也是這小孩兒命不該絶，東鄰有個王婆，平生念佛好善，與錢媽媽往來最厚。這一晚，因錢公呼喚救火，也跑來看。聞説錢媽媽生産，進房幫助，見養下孩兒，歡天喜地，抱去盆中洗浴。被錢公劈手奪過孩兒，按在浴盆裏面，要將溺死。慌得王婆叫起屈來，倒身護住，定不容他下手，連聲道：「罪過，罪過！這孩子一難一度，投得個男身，作何罪業，要將他溺死？自古道：『虎狼也有父子之情。』你老人家是何意故？」錢媽媽也在床褥上嚷將起來。錢公道：「這孩子臨産時，家中有許多怪異，只恐不是好物，留之爲害。」王婆道：「一點點血塊，那裏便定得好歹。況且貴人生産，多有奇異之兆，反爲祥瑞，也未可知。你老人家若不肯留這孩子時，待老身領去，過繼與没孩兒的人家養育，也是一條性命，與你老人家也免了些罪業。」【眉批】王婆儘通。錢公被王婆苦勸不過，只得留了，取個小名，就喚做婆留。

有詩爲證：

五月佳兒説孟嘗，又因光怪誤錢王。
試看鬬文并后稷，君相從來豈殀亡？

古時姜嫄感巨人迹而生子，懼而棄之於野，百鳥皆舒翼覆之，三日不死。重復收養，因名曰棄。比及長大，天生聖德，能播種五穀。帝堯任爲后稷之官，使主稼穡，是爲周朝始祖。到武王之世，開了周家八百年基業。又春秋時楚國大夫鬪伯比與䢵子之女偷情，生下一兒。其母䢵夫人以爲不雅，私棄於夢澤之中。䢵子出獵，到於夢澤，見一虎跪下，將乳喂一小兒，心中怪異。那虎乳罷孩兒，自去了。䢵子教人抱此兒回來，對夫人誇獎此兒，必是異人。夫人認得己女所生，遂將實情説出。䢵子就將女配與鬪伯比爲妻，教他撫養此兒。楚國土語唤「乳」做「穀」，唤「虎」做「於菟」，因有虎乳之異，取名曰穀於菟。【眉批】穀，音耨切，於菟，音胡徒。後來長大爲楚國令尹，則今傳説的楚令尹子文就是。所以説：「貴人無死法。」又説：「大難不死，必有後禄。」今日説錢公滿意要溺死孩兒，又被王婆留住，豈非天命？

話休絮煩。再説錢婆留長成五六歲，便頭角漸異，相貌雄偉，膂力非常，與里中衆小兒游戲厮打，隨你十多歲的孩兒，也弄他不過，只索讓他爲尊。這臨安里中有座山，名石鏡山。山有圓石，其光如鏡，照見人形。錢婆留每日同衆小兒在山邊游戲，石鏡中照見錢婆留頭帶冕旒，身穿蟒衣玉帶。衆小兒都吃一驚，齊説神道出現。偏是婆留全不駭懼，對小兒説道：「這鏡中神道就是我，你們見我都該下拜。」衆小兒羅拜於前，婆留安然受之，以此爲常。一日回去，向父親錢公説知其事。錢公不信，同他到石鏡邊照驗，果然如此。錢公吃了一驚，對鏡暗暗禱告道：「我兒婆留果有富貴之日，昌大錢宗，願神靈隱蔽鏡中之形，莫被人見，恐惹大禍。」禱告方畢，教婆留再照時，只見小孩兒的模樣，并無王者衣冠。錢公故意駡道：「孩子家眼花説謊，下次不可如此！」

次日，婆留再到石鏡邊游戲，衆小兒不見了神道，不肯下拜了。婆留心生一計。那石鏡傍邊，有一株大樹，其大百圍，枝葉扶疏，可蔭數畝，樹下有大石一塊，有七八尺之高。婆留道：「這大樹權做個寶殿，這大石權做個龍案，那個先爬上龍案坐下的，便是登寶殿了，衆人都要拜賀他。」衆小兒齊聲道好，一齊來爬時，那石高又高，峭又峭，滑又滑，怎生爬得上？天生婆留身材矯健，又且有智，他想着大樹本子上，有幾個乾靼，好借脚力，相在肚裏了，跳上樹根，一步步攀緣而上。約莫離地丈許，看得這塊大石親切，放手望下只一跳，端端正正坐於石上。衆小兒發一聲喊，都拜倒在地。婆留道：「今日你們服也不服？」衆小兒都應道：「服了。」婆留道：「既然服我，便要聽我號令。」當下折些樹枝，假做旗旛，雙雙成對，擺個隊伍，不許混亂。自此爲始，每早排衙行禮。或剪紙爲青紅旗，分作兩軍交戰。婆留坐石上指揮，一進一退，都有法度。如違了他便打，衆小兒打他不過，只得依他，無不懼怕。【眉批】鄧艾之戲，以戰陣；晦翁之戲，以八卦；婆留之戲，以南面王。正是：

天挺英豪志量開，休教輕覷小家孩。〔二〕
未施濟世安民手，先見驚天動地才。

再説婆留到十七八歲時，頂冠束髮，長成一表人材。生得身長力大，腰闊膀開，十八般武藝，不學自高。雖曾進學堂讀書，粗曉文義，便抛開了，不肯專心，又不肯做農商經紀。在里中不幹好事，慣一偷鷄打狗，吃酒賭錢。【眉批】自是英雄本色。家中也有些小家私，都被他賭博，消費得七八了。爹娘若説他不是，他就彆着氣，三兩日出去不歸。因是管轄他不下，只得由他。此時里中都唤他做「錢大郎」，不敢叫他小名了。

一日，婆留因没錢使用，忽然想起：「顧三郎一夥，嘗來打合我去販賣私鹽，我今日身閒無事，何不去尋他？」行到釋迦院前，打從戚漢老門首經過。那戚漢老是錢塘縣第一個開賭場的。家中養下幾個娼妓，招引賭客。婆留閒時，也常在他家賭錢住宿。這一日，忽見戚漢老左手上横着一把行秤，右手提了一隻大公鷄、一個猪頭回來，看了婆留便道：「大郎，連日少會。」婆留問道：「有甚好賭客在家？」漢老道：「不瞞大郎説，本縣録事老爺有兩位郎君，好的是賭博，也肯使花酒錢，有多嘴的對他説了，引到我家坐地，要尋人賭雙陸。人聽説是見在官府的兒，没人敢來上樁。大郎有采時，進去賭對一局。他們都是見采，分文不欠的。」婆留口中不語，心下思量道：「兩日正没生意，且去淘摸幾貫錢鈔使用。」便向戚漢老道：「別人弱他官府，我却不弱他。便對一局，打甚緊？只怕采頭短少，須吃他財主笑話。少停賭對時，我只説有在你處，你與我招架一聲，得采時平分便了。若還輸去，我自賠你。」漢老素知婆留平日賭性最直，便應道：「使得。」當下漢老同婆留進門，與二鍾相見。這二鍾一個叫做鍾明，一個叫做鍾亮，他父親是鍾起，見爲本縣録事之職。漢老開口道：「此間錢大郎，年紀雖少，最好拳棒，兼善博戲。聞知二位公子在小人家裏，特來進見。」原來二鍾也喜拳棒，正投其機。又見婆留一表人材，不勝歡喜。當下叙禮畢，閒講了幾路拳法。鍾明就討雙陸盤擺下，身邊取出十兩重一錠大銀，放在卓上，説道：「今日與錢兄初次相識，且只賭這錠銀子。」婆留假意向袖中一摸，説道：「在下偶然出來拜一個朋友，遇戚老説公子在此，特來相會，不曾帶得什麼采來。」回頭看着漢老道：「左右有在你處，你替我答應則個。」漢老一時應承了，只得也取出十兩銀子，做一堆兒放着，便道：「小人今日不方便在此，只有這十兩銀子，做兩局賭麼？」自古道：「稍粗膽壯。」婆留自己没一分錢鈔，却教漢老應出銀子，膽已自不壯了，着了急，一連兩局都輸。鍾明收起銀子，便道：「得罪，得罪。」教小厮另取一兩銀子，送與漢老，作爲頭錢。漢老雖然還有銀子在家，只怕錢大郎又輸去了，只得認着悔氣，收了一兩銀子，將雙陸盤掇過一邊，擺出酒肴留款。婆留那裏有心飲酒，便道：「公子寬坐，容在下回家去，再取稍來決賭何如？」鍾明道：「最好。」鍾亮道：「既錢兄有興，明日早些到此，竟日取樂。今日知己相逢，且共飲酒。」婆留只得坐了，兩個妓女唱曲侑酒。正是：

賭場逢妓女，銀子當磚塊。
牡丹花下死，還却風流債。

當日正在歡飲之際，忽聞叩門聲。開看時，却是録事衙中當直的，説道：「老爺請公子議事。教小的們那處不尋到，却在這裏！」鍾明、鍾亮便起身道：「老父呼喚，不得不去。錢兄，明日須早來頑耍。」囑罷，向漢老説聲相擾，同當直的一齊去了。婆留也要出門，被漢老雙手拉住道：「我應的十兩銀子，幾時還我？」婆留一手劈開便走，口裏答道：「來日送還。」出得門來，自言自語的道：「今日手裏無錢，却賭得不爽利。還去尋顧三郎，借幾貫鈔，明日來翻本。」帶着三分酒興，徑往南門街上而來。向一個僻静巷口撒溺，背後一人將他腦後一拍，叫道：「大郎，甚風吹到此？」婆留回頭看時，正是販賣私鹽的頭兒顧三郎。婆留道：「三郎，今日相訪，有句話説。」

顧三郎道：「甚話？」婆留道：「不瞞你説，兩日賭得没興，與你告借百十貫錢去翻本。」顧三郎道：「百十貫錢却易，只今夜隨我去便有。」婆留道：「那裏去？」顧三郎道：「莫問莫問，同到城外便知。」

兩個步出城門，恰好日落西山，天色漸暝。約行二里之程，到個水港口，黑影裏見纜個小船，離岸數尺，船上蘆席滿滿冒住，密不通風，并無一人。顧三郎捻起泥塊，向蘆席上一撒，撒得聲響。忽然蘆席開處，船艙裏鑽出兩個人來，咳嗽一聲。顧三郎也咳嗽相應。那邊兩個人，即便撐船攏來，顧三郎同婆留下了船艙。船艙還藏得有四個人，這裏兩個人下艙，便問道：「三郎，你與誰人同來？」顧三郎道：「請得主將在此。休得多言，快些開船去。」説罷，衆人拿櫓動篙，把這船兒弄得梭子般去了。婆留道：「你們今夜又走什麽道路？」顧三郎道：「不瞞你説，兩日不曾做得生意，手頭艱難。聞知有個王節使的家小船，今夜泊在天目山下，明早要進香。此人巨富，船中必然廣有金帛，弟兄們欲待借他些使用。只是他手下有兩個蒼頭，叫做張龍、趙虎，大有本事，没人對付得他。正思想大郎了得，天幸適纔相遇，此乃天使其便，大膽相邀至此。」婆留道：「做官的貪贓枉法得來的錢鈔，此乃不義之財，取之無礙。」

正説話間，聽得船頭前盪槳響，又有一個小劃船來到。船上共有五條好漢在上，兩船上一般咳嗽相應。婆留已知是同夥，更不問他。只見兩船幫近，顧三郎悄悄問道：「那話兒歇在那裏？」劃船上人應道：「只在前面一里之地，我們已是着眼了。」當下衆人將船摇入蘆葦中歇下，敲石取火。衆好漢都來與婆留相見。船中已備得有酒肉，各人大碗酒大塊肉吃了一頓。分撥了器械，兩隻船，十三籌好漢，一齊上前進發。

遥見大船上燈光未滅，衆人摇船攏去，發聲喊，都跳上船頭。婆留手執鐵稜棒打頭，正遇着張龍，早被婆留一棒打落水去，趙虎望後艄便跑。滿船人都唬得魂飛魄散，那個再敢挺敵？一個個跪倒船艙，連聲饒命。婆留道：「衆兄弟聽我分付，只許收拾金帛，休殺害他性命。」【眉批】便見雄才大略。衆人依言，將舟中輜重恣意搬取。唿哨一聲，衆人仍分作兩隊，下了小船，飛也是摇去了。

原來王節使另是一個座船，他家小先到一日。次日，王節使方到，已知家小船被盜。細開失單，往杭州府告狀。杭州刺史董昌准了，行文各縣，訪拿真贜真盜。文書行到臨安縣來，知縣差縣尉協同緝捕使臣，限時限日的擒拿，不在話下。

再説顧三郎一夥，重泊船於蘆葦叢中，將所得利物，衆人十三分均分。因婆留出力，議定多分一分與他。婆留共得了三大錠元寶，百來兩碎銀，及金銀酒器首飾又十餘件。此時天色漸明，城門已開。婆留懷了許多東西，跳上船頭，對顧三郎道：「多謝作成，下次再當效力。」説罷，進城徑到戚漢老家。漢老兀自床上翻身，被婆留叫喚起來，雙手將兩眼揩抹，問道：「大郎何事來得恁早？」婆留道：「鍾家兄弟如何還不來？我尋他翻本則個。」便將元寶碎銀及酒器首飾，一頓交付與戚漢老，説道：「恐怕又煩累你應采，這些東西都留你處，慢慢的支銷。昨日借你的十兩頭，你就在裏頭除了罷。【眉批】英雄本色。今日二鍾來，你替我將幾兩碎銀做個東道，就算我請他一席。」戚漢老見了許多財物，心中歡喜，連聲應道：「這小事，但憑大郎分付。」婆留道：「今日起早些，既二鍾未來，我要尋個静辦處打個盹。」戚漢老引他到一個小小閣兒中白木床上，叫道：「大郎任意安樂，小人去梳洗則個。」

却説鍾明、鍾亮在衙中早飯過了，袖了幾錠銀子，再到戚漢老家來。漢老正在門首買東買西，見了二鍾，便道：「錢大郎今日做東道相請，(二)在此專候久了，在小閣中打盹。二位先請進去，小人就來陪奉。」鍾明、鍾亮兩個私下稱贊道：「難得這般有信義之人。」走進堂中，只聽得打鼾之聲，如霹靂一般的響。二鍾吃一驚，尋到小閣中，猛見個丈餘長一條大蜥蜴，據于床上，頭生兩角，五色雲霧罩定。鍾明、鍾亮一齊叫道：「作怪！」只這聲「作怪」，便把雲霧衝散，不見了蜥蜴。定睛看時，乃是錢大郎直挺挺的睡着。弟兄兩個心下想道：「常聞説異人多有變相，明明是個蜥蜴，如何却是錢大郎？此人後來必然有些好處，我們趁此未遇之先，與他結交，有何不美？」兩下商量定，等待婆留醒來，二人更不言其故，只説：「我弟兄相慕信義，情願結桃園之義，不知大郎允否？」婆留也愛二鍾爲人爽慨，當下就在小閣内，八拜定交。【眉批】「古人結義真結義，今人結義乃結氣。古人結義勝同胞，今人結義没下稍。酒肉場中心腹訴，一朝臨難如陌路。同胞兄弟多作仇，何怪區區結義流？」此歌雖俚，切中世弊。因婆留年最小，做了三弟。這日也不賭錢，大家暢飲而别。臨别時，鍾明把昨日賭贏的十兩銀子，送還婆留。婆留那裏肯收，便道：「戚漢老處小弟自己還過了，這銀，大哥權且留下，且待小弟手中乏時，相借未遲。」鍾明只得收去了。

自此日爲始，三個人時常相聚。因是吃酒打人，飲博場中出了個大名，號爲「錢塘三虎」。這句話，吹在鍾起耳朵裏來，好生不樂。將兩個兒子禁約在衙中，不許他出外游蕩。婆留連日不見二鍾，在録事衙前探聽，已知了這個消息。害了一怕，好幾日不敢去尋二鍾相會。正是：

取友必須端，休將戲謔看。
家嚴兒學好，子孝父心寬。

再説錢婆留與二鍾疏了，少不得又與顧三郎這夥親密，時常同去販鹽爲盜，此等不法之事，也不知做下幾十遭。原來走私商道路的，第一次膽小，第二次膽大，第三第四次渾身都是膽了。他不犯本錢，大錠銀大貫鈔的使用，僥倖其事不發，落得快活受用，且到事發再處，他也拚得做得。自古道：「若要不知，除非莫爲。」只因顧三郎夥内陳小乙，將一對赤金蓮花杯，在銀匠家倒換銀子，〔三〕被銀匠認出是李十九員外庫中之物，對做公的説了。做公的報知縣尉，訪着了這一夥姓名，尚未挨拿。

忽一日，縣尉請鍾録事父子在衙中飲酒。因鍾明寫得一手好字，縣尉邀至書房，求他寫一幅單條。鍾明寫了李太白《少年行》一篇，縣尉展看稱美。鍾明偶然一眼覷見大端石硯下，露出些紙脚，推開看時，寫得有多人姓名。鍾明有心，捉個冷眼，取來藏於袖中。背地偷看，却是所訪鹽盜的單兒，内中有錢婆留名字。鍾明吃了一驚，上席後不多幾杯酒，便推腹痛先回。縣尉只道真病，由他去了，誰知却是鍾明的詭計。

當下鍾明也不回去，急急跑到戚漢老家，教他轉尋婆留説話，恰好婆留正在他場中鋪牌賭色。鍾明見了也無暇作揖，一隻臂膊牽出門外，到個僻静處，説道如此如此，「幸我看見，偷得訪單在此。兄弟快些藏躲，恐怕不久要來緝捕，我須救你不得。一面我自着人替你在縣尉處上下使錢，若三個月内不發作時，方可出頭。兄弟千萬珍重」。婆留道：「單上許多人，都是我心腹至友，哥哥若營爲時，須一例與他解寬。這若放一人到官，衆人都是不乾净的。」鍾明道：「我自有道理。」説罷，鍾明自去了。一個信息急得婆留脚也不停，徑跑到南門尋見顧三郎，説知其事，也教他一夥作速移開，休得招風攬火。顧三郎道：「我們只下了鹽船，各鎮市四散撑開，没人知覺。只你守着爹娘，没處去得，怎麽好？」婆留道：「我自不妨事，珍重珍重。」説罷别去。從此婆留裝病在家，準準住了三個月。早晚只演習鎗棒，并不敢出門。連自己爹娘也道是個異事，却不知其中緣故。有詩爲證：

鍾明欲救婆留難，又見婆留轉報人。
同樂同憂真義氣，英雄必不負交親。

却説縣尉次日正要勾攝公事，尋硯底下這幅訪單，已不見了，一時亂將起來。將書房中小廝吊打，再不肯招承。一連亂了三日，没些影響，縣尉没做道理處。此時鍾明、鍾亮拚却私財，上下使用，緝捕使臣都得了賄賂。又將白銀二百兩，央使臣轉送縣尉，教他閣起這宗公事。幸得縣尉性貪，又聽得使臣説道，録事衙裏替他打點，只疑道那邊先到了録事之手，我也落得放鬆，做個人情。收受了銀子，假意立限與使臣緝訪。過了一月兩月，把這事都放慢了。正是「官無三日緊」，又道是「有錢使得鬼推

却説黄巢聽得前隊在石鑑鎮失利，統領大軍，彌山蔽野而來。到得鎮上，不見一個官軍，遣人四下搜尋居民問信。少停，拿得老媪到來，問道：「臨安軍在那裏？」老媪答道：「屯八百里。」再三問時，只是説「屯八百里。」黄巢不知「八百里」是地名，只道官軍四集，屯了八百里路之遠，乃嘆道：「嚮者二十弓弩手，尚然敵他不過，况八百里屯兵乎？杭州不可得也。」於是賊兵不敢停石鑑鎮上，徑望越州一路而去，臨安賴以保全。有詩爲證：

能將少卒勝多人，良將機謀妙若神。
三百兵屯八百里，賊軍駭散息烽塵。

再説越州觀察使劉漢宏，聽得黄巢兵到，一時不曾做得準備，乃遣人打話，情願多將金帛犒軍，求免攻掠。黄巢受其金帛，亦徑過越州而去。原來劉漢宏先爲杭州刺史，董昌在他手下做裨將，充募兵使。因平了叛賊王郢之亂，董昌有功，就升做杭州刺史，劉漢宏却升做越州觀察使。漢宏因董昌在他手下出身，屢屢欺侮。董昌不能堪，漸生嫌隙。今日巢賊經過越州，雖然不曾殺掠，却費了許多金帛。訪知杭州到被董昌得勝報功，心中愈加不平。有門下賓客沈苛獻計道：「臨安退賊之功，皆賴兵馬使錢鏐用謀取勝。聞得錢鏐智勇足備，明公若馳咫尺之書，厚具禮幣，只説越州賊寇未平，向董昌借錢鏐來此征剿。哄得錢鏐到此，或優待以結其心，或尋事以斬其首。董昌割去右臂，無能爲矣。方今朝政顛倒，宦官弄權，官家威令不行，天下英雄皆有割據一方之意。若吞并董昌，奄有杭越，此霸王之業也。」【眉批】謀儘可聽，但漢宏非伯王之才耳。劉漢宏爲人志廣才疏，這一席話，正投其機，以手撫沈苛之背，連聲贊道：「吾心腹人所見極明，妙哉，妙哉！」即忙修書一封：

漢宏再拜，奉書於故人董公麾下：頃者巢賊猖獗，越州兵微將寡，難以備禦。聞麾下有兵馬使錢鏐，謀能料敵，勇稱冠軍。今貴州已平，乞念唇齒之義，遣鏐前來，協力拒賊。事定之後，功歸麾下。聊具金甲一副，名馬二匹，權表微忱，伏乞笑納。

原來董昌也有心疑忌劉漢宏，先期差人打聽越州事情，已知黄巢兵退，如今書上反説巢寇猖獗，其中必有緣故，即請錢鏐來商議。錢鏐道：「明公與劉觀察隙嫌已搆，此不兩立之勢也。聞劉觀察自托帝王之胄，〔五〕欲圖非望。巢賊在境，不發兵相拒，乃以金帛買和，其意不測。明公若假精兵二千付鏐，聲言相助。漢宏無謀，必欣然見納。乘便圖之，越州可一舉而定。於是表奏朝廷，坐漢宏以和賊謀叛之罪。朝廷方事姑息，必重奬明公之功。明公勳垂於竹帛，身安於泰山，豈非萬全之策乎？」

董昌欣然從之，即打發回書，着來使先去。隨後發精兵二千，付與錢鏐，臨行囑道：「此去見幾而作，小心在意。」

却説劉漢宏接了回書，知道董昌已遣錢鏐到來，不勝之喜，便與賓客沈苛商議。沈苛道：「錢鏐所領二千人，皆勝兵也，若縱之入城，實爲難制。今俟其未來，預令人迎之，使屯兵於城外，獨召錢鏐相見。彼既無羽翼，惟吾所制。然後遣將代領其兵，厚加恩勞，使倒戈以襲杭州。疾雷不及掩耳，董昌可克矣。」【眉批】儘通，儘通，其如錢鏐不墮其計何！劉漢宏又贊道：「吾心腹人所見極明，妙哉，妙哉！」即命沈苛出城迎候錢鏐，不在話下。

再説錢鏐領了二千軍馬，來到越州城外，沈苛迎住，相見禮畢。沈苛道：「奉觀察之命，城中狹小，不能容客兵，權於城外屯札，單請將軍入城相會。」錢鏐已知劉漢宏掇賺之計，便將計就計，假意發怒道：「錢某本一介匹夫，荷察使不嫌愚賤，厚幣相招，其感察使知己之恩，願以肝腦相報。董刺史與察使外親内忌，不欲某來，又只肯發兵五百人，某再三勉强，方許二千之數。某挑選精壯，一可當百，特來輔助察使，成百世之功業。察使不念某勤勞，親行犒勞，乃安坐城中，呼某相見，如呼下隸，此非敬賢之道。某便引兵而回，不願見察使矣。」説罷，仰面嘆云：「錢某一片壯心，可惜，可惜！」沈苛只認是真心，慌忙收科道：「將軍休要錯怪，觀察實不知將軍心事。容某進城對觀察説知，必當親自勞軍，與將軍相見。」説罷，飛馬入城去了。錢鏐分付手下心腹將校，如此如此，各人暗做準備。

且説劉漢宏聽沈苛回話，信以爲然，乃殺牛宰馬，大發芻糧，爲犒軍之禮。旌旗鼓樂前導，直到北門外館驛中坐下，等待錢鏐入見，指望他行偏裨見主將之禮。誰知錢鏐領着心腹二十餘人，昂然而入，對着劉漢宏拱手道：「小將甲胄在身，恕不下拜了。」【眉批】此時錢鏐已氣吞漢宏有餘矣。氣得劉漢宏面如土色。沈苛自覺失信，滿臉通紅，上前發怒道：「將軍差矣，常言：『軍有頭，將有主。』尊卑上下，古之常禮。董刺史命將軍來與觀察助力，將軍便是觀察麾下之人。况董刺史出身觀察門下，尚然不敢與觀察敵體，將軍如此倨傲，豈小覷我越州無軍馬乎？」説聲未絶，只見錢鏐大喝道：「無名小子，敢來饒舌。」將頭巾望上一掀，二十餘人，一齊發作。説時遲，那時快，錢鏐拔出佩劍，沈苛不曾防備，一刀剁下頭來。劉漢宏望館驛後便跑，手下跟隨的，約有百餘人，一齊上前，來拿錢鏐。怎當錢鏐神威雄猛，如砍瓜切菜，殺散衆人，徑往館驛後園來尋劉漢宏，并無踪迹。只見土墻上缺了一角，已知爬墻去了。錢鏐懊悔不迭，率領二千軍衆，便想攻打越州，看見城中已有準備，自己後軍無繼，孤掌難嗚，只得撥轉旗頭，重回舊路。城中劉漢宏聞知錢鏐回軍，即忙點精兵五千，差驍將陸萃爲先鋒，自引大軍隨後追襲。

却説錢鏐也料定越州軍馬必來追赶，晝夜兼行，來到白龍山下。忽聽得一捧鑼聲，山中擁出二百餘人，一字兒擺開。〔六〕爲頭一個好漢，生得如何？怎生打扮？

頭裹金綫唐巾，身穿緑錦衲襖。腰拴搭膊，脚套皮靴。挂一副弓箭袋，拿一柄潑風刀。生得濃眉大眼，紫面拳鬚。私商船上有名人，厮殺場中無敵手。

錢鏐出馬上前觀看，那好漢見了錢鏐，撇下刀，納頭便拜。錢鏐認得是販鹽爲盜的顧三郎，名唤顧全武，乃滚鞍下馬，扶起道：「三郎久别，如何却在此處？」顧全武道：「自蒙大郎活命之恩，無門可補報，聞得黄巢兵到，欲待倡率義兵，保護地方，就便與大郎相會。後聞大郎破賊成功，爲朝廷命官，又聞得往越州劉觀察處效用。不才聚起鹽徒二百餘人，【眉批】鹽徒何嘗無用。正要到彼相尋幫助，何期此地相會。不知大郎回兵，爲何如此之速？」錢鏐把劉漢宏事情，備細説了一遍，便道：「今日天幸得遇三郎，正有相煩之處。小弟算定劉漢宏必來追赶，因此連夜而行。他自恃先達，不以董刺史爲意，又杭州是他舊治，追赶不着，必然直趨杭州，與董家索鬭。三郎率領二百人，暫住白龍山下，待他兵過，可行詐降之計。若兵臨杭州，只看小弟出兵迎敵，三郎從中而起，漢宏可斬也。若斬了漢宏，便是你進身之階。小弟在董刺史前一力保薦，前程萬里，不可有誤。」顧全武道：「大郎分付，無有不依。」兩人相別，各自去了。正是：

太平處處皆生意，衰亂時時盡殺機。
我正算人人算我，戰場能得幾人歸？

却説劉漢宏引兵追到越州界口，先鋒陸萃探知錢鏐星夜走回，來稟漢宏回軍。漢宏大怒道：「錢鏐小卒，吾爲所侮，有何面目回見本州百姓！杭州吾舊時管轄之地，董昌吾所薦拔。吾今親自引兵到彼，務要董昌殺了錢鏐，輸情服罪，方可恕饒。不然，誓不爲人！」當下喝退陸萃，傳令起程，向杭州進發。行至富陽白龍山下，忽然一棒鑼聲，湧出二百餘人，一字兒擺開。爲頭一個好漢，手執大刀，甚是兇勇。漢宏吃了一驚，正欲迎敵，只見那漢約住刀頭，厲聲問道：「來將可是越州劉察使麼？」漢宏回言：「正是。」那好漢慌忙撇刀在地，拜伏馬前，道：「小人等候久矣。」劉漢宏問其來意，那漢道：「小人姓顧，名全武，乃臨安縣人氏，因販賣私鹽，被州縣訪名擒捉，小人一向在江湖上逃命。近聞同夥兄弟錢鏐出頭做官，小人特往投奔，何期他妒賢嫉能，貴而忘賤，不相容納，只得借白龍山權住落草。昨日錢鏐到此經過，小人便欲殺之。争奈手下衆寡不敵，怕不了事。聞此人得罪於察使，小人願爲前部，少效犬馬之勞。」劉漢宏大喜，便教顧全武代了陸萃之職，分兵一千前行，陸萃改作後哨。

不一日，來到杭州城下。此時錢鏐已見過董昌，預作準備。聞越州兵已到，董昌親到城樓上，叫道：「下官與察使同爲朝廷命官，各守一方，下官并不敢得罪，察使不知到此何事？」劉漢宏大罵道：「你這背恩忘義之賊，若早識時務，斬了錢鏐，獻出首級，免動干戈。」董昌道：「察使休怒，錢鏐自來告罪了。」只見城門開處，一軍飛奔出來，來將正是錢鏐，左有鍾明，右有鍾亮，徑衝入敵陣，要拿劉漢宏。漢宏着了忙，急叫：「先鋒何在？」傍邊一將應聲道：「先鋒在此！」手起刀落，斬漢宏於馬下。把刀一招，錢鏐直殺入陣來，大呼：「降者免死！」五千人不戰而降，陸萃自刎而亡。斬漢宏者，乃顧全武也。正是：

有謀無勇堪資畫，有勇無謀易喪生。
必竟有謀兼有勇，佇看百戰百成功。

董昌看見斬了劉漢宏，大開城門收軍。錢鏐引顧全武見了董昌，董昌大喜。即將漢宏罪狀，申奏朝廷，并列錢鏐以下諸將功次。那時朝廷多事，不暇究問，乃升董昌爲越州觀察使，就代劉漢宏之位。錢鏐爲杭州刺史，就代董昌之位。鍾明、鍾亮及顧全武俱有官爵。鍾起將親女嫁與錢鏐爲夫人。董昌移鎮越州，將杭州讓與錢鏐。錢公、錢母都來杭州居住，一門榮貴，自不必説。

却説臨安縣有個農民，在天目山下鋤田，鋤起一片小小石碑，鐫得有字幾行。農民不識，把與村中學究羅平看之。羅學究拭土辨認，乃是四句讖語。道是：

天目山垂兩乳長，龍飛鳳舞到錢塘。
海門一點巽峰起，五百年間出帝王。

後面又鐫「晉郭璞記」四字。羅學究以爲奇貨，留在家中。次日懷了石碑，走到杭州府，獻與錢鏐刺史，密陳天命。錢鏐看了大怒道：「匹夫，造言欺我，合當斬首！」羅學究再三苦求方免，喝教亂捧打出，其碑就庭中毁碎。原來錢鏐已知此是吉讖，合應在自己身上，只恐聲揚於外，故意不信，乃見他心機周密處。

再説羅學究被打，深恨刺史無禮，好意反成惡意。心生一計，不若將此碑獻與越州董觀察，定有好處。想此碑雖然毁碎，尚可凑看，乃私賂守門吏卒，在庭中拾將出來。原來只破作三塊，將字迹凑合，一毫不損。羅平心中大喜，依舊包裹石碑，取路到越州去。

行了二日，路上忽逢一簇人，攢擁着一個十二三歲的孩兒。那孩子手中提着一個竹籠，籠外覆着布幕，内中養着一隻小小翠鳥。羅平挨身上前，問其緣故。衆人道：「這小鳥兒，又非鸚哥，又非鸜鵒，却會説話。我們要問這孩子買他頑要，還了他一貫足錢，還不肯。」話聲未絶，只見那小鳥兒，將頭顛兩顛，連聲道：「皇帝董！皇帝董！」【眉批】高季迪歌云：「羅平惡鳥啼初起，犀弩三千射潮水。」羅平疑是地名，今作人名，或小説家流傳之誤。羅平問道：「這小鳥兒還是天生會話？還是教成的？」孩子道：「我爹在鄉里砍柴，聽得樹上説話，却是這畜生。將棲竿棲得來，是天生會話的。」羅平道：「我與你兩貫足錢，賣與我罷。」孩子得了兩貫錢，歡歡喜喜的去了。羅平提了鳥籠，急急趕路。

不一日，來到越州，口稱有機密事要見察使。董昌唤進，屏開從人，正要問時，那小鳥兒又在籠中叫道：「皇帝董！皇帝董！」董昌大驚，問道：「此何鳥也？」羅平道：「此鳥不知名色，天生會話，宜呼曰『靈鳥』。」因於懷中取出石碑，備陳來歷：「自晉初至今，正合五百之數。方今天子微弱，唐運將終，梁、晉二王，互相争殺，天下英雄，皆有割據一方之意。錢塘原是察使創業之地，靈碑之出，非無因也。况靈鳥吉祥，明示天命。察使先破黄巢，再斬漢宏，威名方盛，遠近震悚，若乘此機會，用越杭之衆，兼并兩浙，上可以窺中原，下亦不失爲孫仲謀矣。」【眉批】可惜董昌非其人。原來董昌見天下紛亂，久有圖霸之意，聽了這一席話，大喜道：「足下遠來，殆天賜我立功也。事成之日，即以本州觀察相酬。」於是拜羅平爲軍師，招集兵馬，又於民間科斂，以充糧餉。命巧匠製就金絲籠子，安放靈鳥，外用蜀錦爲衣罩之。又寫密書一封，差人送到杭州錢鏐，教他募兵聽用。

錢鏐見書，大驚道：「董昌反矣。」乃密表奏朝廷，朝廷即拜錢鏐爲蘇、杭等州觀察。於是錢鏐更造杭城，自秦望山至於范浦，周圍七十里。再奉表聞，加鎮海軍節度使，封開國公。董昌聞知朝廷累加錢鏐官爵，心中大怒，駡道：「賊狗奴，敢賣吾得官耶？吾先取杭州，以泄吾恨。」羅平諫道：「錢鏐異志未彰，且新膺寵命，討之無名。不若詐稱朝命，先正王位，然後以尊臨卑，平定睦州，廣其兵勢，假道於杭，以臨湖州。待錢鏐不從，乘間圖之。若出兵相助，是明公不戰而得杭州矣，又何求乎？」董昌依其言，乃假裝朝廷詔命，封董昌爲越王之職，使專制兩浙諸路軍馬，旗幟上都換了越王字號。又將靈碑及靈鳥宣示州中百姓，使知天意。民間三丁抽一，得兵五萬，號稱十萬，浩浩蕩蕩，殺奔睦州來。睦州無備，被董昌攻破了。停兵月餘，改換官吏。又選得精兵三萬人，軍威甚盛，自謂天下無敵，謀稱越帝。徵兵杭州，欲攻湖州。錢鏐道：「越兵正鋭，不可當也，不如迎之。待其兵頓湖州，遂乘其弊，〔七〕無不勝矣。」於是先遣鍾明卑詞犒師，續後親領五千軍馬，願爲前部自效，董昌大喜。行了數日，錢鏐僞稱有疾，暫留途中養病。董昌更不疑惑，催兵先進。【眉批】董昌蠢才。有詩爲證：

勾踐當年欲豢吴，卑辭厚禮破姑蘇。
董昌不識錢鏐意，猶恃兵威下太湖。

却説錢鏐打聽越州兵去遠，乃引兵而歸，挑選精兵千人，假做越州軍旗號，遣顧全武爲先鋒，來襲越州。又分付鍾明、鍾亮，各引精兵五百，潛屯餘杭之境。分付不可妄動，直待董昌還救越州時節，兵從此過，然後自後掩襲。【眉批】知兵。他無心戀戰，必獲全勝。分撥已定，乃對賓客鍾起道：「守城之事，專以相委。越州乃董賊巢穴，吾當親往觀變。若巢穴既破，董昌必然授首無疑矣。」乃自引精兵二千，接應顧全武軍馬。

却説顧全武打了越州兵旗號，一路并無阻礙，直到越州城下。只説催趲攻城火器，賺開城門，顧全武大喝道：「董昌僭號，背叛朝廷，錢節使奉詔來討，大軍十萬已在城外矣。」越州城中軍將，都被董昌帶去，留的都是老弱，誰敢拒敵？顧全武徑入府中，將僞世子董榮及一門老幼三百餘人，拘於一室，分兵守之。恰好杭州大軍已到，聞知顧全武得了城池，整軍而入，秋毫無犯。顧全武迎錢鏐入府，出榜安民已定，寫書一封，遣人往董昌軍中投遞。書曰：

鏐聞天無二日，土無二王。今唐運雖衰，天命未改。而足下妄自矜大，僭號稱兵，凡爲唐臣，誰不憤疾？鏐迫於公義，輒遣副將顧全武率兵討逆。兵聲所至，越人倒戈。足下全家，盡已就縛。若能見機伏罪，尚可全活，乞早自裁，以救一家之命。

却説董昌攻打湖州不下，正在帳中納悶，又聽得靈鳥叫聲：「皇帝董！皇帝董！」董昌揭起錦罩看時，一個眼花，不見靈鳥，只見一個血淋淋的人頭，在金絲籠内挂着。認得是劉漢宏的面龐，唬得魂不附體，大叫一聲，驀然倒地。衆將急來救醒，定睛半晌，再看籠子内，都是點點血迹，果然没了靈鳥。董昌心中大惡，急召羅軍師商議，告知其事，問道：「主何吉凶？」羅平心知不祥之兆，不敢直言，乃説道：「大越帝業，因斬劉漢宏而起，今漢宏頭現，此乃克敵之徵也。」説猶未了，報道杭州差人下書。董昌拆開看時，知道越州已破，這一驚非小。羅平道：「兵家虚虚實實，未可盡信。錢鏐托病回兵，必有異謀，故造言以煽惑軍心，明公休得自失主張。」董昌道：「雖則真僞未定，亦當回軍，還顧根本。」羅平叫將來使斬訖，恐泄漏消息，再教傳令，并力攻城，使城中不疑，夜間好辦走路。是日攻打湖州，至晚方歇。捱到二更時分，拔寨都起。驍將薛明、徐福各引一萬人馬先行，董昌中軍隨後進發，却將睦州帶來的三萬軍馬，與羅平斷後。湖州城中見軍馬已退，恐有詭計，不敢追襲。

且説徐、薛二將引兵晝夜兼行，早到餘杭山下。正欲埋鍋造飯，忽聽得山凹裏連株砲響，鼓角齊鳴，鍾明、鍾亮兩枝人馬，左右殺將出來。薛明接住鍾明厮殺，徐福接住鍾亮厮殺。徐、薛二將，雖然英勇，争奈軍心惶惑，都無心戀戰，且晝夜奔走，俱已疲倦，怎當虎狼般這兩枝生力軍？自古道：「兵離將敗。」薛明看見軍伍散亂，心中着忙，措手不迭，被鍾明斬於馬下，拍馬來夾攻徐福，徐福敵不得二將，亦被鍾亮斬之，衆軍都棄甲投降。二鍾商議道：「越兵前部雖敗，董昌大軍隨後即至，衆寡不敵。不若分兵埋伏，待其兵已過去，從後擊之。彼知前部有失，必然心忙思竄，然後可獲全勝矣。」當下商量已定，將投降軍衆縱去，使報董昌消息。

却説董昌大軍正行之際，只見敗軍紛紛而至，報道：「徐、薛二將，俱已陣亡。」董昌心膽俱裂，只得抖擻精神，麾兵而進。過了餘杭山下，不見敵軍。正在疑慮，只聽後面連株砲響，兩路伏兵齊起，正不知多少人馬。越州兵争先逃命，自相蹂踏，死者不計其數。直奔了五十餘里，方纔得脱。收拾敗軍，三停又折一停，只等羅平後軍消息。誰知睦州兵雖然跟隨董昌，心中不順。今日見他回軍，幾個裨將商議，殺了羅平，將首級向二鍾處納降，并力來追董昌。董昌聞了此信，不敢走杭州大路，打寬轉打從臨安、桐廬一路而行。

這裏錢鏐早已算定，預先取鍾起來守越州，自起兵回杭州，等候董昌。却教顧全武領一千人馬，在臨安山險處埋伏，以防竄逸。董昌行到臨安，軍無隊伍，正當爬山過險，却不隄防顧全武一枝軍衝出。當先顧全武一騎馬，一把刀，横行直撞，逢人便殺，大喝：「降者免死！」軍士都拜伏於地，那個不要性命的敢來交鋒！董昌見時勢不好，脱去金盔金甲，逃往村農家逃難，被村中𢫬縛獻出。顧全武想道：「越兵雖降，其勢甚衆，怕有不測。」一刀割了董昌首級，以絶越兵之意。重賞村農。

正欲下寨歇息，忽聽得山凹中鼓角震天，塵頭起處，軍馬無數而來。顧全武道：「此必越州軍後隊也。」綽刀上馬，準備迎敵。馬頭近處，那邊擁出二員大將，不是别人，正是鍾明、鍾亮，爲追赶董昌到此。三人下馬相見，各叙功勳。是晚同下寨于臨安地方。次日，拔寨都起。行了二日，正迎着錢鏐軍馬，原來錢鏐哨探得董昌打從臨安遠轉，怕顧全武不能了事，自起大軍來接應。已知兩路人馬都已成功，合兵回杭州城來。真個是：

喜孜孜鞭敲金鐙響，笑吟吟齊唱凱歌回。

顧全武獻董昌首級，二鍾獻薛明、徐福、羅平首級。錢鏐傳令，向越州監中取董昌家屬三百口，盡行誅戮，寫表報捷。此乃唐昭宗皇帝乾寧四年也。

那時中原多事，吴越地遠，朝廷力不能及，聞錢鏐討叛成功，上表申奏，大加嘆賞，錫以鐵券誥命，封爲上柱國彭城郡王，加中書令。未幾，進封越王，又改封吴王，潤、越等十四州得專封拜。此時錢鏐志得意滿，在杭州起造王府宫殿，極其壯麗。父親錢公已故，錢母尚存，奉養宫中，錦衣玉食，自不必説。鍾氏册封王妃，鍾起爲國相，同理政事。鍾明、鍾亮及顧全武俱爲各州觀察使之職。

其年大水，江潮漲溢，城垣都被衝擊。乃大起人夫，築捍海塘，累月不就。錢鏐親往督工，見江濤洶湧，難以施功。錢鏐大怒，喝道：「何物江神，敢逆吾意！」命强弩數百，一齊對潮頭射去，波浪頓然斂息。【眉批】即此一事，天生帝王豈偶然哉！不勾數日，捍海塘築完，命其門曰候潮門。

錢鏐嘆道：「聞古人有云：『富貴不歸故鄉，如衣錦夜行耳。』」乃擇日往臨安，展拜祖父墳塋，用太牢祭享，旌旗鼓吹，振耀山谷。改臨安縣爲衣錦軍，石鑑山名爲衣錦山，用錦繡爲被，蒙覆石鏡。設兵看守，不許人私看。幼時所坐大石，封爲衣錦石，大樹封爲衣錦將軍，亦用錦繡遮纏。風雨毀壞，更換新錦。舊時所居之地，號爲衣錦里，建造牌坊。販鹽的擔兒，也裁個錦囊韜之，供養在舊居堂屋之内，以示不忘本之意。殺牛宰馬，大排筵席，遍召里中故舊，不拘男婦，都來宴會。

其時有一鄰嫗，年九十餘歲，手提一壺白酒、一盤角黍，迎着錢鏐，呵呵大笑説道：「錢婆留今日直恁長進，可喜，可喜！」【眉批】趣。〔八〕左右正欲么喝，錢鏐道：「休得驚動了他。」慌忙拜倒在地，謝道：「當初若非王婆相救，留此一命，怎有今日？」王婆扶起錢鏐，將白酒滿斟一甌送到，錢鏐一飲而盡。又將角黍供去，鏐亦啗之，説道：「錢婆留今日有得吃，不勞王婆費心，老人家好去自在。」命縣令撥里中肥田百畝，爲王婆養終之資，王婆稱謝而去。只見里中男婦畢集，見了錢鏐蟒衣玉帶，天人般妝束，一齊下跪。錢鏐扶起，都教坐了，親自執觴送酒。八十歲以上者飲金杯，百歲者飲玉杯，那時飲玉杯者也有十餘人。【眉批】一方太平景象，錢鏐之功不可説矣。錢鏐送酒畢，自起歌曰：

三節還鄉挂錦衣，吴越一王駟馬歸。
天明明兮愛日揮，百歲荏兮會時稀。

父老皆是村民，不解其意，面面相覷，都不做聲。錢鏐覺他意不歡暢，乃改爲吴音再歌，歌曰：

你輩見儂底歡喜，别是一般滋味子。

長在我儂心子裏，我儂斷不忘記你。

歌罷，舉座歡笑，都拍手齊和。是日盡歡而罷，明日又會，如此三日，各各有絹帛賞賜。開賭場的戚漢老已故，召其家，厚賜之。仍歸杭州。

後唐主禪位于梁，梁主朱全忠改元開平，封錢鏐爲吴越王，尋授天下兵馬都元帥。錢鏐雖受王封，其實與皇帝行動不殊，一般出警入蹕，山呼萬歲。據歐陽公《五代史》叙説，吴越亦曾稱帝改元，至今杭州各寺院有天寶、寶大、寶正等年號，皆吴越所稱也。自錢鏐王吴越，終身無鄰國侵擾，享年八十有一而終，謚曰武肅。傳子元瓘，元瓘傳子佐，佐傳弟俶。宋太祖陳橋受禪之後，錢俶來朝。到宋太宗嗣位，錢俶納土歸朝，改封鄧王。錢氏獨霸吴越凡九十八年，天目山石碑之讖，應於此矣。後人有詩贊云：

將相本無種，帝王自有真。

昔年鹽盗輩，今日錦衣人。

石鑑呈形異，廖生决相神。

笑他皇帝董，碑讖枉殘身。

【校記】

〔一〕「小家孩」，法政本作「小兒孩」。

〔二〕「東道」，底本及法政本均作「東這」，據文意改。

〔三〕「倒換」，底本及法政本均作「倒喚」，據文意改。

〔四〕「頳項」，法政本作「頸項」。

〔五〕「托」，底本作「詫」，據法政本改。

〔六〕「擺開」，法政本作「撥開」。

〔七〕「遂」，底本作「起」，據法政本改。

〔八〕本條眉批，法政本無。

面如滿月，髮若烏雲。薄施脂粉，儘有容顔。不學妖嬈，自然丰韻。鮮眸玉腕，生成福相端嚴；裙布釵荆，任是村妝希罕。分明美玉藏頑石，一似明珠墜壍淵。隨他呆子也消魂，况是客邊情易動。

那婦人見了賈涉，不慌不忙，深深道個萬福。賈涉看那婦人是個福相，心下躊躇道：「吾今壯年無子，若得此婦爲妾，心滿意足矣。」便對婦人説道：「下官往京候選，順路過此，欲求一飯，未審小娘子肯爲炊爨否？自當奉謝。」那婦人答道：「奴家職在中饋，炊爨當然。况是尊官榮顧，敢不遵命。但丈夫不在，休嫌怠慢。」賈涉見他應對敏捷，愈加歡喜。那婦人進去不多時，捧兩碗熟豆湯出來，説道：「村中乏茶，將就救渴。」少停，又擺出主僕兩個的飯來。賈涉自帶得有牛脯、乾菜之類，取出嗄飯。那婦人又將大磁壺盛着滚湯，放在卓上，道：「尊官浄口。」賈涉見他殷勤，便問道：「小娘子尊姓，爲何獨居在此？」那婦人道：「奴家胡氏，丈夫叫做王小四，因連年種田折本，家貧無奈，要同奴家去投靠一個財主過活。奴家立誓不從，丈夫拗奴不過，只得在左近人家趁工度日，奴家獨自守屋。」賈涉道：「下官有句不識進退的言語，未知可否？」那婦人道：「但説不妨。」賈涉道：「下官頗通相術，似小娘子這般才貌，决不是下賤之婦。你今屈身隨着個村農，豈不擔誤終身？况你丈夫家道艱難，顧不得小娘子體面。下官壯年無子，正欲覓一側室。小娘子若肯相從，情願多將金帛贈與賢夫，別謀婚娶，可不兩便？」那婦人道：「丈夫也曾幾番要賣妾身，是妾不肯。既尊官有意見憐，待丈夫歸時，尊官自與他說，妾不敢擅許。」

說猶未了，只見那婦人指着門外道：「丈夫回也。」只見王小四戴一頂破頭巾，披一件舊白布衫，吃得半醉，闖進門來。賈涉便起身道：「下官是往京聽選的，偶借此中火，甚是攪擾。」王小四答道：「不妨事。」便對胡氏說道：「主人家少個針綫娘，我見你平日好手針綫，對他說了，他要你去教導他女娘生活，先送我兩貫足錢。這遍要你依我去去。」【眉批】都是機緣撮合。胡氏半倚着蘆簾内外，答道：「後生家臉皮羞答答地，怎到人家去趁飯？不去，不去。」王小四發個喉急，便道：「你不去時，我沒處尋飯養你。」賈涉見他說話湊巧，便詐推解手，却分付家童將言語勾搭他道：「大伯，你花枝般娘子，怎捨得他往別人家去？」【眉批】家童能事。王小四道：「小哥，你不曉得我窮漢家事體，一日不識羞，三日不忍餓。却比不得大户人家，吃安閒茶飯。似此喬模喬樣，委的我家住不了。」家童道：「假如有個大户人家，肯出錢鈔，討你這位小娘子去，你捨得麽？」王小四道：「有甚捨不得！」家童道：「只我家相公要討一房側室，你若情願時，我攛掇多把幾貫錢鈔與你。」王小四應允。家童將言語回復了賈涉，賈涉便教家童與王小四講就四十兩銀子身價。王小四在村中央個教授來，寫了賣妻文契，落了十字花押。一面將銀子兑過，王小四收了銀子，賈涉收了契書。王小四還只怕婆娘不肯，甜言勸諭，誰知那婦人與賈涉先有意了。也是天配姻緣，自然情投意合。

當晚，賈涉主僕二人就在王小四家歇了。王小四也打鋪在外間相伴，婦人自在裏面鋪上獨宿。明早賈涉起身，催婦人梳洗完了，吃了早飯，央王小四在村中另顧個生口，馱那婦人一路往臨安去。有詩爲證：

夫妻配偶是前緣，千里紅繩暗自牽。
況是榮華封兩國，村農豈得伴終年。

賈涉領了胡氏住在臨安寓所，約有半年，謁選得九江萬年縣丞，迎接了孺人唐氏，一同到任。原來唐氏爲人妒悍，賈涉平昔有個懼内的毛病。今日唐氏見丈夫娶了小老婆，不勝之怒，日逐在家淘氣。又聞胡氏有了三個月身孕，思想道：「丈夫向來無子，若小賤人生子，必然寵用，那時我就争他不過了。我就是養得出孩兒，也讓他做哥哥，日後要被他欺侮。不如及早除了禍根方妙。」【眉批】妒婦見識不過如此，可笑，可恨！乃尋個事故，將胡氏毒打一頓，剥去衣衫，貶他在使婢隊裏，一般燒茶煮飯，掃地揩臺，鋪床叠被。又禁住丈夫，不許與他睡。每日尋事打駡，要想墮落他的身孕。賈涉滿肚子惡氣，無可奈何。

一日，縣宰陳履常請賈涉飲酒。賈涉與陳履常是同府人，平素通家往來，相處得極好的。陳履常請得賈涉到衙，飲酒中間，見他容顏不悦，叩其緣故。賈涉抵諱不得，將家中妻子妒妾事情，細細告訴了一遍。又道：「賈門宗嗣，全賴此婦。不知堂尊有何妙策，可以保全此妾？倘日後育得一男，實爲萬幸，賈氏祖宗也當銜恩於地下。」陳履常想了一會，便道：「要保全却也容易，只怕足下捨不得他離身。」賈涉道：「左右如今也不容相近，咫尺天涯一般，有甚捨不得處？」陳履常附耳低言：「若要保全身孕，只除如此如此。」乃取紅帛花一朵，悄悄遞與賈涉，教他把與胡氏爲暗記。這個計策，就在這朵花上，後來便見。有詩爲證：

吃醋撚酸從古有，覆宗絶嗣甘出醜。
紅花定計有堂尊，巧婦怎出男子手？【眉批】落得做了惡人。〔一〕

忽一日，陳縣宰打聽得丞廳請醫，云是唐孺人有微恙。待其病痊，乃備了四盒茶果之類，教奶奶到丞廳問安。唐孺人留之寬坐，整備小飯相款，諸婢羅侍於側。説話中間，奶奶道：「貴廳有許多女使伏侍，且是伶俐。寒舍苦於無人，要一個會答應的也没有，甚不方便。急切没尋得，若借得一個小娘子與寒舍相幫幾時，等討得個替力的來，即便送還何如？」唐氏道：「通家怎説個『借』字？只怕粗婢不中用。奶奶看得如意，但憑選擇，即當奉贈。」奶奶稱謝了，看那諸婢中間，有一個生得齊整，鬢邊正插着這朵紅帛花。心知是胡氏，便指定了他，説道：「借得此位小娘子甚好。」唐氏正在吃醋，巴不得送他遠遠離身。却得此句言語，正合其意，加添縣宰之勢，丞廳怎敢不從？料道丈夫也難埋怨。連聲答應道：「這小婢姓胡，在我家也不多時。奶奶既中意時，即今便教他跟隨奶奶去。」當時席散，奶奶告别。胡氏拜了唐氏四拜，收拾隨身衣服，跟了奶奶轎子，到縣衙去訖。唐氏方纔對賈涉説知，賈涉故意嘆惜。正是：

算得通時做得兇，將他瞞在鼓當中。
縣衙此去方安穩，絶勝存孤趙氏宫。

胡氏到了縣衙，奶奶將情節細説，另打掃個房鋪與他安息。光陰似箭，不覺十月滿足，到八月初八日，胡氏腹痛，産下一個孩兒。奶奶只説他婢所生，不使丞廳知道。那時賈涉適在他郡去檢校一件公事，到九月方歸，與縣宰陳履常相見。陳公悄悄的報個喜信與他，賈涉感激不盡，對陳公説，要見新生的孩兒一面。陳公教丫鬟去請胡氏立於簾内，丫鬟抱出小孩子，遞與賈涉。賈涉抱了孩兒，心中雖然歡喜，覷着簾内，不覺墮下淚來。兩下隔簾説了幾句心腹話兒。胡氏教丫鬟接了孩子進去，賈涉自回。自此背地裏不時送些錢鈔與胡氏買東買西，闔家通知，只瞞過唐氏一人。

光陰荏苒，不覺二載有餘。那縣宰任滿升遷，要赴臨安。賈涉只得將情告知唐氏，要領他母子回家。唐氏聽說，一時亂將起來，咶噪個不住。連縣宰的奶奶，也被他「奉承」了幾句。亂到後面，定要丈夫將胡氏嫁出，方許把小孩兒領回。賈涉聽説嫁出胡氏一件，到也罷了。單只怕領回兒子，被唐氏故意謀害，或是絶其乳食，心下懷疑不決。

正在兩難之際，忽然門上報道：「台州有人相訪。」賈涉忙去迎時，原來是親兄賈濡。他爲朝廷妙擇良家女子，養育宮中，以備東宮嬪嬙之選。女兒賈氏玉華，已選入數內。【眉批】賈貴妃出身。賈濡思量要打劉八太尉的關節，扶持女兒上去，因此特到兄弟任所，與他商議。賈涉在臨安聽選時，賃的正是劉八太尉的房子，所以有舊。賈涉見了哥哥，心下想道：「此來十分凑巧。」便將娶妾生子，并唐氏嫉妒事情，細細與賈濡說了：「如今陳公將次離任，把這小孩子没送一頭處。哥哥若念賈門宗嗣，領他去養育成人，感恩非淺。」賈濡道：「我今尚無子息，同氣連枝，不是我領去，教誰看管？」賈涉大喜，私下雇了妳娘，問宰衙要了孩子，交付妳娘。囑付哥哥，好生撫養。就寫了劉八太尉書信一封，賫發些路費送哥哥賈濡起身。胡氏托與陳公領去，任從改嫁。

那賈涉、胡氏雖然兩不相捨，也是無可奈何。唐孺人聽見丈夫説子母都發開，十分像意了。只是苦了胡氏，又去了小孩子，又離了丈夫，跟隨陳縣宰的上路，好生悽慘，一路只是悲哭。奶奶也勸解他不住，陳履常也厭煩起來。行至維揚，分付水手，就地方唤個媒婆，教他尋個主兒，把胡氏嫁去。只要對頭老實忠厚，一分財禮也不要。你説白送人老婆，那一個不肯上樁？不多時，媒婆領一個漢子到來，説是個細工石匠，竡他許多志誠老實。你説偌大一個維揚，難道尋不出個好對頭？偏只有這石匠？是有個緣故。常言道：「三姑六婆，嫌少争多。」那媒婆最是愛錢的，多許了他幾貫謝禮，就玉成其事了。石匠見了陳縣宰，磕了四個頭，站在一邊。陳履常看他衣衫濟楚，年力少壯，又是從不曾婚娶的，且有手藝，養得老婆過活，便將胡氏許他。石匠真個不費一錢，白白裹領了胡氏去，成其夫婦。不在話下。

再説賈涉自從胡氏母子兩頭分散，終日悶悶不樂。忽一日，唐孺人染病上床，服藥不痊，嗚呼哀哉死了。賈涉買棺入殮已畢，棄官扶柩而回。到了故鄉，一喜一悲：喜者是見那小孩子比前長大，悲者是胡氏嫁與他人，不得一見。正是：

花開遭雨打，雨止又花殘。

世間無全美，看花幾個歡？

却説賈家小孩子長成七歲，聰明過人，讀書過目成誦。父親取名似道，表字師憲。賈似道到十五歲，無書不讀，下筆成文。不幸父親賈涉，伯伯賈濡，相繼得病而亡，殯葬已過。自此無人拘管，恣意曠蕩，呼盧六博，鬪鷄走馬，飲酒宿娼，無所不至。不勾四五年，把兩分家私蕩盡。初時聽得家中説道，嫡母胡氏嫁在維揚，爲石匠之妻。姐姐賈玉華，選入宫中。思量：「維揚路遠，又且石匠手藝没甚出産。聞得姐姐選入沂王府中，今沂王做了皇帝，寵一個妃子姓賈，不知是姐姐不是？且到京師，觀其動静。」此時理宗端平初年。也是賈似道時運將至，合當發迹，將家中剩下家火，變賣幾貫錢鈔，收拾行李，徑往臨安。

那臨安是天子建都之地，人山人海。況賈似道初到，并無半個相識，没處討個消息。鎮日只在湖上游蕩，閒時未免又在賭博場中頑耍，也不免平康巷中走走。不勾幾日，行囊一空，衣衫藍縷，只在西湖幫閒趁食。一日醉倦，小憩於棲霞嶺下，遇一個道人，布袍羽扇，從嶺下經過。見了賈似道，站定脚頭，瞪目看了半晌，説道：「官人可自愛重，將來功名不在韓魏公之下。」那個韓魏公是韓蘄王諱世忠的，他位兼將相，夷夏欽仰，是何等樣功名，古今有幾個人及得他？賈似道聞此言，只道是戲侮之談，

【眉批】果然戲侮，誰知似道他日竟以此自戲自侮也。全不準信。那道人自去了。過了數日，賈似道在平康巷趙二媽家，酒後與人賭博相爭，失足跌於階下，磕損其額，血流滿面。雖然没事，額上結下一個瘢痕。一日在酒肆中，又遇了前日的道人，頓足而嘆，説道：「可惜，可惜！天堂破損，雖然功名蓋世，不得令終矣。」〔二〕【眉批】此乃天意。賈似道扯住道人衣服，問道：「我果有功名之分，若得一日稱心滿意，就死何恨。【眉批】志不過如此。但目今流落無依，怎得個遭際？富貴從何而來？」道人又看了氣色，便道：「滯色已開，只在三日内自有奇遇，平步登天。但官人得意之日，休與秀才作對，切記切記。」説罷，道人自去了。賈似道半信不信。

看看捱到第三日，只見賭博場中的陳二郎來尋賈似道，對他説道：「朝廷近日册立了賈貴妃，十分寵愛，言無不從。賈貴妃自言家住台州，特差劉八太尉往台州訪問親族。【眉批】情節好。你時常説有個姐姐在宫中，莫非正是貴妃？特此報知，果有瓜葛，可去投劉八太尉，定有好處。」賈似道聞言，如夢初覺，想道：「我父親存日，常説曾在劉八太尉家作寓，往來甚厚。姐姐入宫近御，也虧劉八太尉扶持。一到臨安，就該投奔他纔是。却閒蕩過許多日子，豈不好笑！雖然如此，我身上藍縷，怎好去見劉八太尉？」心生一計，在典鋪裏賃件新鮮衣服穿了，折一頂新頭巾，大模大樣，摇擺在劉八太尉府中去。自稱故人之子台州姓賈的，有話求見。

劉八太尉正待打點動身，往台州訪問賈貴妃親族。聞知此言，又只怕是冒名而來的。喚個心腹親隨，先叩來歷分明，方准相見。不一時，親隨回話道：「是賈涉之子賈似道。」劉八太尉道：「快請進。」原來内相衙門規矩最大，尋常只是呼喚而已，那個「請」字也不容易説的，【眉批】冷語好。此乃是貴妃面上。當時賈似道見了劉八太尉，慌忙下拜。太尉雖然答禮，心下尚然懷疑。細細盤問，方知是實。留了茶飯，送在書館中安宿。

次早入宮，報與賈貴妃知道。貴妃向理宗皇帝説了，宣似道入宮，與貴妃相見。説起家常，姊弟二人，抱頭而哭。貴妃引賈似道就在宮中見駕，哭道：「妾只有這個兄弟，無家無室，伏乞聖恩重瞳看覷。」理宗御筆，除授籍田令。即命劉八太尉在臨安城中，撥置甲第一區。又選宮中美女十人，賜爲妻妾，黄金三千兩，白金十萬兩，以備家資。似道謝恩已畢，同劉八太尉出宮去了。似道叮囑劉八太尉道：「蒙聖恩賜我住宅，必須近西湖一帶，方稱下懷。」【眉批】一生得意在此。此時劉八太尉在貴妃面上，巴不得奉承賈似道。只揀湖上大宅院，自賠錢鈔，倍價買來，與他做第宅。奴僕器用，色色皆備。次日，宮中發出美女十名，貴妃又私贈金銀寶玩器皿，共十餘車。似道一朝富貴，將百金賞了陳二郎，謝了報信之故。又將百金賞賜典鋪中，償其賃衣。典鋪中那裏敢受？反備盛禮來賀喜。自此賈貴妃不時宣召似道入宫相會，聖駕游湖，也時常幸其私第。或同飲博游戲，相待如家人一般，恩倖無比。似道恃着椒房之寵，全然不惜體面，每日或轎或馬，出入諸名妓家。遇着中意時，不拘一五一十，總拉到西湖上與賓客乘舟游玩。若賓客衆多，分船并進。另有小艇往來，載酒肴不絶。你説賈似道起自寒微，有甚賓客？有句古詩説得好，道是：「貧賤親戚離，富貴他人合。」賈似道做了國戚，朝廷恩寵日隆，那一個不趨奉他？只要一人進身，轉相薦引，自然其門如市了。文人如廖瑩中、翁應龍、趙分如等，武臣如夏貴、孫虎臣等，這都是門客中出色有名的，其餘不可盡述也。

一日，理宗皇帝游苑，登鳳皇山，至夜望見西湖内燈火輝煌，一片光明。向左右説道：「此必賈似道也。」命飛騎探聽，果然是似道游湖。天子對貴妃説了，又將金帛一車，贈爲酒資。【眉批】好皇帝。以此似道愈加肆志，全無忌憚。詩曰：

天子偷安無遠猷，縱容貴戚恣遨游。
問他無賽西湖景，可是安邊第一籌？

那時宋朝仗蒙古兵力，滅了金人。又聽了趙范、趙葵之計，與蒙古搆難，要守河據關，收復三京。蒙古引兵入寇，責我敗盟，淮漢騷動，天子憂惶。賈似道自思無功受寵，怎能勾超官進爵？又恐被人彈議，要立個蓋世功名，以取大位，除非是安邊盪寇，方是目前第一個大題目。【眉批】不怕没大題目，只怕大題小做耳。乃自薦素諳韜略，願往淮揚招兵破賊，爲天子保障東南。理宗大喜，遂封爲兩淮制置大使，建節淮揚。賈似道謝恩辭朝，携了妻妾賓客，來淮揚赴任。

三日後，密差門下心腹訪問生母胡氏，果然跟個石匠，在廣陵驛東首住居。訪得親切，回復了似道，似道即差轎馬人夫擺着儀從去迎接。本衙門聽事官率領人夫，向胡氏磕頭，到把胡氏險些唬倒。聽事官致了制使之命，方纔心下安穩。胡氏道：「身既從夫，不可自專。」急教人去尋石匠回家，對他説了。石匠也要跟去，胡氏不能阻當，只得同行。胡氏乘轎在前，石匠騎馬在後，前呼後擁，來到制使府。似道請母親進私衙相見，抱頭而哭。算來母子分散時，似道止三歲，胡氏二十餘歲，到今又三十多年了，方纔會面相識，豈不傷感？似道聞得石匠也跟隨到來，不好相見。即將白金三百兩，差個心腹人伴他往江上興販。暗地授計，半途中將石匠灌醉，推墜江中，【眉批】善遣之足矣，墜之江中何罪乎？毒矣！只將病死回報。胡氏也感傷了一場。自此母子團圓，永無牽帶。

似道鎮守淮揚六年，僥倖東南無事。天子因貴妃思想兄弟，乃欽取似道還朝，加同樞密院事。此時丁大全罷相，吴潛代之。那吴潛號履齋，爲人豪儁自喜，引進兄弟，俱爲顯職。賈似道忌他位居己上，乃造成飛謡，教宫中小内侍於天子面前歌之。謡云：

大蜈公，小蜈公，盡是人間業毒蟲。夤緣攀附百蟲叢，若使飛天便食龍。

天子聞得，乃問似道云：「聞街坊小兒盡歌此謡，主何凶吉？」似道奏道：「謡言皆熒惑星化爲小兒，教人間童子歌之。此乃天意，不可不察。『蜈』與『吴』同，以臣愚見推之，『大蜈公，小蜈公，』乃指吴潛兄弟，專權亂國。若使養成其志，必爲朝廷之害。陛下飛龍在天，故天意以食龍示警。爲今之計，不若罷其相位，另擇賢者居之，可以免咎。」天子聽信了，即命翰林草制，貶吴潛循州安置，弟兄都削去官職。似道即代吴潛爲右丞相，又差心腹人命循州知州劉宗申，日夜拾摭其短。吴潛被逼不過，伏毒而死。【眉批】奪其位，何忍又絶其命，毒甚，毒甚！此乃似道狠毒處。

却説蒙古主蒙哥屯合州城下，遣太弟忽必烈，分兵圍鄂州、襄陽一帶，人情洶懼。樞密院一日間連接了三道告急文書，朝廷大驚，乃以賈似道兼樞密使京湖宣撫大使，進師漢陽，以救鄂州之圍。似道不敢推辭，只得拜命。聞得太學生鄭隆文武兼全，遣人招致於門下。鄭隆素知似道奸邪，怕他難與共事，乃具名刺，先獻一詩云：

收拾乾坤一擔擔，上肩容易下肩難。
勸君高着擎天手，多少傍人冷眼看。

這首詩明説似道位高望重，要他虚己下賢，小心做事。他若見了詩欣然聽納，不枉在他門下走動一番。誰知似道見詩中有規諫之意，駡爲狂生，把詩扯得粉碎。不在話下。

再説賈似道同了門下賓客，文有廖瑩中、趙分如等，武有夏貴、孫虎臣等，精選羽林軍二十萬，器仗鎧甲，任意取辦，擇日辭朝出師。真個是威風凛凛，殺氣騰騰。不一日，來到漢陽駐扎。此時蒙古攻城甚急，鄂州將破，似道心膽俱裂，那敢上前？乃與廖瑩中諸人商議，修書一封，密遣心腹人宋京詣蒙古營中，求其退師，情願稱臣納幣。忽必烈不許，似道遣人往復三四次。適值蒙古主蒙哥死於合州釣魚山下，太弟忽必烈一心要纂大位，無心戀戰，遂從似道請和，每年納幣稱臣奉貢。兩下約誓已定，遂拔寨北去，奔喪即位。賈似道打聽得蒙古有事北歸，鄂州圍解，遂將議和稱臣納幣之事瞞過不題，上表誇張己功。只説蒙古懼己威名，聞風遠遁，使廖瑩中撰爲露布，又撰《福華編》，以記鄂州之功。蒙古差使人來議歲幣，似道怕他破壞己事，命軟監於真州地方。只要蒙蔽朝廷，那顧失信夷虜？【眉批】好計，好計！棟折榱崩，余將壓焉，大臣謀見，徇私忘公，皆似道之流也，愚甚，愚甚！〔三〕理宗皇帝謂似道有再造之功，下詔褒美，加似道少師，賜予金帛無算。又賜葛嶺周圍田地，以廣其居。母胡氏封兩國夫人。

似道偃然以中興功臣自任，居之不疑。日夕引歌姬舞妾，於湖上取樂。四方貢獻，絡繹不絶。凡門客都布置顯要，或爲大郡，掌握兵權。真個是：一人之下，萬人之上。每年八月八日，似道生辰，作詞頌美者，以數千計。似道一一親覽，第其高下。一時傳誦謄寫，爲之紙貴。時陸景思《八聲甘州》一詞，稱爲絶唱。詞云：

滿清平世界慶秋成，看斗米三錢。論從來活國，掄功第一，無過豐年。辦得民間安飽，餘事笑談間。若問平戎策，微妙難傳。【眉批】真個難傳。玉帝要留公住，把西湖一曲，分入林園。有茶爐丹竈，更有釣魚船。覺秋風、未曾吹着，但砌蘭、長倚北堂萱。千千歲、上天將相，平地神仙。

其他諂諛之詞，不可盡述。

一日，似道同諸姬在湖上倚樓閒玩，見有二書生，鮮衣羽扇，丰致翩翩，乘小舟游湖登岸。傍一姬低聲贊道：「美哉，二少年！」似道聽得了，便道：「汝願嫁彼二人，當使彼聘汝。」此姬惶恐謝罪。不多時，似道喚集諸姬，令一婢捧盒至前。似道說道：「適間某姬愛湖上書生，我已爲彼受聘矣。」衆姬不信，啓盒視之，乃某姬之首也，衆姬無不股栗。其待姬妾慘毒，悉如此類。又常差人販鹽百艘，〔四〕至臨安發賣。太學生有詩云：

昨夜江頭長碧波，滿船都載相公鹺。
雖然要作調羹用，未必調羹用許多。

似道又欲行富國强兵之策，御史陳堯道獻計，要措辦軍餉，便國便民，無如限田之法。怎叫做限田之法？如今大户田連阡陌，小民無立錐之地，有田者不耕，欲耕者無田。宜以官品大小，限其田數。某等官户止該田若干，其民户止該田若干。餘在限外者，或回買，或派買，或官買。回買者，原係其人所賣，不拘年遠，許其回贖。派買者，揀殷實人户，不滿限者派去，要他用價買之。官買者，官出價買之，名爲「公田」，顧人耕種，收租以爲軍餉之費。先行之浙右，候有端緒，然後各路照式舉行。【眉批】似有一種道理，鑿鑿可行。辨言亂政，小人覆國，政以近理之故，〔五〕釀弊而不覺也。大率回買、派買的都是下等之田，又要照價抽税入官。其上等好田，官府自買，又未免虧損原價。浙中大擾，無不破家者，【眉批】必然之弊。若公道舉行，聽民自便，雖王安石青苗法，亦是美政，何害？其時怨聲載道。太學生又詩云：

胡塵暗日鼓鼙鳴，高卧湖山不出征。
不識咽喉形勢地，公田枉自害蒼生。

賈似道恐其法不行，先將自己浙田萬餘畝入官爲公田。朝中官員要奉承宰相，人人聞風獻産。【眉批】捨得自己，害得他人。翰林院學士徐經孫條具公田之害，似道諷御史舒有開劾奏罷官。又有著作郎陳著亦上疏論似道欺君瘠民之罪，似道亦尋事黜之於外。公田官陳茂濂目擊其非，棄官而去。又有錢塘人葉李者，字太白，素與似道相知，上書切諫。似道大怒，黥其面流之於漳州。自此滿朝箝口，誰敢道個不字？

似道又立推排打量之法。何爲推排打量之法？假如一人有田若干，要他契書查勘買賣來歷，及質對四址明白。若對不來時，即係欺誑，没入其田。這便是推排。又去丈量尺寸，若是有餘，即名隱匿田數，也要没入，這便是打量。行了這法，白白的没入人産，不知其數。太學生又有詩云：

三分天下二分亡，猶把山河寸寸量。
縱使一丘添一畝，也應不似舊封疆。

又有人作《沁園春》，詞云：

道過江南，泥墻粉壁，右具在前。述何縣何鄉里，住何人地，佃何人田。氣象蕭條，生靈憔悴，經界從來未必然。惟何甚？爲官爲己，不把人憐。思量幾許山川，况土地分張又百年。西蜀巉巗，雲迷鳥道；兩淮清野，日警狼煙。宰相弄權，奸人罔上，誰念干戈未息肩？掌大地，何須經理，萬取千焉。

似道屢聞太學生譏訕，心中大怒，與御史陳伯大商議，【眉批】似道種種惡業，非御史不行。奏立士籍。凡科場應舉，及免舉人，州縣給曆一道，親書年貌世系，及所肄業於曆首，執以赴舉。過省參對筆迹異同，以防僞濫。乃密令人四下查訪，凡有詞華文采，能詩善詞者，便疑心他造言生謗，就於參對時尋其過誤，故意黜罷。由是諂諛進身，文人喪氣。【眉批】末世亂徵，大率如此，可嘆，可嘆！時人有詩云：

戎馬掀天動地來，荆襄一路哭聲哀。
平章束手全無策，却把科場惱秀才。

又有人作《沁園春》，詞云：

士籍令行，條件分明，逐一排連。問子孫何習？父兄何業？明經詞賦，右具如前。最是中間，娶妻某氏，試問於妻何與焉？鄉保舉，那堪着押，開口論錢。　祖宗立法於前，又何必更張萬萬千？算行關改會，限田放糴。生民凋瘁，膏血俱朘。只有士心，僅存一脉，今又艱難最可憐。【眉批】説得痛切。誰作俑？陳伯大附勢專權！

陳伯大收得此詞，獻與似道。似道密訪其人不得，知是秀才輩所爲，乘理宗皇帝晏駕，奏停是年科舉。自此太學、武學、宗學三處秀才，恨入骨髓。其中又有一班無耻的，倡率衆人，稱功頌德，似道欲結好學校，一一厚酬，一般也有感激賈平章之恩，願爲之用的。此見秀才中人心不一，所以公論不伸，【眉批】可恨，可恨！也不在話下。

却説理宗皇帝傳位度宗，改元咸淳。那度宗在東宫時，似道曾爲講官，兼有援立之恩。及即位，加似道太師，封魏國公。每朝見，天子必答拜，稱爲師相而不名。又詔他十日一朝，赴都堂議事，其餘聽從自便。大小朝政，皆就私第取决。當時傳下兩句口號，道是：

朝中無宰相，湖上有平章。

一日，似道招右丞相馬廷鸞、樞密使葉夢鼎，於湖中飲酒。似道行令，要舉一物，送與一個古人，那人還詩一聯。似道首令云：

我有一局棋，送與古人奕秋。奕秋得之，予我一聯詩：「自出洞來無敵手，得饒人處且饒人。」【眉批】有他説嘴。

馬廷鸞云：

我有一竿竹，送與古人呂望。呂望得之，予我一聯詩：「夜静水寒魚不食，滿船空載月明歸。」

葉夢鼎云：

我有一張犁，送與古人伊尹。伊尹得之，予我一聯詩：「但存方寸地，留與子孫耕。」【眉批】妙。

似道見二人所言，俱有譏諷之意，明日尋事，奏知天子，將二人罷官而去。那時蒙古强盛，改國號曰元，遣兵圍襄陽、樊城，已三年了，滿朝盡知，只瞞着天子一人而已。似道心知國勢將危，乃汲汲爲行樂之計。嘗於清明日游湖，作絶句云：

寒食家家插柳枝，留春春亦不多時。
人生有酒須當醉，青塚兒孫幾個悲？【眉批】讀此詩乃知似道心事，其所爲皆不終日之計耳。

於葛嶺起建樓臺亭榭，窮工極巧。凡民間美色，不拘娼尼，都取來充實其中。聞得宫人葉氏色美，勾通了穿宫太監，徑取出爲妾，晝夜淫樂無度。又造多寶閣，凡珍奇寶玩，百方購求，充積如山。每日登閣一遍，任意取玩，以此爲常。有人言及邊事者，恭宗於是下詔，以賈似道都督諸路軍馬。似道薦吕師夔參贊都督府軍事。其明年爲恭宗皇帝德佑元年，似道上表出師，旌旗蔽天，舳艫千里，水陸并進。領着兩個兒子，并妻妾輜重，凡百餘舟。門客俱帶家小而行。【眉批】似道此行已不作歸計矣。參贊吕師夔先到江州以城降元，元兵乘勢破了池州。似道聞此信，不敢進前，遂次於魯港。步軍招討使孫虎臣、水軍招討使夏貴，都是賈似道門客，平昔間談天説地，似道倚之爲重，其實原没有張、韓、劉、岳的本事。今日遇了大戰陣，如何僥倖得去？【眉批】似道欺天子，門客又欺似道。

却説孫虎臣屯兵於丁家洲，元將阿术來攻，孫虎臣抵敵不過，先自跨馬逃命，步軍都四散奔潰。阿术遣人繞宋舟大呼道：「宋家步軍已敗，你水軍不降，更待何時？」水軍見説，人人喪膽，個個心驚，不想厮殺，只想逃命。一時亂將起來，舳艫簸蕩，乍分乍合，溺死者不可勝數。似道禁押不住，急召夏貴議事，夏貴道：「諸軍已潰，戰守俱難。爲師相計，宜入揚州，招潰兵，迎駕海上。貴不才，當爲師相死守淮西一路。」説罷自去。少頃，孫虎臣下船，撫膺慟哭道：「吾非不欲血戰，奈手下無一人用命者，奈何？」似道尚未及對，哨船來報道：「夏招討舟已解纜先行，不知去向。」【眉批】死守得好。時軍中更鼓正打四更，似道茫然無策，又見哨船報道：「元兵四圍殺將來也。」急得似道面如土色，慌忙擊鑼退師，諸軍大潰。孫虎臣扶着似道乘單舸奔揚州。堂吏翁應龍搶得都督府印信，奔還臨安。到次日，潰兵蔽江而下。似道使孫虎臣登岸，揚旗招之，無人肯應者。只聽得罵聲嘈雜，都道：「賈似道奸賊，欺蔽朝廷，養成賊勢，誤國蠹民，害得我們今日好苦！」又聽得説道：「今日先殺了那夥奸賊，與萬民出氣。」説聲未絶，船上亂箭射來，孫虎臣中箭而倒。似道看見人心已變，急催船躲避，走入揚州城中，托病不出。

話分兩頭。却説右丞相陳宜中，平昔諂事似道，無所不至，似道扶持他做到相位。宜中見翁應龍奔還，問道：「師相何在？」應龍回言不知。宜中只道已死於亂軍之中，首上疏論似道喪師誤國之罪，乞族誅以謝天下。於是御史們又趨奉宜中，交章劾奏。【眉批】宦途險惡，只此極矣。恭宗天子方悟似道奸邪誤國，乃下詔暴其罪，略云：

大臣具四海之瞻，罪莫大於誤國；都督專閫外之寄，律尤重於喪師。具官賈似道，小才無取，大道未聞。歷相兩朝，曾無一善。變田制以傷國本，立士籍以阻人才。匿邊信而不聞，曠戰功而不舉。至於寇偪，方議師征，謂當纓冠而疾趨，何爲抱頭而鼠竄？遂致三軍解體，百將離心，社稷之勢綴旒，臣民之言切齒。姑示薄罰，俾爾奉祠。嗚呼！膺狄懲荆，無復周公之望；放兜殛鯀，尚寬《虞典》

保全螻蟻之命，生生世世，不敢忘報。」説罷，屈膝跪下。鄭虎臣微微冷笑，答應道：「團練且起，這寶玩是殃身之物，下官如何好受？有話途中再講。」似道再三哀求，虎臣只是微笑，似道心中愈加恐懼。

次日，虎臣催促似道起程。金銀財寶，尚十餘車，婢妾童僕，約近百人。虎臣初時并不阻當，行了數日，嫌他行李太重，擔誤行期，將他童僕輩日漸赶逐，其金寶之類，一路遇着寺院，逼他布施。似道不敢不依。【眉批】暢快。約行半月，止剩下三個車子，老年童僕數人，又被虎臣終日打駡，不敢親近。似道所坐車子，插個竹竿，扯帛爲旗，上寫着十五個大字，道是：「奉旨監押安置循州誤國奸臣賈似道。」似道羞愧，每日以袖掩面而行。【眉批】暢快。一路受鄭虎臣凌辱，不可盡言。

又行了多日，到泉州洛陽橋上，只見對面一個客官，匆匆而至，見了旗上題字，大呼：「平章久違了。一别二十餘年，何期在此相會。」似道只道是個相厚的故人，放下衣袖看時，却是誰來？【眉批】冤家路窄。那客官姓葉，名李，字太白，錢唐人氏，因爲上書切諫似道，被他黥面流於漳州。似道事敗，凡被其貶竄者，都赦回原籍。葉李得赦還鄉，路從泉州經過，正與似道相遇，故意叫他。似道羞慚滿面，下車施禮，口稱得罪。葉李問鄭虎臣討紙筆來，作詞一首相贈，詞云：

君來路，吾歸路，來來去去何曾住？公田關子竟何如？國事當時誰與誤？

雷州户，厓州户，人生會有相逢處。客中頗恨乏蒸羊，聊贈一篇長短句。

當初北宋仁宗皇帝時節，宰相寇準有澶淵退虜之功，却被奸臣丁謂所譖，貶爲雷州司户。未幾，丁謂奸謀敗露，亦貶於厓州。路從雷州經過，寇準遣人送蒸羊一隻，聊表地主之禮。丁謂慚愧，連夜偷行過去，不敢停留。今日葉李詞中，正用這個故事，以見天道反覆，冤家不可做盡也。似道得詞，慚愧無地，手捧金珠一包，贈與葉李，聊助路資，葉李不受而去。鄭虎臣喝道：「這不義之財，犬豕不顧，誰人要你的！」就似道手中奪來，抛散於地，喝教車仗快走，口内罵聲不絶。似道流淚不止。

鄭虎臣的主意，只教賈似道受辱不過，自尋死路，其如似道貪戀餘生。比及到得漳州，童僕逃走俱盡，單單似道父子三人，真個是身無鮮衣，口無甘味，賤如奴隸，窮比乞兒，苦楚不可盡説。漳州太守趙分如，正是賈似道舊時門客，聞得似道到來，出城迎接，看見光景凄凉，好生傷感。又見鄭虎臣顔色不善，不敢十分殷勤。是日，趙分如設宴館驛，管待鄭虎臣，意欲請似道同坐。虎臣不許，似道也謙讓道：「天使在此，罪人安敢與席？」到教趙分如過意不去，只得另設一席於别室，使通判陪侍似道，自己陪虎臣。飲酒中間，分如察虎臣口氣，銜恨頗深，乃假意問道：「天使今日押團練至此，想無生理，何不教他速死，免受苦惱，却不乾凈？」虎臣笑道：「便是這惡物事，偏受得許多苦惱，要他好死却不肯死。」趙分如不敢再言。

次日五鼓，不等太守來送，便催趲起程。離城五里，天尚未大明，到個庵院。虎臣教歇脚，且進庵梳洗早膳。似道看這庵中扁額寫着「木綿庵」三字，大驚道：「二年前，神僧鉢盂中贈詩，有『開花結子在綿州』句，莫非應在今日？我死必矣！」進庵，急呼二子分付説話，已被虎臣拘囚於別室。似道自分必死，身邊藏得冰腦一包，因洗臉，就掬水吞之。覺腹中痛極，討個虎子坐下，看看命絶。虎臣料他服毒，乃罵道：「奸賊，奸賊！百萬生靈死於汝手，汝延捱許多路程，却要自死，到今日老爺偏不容你！」將大搥連頭連腦打下二三十，打得希爛，嗚呼死了。却教人報他兩個兒子説道：「你父親中惡，快來看視。」兒子見老子身死，放聲大哭。虎臣奮怒，一搥一個，都打死了。【眉批】虎臣快士。却教手下人拖去一邊，只説逃走去了。虎臣投搥於地，嘆道：「吾今日上報父仇，下爲萬民除害，雖死不恨矣。」就用隨身衣服，將草薦捲之，埋於木綿庵之側。埋得定當，方將病狀關白太守趙分如。趙分如明知是虎臣手脚，見他兇狠，那敢盤問？只得依他，將病狀申報各司去訖。直待虎臣動身去後，方纔備下棺木，掘起似道尸骸，重新殯殮，埋葬成墳，爲文祭之，辭曰：

嗚呼！履齋死蜀，死於宗申；先生死閩，死於虎臣。【眉批】只八個字，而情理顯然，高手，高手！哀哉，尚饗！

那履齋是誰？姓吴名潛，是理宗朝的丞相。因賈似道謀代其位，造下謡言，誣之以罪，害他循州安置，却教循州知州劉宗申逼他服毒而死。今日似道下貶循州，未及到彼，先死於木綿庵，比吴潛之禍更慘。這四句祭文，隱隱説天理報應。趙分如雖然出於似道門下，也見他良心不泯處。

閒話休題。再説似道既貶之後，家私田産，雖説入官，那葛嶺大宅，誰人管業？高臺曲池，日就荒落，墻頽壁倒，游人來觀者，無不感嘆。多有人題詩於門壁，今録得二首，詩云：

深院無人草已荒，漆屏金字尚輝煌。
底知事去身宜去，豈料人亡國亦亡。
理考發身端有自，鄭人應夢果何祥？
卧龍不肯留渠住，空使晴光滿畫墻。

又詩云：

事到窮時計亦窮，此行難倚鄂州功。

木綿庵裏千年恨，秋壑亭中一夢空。
石砌苔稠猿步月，松亭葉落鳥呼風。
客來不用多惆悵，試向吴山望故宫。

【校記】

〔一〕「惡人」，法政本作「人惡」。
〔二〕「令終」，法政本作「善終」。
〔三〕本條眉批，法政本無。
〔四〕「百艘」，法政本作「百般」。
〔五〕「近理」，法政本作「道理」。

張舜美

一江流水三更月

第二十三卷　張舜美元宵得麗女〔一〕

太平時節元宵夜，十里燈毬映月輪。
多少王孫并士女，綺羅叢裏盡懷春。

話説東京汴梁，宋天子徽宗放燈買市，十分富盛。且説在京一個貴官公子，姓張名生，年方十八，生得十分聰俊，未娶妻室。因元宵到乾明寺看燈，忽於殿上拾得一紅綃帕子，帕角繫一個香囊。細看帕上，有詩一首云：

囊裏真香心事封，鮫綃一幅淚流紅。
殷勤聊作江妃佩，贈與多情置袖中。

詩尾後又有細字一行云：「有情者拾得此帕，不可相忘。請待來年正月十五夜，於相籃後門一會，車前有鴛鴦燈是也。」張生吟諷數次，嘆賞久之，乃和其詩曰：

濃麝因知玉手封，輕綃料比杏腮紅。

雖然未近來春約，已勝襄王魂夢中。

自此之後，張生以時挨日，以日挨月，以月挨年。倏忽間烏飛電走，又換新正。將近元宵，思赴去年之約，乃於十四日晚，候於相籃後門。果見車一輛，燈挂雙鴛鴦，呵衛甚衆。張生驚喜無措，無因問答，乃誦詩一首，或先或後，近車吟詠，云：

何人遺下一紅綃？暗遣吟懷意氣饒。
料想佳人初失去，幾回纖手摸裙腰。

車中女子聞生吟諷，默念昔日遺香囊之事諧矣，遂啓簾窺生，見生容貌皎潔，儀度閒雅，愈覺動情。遂令侍女金花者，通達情款，生亦會意。須臾，香車遠去，已失所在。

次夜，生復伺於舊處。俄有青蓋舊車，迤邐而來，更無人從，車前挂雙鴦鴛燈。生睹車中，非昨夜相遇之女，乃一尼耳。車夫連稱：「送師歸院去。」生遲疑間，見尼轉手而招生。生潛隨之，至乾明寺，老尼迎門謂曰：「何歸遲也？」尼入院，生隨入小軒，軒中已張燈列宴。尼乃卸去道裝，忽見綠鬟堆雲，紅裳映月。生、女聯坐，老尼侍傍。酒行之後，女曰：「願見去年相約之媒。」生取香囊紅綃，付女視之。女方笑曰：「京都往來人衆，偏落君手，豈非天賜爾我姻緣耶？」生曰：「當時得之，亦曾奉和。」因舉其詩。女喜曰：「真我夫也。」於是與生就枕，極盡歡娛。頃而鷄聲四起，謂生曰：「妾乃霍員外家第八房之妾。員外老病，經年不到妾房。妾每夜焚香祝天，願遇一良人，成其夫婦。幸得見君子，足慰平生。妾今用計脱身，不可復入。此身已屬之君，情願生死相隨。不然，將置妾於何地也？」生曰：「我非木石，豈忍分離？但尋思無計。若事發相連，不若與你懸梁同死，雙雙做風流之鬼耳。」説罷，相抱悲泣。老尼從外來，曰：「你等要成夫婦，但恨無心耳，何必做没下稍事！」生、女雙雙跪拜求計。老尼曰：「汝能遠涉江湖，變更姓名於千里之外，可得盡終世之情也。」女與生俯首受計。老尼遂取出黄白一包，付生曰：「此乃小娘子平日所寄，今送還官人，以爲路資。」生亦回家，收拾細軟，打做一包。是夜，拜别了老尼，雙雙出門，走到通津邸中借宿。次早顧舟，自汴涉淮，直至蘇州平江，創第而居。兩情好合，諧老百年。正是：

意似鴦鴛飛比翼，情同鸞鳳舞和鳴。

今日爲甚説這段話？却有個波俏的女子，也因燈夜游玩，撞着個狂蕩的小秀才，惹出一場奇奇怪怪的事來。未知久後成得夫婦也不？且聽下回分解。正是：

燈初放夜人初會，梅正開時月正圓。

且道那女子遇着甚人？那人是越州人氏，姓張，雙名舜美，年方弱冠，是一個輕俊標致的秀士，風流未遇的才人。偶因鄉試來杭，不能中選，遂淹留邸舍中，半年有餘。正逢着上元佳節，舜美不免關閉房門，游玩則個。況杭州是個熱鬧去處，怎見得杭州好景？柳耆卿有首《望海潮》詞，單道杭州好處，詞云：

東南形勝，三吴都會，錢塘自古繁華。煙柳畫橋，風簾翠幕，參差十萬人家。雲樹繞堤沙，怒濤捲霜雪，天塹無涯。市列珠璣，户盈羅綺，競奢華。重湖疊巘清佳，有三秋桂子、十里荷花。弦管弄晴，菱歌泛夜，嬉嬉的釣叟蓮娃。千騎擁高牙，乘時聽簫鼓，吟賞煙霞。異日圖將好景，歸到鳳池賒。

舜美觀看之際，勃然興發，遂口占《如夢令》一詞以解懷，云：

明月娟娟篩柳，春色溶溶如酒。今夕試華燈，約伴六橋行走。回首，回首，樓上玉人知否？

且誦且行之次，遥見燈影中，一個丫鬟，肩上斜挑一盞彩鸞燈，後面一女子，冉冉而來。那女子生得鳳髻鋪雲，蛾眉掃月，生成媚態，出色嬌姿。舜美一見了那女子，沉醉頓醒，竦然整冠，湯瓶樣摇擺過來。爲甚的做如此模樣？元來調光的人，只在初見之時，就便使個手段。凡萍水相逢，有幾般討探之法。做子弟的，聽我把調光經表白幾句：

雅容賣俏，鮮服誇豪。遠覰近觀，只在雙眸傳遞；捱肩擦背，全憑健足跟隨。我既有意，自當送情；他若留心，必然答笑。點頭須會，咳嗽便知。緊處不可放遲，閒中偏宜着鬧。訕語時，口要緊；刮涎處，臉須皮。冷面撇清，還察其中真假；回頭攬事，定知就裏應承。説不盡百計討探，湊成來十分機巧。假饒心似鐵，弄得意如糖。

説那女子被舜美撩弄，禁持不住，眼也花了，心也亂了，腿也蘇了，脚也麻了。癡呆了半晌，四目相睃，面面有情。那女子走得緊，舜美也跟得緊；走得慢，也跟得慢，但不能交接一語。不覺又到衆安橋，橋上做賣做買，東來西去的，挨擠不過。過得衆安橋，失却了女子所在，只得悶悶而回。開了房門，風兒又吹，燈兒又暗，枕兒又寒，被兒又冷，怎生睡得？心裏丟不下那個女子，思量再得與他一會也好。你看世間有這等的癡心漢子，實是好笑。正是：

半窗花影模糊月，一段春愁着摸人。

舜美甫能勾捱到天明，起來梳裹了，三餐已畢，只見街市上人，又早收拾看燈。舜美身心按捺不下，急忙關閉房門，徑往夜來相遇之處。立了一會，轉了一會，尋了一會，靠了一會，呆了一會，只是等不見那女子來。遂調《如夢令》一詞消遣，云：

燕賞良宵無寐，笑倚東風殘醉。未審那人兒，今夕玩游何地？留意，留意，幾度欲歸還滯。

吟畢，又等了多時，正爾要回，忽見小鬟挑着彩鸞燈，同那女子從人叢中挨將出來。那女子瞥見舜美，笑容可掬，况舜美也約摸着有五六分上手。那女子徑往鹽橋，進廣福廟中拈香。禮拜已畢，轉入後殿。舜美隨於後，那女子偶爾回頭，不覺失笑一聲。舜美呆着老臉，陪笑起來。他兩個挨挨擦擦，前前後後，不復顧忌。那女子回身捽袖中，遺下一個同心方勝兒。舜美會意，俯而拾之，就於燈下拆開一看，乃是一幅花箋紙。不看萬事全休，只因看了，直教一個秀才，害了一二年鬼病相思，險些送了一條性命。你道花箋上寫的甚麼文字？原來也是個《如夢令》，詞云：

邂逅相逢如故，引起春心追慕。高挂彩鸞燈，正是兒家庭户。那步，那步，千萬來宵垂顧。

詞後復書云：「妾之敝居，十官子巷中，朝南第八家。明日父母兄嫂赶江干舅家燈會，十七日方歸，止妾與侍兒小英在家。敢邀仙郎惠然枉駕，少慰鄙懷，妾當焚香掃門，迎候翹望。妾劉素香拜柬。」舜美看了多時，喜出望外。那女子已去了，舜美步歸邸舍，一夜無眠。

次早又是十五日。舜美捱至天晚，便至其處，不敢造次突入。乃成《如夢令》一詞，來往歌云：

漏滴銅壺聲咽，風送金猊香烈。一見彩鸞燈，頓使狂心煩熱。應説，應説，

昨夜相逢時節。

女子聽得歌聲，掀簾而出，果是燈前相見可意人兒。遂迎迓到於房中，吹滅銀燈，解衣就枕。他兩個正是曠夫怨女，相見如餓虎逢羊，蒼蠅見血，那有工夫問名叙禮？且做一班半點兒事。有《南鄉子》詞一首，單題着交歡趣向，道是：

粉汗濕羅衫，爲雨爲雲底事忙？兩隻脚兒肩上閣，難當，顰蹙春山入醉鄉。

忒殺太顛狂，口口聲聲叫我郎。舌送丁香嬌欲滴，初嘗，非蜜非糖滋味長。

兩個講歡已罷，舜美曰：「僕乃途路之人，荷承垂盼，以凡遇仙。自思白面書生，愧無纖毫奉報。」素香撫舜美背曰：「我因愛子胸中錦繡，非圖你囊裏金珠。」舜美稱謝不已。素香忽然長嘆，流淚而言曰：「今日已過，明日父母回家，不能復相聚矣，如之奈何？」兩個沉吟半晌，計上心來，素香曰：「你我莫若私奔他所，免使兩地永抱相思之苦，未知郎意何如？」舜美大喜曰：「我有遠族，見在鎮江五條街開個招商客店，可往依焉。」素香應允。

是夜素香收拾了一包金珠，也妝做一個男兒打扮，與舜美携手迤邐而行。將及二鼓，方纔行到北關門下。你道因何三四里路，走了許多時光？只爲那女子小小一雙

脚兒，只好在屧廊緩步，芳徑輕移，擎擡繡閣之中，出没湘裙之下，脚又穿着一雙大靴，教他跋長途，登遠道，心中又慌，怎地的拖得動？且又城中人要出城，城外人要入城，兩下不免撒手。前後隨行，出得第二重門，被人一湧，各不相顧。那女子徑出城門，從半塘横去了。【眉批】舜美不濟。舜美慮他是婦人，身體柔弱，挨擠不出去，還在城裏，也不見得，急回身尋問把門軍士。軍士説道："適間有個少年秀才，尋問同輩，回未半里多地。"【眉批】若無此磨障，忒容易了，不成話柄矣。舜美自思："一條路往錢塘門，一條路往師姑橋，一條路往褚家堂，三四條叉路，往那一條好？"躊躇半晌，只得依舊路赶去。至十官子巷，那女子家中，門已閉了，悄無人聲。急急回至北關門，門又閉了。整整尋了一夜。

巴到天明，挨門而出。至新馬頭，見一夥人圍得緊緊的，看一隻繡鞋兒。【眉批】好關目。舜美認得是女子脱下之鞋，不敢開聲。衆人説："不知何人家女孩兒，爲何事來，溺水而死，遺鞋在此？"舜美聽罷，驚得渾身冷汗。復到城中探信，滿城人喧嚷，皆説十官子巷内劉家女兒，被人拐去，又説投水死了，隨處做公的緝訪。這舜美自因受了一晝夜辛苦，不曾吃些飯食，况又痛傷那女子死於非命，回至店中，一卧不起，寒熱交作，病勢沉重將危。【眉批】舜美此番可死。正是：

相思相見知何日？多病多愁損少年。

且不説舜美卧病在床，却説劉素香自北關門失散了舜美，從二更直走到五更，方至新馬頭。自念舜美尋我不見，必然先往鎮江一路去了，遂暗暗地脱下一隻繡花鞋在地。爲甚的？他惟恐家中有人追赶，故托此相示，以絶父母之念。【眉批】素香此行甚拙，然實是大有心人，又且有才有智，作用勝舜美多多許。素香乘天未明，賃舟沿流而去。數日之間，雖水火之事，亦自謹慎，稍人亦不知其爲女人也。比至鎮江，打發舟錢登岸，隨路物色，訪張舜美親族。又忘其姓名居止，問來問去，看看日落山腰，又無宿處。偶至江亭，少憩之次，此時乃是正月二十二日，況是月出較遲，是夜夜色蒼然，漁燈隱映，不能辨認咫尺。素香自思，爲他拋離鄉井父母兄弟，又無消息，不若從浣紗女游於江中。哭了多時，只恨那人不知妾之死所。不覺半夜光景，亭隙中射下月光來。遂移步凭欄，四顧澄江，渺茫千里。正是：

一江流水三更月，兩岸青山六代都。

素香嗚嗚咽咽，自言自語，自悲自嘆，不覺亭角暗中，走出一個尼師，向前問曰：「人耶？鬼耶？何自苦如此？」素香聽罷，答曰：「荷承垂問，敢不實告。妾乃浙江人也，因隨良人之任，前往新豐。却不思慢藏誨盜，稍子因瞰良人囊金，賤妾容貌，輒起不仁之心。良人、婢僕皆被殺害，獨留妾一身。稍子欲淫污妾，妾誓死不從。次日稍子飲酒大醉，妾遂着先夫衣冠，脱身奔逃，偶然至此。」素香難以私奔相告，假托此一段説話。尼師聞之，愀然曰：「老身在施主家，渡江歸遲，天遣到此亭中與娘子相遇，真是前緣。娘子肯從我否？」素香曰：「妾身回視家鄉，千山萬水，得蒙提挈，乃再生之賜。」尼師曰：「出家人以慈悲方便爲本，此分内事，不必慮也。」素香拜謝。

天明，隨至大慈庵。屏去俗衣，束髮簪冠，獨處一室。諸品經呪，目過輒能成誦。旦夕參禮神佛，拜告白衣大士，并持大士經文，哀求再會。尼師見其貞順，自謂得人，不在話下。

再説舜美在那店中，延醫調治，日漸平復。不肯回鄉，只在邸舍中温習經史。光陰荏苒，又逢着上元燈夕。舜美追思去年之事，仍往十官子巷中一看，可憐景物依然，只是少個人在目前。悶悶歸房，因誦秦少游學士所作《生查子》詞云：

去年元夜時，花市燈如晝。月在柳梢頭，人約黄昏後。　今年元夜時，月與燈依舊。不見去年人，淚濕春衫袖。

舜美無情無緒，灑淚而歸。慚愧物是人非，悵然絶望，立誓終身不娶，以答素香之情。

【眉批】也虧他。

在杭州倏忽三年，又逢大比，舜美得中首選解元，赴鹿鳴宴罷，馳書歸報父母，親友賀者填門。數日後，將帶琴劍書箱，上京會試。一路風行露宿，舟次鎮江江口，將欲渡江，忽狂風大作。移舟傍岸，少待風息。其風數日不止，只得停泊在彼。

且説劉素香在大慈庵中，荏苒首尾三載。是夜，忽夢白衣大士報云：「爾夫明日來也。」【眉批】大士大慈大悲處。恍然驚覺，汗流如雨。自思平素未嘗如此，真是奇怪！不言與師知道。

舜美等了一日又是一日，心中好生不快，遂散步獨行，沿江閒看。行至一松竹林中，中有小庵，題曰「大慈之庵」，清雅可愛。趨身入内，庵主出迎，拉至中堂供茶。也是天使其然，劉素香向窗楞中一看，諕得目睜口呆，宛如酒醒夢覺。尼師忽入換茶，素香乃具道其由。尼師出問曰：「相公莫非越州張秀才乎？」舜美駭然曰：「僕與吾師素昧平生，何緣垂識？」尼師又問曰：「曾娶妻否？」【眉批】此問亦要緊。舜美歎歎淚下，乃應曰：「曾有妻劉氏素香，因三載前元宵夜觀燈失去，未知存亡下落。今僕雖不才，得中解元，便到京得進士，終身亦誓不再娶也。」師遂呼女子出見，兩個抱頭慟哭，多時，收淚而言曰：「不意今生再得相見！」悲喜交集，拜謝老尼。乃沐浴更衣，詣大士前，焚香百拜。次以白金百兩，段絹二端，奉尼師爲壽。兩下相别，雙雙下舟。

真個似缺月重圓，斷弦再續，大喜不勝。

一路至京，連科進士，除授福建興化府莆田縣尹。謝恩回鄉，路經鎮江，二人復訪大慈庵，贈尼師金一笏。回至杭州，徑到十官子巷，投帖拜望。劉公看見車馬臨門，大紅帖子上寫着「小婿張舜美」，只道誤投了。正待推辭，只見少年夫婦，都穿着朝廷命服，雙雙拜於庭下。父母兄嫂見之大驚，悲喜交集。父母道：〔二〕「因元宵失却我兒，聞知投水身死，我們苦得死而復生。不意今日再得相會，况得此佳婿，劉門之幸。」乃大排筵會，作賀數日，令小英隨去。二人別了丈人、丈母，到家見了父母。舜美告知前事，令妻出拜公姑。張公、張母大喜過望，作宴慶賀。不數日，同妻別父母，上任去訖。久後，舜美官至天官侍郎，子孫貴盛。有詩爲證：

間別三年死復生，潤州城下念多情。
今宵然燭頻頻照，笑眼相看分外明。

【校記】

〔一〕「元宵」，底本及法政本均作「燈宵」，據書首目録改。

〔二〕「父母」，法政本作「丈母」。

何處最堪憐腸斷
黃昏時節

一負馮君羅水厄
一爲鄭氏喪深淵

第二十四卷　楊思温燕山逢故人

一夜東風，不見柳梢殘雪。御樓煙暖，對鰲山綵結。簫鼓向晚，鳳輦初回宫闕。千門燈火，九衢風月。繡閣人人，乍嬉游困又歇。艷妝初試，把珠簾半揭。嬌羞向人，手撚玉梅低説。相逢長是，上元時節。

這一首詞，名《傳言玉女》，乃胡浩然先生所作。道君皇帝朝宣和年間，元宵最盛。每年上元，正月十四日，車駕幸五嶽觀凝祥池，每常駕出，有紅紗貼金燭籠二百對。元夕加以琉璃玉柱掌扇，快行客各執紅紗珠珞燈籠。至晚還内，駕入燈山。御輦院人員，輦前唱《隨竿媚》來。御輦旋轉一遭，倒行觀燈山，謂之「鵓鴿旋」，又謂「踏五花兒」，則輦官有賞賜矣。駕登宣德樓，游人奔赴露臺下。十五日，駕幸上清宫，至晚還内。上元後一日，進早膳訖，車駕登門捲簾，御座臨軒，宣百姓，先到門下者，得瞻天表。小帽紅袍獨坐，左右侍近，簾外金扇執事之人。須臾下簾，則樂作，縱萬姓游賞。華燈寶燭，月色光輝，霏霏融融，照耀遠邇。至三鼓，樓上以小紅紗燈緣索而至半，都人皆知車駕還内。當時御製《夾鍾宮·小重山》詞，道：

羅綺生香嬌艷呈，金蓮開陸海，繞都城。寶輿四望翠峰青。東風急，吹下半天星。　萬井賀升平。行歌花滿路，月隨人，紗籠一點御燈明。簫韶遠，高宴在蓬瀛。

今日説一個官人，從來只在東京看這元宵。誰知時移事變，流寓在燕山看元宵。那燕山元宵却如何？

雖居北地，也重元宵。未聞鼓樂喧天，只聽胡笳聒耳。家家點起，應無陸地金蓮；處處安排，那得玉梅雪柳？小番鬢邊挑大蒜，岐婆頭上帶生葱。漢兒誰負一張琴，女們盡敲三棒鼓。

每年燕山市井，如東京製造，到己酉歲方成次第。當年那燕山裝那鰲山，也賞元宵，士大夫百姓皆得觀看。這個官人，本身是肅王府使臣，在貴妃位掌箋奏，姓楊，雙名思温，排行第五，呼爲楊五官人。因靖康年間，流寓在燕山。猶幸相逢姨夫張二官人，在燕山開客店，遂寓居焉。楊思温無可活計，每日肆前與人寫文字，得些胡亂度日。忽值元宵，見街上的人皆去看燈，姨夫也來邀思温看燈，同去消遣旅况。思温情緒索然，辭姨夫道：「看了東京的元宵，如何看得此間元宵？【眉批】可傷。姨夫自穩便先去，思温少刻追陪。」張二官人先去了。

楊思温挨到黄昏，聽得街上喧閙，静坐不過，只得也出門來看燕山元宵。但見：

蓮燈燦爛，只疑吹下半天星；士女駢闐，便是列成王母隊。一輪明月嬋娟照，半是京華流寓人。

見街上往來游人無數。思温行至昊天寺前，只見真金身鑄五十三參，銅打成旛竿十丈，上有金書「敕賜昊山憫忠禪寺」。思温入寺看時，佛殿兩廊，盡皆點照。信步行到羅漢堂，乃渾金鑄成五百尊阿羅漢。入這羅漢堂，有一行者，立在佛座前化香油錢，道：「諸位看燈檀越，布施燈油之資，祝延福壽。」思温聽其語音，類東京人，【眉批】節次幾個東京字，打動鄉情。問行者道：「參頭，仙鄉何處？」行者荅言：「某乃大相國寺河沙院行者，今在此間復爲行者，請官人坐於凳上，閒話則個。」思温坐凳上，正看來往游人，睹一簇婦人，前遮後擁，入羅漢堂來。内中一個婦人，與思温四目相盼，思温睹這婦人打扮，好似東京人。但見：

輕盈體態，秋水精神。四珠環勝内家妝，一字冠成宫裏樣。未改宣和妝束，猶存帝里風流。

思温認得是故鄉之人，感慨情懷，悶悶不已，因而困倦，假寐片時。那行者叫得醒來，開眼看時，不見那婦人。楊思温嗟呀道：「我却待等他出來，恐有親戚在其間，相認則個，又挫過了。」對行者道：「適來入院婦女何在？」行者道：「婦女們施些錢去了，臨行道：『今夜且歸，明日再來做些功德，追薦親戚則個。』官人莫悶，明日却來相候不妨。」思温見説，也施些油錢，與行者相辭了，離羅漢院。繞寺尋遍，忽見僧堂壁上，留題小詞一首，名《浪淘沙》：

盡日倚危欄，觸目凄然，乘高望處是居延。忽聽樓頭吹畫角，雪滿長川。
荏苒又經年，暗想南園，與民同樂午門前。僧院猶存宣政字，不見鰲山。

楊思温看罷留題，情緒不樂。歸來店中，一夜睡不著。巴到天明起來，當日無話得説。

至晚，分付姨夫，欲往昊天寺，尋昨夜的婦人。走到大街上，人稠物穰，正是熱鬧。正行之間，忽然起一陣雷聲，思温恐下雨，驚而欲回。擡頭看時，只見：

銀漢現一輪明月，天街點萬盞華燈。寶燭燒空，香風拂地。

仔細看時，却見四圍人從，擁著一輪大車，從西而來。車聲動地，跟隨番官，有數十人。但見：

呵殿喧天，儀仗塞路。前面列十五對紅紗照道，燭焰争輝；兩下攏二十柄畫桿金鎗，寶光交際。香車似箭，侍從如雲。

車後有侍女數人，其中有一婦女穿紫者，腰佩銀魚，手持凈巾，以帛擁項。思温於月光之下仔細看時，好似哥哥國信所掌儀韓思厚妻，嫂嫂鄭夫人意娘。這鄭夫人，原是喬貴妃養女，嫁得韓掌儀，與思温都是同里人，遂結拜爲表兄弟，思温呼意娘爲嫂嫂。自後暌離，不復相問。著紫的婦人見思温，四目相睹，不敢公然招呼。思温隨從車子到燕市秦樓住下，車盡入其中。貴人上樓去，番官人從樓下坐。原來秦樓最廣大，便似東京白樊樓一般。樓上有六十個閤兒，下面散鋪七八十副卓凳。當夜賣酒，合堂熱鬧。

楊思温等那貴家入酒肆，去秦樓裏面坐地，叫過賣至前。那人見了思温便拜，思温扶起道：「休拜。」打一認時，却是東京白樊樓過賣陳三兒。思温甚喜，就教三兒坐，三兒再三不敢，思温道：「彼此都是京師人，就是他鄉遇故知，同坐不妨。」唱喏了方坐。思温取出五兩銀子與過賣，分付收了銀子，好好供奉數品葷素酒菜上來，與三兒一面吃酒説話。三兒道：「自丁未年至此，拘在金吾宅作奴僕。後來鼎建秦樓，爲思舊日樊樓過賣，乃日納買工錢八十，故在此做過賣。幸與官人會面。」正説話間，忽聽得一派樂聲。思温道：「何處動樂？」三兒道：「便是適來貴人上樓飲酒的韓國夫人宅眷。」思温問韓國夫人事體，三兒道：「這夫人極是照顧人，常常夜間將帶宅眷來此飲酒，和養娘各坐。三兒常上樓供過伏事，常得夫人賞賜錢鈔使用。」思温又問三兒：「適間路邊遇韓國夫人，車後宅眷叢裏，有一婦人，似我嫂嫂鄭夫人，不知是否？」三兒道：「即要復官人，三兒每上樓供過衆宅眷時，常見夫人，又恐不是，不敢廝認。」思温遂告三兒道：「我有件事相煩你，你如今上樓供過韓國夫人宅眷時，就尋鄭夫人。做我傳語道：『我在樓下專候夫人下來，問哥哥詳細。』」三兒應命上樓去，思温就座上等。一時，只見三兒下樓，以指住下唇，思温曉得京師人市語，恁地乃了事也。思温問：「事如何？」三兒道：「上樓得見鄭夫人，説道：『五官人在下面等夫人下來，問哥哥消息。』夫人聽得，便垂淚道：『叔叔原來也在這裏。傳與五官人，少刻便下樓，自與叔叔説話。』」思温謝了三兒，打發酒錢，乃出秦樓門前，佇立懸望。

不多時，只見祗候人從入去，少刻番官人從簇擁一輛車子出來。思温候車子過，後面宅眷也出來，見紫衣佩銀魚、項纏羅帕婦女，便是嫂嫂。思温進前，共嫂嫂叙禮畢，遂問道：「嫂嫂因何與哥哥相别在此？」鄭夫人揾淚道：「妾自靖康之冬，與兄賃舟下淮楚，將至盱眙，【眉批】盱眙，音虚移。〔二〕不幸箭穿駕手，刀中稍公，妾有樂昌破鏡之憂，汝兄被縲絏纏身之苦，爲虜所掠，其酋撒八太尉相逼，我義不受辱，爲其執虜至燕山。撒八太尉恨妾不從，見妾骨瘦如柴，遂鬻妾身於祖氏之家。後知是娼户。自思是品官妻，命官女，生如蘇小卿何榮？死如孟姜女何辱？暗抽裙帶自縊梁間。被人得知，將妾救了。撒八太尉妻韓夫人聞而憐我，亟令救命，留我隨侍。項上瘡痕，至今未愈。是故項纏羅帕。倉皇別良人，不知安往？新得良人音耗：當時更衣遁走，今在金陵，復還舊職，至今四載，未忍重婚。妾燃香煉頂，問卜求神，望金陵之有路，脱生計以無門。今從韓國夫人至此游宴，既爲奴僕之軀，不敢久語。叔叔叮嚀，驀遇江南人，倩教傳個音信。」【眉批】叙一段相逢，何異夢境。

楊思温欲待再問其詳，俄有番官手持八稜抽攮，向思温道：「我家奴婢，更夜之間，怎敢引誘？」拿起抽攮，迎臉便打。思温一見來打，連忙急走。那番官脚蹪行遲，赶不上。走得脱，一身冷汗。慌忙歸到姨夫客店。張二官見思温走回喘吁吁地，問道：「做甚麼直恁慌張？」思温將前事一一告訴。張二官見説，嗟呀不已。安排三杯與思温囉索。思温想起哥哥韓忠翊嫂嫂鄭夫人，那裏吃得酒下。

愁悶中過了元宵，又是三月。張二官向思温道：「我出去兩三日即歸，你與我照管店裏則個。」思温問：「出去何幹？」張二官人道：「今兩國通和，奉使至維揚，買些貨物便回。」楊思温見姨夫張二官出去，獨自無聊，晝長春困，散步大街至秦樓。入樓閒望一晌，乃見一過賣至前唱喏，便叫：「楊五官！」思温看時，好生面熟，却又不是陳三，是誰？過賣道：「男女東京寓仙酒樓過賣小王。前時陳三兒被左金吾叫去，不令出來。」思温不見三兒在秦樓，心下越悶，胡亂買些點心吃，便問小王道：「前次上元夜韓國夫人來此飲酒，不知你識韓國夫人住處麽？」小王道：「男女也曾問他府中來，道是天王寺後。」説猶未了，思温擡頭一看，壁上留題墨迹未乾。仔細讀之，題道「昌黎韓思厚舟發金陵，過黄天蕩，因感亡妻鄭氏，船中作相吊之詞」，名《御階行》：

合和朱粉千餘兩，捻一個，觀音樣。大都却似兩三分，少付玲瓏五臟。等待黄昏，尋好夢底，終夜空勞攘。　香魂媚魄知何往？料只在，船兒上。無言倚定小門兒，獨對滔滔雪浪。若將愁淚，還做水算，幾個黄天蕩。

楊思温讀罷，駭然魂不附體：「題筆正是哥哥韓思厚，恁地是嫂嫂没了。我正月十五日秦樓親見，共我説話，道在韓國夫人宅爲侍妾，今却没了。這事難明。」驚疑未決，遂問小王道：「墨迹未乾，題筆人何在？」小王道：「不知。如今兩國通和，奉使至此，在本道館驛安歇。適來四五人來此飲酒，遂寫於此。」説話的，錯説了！使命入國，豈有出來閒走買酒吃之理？按《夷堅志》載：那時法禁未立，奉使官聽從與外人往來。當日是三月十五日，楊思温問本道館在何處，小王道：「在城南。」思温還了酒錢下樓，急去本道館，尋韓思厚。

到得館道，只見蘇、許二掌儀在館門前閒看。二人都是舊日相識，認得思温，近前唱喏，還禮畢。問道：「楊兄何來？」思温道：「特來尋哥哥韓掌儀。」二人道：「在裏面會文字，容入去唤他出來。」二人遂入去，叫韓掌儀出到館前。思温一見韓掌儀，連忙下拜，一悲一喜，便是他鄉遇契友，燕山逢故人。思温問思厚：「嫂嫂安樂？」思厚聽得説，兩行淚下，告訴道：「自靖康之冬，與汝嫂顧船，將下淮楚，路至盱眙，不幸箭穿篙手，刀中稍公，爾嫂嫂有樂昌破鏡之憂，兄被縲絏纏身之苦。我被虜執於野寨，夜至三鼓，以苦告得脱，然亦不知爾嫂嫂存亡。後有僕人周義，伏在草中，見爾嫂被虜撒八太尉所逼，爾嫂義不受辱，以刀自刎而死。我後奔走行在，復還舊職。」思温問道：「此事還是哥哥目擊否？」思厚道：「此事周義親自報我。」思温道：「只恐不死。今歲元宵，我親見嫂嫂同韓國夫人出游，宴於秦樓。思温使陳三兒上樓寄信，下樓與思温相見。所説事體，前面與哥哥一同，也説道哥哥復還舊職，到今四載，未忍重婚。」思厚聽得説，理會不下。思温道：「容易決其死生。何不同往天王寺後韓國夫人宅前打聽，問個明白？」思厚道：「也説得是。」乃入館中。分付同事，帶當直隨後，二人同行。

倏忽之間，走至天王寺後。一路上悄無人迹，只見一所空宅，門生蛛網，户積塵埃，荒草盈階，緑苔滿地，鎖著大門。楊思温道：「多是後門。」沿墻且行數十步，墻邊只有一家，見一個老兒在裏面打絲綫，向前唱喏道：「老丈，借問韓國夫人宅那裏進去？」【眉批】又似夢境。〔二〕老兒禀性躁暴，舉止粗疏，全不採人。二人再四問他，只推不知。頃間，忽有一老嫗提著飯籃，口中喃喃埋冤，怨暢那大伯。二人遂與婆婆唱喏，婆子還個萬福，語音類東京人。二人問韓國夫人宅在那裏，婆子正待説，大伯又埋怨多口。婆子不管大伯，向二人道：「媳婦是東京人，大伯是山東拗蠻，老媳婦没興嫁得此畜生，全不曉事。逐日送些茶飯，嫌好道歹，且是得人憎。便做到官人問句話，就説何妨？」那大伯口中又嘵嘵的不住，婆子不管他，向二人道：「韓國夫人宅前面鎖著空宅便是。」二人吃一驚，問：「韓夫人何在？」婆子道：「韓夫人前年化去了，他家搬移别處，韓夫人埋在花園内。官人不信時，媳婦同去看一看，好麽？」大伯又説：「莫得入去，官府知道，引惹事端帶累我。」婆子不採，同二人便行。路上就問：「韓國夫人宅内有鄭義娘，今在否？」婆子便道：「官人不是國信所韓掌儀，名思厚？這官人不是楊五官，名思温麽？」二人大驚，問：「婆婆如何得知？」婆子道：「媳婦見鄭夫人説。」思厚又問：「婆婆如何認得？拙妻今在甚處？」婆婆道：「二年前時，有撒八太尉，曾於此宅安下。其妻韓國夫人崔氏，仁慈恤物，極不可得。常唤媳婦入宅，見夫人説，撒八太尉自盱眙掠得一婦人，性鄭，小字義娘，甚爲太尉所喜。義娘誓不受辱，自刎而死。夫人憫其貞節，與火化，收骨盛匣。以後韓夫人死，因隨葬在此園内。雖死者與活人無異，媳婦入園内去，常見鄭夫人出來。【眉批】事奇。〔三〕初時也有些怕，夫人道：『婆婆莫怕，不來損害婆婆，有些衷曲間告訴則個。』夫人説道是京師人，姓鄭，名義娘。幼年進入喬貴妃位做養女，後出嫁忠翊郎韓思厚。有結義叔叔楊五官，名思温，一一與老媳婦説。又説盱眙事迹：『丈夫見在金陵爲官，我爲他守節而亡。』尋常陰雨時，我多入園中，與夫人相見閒話。官人要問仔細，見了自知。」

三人走到適來鎖著的大宅，婆婆踰墻而入。二人隨後，也入裏面去，只見打鬼净净的一座敗落花園。三人行步間，滿地殘英芳草，尋訪婦人，全没踪迹。正面三間大堂，堂上有個屏風，上面山水，乃郭熙所作。思厚正看之間，忽然見壁上有數行字。思厚細看字體柔弱，全似鄭義娘夫人所作。看了大喜道：「五弟，嫂嫂只在此間。」思温問：「如何見得？」思厚打一看，看其筆迹，乃一詞，詞名《好事近》：

往事與誰論？無語暗彈淚血。何處最堪憐？腸斷黄昏時節。　倚樓凝望又徘徊，誰解此情切？何計可同歸雁？趁江南春色。

後寫道：「季春望後一日作。」二人讀罷道：「嫂嫂只今日寫來，可煞驚人。」行至側首，有一座樓，二人共婆婆扶著欄杆登樓。至樓上，又有巨屏一座，字體如前，寫著《憶良人》一篇，歌曰：

孤雲落日春雲低，良人窅窅羈天涯。
東風蝴蝶相交飛，對景令人益慘悽。
盡日望郎郎不至，素質香肌轉憔悴。
滿眼韶華似酒濃，花落庭前鳥聲碎。
孤幃悄悄夜迢迢，漏盡燈殘香已銷。
鞦韆院落久停戲，雙懸彩索空搖搖。
眉兮眉兮春黛蹙，淚兮淚兮常滿掬。
無言獨步上危樓，倚遍欄杆十二曲。
荏苒流光疾似梭，滔滔逝水無回波。
良人一去不復返，紅顏欲老將如何？

韓思厚讀罷，以手拊壁而言：「我妻不幸爲人驅虜。」正看之間，忽聽楊思温急道：

「嫂嫂來也！」思厚回頭看時，見一婦人，項擁香羅而來。思温仔細認時，正是秦樓見的嫂嫂。【眉批】似夢境。　那婆婆也道：「夫人來了！」三人大驚，急走下樓來尋，早轉身入後堂左廊下，趨入一閣子内去。二人驚懼，婆婆道：「既已到此，可同去閣子裏看一看。」婆子引二人到閣前，只見關著閣子門，門上有牌面寫道：「韓國夫人影堂。」婆子推開槅子，三人入閣子中看時，却是安排供養著一個牌位，上寫著：「亡室韓國夫人之位。」側邊有一軸畫，是義娘也。牌位上寫著：「侍妾鄭義娘之位。」面前供卓，塵埃尺滿。韓思厚看見影神上衣服容貌，與思温元夜所見的無二，韓思厚淚下如雨。婆子道：「夫人骨匣，只在卓下，夫人常提起，教媳婦看，是個黑漆匣，有兩個鍮石環兒。每遍提起，夫人須哭一番，和我道：『我與丈夫守節喪身，死而無怨。』」思厚聽得説，乃懇婆子同揭起磚，取骨匣歸葬金陵，當得厚謝。婆婆道：「不妨。」三人同掇起供卓，揭起花磚，去掇匣子。用力掇之，不能得起，越掇越牢。思温急止二人：「莫掇，莫掇！哥哥須曉得嫂嫂通靈，今既取去，也要成禮。且出此間，備些祭儀，作文以白嫂嫂，取之方可。」韓思厚道：「也説得是。」三人再踰墻而去，到打綫婆婆家，令僕人張謹買下酒脯、香燭之物，就婆婆家做祭文。等至天明，一同婆婆、僕人搬挈祭物，踰墻而入。在韓國夫人影堂内，鋪排供養訖。

等至三更前後，香殘燭盡，杯盤零落，星宿渡河漢之候，酹酒奠饗，三奠已畢。思厚當靈筵下披讀祭文，讀罷流淚如傾。把祭文同紙錢燒化，忽然起一陣狂風。這風吹得燭有光以無光，燈欲滅而不滅，三人渾身汗顫。風過處，聽得一陣哭聲，【眉批】又如夢境。風定燭明，三人看時，燭光之下，見一婦女，媚臉如花，香肌似玉，項纏羅帕，步蹙金蓮，斂袂向前，道聲：「叔叔萬福。」三人大驚，叙禮。韓思厚執手向前，哽咽流淚。哭罷，鄭夫人向著思厚道：「昨者盱眙之事，我夫今已明矣。只今元夜秦樓，與叔叔相逢，不得盡訴衷曲。當時妾若貪生，必須玷辱我夫。幸而全君清德若瑾瑜，棄妾性命如土芥，致有今日生死之隔，終天之恨。」説罷，又哭一次。婆婆勸道：「休哭，且理會遷骨之事。」鄭夫人收哭而坐，三人進些飲饌，夫人略饗些氣味。思温問：「元夜秦樓下相逢，嫂嫂爲韓國夫人宅眷，車後許多人，是人是鬼？」鄭夫人道：「太平之世，人鬼相分；今日之世，人鬼相雜。當時隨車，皆非人也。」思厚道：「賢妻爲吾守節而亡，我當終身不娶，以報賢妻之德。今願遷賢妻之香骨，共歸金陵可乎？」夫人不從道：「婆婆與叔叔在此，聽奴説。今蒙賢夫念妾孤魂在此，豈不願歸從夫？然須得常常看我，庶幾此情不隔冥漠。倘若再娶，必不我顧，則不如不去爲强。」三人再三力勸，夫人只是不肯，向思温道：「叔叔豈不知你哥哥心性？我在生之時，他風流性格，難以拘管。今妾已作故人，若隨他去，憐新棄舊，必然之理。」【眉批】再三不肯，所以堅夫之志也，然鬼猶吃醋，何哉？思温再勸道：「嫂嫂聽思温説，哥哥今來不比往日，感嫂嫂貞節而亡，决不再娶。今哥哥來取，安忍不隨回去？願從思温之言。」夫人向二人道：「謝叔叔如此苦苦相勸，若我夫果不昧心，願以一言爲誓，即當從命。」説罷，思厚以酒瀝地爲誓：「若負前言，在路盗賊殺戮，在水巨浪覆舟。」夫人急止思厚：「且住，且住，不必如此發誓。我夫既不重娶，願叔叔爲證見。」道罷，忽地又起一陣香風，香過遂不見了夫人。三人大驚訝，復添上燈燭，去供卓底下揭起花磚，款款掇起匣子，全不費力。收拾踰墻而出，至打緣婆婆家。次晚，以白銀三兩，謝了婆婆。又以黄金十兩，贈與思温，思温再辭方受。思厚别了思温，同僕人張謹帶骨匣歸本驛。俟月餘，方得回書，令奉使歸。思温將酒餞别，再三叮嚀：「哥哥無忘嫂嫂之言。」

思厚同一行人從，負夫人骨匣，出燕山豐宜門，取路而歸，月餘方抵盱眙。思厚到驛中歇泊，忽一人唱喏便拜。思厚看時，乃是舊僕人周義，今來謝天地，在此做個驛子。遂引思厚入房，只見挂一幅影神，畫著個婦人。又有牌位兒上寫著：「亡主母鄭夫人之位。」思厚怪而問之，周義道：「夫人貞節，爲官人而死，周義親見，怎的不供奉夫人？」思厚因把燕山韓夫人宅中事，從頭説與周義。取出匣子，教周義看了，周義展拜啼哭。思厚是夜與周義抵足而卧。

至次日天曉，周義與思厚道：「舊日二十餘口，今則惟影是伴，情願伏事官人去金陵。」【眉批】即韓掌儀一家如此，靖康之禍可知慘矣。〔四〕思厚從其請，將帶周義歸金陵。思厚至本所，將回文呈納。周義隨著思厚，卜地於燕山之側，備禮埋葬夫人骨匣畢。思厚不勝悲感，三日一詣墳所饗祭，至暮方歸，遂令周義守墳塋。

忽一日，蘇掌儀、許掌儀說：「金陵土星觀觀主劉金壇，雖是個女道士，德行清高，何不同往觀中，做些功德，追薦令政？」思厚依從，選日，同蘇、許二人到土星觀來訪劉金壇時，你說怎生打扮？但見：

頂天青巾，執象牙簡，穿白羅袍，著翡翠履。不施朱粉，分明是梅萼凝霜；淡佇精神，仿佛如蓮花出水。儀容絶世，標致非凡。

思厚一見，神魂散亂，目睜口呆。叙禮畢，金壇分付一面安排做九幽醮，且請衆官到裏面看靈芝。三人同入去，過三清殿、翠華軒，從八卦壇房内，轉入絳綃館，原來靈芝在絳綃館。衆人去看靈芝，惟思厚獨入金壇房内閒看。但見明窗净几，鋪陳玩物。書案上文房四寶，壓紙界方下露出些紙，信手取看時，是一幅詞，上寫著《浣溪沙》：

【眉批】頗似陳妙常，想尼僧都則如此。

標致清高不染塵，星冠雲氅紫霞裙。門掩斜陽無一事，撫瑤琴。虛館幽花偏惹恨，小窗閒月最消魂。此際得教還俗去，謝天尊！

韓思厚初觀金壇之貌，已動私情；後觀紙上之詞，尤增愛念。乃作一詞，名《西江月》，詞道：

玉貌何勞朱粉，江梅豈類群花？終朝隱几論黃葉，不顧花前月下。冠上星簪北斗，杖頭經挂《南華》。不知何日到仙家，曾許彩鸞同跨。

拍手高唱此詞。金壇變色焦躁說：「是何道理？欺我孤弱，亂我觀宇！命人取轎來，我自去見恩官，與你理會。」蘇、許二人再四勸住，金壇不允。韓思厚就懷中取出金壇所作之詞，教眾人看，說：「觀主不必焦躁，這個詞兒是誰做的？」諕得金壇安身無地，把怒色都變做笑容，安排筵席，請眾官共坐，飲酒作樂，都不管做功德追薦之事。酒闌，二人各有其情，甚相愛慕，盡醉而散。這劉金壇原是東京人，丈夫是樞密院馮六承旨。因靖康年間同妻劉氏雇舟避難，來金陵，去淮水上，馮六承旨被冷箭落水身亡。其妻劉氏發願，就土星觀出家，追薦丈夫，朝野知名，差做觀主。此後韓思厚時常往來劉金壇處。

忽一日，蘇、許二掌儀醵金備禮，在觀中請劉金壇、韓思厚。酒至數巡，蘇、許二人把盞勸思厚與金壇道：「哥哥既與金壇相愛，乃是宿世因緣。今外議藉藉，不當穩便。何不還了俗，用禮通媒，娶爲嫂嫂，豈不美哉！」思厚、金壇從其言。金壇以錢買人告還俗，思厚選日下定，娶歸成親。一個也不追薦丈夫，一個也不看顧墳墓。倚窗携手，惆悵論心。

成親數日，看墳周義不見韓官人來上墳，自詣宅前探聽消息。見當直在門前，問道：「官人因甚這幾日不來墳上？」當直道：「官人娶了土星觀劉金壇做了孺人，無工夫上墳。」周義是北人，性直，聽說氣忿忿地。恰好撞見思厚出來，周義唱喏畢，便著言語道：「官人，你好負義！鄭夫人爲你守節喪身，你怎下得别娶孺人？」一頭罵，一頭哭夫人。韓思厚與劉金壇新婚，恐不好看，喝教當直們打出周義。周義悶悶不已，先歸墳所。當日是清明，周義去夫人墳前哭著告訴許多。是夜睡至三更，鄭夫人叫周義道：「你韓掌儀在那裏住？」周義把思厚辜恩負義娶劉氏事，一一告訴他一番：「如今在三十六丈街住，夫人自去尋他理會。」夫人道：「我去尋他。」周義夢中驚覺，一身冷汗。

且説那思厚共劉氏新婚歡愛，月下置酒賞玩。正飲酒間，只見劉氏柳眉剔竪，星眼圓睜，以手捽住思厚不放，道：「你忒煞虧我，還我命來！」身是劉氏，語音是鄭夫人的聲氣。諕得思厚無計可施，道：「告賢妻饒恕。」那裏肯放。正擺撥不下，忽報蘇、許二掌儀步月而來望思厚，見劉氏捽住思厚不放。二人解脱得手，思厚急走出，與蘇、許二人商議，請笪橋鐵索觀朱法官來救治。即時遣張謹請到朱法官，法官見了劉氏道：「此冤抑不可治之，只好勸諭。」劉氏自用手打摑其口與臉上，哭著告訴法官以燕山踪迹。又道：「望法官慈悲做主。」朱法官再三勸道：「當做功德追薦超生，如堅執不聽，冒犯天條。」劉氏見説，哭謝法官：「奴奴且退。」少刻劉氏方甦。法官書符與劉氏吃，又貼符房門上，法官辭去。當夜無事。

次日，思厚賫香紙詣笪橋謝法官，方坐下，家中人來報，説孺人又中惡。思厚再告法官同往家中救治，法官云：「若要除根好時，須將燕山墳發掘，取其骨匣，棄於長江，方可無事。」思厚只得依從所説，募土工人等，同往掘開墳墓，取出鄭夫人骨匣，到揚子江邊，拋放水中。自此劉氏安然。恁地時，負心的無天理報應，豈有此理！

思厚負了鄭義娘，劉金壇負了馮六承旨。至紹興十一年，車駕幸錢塘，官民百姓皆從。思厚亦挈家離金陵，到於鎮江。思厚因想金山勝景，乃賃舟同妻劉氏江岸下船，行到江心，忽聽得舟人唱《好事近》詞，道是：

往事與誰論？無語暗彈淚血。何處最堪憐？腸斷黄昏時節。倚門凝望又徘徊，誰解此情切？何計可同歸雁？趁江南春色。

思厚審聽所歌之詞，乃燕山韓國夫人鄭氏義娘題屏風者，大驚，遂問稍公：「此曲得自何人？」稍公答曰：「近有使命入國至燕山，滿城皆唱此詞，乃一打綫婆婆自韓國夫人宅中屏上録出來的。【眉批】照應好。說是江南一官人渾家，姓鄭名義娘，因貞節而死，後來鄭夫人丈夫私挈其骨歸江南，此詞傳播中外。」思厚聽得說，如萬刃攢心，眼中淚下。須臾之間，忽見江中風浪俱生，煙濤并起，異魚出没，怪獸掀波，見水上一人波心湧出，頂萬字巾，把手揪劉氏雲鬟，擲入水中。侍妾高聲喊叫：「孺人落水！」急喚思厚教救，那裏救得！俄頃，又見一婦人，項纏羅帕，雙眼圓睜，以手捽思厚，拽入波心而死。舟人欲救不能，遂惆悵而歸。嘆古今負義人皆如此，乃傳之於人。詩曰：

一負馮君罹水厄，一虧鄭氏喪深淵。
宛如孝女尋尸死，不若三閭爲主愆。

【校記】

〔一〕本條眉批，内閣本僅存「音虛」二字。
〔二〕本條眉批，内閣本無。
〔三〕本條眉批，内閣本無。
〔四〕本條眉批，内閣本無。

晏平仲説楚王降齊

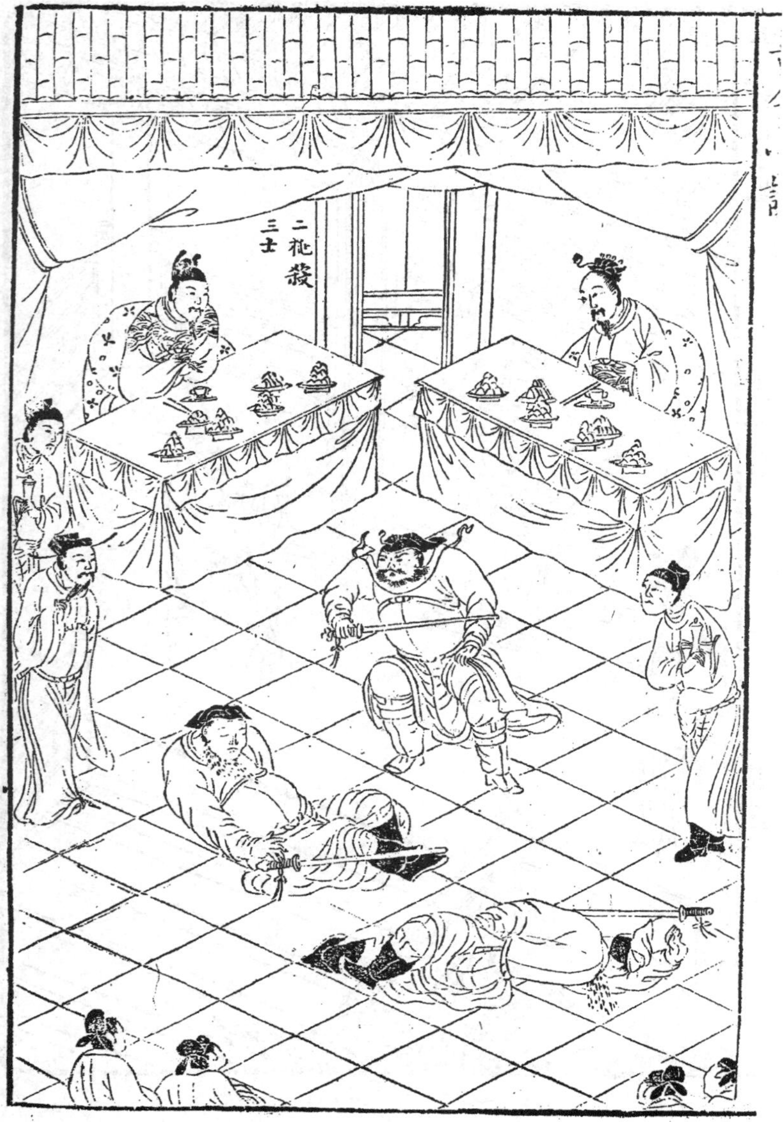
二桃殺三士

第二十五卷　晏平仲二桃殺三士

大禹塗山御座開，諸侯玉帛走如雷。
防風謾有專車骨，何事兹辰最後來？

此篇言語，乃胡曾詩。昔三皇禪位，五帝相傳。舜之時，洪水滔天，民不聊生。舜使鯀治水，鯀無能，其水横流。舜怒，將鯀殛於羽山。後使其子禹治水，禹疏通九河，皆流入海。三過其門而不入。會天下諸侯於會稽塗山，遲到誤期者斬。惟有防風氏後至，【眉批】用防風氏起晏子，想頭亦奇。〔一〕禹怒而斬之，棄其尸于原野。後至春秋時，越國於野外掘得一骨專車，言一車只載得一骨節。諸人不識，問於孔子。孔子曰：「此防風氏骨也。被禹王斬之，其骨尚存。」有如此之大人也，當時防風氏正不知長大多少。古人長者最多，其性極淳，醜陋如獸者亦多，神農氏頂生肉角。豈不聞昔人有云：「古人形似獸，却有大聖德；今人形似人，獸心不可測。」

今日説三個好漢，被一個身不滿三尺之人，聊用微物，都斷送了性命。昔春秋列國時，齊景公朝有三個大漢，一人姓田，名開疆，身長一丈五尺。其人生得面如噀血，目若朗星，雕嘴魚腮，板牙無縫。比時曾隨景公獵於桐山，忽然於西山之中，赶起一隻猛虎來。其虎奔走，徑撲景公之馬。馬見虎來，驚倒景公在地。田開疆在側，不用刀鎗，雙拳直取猛虎。左手揪住項毛，右手揮拳而打，用脚望面門上踢，一頓打死那隻猛虎，救了景公。文武百官，無不畏懼。景公回朝，封爲壽寧君，是齊國第一個行霸道的。却説第二個，姓顧名冶子，身長一丈三尺，面如潑墨，腮吐黄鬚，手似銅鈎，牙如鋸齒。此人曾隨景公渡黄河，忽大雨驟至，波浪洶湧，舟船將覆。景公大驚，見雲霧中火塊閃爍，戲于水面。顧冶子在側，言曰：「此必是黄河之蛟也。」景公曰：「如之奈何？」顧冶子曰：「主公勿慮，容臣斬之。」拔劍裸衣下水。少刻風浪俱息，見顧冶子手提蛟頭，躍水而出。景公大駭，封爲武安君，這是齊國第二個行霸道的。第三個姓公孫名捷，身長一丈二尺，頭如累塔，眼生三角，板肋猿背，力舉千斤。一日秦兵犯界，景公引軍馬出迎，被秦兵殺敗，引軍赶來，圍住在鳳鳴山。公孫捷用鐵閡一條，約至一百五十斤，殺入秦兵之内。秦兵十萬，措手不及，救出景公。封爲威遠君，這是齊國第三個行霸道的。這三個結爲兄弟，誓説生死相托。三個不知文墨禮讓，在朝廷横行，視君臣如同草木。景公見三人上殿，如芒刺在背。【眉批】生死相托，若一心報主，即晏子亦拜下風矣，乃以無君取死，惜哉！

一日，楚國使中大夫靳尚前來本國求和。原來齊、楚二邦乃是鄰國，二國交兵二十餘年，不曾解和。楚王乃命靳尚爲使，入見景公，奏曰：「齊、楚不和，交兵歲久，民有倒懸之患。今特命臣入國講和，永息刀兵。俺楚國襟三江而帶五湖，地方千里，粟支數年，足食足兵，可爲上國。王可裁之，得名獲利。」却説田、顧、公孫三人大怒，叱靳尚曰：「量汝楚國，何足道哉！吾三人親提雄兵，將楚國踐爲平地，人人皆死，個個不留。」喝靳尚下殿，教金瓜武士靳訖報來。階下轉過一人，身長三尺八寸，眉濃目秀，齒白唇紅，乃齊國丞相，姓晏名嬰，字平仲，前來喝住武士，備問其詳。靳尚説了，晏子便教放了靳尚，先回本國，吾當親至講和。乃上殿奏知景公。三人大怒曰：「吾欲斬之，汝何故放還本國？」晏子曰：「豈不聞『兩國戰争，不斬來使』？他獨自到這裏，擒住斬之，鄰國知道，萬世笑端。晏嬰不才，憑三寸舌，親到楚國，令彼君臣皆頓首謝罪於階下，尊齊爲上國，并不用刀兵士馬，此計若何？」三士怒髮衝冠，皆叱曰：「汝乃黄口侏儒小兒，國人無眼，命汝爲相，擅敢亂開大口！吾三人有誅龍斬虎之威，力敵萬夫之勇，親提精兵，平吞楚國，要汝何用？」景公曰：「丞相既出大言，必有廣學。且待入楚之後，若果獲利，勝似興兵。」三士曰：「且看侏儒小兒這回爲使，若折了我國家氣概，回來時砍爲肉泥！」三士出朝。景公曰：「丞相此行，不可輕忽。」晏子曰：「主上放心，至楚邦，視彼君臣如土壤耳。」遂辭而行，從者十餘人跟隨。

車馬已至郢都，楚國臣宰奏知，君臣商議曰：「齊晏子乃舌辯之士，可定下計策，先塞其口，令不敢來下説詞。」君臣定計了，宣晏子入朝。晏子到朝門，見金門不開，下面閘板止留半段，意欲令晏子低頭鑽入，以顯他矮小辱之。晏子望見下面便鑽，【眉批】妙絶。從人急止之曰：「彼見丞相矮小，故以辱之，何中其計？」晏子大笑曰：「汝等豈知之耶？吾聞人有人門，狗有狗竇。使於人，即當進人門；使於狗，即當進狗竇。有何疑焉？」楚臣聽之，火急開金門而接。晏子傍若無人，昂然而入。

至殿下，禮畢，楚王問曰：「汝齊國地狹人稀乎？」晏子曰：「臣齊國東連海島，西跨魏秦，北拒趙燕，南吞吴楚，鷄鳴犬吠相聞，數千里不絶，安得爲地狹耶？」楚王曰：「地土雖闊，人物却少。」晏子曰：「臣國中人呵氣如雲，沸汗如雨，行者摩肩，立者并迹，金銀珠玉，堆積如山，安得人物稀少耶？」楚王曰：「既然地廣人稠，何故使一小兒來吾國中爲使耶？」晏子答曰：「使於大國者，則用大人；使於小國者，則當用小兒。因此特命晏嬰到此。」楚王視臣下，無言可答。請晏嬰上殿，命座。侍臣進酒，晏子欣然暢飲，不以爲意。

少刻，金瓜簇擁一人至筵前，其人口稱冤屈。晏子視之，乃齊國帶來從者。問得何罪，楚臣對曰：「來筵前作賊，盜酒器而出，被户尉所獲，乃真贓正犯也。」其人曰：「實不曾盜，乃户尉圖賴。」晏子曰：「真贓正犯，尚敢抵賴，速與吾牽出市曹斬之。」楚臣曰：「丞相遠來，何不帶誠實之人？令從者作賊，其主豈不羞顔？」晏子曰：「此人自幼跟隨，極知心腹，今日爲盜，有何難見？昔在齊國是個君子，今到楚國却爲小人，乃風俗之所變也。吾聞江南洞庭有一樹，生一等果，其名曰橘，其色黄而香，其味甜而美；若將此樹移于北方，結成果木，乃名枳實，其色青而臭，其味酸而苦。名謂南橘北枳，便分兩等，乃風俗之不等也。【眉批】譬得好。以此推之，在齊不爲盜，在楚爲盜，更復何疑？」

楚王大慚，急離御座，拱手於晏子曰：「真乃賢士也。吾國中大小公卿，萬不及一。願賜見教，一聽嚴命。」晏子曰：「王上安坐，聽臣一言。齊國中有三士，皆萬夫不當之勇，久欲起兵來吞楚國。吾力言不可。齊楚不睦，蒼生受害，心何忍焉？今臣特來講和，王上可親詣齊國和親，結爲唇齒之邦，歃血爲盟。若鄰國加兵，互相救應，永無侵擾，可保萬年之基業。若不聽臣，禍不遠矣。非臣相誂，願王裁之。」王曰：

「聞公之才，寡人情願和親。但所患者，齊三士皆無仁義之人，吾不敢去。」晏子曰：「王上放心，臣願保駕，聊施小計，教三士死於大王之前，以絕兩國之患。」楚王曰：「若三士俱亡，吾寧爲小邦，年朝歲貢而無怨。」晏子許之。楚王乃大設筵席，送令先去，隨後收拾進獻禮物而至。

晏子先使人歸報，齊景公聞之大喜，令：「大小公卿，盡隨吾出郭迎接丞相。」三士聞之，轉怒。晏子至，景公下車而迎，慰勞已畢，同載而回，齊國之人看者塞途。晏子辭景公回府。次日入宮，見三士在閣下博戲。晏子進前施禮，三士亦不回顧，傲忽之氣，旁若無人。【眉批】三士恃勇忌才，宜其速死。晏子侍立久之，方自退，入見景公，說三士如此無禮。景公曰：「此三人如常帶劍上殿，視吾如小兒，久必篡位矣。素欲除之，恨力不及耳。」晏子曰：「主上寬心，來朝楚國君臣皆至，可大張御晏。待臣於筵間，略施小計，令三士皆自殺何如？」景公曰：「計將安出？」晏子曰：「此三人者，皆一勇匹夫，并無謀略，若如此如此，禍必除矣。」景公喜。

次日，楚王引文武官僚百餘員，車載金珠玩好之物，親至朝門。景公請入，楚王先下拜，景公忙答禮罷，二君分賓主而坐。楚王令群臣羅於階下。〔二〕楚王拱手伏罪曰：「二十年間，多有兇犯。今因丞相之言，特來請罪。薄禮上貢，望乞恕納。」齊景公謝訖，大設筵宴，二國君臣相慶。三士帶劍立於殿下，昂昂自若。晏子進退揖讓，并不諂於三士。

酒至半酣，景公曰：「御園金桃已熟，可採來筵間食之。」須臾，一宮監金盤内捧出五枚。齊王曰：「園中桃樹，今歲止收五枚，味甜氣香，與他樹不同。丞相捧杯進酒以慶此桃。」上古之時，桃樹難得，今園中有此五枚，爲希罕之物。晏子捧玉爵行酒，先進楚王。飲畢，食其一桃。又進齊王，飲畢，食其一桃。齊王曰：「此桃非易得之物，丞相合二國和好，如此大功，可食一桃。」晏子跪而食之，賜酒一爵。〔三〕齊王曰：「齊、楚二國，公卿之中，言其功勳大者，當食此桃。」【眉批】好計。田開疆挺身而出，立於筵上而言曰：「昔從主公獵于桐山，力誅猛虎，其功若何？」齊王曰：「擎王保駕，功莫大焉。」晏子慌忙進酒一爵，食桃一枚，歸於班部。顧冶子奮然便出，曰：「誅虎者未爲奇，吾曾斬長蛟於黄河，救主上回故國，覷洪波巨浪，如登平地，此功若何？」王曰：「此概世之功也，進酒賜桃，又何疑哉？」晏子慌忙進酒賜桃。公孫捷撩衣破步而出，曰：「吾曾於十萬軍中，手揮鐵鬮，救主公出，軍中無敢近者，此功若何？」齊王曰：「據卿之功，極天際地，無可比者。争奈無桃可賜，賜酒一杯，以待來年。」晏子曰：「將軍之功最大，可惜言之太遲，以此無桃，掩其大功。」公孫捷按劍而言曰：「誅龍斬虎，小可事耳。吾縱横於十萬軍中，如入無人之境，力救主上，建立大功，反不能食桃，受辱於兩國君臣之前，爲萬代之耻笑，安有面目立於朝廷耶？」言訖，遂拔劍自刎而死。田開疆大驚，亦拔劍而言曰：「我等微功而食桃，兄弟功大反不得食，吾之羞耻，何日可脱？」言訖，自刎而死。顧冶子奮氣大呼曰：「吾三人義同骨肉，誓同生死。二人既亡，吾安能自活？」言訖，亦自刎而亡。晏子笑曰：「非二桃不能殺三士，今已絶慮，吾計若何？」楚王下坐，拜伏而嘆曰：「丞相神機妙策，安敢不伏耶？自今以後，永尊上國，誓無侵犯。」齊王將三士敕葬于東門外。

自此齊、楚連和，絶其士馬。齊爲霸國。晏子名揚萬世，宣聖亦稱其善。後來諸葛孔明曾爲《梁父吟》，單道此事。吟曰：

步出齊城門，遥望湯陰里。
里中有三墳，纍纍正相似。
問是誰家塚？田疆顧冶氏。〔四〕
力能排南山，文能絶地理。
一朝被讒言，二桃殺三士。
誰能爲此謀？相國齊晏子。

又《滿江紅》詞一篇，古人單道此事，詞云：

齊景雄風，因習戰、海濱畋獵。正驅馳、忽逢猛獸，衆皆驚絶。壯士開疆能奮勇，雙拳殺虎身流血。救君危、拜爵寵恩榮，真豪傑！顧冶子，除妖孽；强秦戰，公孫捷。笑三人恃勇，在齊猖獗。只被晏嬰施小巧，二桃中計皆身滅。齊東門、纍纍有三墳，荒郊月。

【校記】

〔一〕本條眉批，内閣本僅存「氏」、「想」二字。

〔二〕「羅於」，内閣本作「羅拜」。

〔三〕「賜酒」，底本作「湯酒」，據内閣本改。

〔四〕「顧冶氏」，底本作「古冶氏」，據内閣本改。

盗画眉張公殺
死沈秀

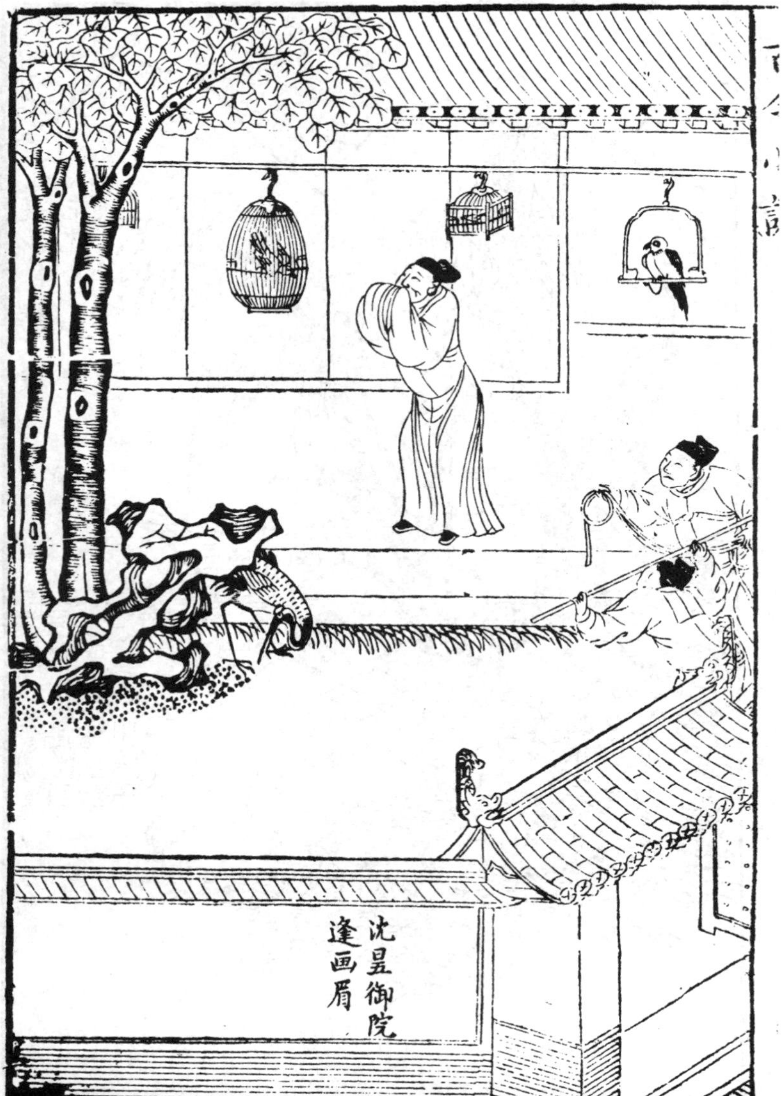
沈昱御院逢画眉

第二十六卷　沈小官一鳥害七命

飛禽惹起禍根芽，七命相殘事可嗟。
奉勸世人須鑑戒，莫教兒女不當家。

話說大宋徽宗朝宣和三年，海寧郡武林門外北新橋下，有一機户，姓沈名昱，字必顯。家中頗爲豐足，娶妻嚴氏，夫婦恩愛。單生一子，取名沈秀，年長一十八歲，未曾婚娶。其父專靠織造段疋爲活，不想這沈秀不務本分生理，專好風流閒耍，養畫眉過日。【眉批】禍本。父母因惜他一子，以此教訓他不下。街坊鄰里取他一個渾名，叫做「沈鳥兒」。每日五更，提了畫眉，奔入城中柳林裏來拖畫眉，不只一日。

忽至春末夏初，天氣不暖不寒，花紅柳緑之時。當日沈秀侵晨起來，梳洗罷，吃了些點心，打點籠兒，盛着個無比賽的畫眉。這畜生只除天上有，果係世間無，將他各處去鬭，俱鬭他不過，成百十貫贏得。因此十分愛惜他，如性命一般，做一個金漆籠兒，黄銅鈎子，哥窑的水食罐兒，緑紗罩兒。提了在手，摇摇擺擺，徑奔入城，往柳林裏去拖畫眉。不想這沈秀一去，死於非命。好似：

猪羊進入宰生家，一步步來尋死路。

當時沈秀提了畫眉，徑到柳林裏來。不意來得遲了些，衆拖畫眉的俱已散了，浄蕩蕩黑陰陰，没一個人往來。沈秀獨自一個，把畫眉挂在柳樹上，叫了一回。沈秀自覺没情没緒，除了籠兒，正要回去，不想小肚子一陣疼，滚將上來，一塊兒蹲到在地上。原來沈秀有一件病在身上，叫做「主心餛飩」，一名「小腸疝氣」，每常一發一個小死。其日想必起得早些，况又來遲，衆人散了，没些情緒，悶上心來，這一次甚是發得兇。一跤倒在柳樹邊，有兩個時辰不醒人事。

你道事有輳巧，物有偶然，這日有個箍桶的，叫做張公，挑着擔兒，徑往柳林裏，穿過褚家堂做生活。遠遠看見一個人倒在樹邊，三步那做兩步，近前歇下擔兒。看那沈秀臉色臘查黄的，昏迷不醒，身邊并無財物，止有一個畫眉籠兒，這畜生此時越叫得好聽。所以一時見財起意，窮極計生，心中想道：「終日括得這兩分銀子，怎地得快活？」只是這沈秀當死，這畫眉見了張公，分外叫得好。張公道：「别的不打緊，只這個畫眉，少也值二三兩銀子。」便提在手，却待要走。不意沈秀正甦醒，開眼見張公提着籠兒，要闇身子不起，只口裏罵道：「老忘八，將我畫眉那裏去？」【眉批】罵之何益，小不忍之禍。〔一〕張公聽罵：「這小狗入的，忒也嘴尖！我便拿去，他倘爬起趕來，我倒反吃他虧。一不做，二不休，左右是歹了。」却去那桶裏取出一把削桶的刀來，把沈秀按住一勒，那灣刀又快，力又使得猛，那頭早滚在一邊。【眉批】一個。張公也慌張了，東觀西望，恐怕有人撞見。却擡頭見一株空心楊柳樹，連忙將頭提起，丢在樹中。將刀放在桶内，籠兒挂在擔上，也不去褚家堂做生活，一道煙徑走。穿街過巷，投一個去處，你道只因這個畫眉，生生的害了幾條性命。正是：

人間私語，天聞若雷。
暗室虧心，神目如電。

當時張公一頭走，一頭心裏想道：「我見湖州墅裏客店内有個客人，時常要買蟲蟻，何不將去賣與他？」一徑望武林門外來。也是前生注定的劫數，却好見三個客人，兩個後生跟着，共是五人，正要收拾貨物回去，却從門外進來。客人俱是東京汴梁人，内中有個姓李名吉，販賣生藥。此人平昔也好養畫眉，【眉批】禍本。見這箍桶擔上好個畫眉，便叫張公借看一看。張公歇下擔子，那客人看那畫眉毛衣并眼，生得極好，聲音又叫得好，心裏愛他，便問張公：「你肯賣麽？」此時張公巴不得脱禍，便道：「客官，你出多少錢？」李吉轉看轉好，便道：「與你一兩銀子。」張公自道着手了，便道：「本不當計較，只是愛者如寶，添些便罷。」那李吉取出三塊銀子，秤秤看到有一兩二錢，道：「也罷。」遞與張公。張公接過銀子，看一看，將來放在荷包裹，將畫眉與了客人，別了便走。口裏道：「發脱得這禍根，也是好事了。」不上街做生理，一直奔回家去，心中也自有些不爽利。正是：

作惡恐遭天地責，欺心猶怕鬼神知。

原來張公正在湧金門城脚下住，止婆老兩口兒，又無兒子。婆兒見張公回來，便道：「篋子一條也不動，緣何又回來得早？有甚事幹？」張公只不答應，挑着擔子，徑入門歇下，轉身關上大門，道：「阿婆，你來，我與你説話。恰纔如此如此，謀得這一兩二錢銀子，與你權且快活使用。」兩口兒歡天喜地，不在話下。

却説柳林裏無人來往，直至巳牌時分，兩個挑糞莊家，打從那裏過，見了這没頭尸首，攩在地上，吃了一驚，聲張起來。當坊里甲鄰佑，一時嚷動。本坊申呈本縣，本縣申府。次日，差官吏仵作人等，前來柳陰裏，檢驗得渾身無些傷痕，只是無頭，又無苦主。官吏回覆本府，本府差應捕挨獲兇身。城裏城外，紛紛亂嚷。

却説沈秀家到晚不見他回來，使人去各處尋不見。天明，央人入城尋時，只見湖州墅嚷道：「柳林裏殺死無頭尸首。」沈秀的娘聽得説，想道：「我的兒子昨日入城拖畫眉，至今無尋他處，莫不得是他？」連叫丈夫：「你必須自進城打聽。」沈昱聽了一驚，慌忙自奔到柳林裏。看了無頭尸首，仔細定睛上下看了衣服，却認得是兒子，大哭起來。本坊里甲道：「苦主有了，只無兇身。」其時沈昱徑到臨安府告説：「是我的兒子，昨日五更入城拖畫眉，不知怎的被人殺了，望老爺做主！」本府發放各處應捕及巡捕官，限十日内要捕兇身着。

沈昱具棺木盛了尸首，放在柳林裏，一徑回家，對妻説道：「是我兒子，被人殺了，只不知將頭何處去了。我已告過本府，本府着捕人各處捉獲兇身。我且自買棺木盛了，此事如何是好？」嚴氏聽説，大哭起來，一交跌倒，不知五臟何如，先見四肢不舉。正是：

身如五鼓銜山月，氣似三更油盡燈。

當時衆人灌湯，救得甦醒，哭道：「我兒日常不聽好人之言，今日死無葬身之地。我的少年的兒，死得好苦！誰想我老來無靠！」説了又哭，哭了又説，茶飯不吃。丈夫再三苦勸，只得勉强。過了半月，并無消息。沈昱夫妻二人商議，兒子平昔不依教訓，致有今日禍事，吃人殺了，没捉獲處，也只得没奈何，但得全尸也好。不若寫個帖子，告稟四方之人，倘得見頭，全了尸首，待後又作計較。二人商議已定，連忙便寫了幾張帖子，滿城去貼，上寫：「告知四方君子，如有尋獲得沈秀頭者，情願賞錢一千貫；捉得兇身者，愿賞錢二千貫。」將此情告知本府，本府亦限捕人尋獲，亦出告示道：「如有人尋得沈秀頭者，官給賞錢五百貫；如捉獲兇身者，賞錢一千貫。」告示一出，滿城哄動不題。

且說南高峰脚下，有一個極貧老兒，姓黄，渾名叫做黄老狗，一生爲人魯拙，擡轎營生。老來雙目不明，止靠兩個兒子度日，大的叫做大保，小的叫做小保。父子三人，正是衣不遮身，食不充口，巴巴急急，口食不敷。一日，黄老狗叫大保、小保到來：「我聽得人説，甚麽財主沈秀吃人殺了，没尋頭處。今出賞錢，説有人尋得頭者，本家賞錢一千貫，本府又給賞五百貫。我今叫你兩個别無話説，我今左右老了，又無用處，又不看見，又没趁錢。做我着，教你兩個發迹快活。你兩個今夜將我的頭割了，埋在西湖水邊。過了數日，待没了認色，却將去本府告賞，共得一千五百貫錢，却强似今日在此受苦。此計大妙，不宜遲，倘被别人先做了，空折了性命。」只因這老狗失志，説了這幾句言語，況兼兩個兒子又是愚蠢之人，不省法度的。【眉批】法度還是第二義。正是：

口是禍之門，舌是斬身刀。
閉口深藏舌，安身處處牢。

當時兩個出到外面商議，小保道：「我爺設這一計大妙，便是做主將元帥，也没這計策。好便好了，只是可惜没了一個爺。」大保做人，又狠又呆，道：「看他左右只在早晚要死，不若趁這機會殺了，去山下掘個坑埋了，又無踪迹，那裏查考？這個叫做『趁湯推』，又喚做『一抹光』。天理人心，又不是我們逼他，他自叫我們如此如此。」小保道：「好倒好，只除等睡熟了，方可動手。」

二人計較已定，却去東奔西走，賒得兩瓶酒來，父子三人吃得大醉，東倒西歪。一覺直到三更，兩人爬將起來，看那老子正齁齁睡着。大保去灶前摸了一把厨刀，去爺的項上一勒，早把這顆頭割下了。【眉批】兩個。連忙將破衣包了，放在床邊。便去山脚下掘個深坑，扛去埋了。也不等天明，將頭去南屏山藕花居湖邊淺水處埋了。

過半月入城，看了告示，先走到沈昱家報説道：「我二人昨日因捉蝦魚，在藕花居邊，看見一個人頭，想必是你兒子頭。」沈昱見説道：「若果是，便賞你一千貫錢，一分不少。」便去安排酒飯吃了，同他兩個徑到南屏山藕花居湖邊。淺土隱隱蓋着一頭，提起看時，水浸多日，澎漲了，也難辨别。想必是了，若不是時，那裏又有這個人頭在此？沈昱便把手帕包了，一同兩個徑到府廳告説：「沈秀的頭有了。」知府再三審問，二人答道：「因捉蝦魚，故此看見，并不曉别項情由。」本府準信，給賞五百貫，二人領了，便同沈昱將頭到柳林裹，打開棺木，將頭湊在項上，依舊釘了，就同二人回家。嚴氏見説兒子頭有了，心中歡喜，隨即安排酒飯，管待二人，與了一千貫賞錢。二人收了，作别回家，便造房屋，買農具家生。二人道：「如今不要似前擡轎，我們勤力耕種，挑賣山柴，也可度日。」不在話下。

正是光陰似箭，日月如梭，不覺過了數月，官府也懈了，日遠日疏，俱不題了。

却説沈昱是東京機户，輪該解段疋到京。待各機户段疋完日，到府領了解批，回家分付了家中事務起身。此一去，只因沈昱看見了自家蟲蟻，又屈害了一條性命。正是：

非理之財莫取，非理之事莫爲。
明有刑法相繫，暗有鬼神相隨。

却説沈昱在路，饑餐渴飲，夜住曉行，不只一日，來到東京。把段疋一一交納過了，取了批回，心下思量：「我聞京師景致，比别處不同，何不閒看一遭，也是難逢難遇之事。」其名山勝概，庵觀寺院，出名的所在，都走了一遭。偶然打從御用監禽鳥房門前經過，那沈昱心中是愛蟲蟻的，意欲進去一看。因門上用了十數個錢，得放進去閒看。只聽得一個畫眉，十分叫得巧好，仔細看時，正是兒子不見的畫眉。那畫眉見了沈昱眼熟，越發叫得好聽，又叫又跳，將頭顛沈昱數次。沈昱見了，想起兒子，千行淚下，心中痛苦，不覺失聲叫起屈來，口中只叫得：「有這等事！」那掌管禽鳥的校尉喝道：「這厮好不知法度，這是甚麽所在，如此大驚小怪起來！」沈昱痛苦難伸，越叫得響了。

那校尉恐怕連累自己，只得把沈昱拿了，送到大理寺。大理寺官便喝道：「你是那裏人，敢進内御用之處，大驚小怪？有何冤屈之事，好好直説，便饒你罷。」沈昱就把兒子拖畫眉被殺情由，從頭訴説了一遍。大理寺官聽説，呆了半餉，想這禽鳥是京民李吉進貢在此，緣何有如此一節隱情。便差人火速捉拿李吉到官，審問道：「你爲何在海寧郡將他兒子謀殺了，却將他的畫眉來此進貢？一一明白供招，免受刑罰。」李吉道：「先因往杭州買賣，行至武林門裏，撞見一個箍桶的擔上，挂着這個畫眉，是吉因見他叫得巧，又生得好，用價一兩二錢，買將回來。因他好巧，不敢自用，以此進貢上用。并不知人命情由。」勘官問道：「你却賴與何人！這畫眉就是實迹了，實招了罷。」李吉再三哀告道：「委的是問個箍桶的老兒買的，并不知殺人情由，難以屈招。」勘官又問：「你既是問老兒買的，那老兒姓甚名誰？那裏人氏？供得明白，我這裏行文拿來，問理得實，即便放你。」李吉道：「小人是路上逢着買的，實不知姓名，那裏人氏。」勘官罵道：「這便是含糊了，將此人命推與誰償？據這畫眉，便是實迹，【眉批】官府只取見成，是大弊政。這廝不打不招！」再三拷打，打得皮開肉綻。李吉痛苦不過，只得招做「因見畫眉生得好巧，一時殺了沈秀，將頭抛棄」情由。遂將李吉送下大牢監候，大理寺官具本奏上朝廷，聖旨道：「李吉委的殺死沈秀，畫眉見存，依律處斬。」將畫眉給還沈昱，又給了批回，放還原籍，將李吉押發市曹斬首。【眉批】三個。正是：

老龜煮不爛，移禍於枯桑。

當時恰有兩個同與李吉到海寧郡來做買賣的客人，蹀躞不下：「有這等冤屈事！明明是買的畫眉，我欲待替他申訴，爭奈賣畫眉的人雖認得，我亦不知其姓名，況且又在杭州。冤倒不辯得，和我連累了，如何出豁？只因一個畜生，明明屈殺了一條性命。除我們不到杭州，若到，定要與他討個明白。」也不在話下。

却說沈昱收拾了行李，帶了畫眉，星夜奔回。到得家中，對妻説道：「我在東京替兒討了命了。」嚴氏問道：「怎生得來？」沈昱把在内監見畫眉一節，從頭至尾，説了一遍。嚴氏見了畫眉，大哭了一場，睹物傷情，不在話下。

次日，沈昱提了畫眉，本府來銷批，將前項事情告訴了一遍。知府大喜道：「有這等巧事。」正是：

勸君莫作虧心事，古往今來放過誰。

休説人命關天，豈同兒戲。知府發放道：「既是兇身獲着斬首，可將棺木燒化。」沈昱叫人將棺木燒了，就撒了骨殖，不在話下。

却説當時同李吉來杭州賣生藥的兩個客人，一姓賀，一姓朱，有些藥材，徑到杭州湖墅客店内歇下，將藥材一一發賣訖。當爲心下不平，二人徑入城來，探聽這個箍桶的人。尋了一日，不見消耗。二人悶悶不已，回歸店中歇了。次日，又進城來，却好遇見一個箍桶的擔兒。二人便叫住道：「大哥，請問你，這裏有一個箍桶的老兒，這般這般模樣，不知他姓甚名誰，大哥你可認得麽？」那人便道：「客官，我這箍桶行裏，止有兩個老兒，一個姓李，住在石榴園巷内；一個姓張，住在西城脚下。不知那一個是？」二人謝了，徑到石榴園來尋，只見李公正在那裏劈篾。二人看了，却不是他。又尋他到西城脚下，二人來到門首，便問：「張公在麽？」張婆道：「不在，出去做生活去了。」二人也不打話，一徑且回。正是未牌時分，二人走不上半里之地，遠遠望見一個箍桶擔兒來。有分直教此人償了沈秀的命，明白了李吉的事。正是：

恩義廣施，人生何處不相逢；冤仇莫結，路逢狹處難迴避。

其時張公望南回來，二人朝北而去，却好劈面撞見。張公不認得二人，二人却認得張公，便攔住問道：「阿公高姓？」張公道：「小人姓張。」又問道：「莫非是在西城脚下住的？」張公道：「便是，問小人有何事幹？」二人便道：「我店中有許多生活要箍，要尋個老成的做，因此問你。你如今那裏去？」張公道：「回去。」三人一頭走，一頭説，直走到張公門首。張公道：「二位請坐吃茶。」二人道：「今日晚了，明日再來。」張公道：「明日我不出去了，專等專等。」

二人作別，不回店去，徑投本府首告。正是本府晚堂，直入堂前跪下。把沈昱認畫眉一節，李吉被殺一節，撞見張公買畫眉一節，一一訴明：「小人兩個不平，特與李吉討命，【眉批】好人，好人。望老爺細審張公。不知恁地得畫眉？」府官道：「沈秀的事，俱已明白了，兇身已斬了，再有何事？」二人告道：「大理寺官不明，只以畫眉爲實，更不推詳來歷，將李吉明白屈殺了。小人路見不平，特與李吉討命。如不是實，怎敢告擾？望乞憐憫做主。」知府見二人告得苦切，隨即差捕人連夜去捉張公。好似：

數隻皂雕追紫燕，一群猛虎啖羊羔。

其夜衆公人奔到西城脚下，把張公背剪綁了，解上府去，送大牢内監了。

次日，知府升堂，公人于牢中取出張公跪下。知府道：「你緣何殺了沈秀，反將李吉償命？今日事露，天理不容。」喝令好生打着。直落打了三十下，打得皮開肉綻，鮮血淋漓。再三拷打，不肯招承。兩個客人，并兩個伴當齊説：「李吉便死了，我四人見在，眼同將一兩二錢銀子，買你的畫眉。你今推却何人？你若説不是你，你便説這畫眉從何來？實的虚不得，支吾有何用處？」張公猶自抵賴，知府大喝道：「畫眉是真贜物，這四人是真證見，若再不招，取夾棍來夾起。」張公驚慌了，只得將前項盜取畫眉，勒死沈秀一節，一一供招了。知府道：「那頭彼時放在那裏？」張公道：「小人一時心慌，見側邊一株空心柳樹，將頭丢在中間。隨提了畫眉，徑出武林門來，偶撞見三個客人，兩個伴當，問小人買了畫眉，得銀一兩二錢，歸家用度。所供是實。」知府令張公畫了供，又差人去拘沈昱，一同押着張公，到於柳林裏尋頭。哄動街市上之人無數，一齊都到柳林裏來看尋頭。只見果有一株空心柳樹，衆人將鋸放倒，衆人發一聲喊，果有一個人頭在内。提起看時，端然不動。【眉批】冤魂不化。沈昱見了這頭，定睛一看，認得是兒子的頭，大哭起來，昏迷倒地，半餉方醒。遂將帕子包了，押着張公，徑上府去。知府道：「既有了頭，情真罪當。」取具大枷枷了，脚鐐手杻釘了，押送死囚牢裏，牢固監候。【眉批】四個。

知府又問沈昱道：「當時那兩個黄大保、小保，又那裏得這人頭來請賞？事有可疑。今沈秀頭又有了，那頭却是誰人的？」隨即差捕人去拿黄大保兄弟二人，前來審問來歷。沈昱眼同公人，徑到南山黄家，捉了弟兄兩個，押到府廳，當廳跪下。知府道：「殺了沈秀的兇身，已自捉了，沈秀的頭見已追出。你弟兄二人謀死何人，將頭請賞？一一承招，免得吃苦。」大保、小保被問，口隔心慌，答應不出。知府大怒，喝令吊起，拷打半日，不肯招承，又將燒紅烙鐵燙他，二人熬不過死去，將水噴醒，只得口吐真情，【眉批】五個，六個。説道：「因見父親年老，有病伶仃，一時不合將酒灌醉，割下頭來，埋在西湖藕花居水邊，含糊請賞。」知府道：「你父親尸骸埋在何處？」兩個道：「就埋在南高峰脚下。」當時押發二人到彼，掘開看時，果有没頭尸骸一副，埋藏在彼。依先押二人到於府廳回話，道：「南山脚下，淺土之中，果有没頭尸骸一副。」知府道：「有這等事！真乃逆天之事，世間有這等惡人！口不欲説，耳不欲聞，筆不欲書，就一頓打死他倒乾净，此恨怎的消得！」喝令手下不要計數，先打一會，打得二人死而復醒者數次。討兩面大枷枷了，送入死囚牢裏，牢固監候。沈昱并原告人，寧家聽候。

隨即具表申奏，將李吉屈死情由奏聞。奉聖旨，着刑部及都察院，將原問李吉大理寺官好生勘問，隨貶爲庶人，發嶺南安置。李吉平人屈死，情實可矜，着官給賞錢一千貫，除子孫差役。張公謀財故殺，屈害平人，依律處斬，加罪凌遲，剮割二百四十刀，分尸五段。黄大保、小保，貪財殺父，不分首從，俱各凌遲處死，剮二百四十刀，分尸五段，梟首示衆。【眉批】明主。〔二〕正是：

湛湛青天不可欺，未曾舉意早先知。
勸君莫作虧心事，古往今來放過誰？

一日文書到府，差官吏忤作人等，將三人押赴木驢上，滿城號令三日，律例凌遲分尸，梟首示衆。其時張婆聽得老兒要剮，來到市曹上，指望見一面。誰想忤作見了行刑牌，各人動手碎剮，其實兇險，驚得婆兒魂不附體，折身便走。不想被一絆，跌得重了，傷了五臟，回家身死。【眉批】七個。正是：

積善逢善，積惡逢惡。
仔細思量，天地不錯。

【校記】

〔一〕本條眉批，底本與内閣本同，二十四卷本《喻世明言》末尾多「必至」二字。

〔二〕本條眉批，内閣本無。

金癩子大鬧莫稽

金玉奴棒打薄情郎

第二十七卷　金玉奴棒打薄情郎

枝在墻東花在西，自從落地任風吹。
枝無花時還再發，花若離枝難上枝。

這四句，乃昔人所作《棄婦詞》，言婦人之隨夫，如花之附於枝。枝若無花，逢春再發；花若離枝，不可復合。勸世上婦人，事夫盡道，同甘同苦，從一而終。休得慕富嫌貧，兩意三心，自貽後悔。

且說漢朝一個名臣，當初未遇時節，其妻有眼不識泰山，棄之而去，到後來，悔之無及。你說那名臣何方人氏？姓甚名誰？那名臣姓朱，名買臣，表字翁子，會稽郡人氏。家貧未遇，夫妻二口，住於陋巷蓬門。每日買臣向山中砍柴，挑至市中，賣錢度日。性好讀書，手不釋卷，肩上雖挑却柴擔，手裏兀自擒着書本，朗誦咀嚼，且歌且行。市人聽慣了，但聞讀書之聲，便知買臣挑柴擔來了，可憐他是個儒生，都與他買。

更兼買臣不爭價錢，憑人估值，所以他的柴比別人容易出脱。一般也有輕薄少年，及兒童之輩，見他又挑柴，又讀書，三五成群，把他嘲笑戲侮，買臣全不爲意。一日其妻出門汲水，見群兒隨着買臣柴擔，拍手共笑，深以爲耻。買臣賣柴回來，其妻勸道：「你要讀書，便休賣柴；要賣柴，便休讀書。許大年紀，不癡不顛，却做出恁般行徑，被兒童笑話，豈不羞死！」買臣答道：「我賣柴以救貧賤，讀書以取富貴，各不相妨，由他笑話便了。」其妻笑道：「你若取得富貴時，不去賣柴了。自古及今，那見賣柴的人做了官？却説這没把鼻的話！」買臣道：「富貴貧賤，各有其時。有人算我八字，到五十歲上，必然發迹。常言『海水不可斗量』，你休料我。」其妻道：「那算命先生，見你癡顛模樣，故意耍笑你，你休聽信。到五十歲時，連柴擔也挑不動，【眉批】也料得不差。餓死是有分的，還想做官！除是閻羅王殿上少個判官，等你去做！」買臣道：「姜太公八十歲，尚在渭水釣魚，遇了周文王，以後車載之，拜爲尚父。本朝公孫弘丞相，五十九歲上還在東海牧豕，整整六十歲，方纔際遇今上，拜將封侯。我五十歲上發迹，比甘羅雖遲，比那兩個還早，你須耐心等去。」其妻道：「你休得攀今吊古，那釣魚牧豕的，胸中都有才學。你如今讀這幾句死書，便讀到一百歲，只是這個嘴臉，有甚出息？悔氣做了你老婆！你被兒童耻笑，連累我也没臉皮。你不聽我言抛却書本，我決不跟你終身，各人自去走路，休得兩相擔誤了。」買臣道：「我今年四十三歲了，再七年，便是五十。前長後短，你就等耐也不多時。直恁薄情，捨我而去，後來須要懊悔。」其妻道：「世上少甚挑柴擔的漢子，懊悔甚麽來？我若再守你七年，連我這骨頭不知餓死於何地了。你倒放我出門，做個方便，活了我這條性命。」買臣見其妻決意要去，留他不住，嘆口氣道：「罷，罷，只願你嫁得丈夫，强似朱買臣的便好。」其妻道：「好歹强似一分兒。」説罷，拜了兩拜，欣然出門而去，頭也不回。買臣感慨不已，題詩四句於壁上云：

嫁犬逐犬，嫁鷄逐鷄。
妻自棄我，我不棄妻。

買臣到五十歲時，值漢武帝下詔求賢，買臣到西京上書，待詔公車。同邑人嚴助薦買臣之才，天子知買臣是會稽人，必知本土民情利弊，即拜爲會稽太守，【眉批】幸有憐才聖主，故讀書人説得嘴響。馳驛赴任。會稽長吏聞新太守將到，大發人夫，修治道路。買臣妻的後夫亦在役中，〔一〕其妻蓬頭跣足，隨伴送飯，見太守前呼後擁而來，從旁窺之，乃故夫朱買臣也。買臣在車中，一眼瞧見，還認得是故妻，遂使人招之，載於後車。到府第中，故妻羞慚無地，叩頭謝罪。買臣教請他後夫相見。不多時，後夫喚到，拜伏於地，不敢仰視。買臣大笑，對其妻道：「似此人，未見得强似我朱買臣也。」其妻再三叩謝，自悔有眼無珠，願降爲婢妾，伏事終身。買臣命取水一桶，潑於階下，向其妻説道：「若潑水可復收，則汝亦可復合。念你少年結髮之情，判後園隙地，與汝夫婦耕種自食。」其妻隨後夫走出府第，路人都指着説道：「此即新太守夫人也。」於是羞極無顏，到於後園，遂投河而死。有詩爲證：

漂母尚知憐餓士，親妻忍得棄貧儒。
早知覆水難收取，悔不當初任讀書。

又有一詩，説欺貧重富，世情皆然，不止一買臣之妻也。詩曰：

盡看成敗説高低，誰識蛟龍在污泥？
莫怪婦人無法眼，普天幾個負羈妻？

這個故事，是妻棄夫的。如今再説一個夫棄妻的，一般是欺貧重富，背義忘恩，後來徒落得個薄倖之名，被人講論。

話説故宋紹興年間，臨安雖然是個建都之地，富庶之鄉，其中乞丐的依然不少。那丐户中有個爲頭的，名曰「團頭」，管着衆丐。衆丐叫化得東西來時，團頭要收他日頭錢。若是雨雪時，没處叫化，團頭却熬些稀粥，養活這夥丐户，破衣破襖，也是團頭照管。所以這夥丐户，小心低氣，服着團頭，如奴一般，不敢觸犯。那團頭見成收些常例錢，一般在衆丐户中放債盤利，若不闞不賭，依然做起大家事來。他靠此爲生，一時也不想改業。只是一件，「團頭」的名兒不好，隨你挣得有田有地，幾代發迹，終是個叫化頭兒，比不得平等百姓人家。出外没人恭敬，只好閉着門，自屋裏做大。雖然如此，若數着「良賤」二字，只説娼、優、隸、卒四般爲賤流，到數不着那乞丐。看來乞丐只是没錢，身上却無疤瘢。假如春秋時伍子胥逃難，也曾吹簫於吴市中乞食。唐時鄭元和做歌郎，唱《蓮花落》，後來富貴發達，一床錦被遮蓋，這都是叫化中出色的。可見此輩雖然被人輕賤，到不比娼、優、隸、卒。

閒話休題。如今且説杭州城中一個團頭，姓金，名老大。祖上到他，做了七代團頭了，挣得個完完全全的家事。住的有好房子，種的有好田園，穿的有好衣，吃的有好食，真個廒多積粟，囊有餘錢，放債使婢。雖不是頂富，也是數得着的富家了。那金老大有志氣，把這團頭讓與族人金癩子做了，自己見成受用，不與這夥丐户歪纏。然雖如此，里中口順，還只叫他是團頭家，其名不改。金老大年五十餘，喪妻無子，止存一女，名喚玉奴。那玉奴生得十分美貌，怎見得？有詩爲證：

無瑕堪比玉，有態欲羞花。

只少宫妝扮，分明張麗華。

金老大愛此女如同珍寶，從小教他讀書識字。到十五六歲時，詩賦俱通，一寫一作，信手而成。更兼女工精巧，亦能調箏弄管，事事伶俐。金老大倚着女兒才貌，立心要將他嫁個士人。論來就名門舊族中，急切要這一個女子也是少的，可恨生於團頭之家，没人相求。若是平常經紀人家，没前程的，金老大又不肯扳他了。因此高低不就，把女兒直捱到一十八歲，尚未許人。

偶然有個鄰翁來說：「太平橋下有個書生，姓莫名稽，年二十歲，一表人才，讀書飽學。只爲父母雙亡，家貧未娶。近日考中，補上太學生，情願入贅人家。此人正與令愛相宜，何不招之爲婿？」金老大道：「就煩老翁作伐何如？」鄰翁領命，徑到太平橋下，尋那莫秀才，對他說了：「實不相瞞，祖宗曾做個團頭的，如今久不做了。只貪他好個女兒，又且家道富足。秀才若不棄嫌，老漢即當玉成其事。」莫稽口雖不語，心下想道：「我今衣食不周，無力婚娶，何不俯就他家，一舉兩得？也顧不得耻笑。」乃對鄰翁說道：「大伯所言雖妙，但我家貧乏聘，如何是好？」鄰翁道：「秀才但是允從，紙也不費一張，都在老漢身上。」鄰翁回覆了金老大，擇個吉日，金家到送一套新衣穿着，莫秀才過門成親。莫稽見玉奴才貌，喜出望外，不費一錢，白白的得了個美妻，又且豐衣足食，事事稱懷。就是朋友輩中，曉得莫稽貧苦，無不相諒，到也没人去笑他。

到了滿月，金老大備下盛席，教女婿請他同學會友飲酒，榮耀自家門户，一連吃了六七日酒，何期惱了族人金癩子。那癩子也是一班正理，他道：「你也是團頭，我也是團頭，只你多做了幾代，掙得錢鈔在手，論起祖宗一脉，彼此無二。侄女玉奴招婿，也該請我吃杯喜酒。如今請人做滿月，開宴六七日，并無三寸長一寸闊的請帖兒到我。你女婿做秀才，難道就做尚書、宰相，我就不是親叔公？坐不起凳頭？直恁不覷人在眼裏！我且去蒿惱他一場，教他大家没趣！」叫起五六十個丐户，一齊奔到金老大家裏來。但見：

開花帽子，打結衫兒。舊席片對着破氈條，短竹根配着缺糙碗。叫爹叫娘叫財主，門前只見喧嘩；弄蛇弄狗弄猢猻，口内各呈伎倆。敲板唱楊花，惡聲聒耳；打磚搽粉臉，醜態逼人。一班潑鬼聚成群，便是鍾馗收不得。

金老大聽得鬧炒，開門看時，那金癩子領着衆丐户，一擁而入，嚷做一堂。癩子徑奔席上，揀好酒好食只顧吃，口裏叫道：「快教侄婿夫妻來拜見叔公！」唬得衆秀才跕脚不住，都逃席去了，連莫稽也隨着衆朋友躲避。金老大無可奈何，只得再三央告道：「今日是我女婿請客，不干我事。改日專治一杯，與你陪話。」又將許多錢鈔分賞衆丐户，又擡出兩甕好酒和些活鷄、活鵝之類，教衆丐户送去癩子家，當個折席。直亂到黑夜，方纔散去。玉奴在房中氣得兩淚交流。這一夜，莫稽在朋友家借宿，次早方回。金老大見了女婿，自覺出醜，滿面含羞，莫稽心中未免也有三分不樂，只是大家不説出來。正是：

　　瘂子嘗黄柏，苦味自家知。

　　却説金玉奴只恨自己門風不好，要掙個出頭，乃勸丈夫刻苦讀書。凡古今書籍，不惜價錢，買來與丈夫看。又不吝供給之費，請人會文會講。又出貲財，教丈夫結交延譽。【眉批】第一要着。莫稽由此才學日進，名譽日起，二十三歲發解連科及第。這日瓊林宴罷，烏帽宮袍，馬上迎歸。將到丈人家裏，只見街坊上一群小兒争先來看，指道：「金團頭家女婿做了官也。」【眉批】官婿做團頭可耻，團頭婿做官何耻之有？莫稽在馬上聽得此言，又不好攬事，只得忍耐。見了丈人，雖然外面盡禮，却包着一肚子忿氣，想道：「早知有今日富貴，怕没王侯貴戚招贅成婚？却拜個團頭做岳丈，可不是終身之玷！養出兒女來，還是團頭的外孫，被人傳作話柄。如今事已如此，妻又賢慧，不犯七出之條，不好決絶得。正是事不三思，終有後悔。」爲此心中怏怏，只是不樂。玉奴幾遍問而不答，正不知甚麽意故。好笑那莫稽，只想着今日富貴，却忘了貧賤的時節，把老婆資助成名一段功勞，化爲春水，這是他心術不端處。

不一日，莫稽謁選，得授無爲軍司户，丈人治酒送行。此時衆丐户，料也不敢登門鬧炒了。喜得臨安到無爲軍，是一水之地，莫稽領了妻子，登舟起任。行了數日，到了采石江邊，維舟北岸。其夜月明如晝，莫稽睡不能寐，穿衣而起，坐於船頭玩月。四顧無人，又想起團頭之事，悶悶不悦。忽然動一個惡念，除非此婦身死，【眉批】狠人。〔二〕另娶一人，方免得終身之耻。心生一計，走進船艙，哄玉奴起來看月華。玉奴已睡了，莫稽再三逼他起身。玉奴難逆丈夫之意，只得披衣，走至馬門口，舒頭望月，被莫稽出其不意，牽出船頭，推墮江中。悄悄唤起舟人，分付快開船前去，重重有賞，不可遲慢。舟子不知明白，慌忙撑篙蕩槳，移舟于十里之外，住泊停當，方纔説：「適間奶奶因玩月墜水，撈救不及了。」却將三兩銀子賞與舟人爲酒錢。舟人會意，誰敢開口？船中雖跟得有幾個蠢婢子，只道主母真個墜水，悲泣了一場，丢開了手，不在話下。有詩爲證：

只爲團頭號不香，忍因得意棄糟糠。
天緣結髮終難解，贏得人呼薄倖郎。

你説事有凑巧，莫稽移船去後，剛剛有個淮西轉運使許德厚，也是新上任的，泊舟於采石北岸，正是莫稽先前推妻墜水處。許德厚和夫人推窗看月，開懷飲酒，尚未曾睡。忽聞岸上啼哭，乃是婦人聲音，其聲哀怨，好生不忍。忙呼水手打看，果然是個單身婦人，坐於江岸。便教唤上船來，審其來歷。原來此婦正是無爲軍司户之妻金玉奴，初墜水時，魂飛魄蕩，已拚着必死。忽覺水中有物，托起兩足，隨波而行，近於江岸。玉奴挣扎上岸，舉目看時，江水茫茫，已不見了司户之船，纔悟道丈夫貴而忘賤，故意欲溺死故妻，别圖良配。如今雖得了性命，無處依棲，轉思苦楚，以此痛哭。見許公盤問，不免從頭至尾，細説一遍。説罷，哭之不已，連許公夫婦都感傷墮淚，勸道：「汝休得悲啼，肯爲我義女，再作道理。」玉奴拜謝。許公分付夫人取乾衣替他通身换了，安排他後艙獨宿。教手下男女都稱他小姐，又分付舟人，不許泄漏其事。

不一日，到淮西上任。那無爲軍正是他所屬地方，許公是莫司户的上司，未免隨班參謁。許公見了莫司户，心中想道：「可惜一表人才，幹恁般薄倖之事。」【眉批】許公大是妙人。約過數月，許公對僚屬説道：「下官有一女，頗有才貌，年已及笄，欲擇一佳婿贅之。諸君意中，有其人否？」衆僚屬都聞得莫司户青年喪偶，齊聲薦他才品非凡，堪作東床之選。許公道：「此子吾亦屬意久矣，但少年登第，心高望厚，未必肯贅吾家。」衆僚屬道：「彼出身寒門，得公收拔，如蒹葭倚玉樹，何幸如之，豈以入贅爲嫌乎？」許公道：「諸君既酌量可行，可與莫司户言之。但云出自諸君之意，以探其情，莫説下官，恐有妨礙。」衆人領命，遂與莫稽説知此事，要替他做媒。莫稽正要攀高，况且聯姻上司，求之不得，便欣然應道：「此事全仗玉成，當效銜結之報。」衆人道：「當得，當得。」隨即將言回復許公。許公道：「雖承司户不棄，但下官夫婦，鍾愛此女，嬌養成性，所以不捨得出嫁。只怕司户少年氣概，不相饒讓，或致小有嫌隙，有傷下官夫婦之心。須是預先講過，凡事容耐些，方敢贅入。」衆人領命，又到司户處傳話，司户無不依允。此時司户不比做秀才時節，一般用金花綵幣爲納聘之儀，選了吉期，皮鬆骨癢，整備做轉運使的女婿。

却説許公先教夫人與玉奴説：「老相公憐你寡居，欲重贅一少年進士，你不可推阻。」玉奴答道：「奴家雖出寒門，頗知禮數。既與莫郎結髮，從一而終。雖然莫郎嫌貧棄賤，忍心害理，奴家各盡其道，豈肯改嫁，以傷婦節。」言畢，淚如雨下。【眉批】難得，難得。夫人察他志誠，乃實説道：「老相公所説少年進士，就是莫郎。老相公恨其薄倖，務要你夫妻再合，只説有個親生女兒，要招贅一婿，却教衆僚屬與莫郎議親，莫郎欣然聽命，只今晚入贅吾家。等他進房之時，須是如此如此，與你出這口嘔氣。」玉奴方纔收淚，重勻粉面，再整新妝，打點結親之事。

到晚，莫司户冠帶齊整，帽插金花，身披紅錦，跨着雕鞍駿馬，兩班鼓樂前導，衆僚屬都來送親。一路行來，誰不喝采！【眉批】好快活。正是：

鼓樂喧闐白馬來，風流佳婿實奇哉。
團頭喜换高門眷，采石江邊未足哀。

是夜，轉運司鋪氈結綵，大吹大擂，等候新女婿上門。莫司户到門下馬，許公冠帶出迎，衆官僚都别去。莫司户直入私宅，新人用紅帕覆首，兩個養娘扶將出來。掌禮人在檻外喝禮，雙雙拜了天地，又拜了丈人、丈母，然後交拜禮畢，送歸洞房做花燭筵席。莫司户此時心中，如登九霄雲裏，歡喜不可形容，仰着臉，昂然而入。纔跨進房門，忽然兩邊門側裏走出七八個老嫗、丫鬟，一個個手執籬竹細棒，劈頭劈腦打將下來，把紗帽都打脱了，肩背上棒如雨下，打得叫喊不迭，正没想一頭處。【眉批】只夫妻重合，不妙；有此一等打，纔快人心。莫司户被打，慌做一堆蹭倒，只得叫聲：「丈人、丈母，救命！」只聽房中嬌聲宛轉分付道：「休打殺薄情郎，且唤來相見。」衆人方纔住手，七八個老嫗、丫鬟，扯耳朵，拽肐膊，好似六賊戲彌陀一般，脚不點地，擁到新人面前。

司户口中還説道：「下官何罪？」【眉批】形容都像。開眼看時，畫燭輝煌，照見上邊端端正正坐着個新人，不是别人，正是故妻金玉奴。莫稽此時魂不附體，亂嚷道：「有鬼！有鬼！」衆人都笑起來。只見許公自外而入，叫道：「賢婿休疑，此乃吾采石江頭所認之義女，非鬼也。」莫稽心頭方纔住了跳，慌忙跪下，拱手道：「我莫稽知罪了，望大人包容之。」許公道：「此事與下官無干，只吾女没説話就罷了。」玉奴唾其面，罵道：「薄倖賊！你不記宋弘有言：『貧賤之交不可忘，糟糠之妻不下堂。』當初你空手贅入吾門，虧得我家資財，讀書延譽，以致成名，僥倖今日。奴家亦望夫榮妻貴，何期你忘恩負本，就不念結髮之情，恩將仇報，將奴推墮江心。幸然天天可憐，得遇恩爹提救，收爲義女。倘然葬江魚之腹，你别娶新人，於心何忍？今日有何顏面，再與你完聚？」説罷放聲而哭，千薄倖，萬薄倖，罵不住口。莫稽滿面羞慚，閉口無言，只顧磕頭求恕。【眉批】此一場羞，比兒童唤團頭婿何如？〔三〕

許公見罵得勾了，方纔把莫稽扶起，勸玉奴道：「我兒息怒，如今賢婿悔罪，料然不敢輕慢你了。你兩個雖然舊日夫妻，在我家只算新婚花燭，凡事看我之面，閒言閒語，一筆都勾罷。」又對莫稽説道：「賢婿，你自家不是，休怪别人。今宵只索忍耐，我教你丈母來解勸。」説罷，出房去。少刻夫人來到，又調停了許多説話，兩個方纔和睦。

次日，許公設宴管待新女婿，將前日所下金花綵幣，依舊送還，道：「一女不受二聘，賢婿前番在金家已費過了，今番下官不敢重疊收受。」【眉批】冷語刺得好。〔四〕莫稽低頭無語，許公又道：「賢婿常恨令岳翁卑賤，以致夫婦失愛，幾乎不終。今下官備員如何？只怕爵位不高，尚未滿賢婿之意。」莫稽漲得面皮紅紫，只是離席謝罪。有詩爲證：

痴心指望締高姻，誰料新人是舊人。
打駡一場羞滿面，問他何取岳翁新？

自此莫稽與玉奴夫婦和好，比前加倍。許公共夫人待玉奴如真女，待莫稽如真婿，玉奴待許公夫婦，〔五〕亦與真爹媽無異。連莫稽都感動了，迎接團頭金老大在任所，奉養送終。後來許公夫婦之死，金玉奴皆制重服，以報其恩。莫氏與許氏世世爲通家兄弟，往來不絕。詩云：

宋弘守義稱高節，黄允休妻駡薄情。
試看莫生婚再合，姻緣前定枉勞爭。

【校記】

〔一〕「妻」字，底本及内閣本均無，據《奇觀》補。

〔二〕本條眉批，内閣本無。

〔三〕本條眉批，内閣本無。

〔四〕本條眉批，内閣本無。

〔五〕「玉奴」，底本及内閣本均作「玉兒」，據《奇觀》改。

李秀卿
今日重逢局面新

雖然沒有風流分
也種來生一段緣

第二十八卷　李秀卿義結黄貞女

暇日攀今吊古，從來幾個男兒。履危臨難有神機，不被他人算計？　男子儘多慌錯，婦人反有權奇。若還智量勝蛾眉，便帶頭巾何愧？

常言「有智婦人，賽過男子」，古來婦人賽男子的也儘多。除着吕太后、武則天這一班大手段的歹人不論，再除却衛莊姜、曹令女這一班大賢德、大貞烈的好人也不論，再除却曹大家、【眉批】家，音姑。班婕妤、蘇若蘭、沈滿願、李易安、朱淑真這一班大學問、大才華的文人也不論，再除却錦車夫人馮氏、浣花夫人任氏、錦繖夫人洗氏和那軍中娘子、繡旗女將，【眉批】馮氏，名嫽，見《漢書》。任氏，崔寧妾，洗氏，馮寶妻，俱見《通鑑》。娘子，柴紹妻也。女將，見《金史》。這一班大智謀、大勇略的奇人也不論。如今單説那一種奇奇怪怪、蹊蹊蹺蹺，没陽道的假男子，帶頭巾的真女人，可欽可愛，可笑可歌。正是：

說處裙釵添喜色，話時男子減精神。

據唐人小説，有個木蘭女子，是河南睢陽人氏。因父親被有司點做邊庭戍卒，木蘭可憐父親多病，扮女爲男，代替其役，頭頂兜鍪，身披鐵鎧，手執戈矛，腰懸弓矢，擊柝提鈴，餐風宿草，受了百般辛苦。如此十年，役滿而歸，依舊是個童身。邊廷上萬千軍士，没一人看得出他是女子。後人有詩贊云：

緹縈救父古今稀，代父從戎事更奇。
全孝全忠又全節，男兒幾個不虧移？

又有個女子，叫做祝英臺，常州義興人氏，自小通書好學，聞餘杭文風最盛，欲往游學。其哥嫂止之曰：「古者男女七歲不同席，不共食，你今一十六歲，却出外游學，男女不分，豈不笑話！」【眉批】亦是道理。英臺道：「奴家自有良策。」乃裹巾束帶，扮作男子模樣，走到哥嫂面前，哥嫂亦不能辨認。英臺臨行時，正是夏初天氣，榴花盛開，乃手摘一枝，插于花臺之上，對天禱告道：「奴家祝英臺出外游學，若完名全節，此枝生根長葉，年年花發；若有不肖之事，玷辱門風，此枝枯萎。」禱畢出門，自稱祝九舍人。遇個朋友，是個蘇州人氏，叫做梁山伯，與他同館讀書，甚相愛重，結爲兄弟。日則同食，夜則同卧，如此三年，英臺衣不解帶，山伯屢次疑惑盤問，都被英臺將言語支吾過了。讀了三年書，學問成就，相別回家，約梁山伯三個月内，可來見訪。英臺歸時，仍是初夏，那花臺上所插榴枝，花葉并茂，哥嫂方信了。

同鄉三十里外，有個安樂村，那村中有個馬氏，大富之家。聞得祝九娘賢慧，尋媒與他哥哥議親。哥哥一口許下，納綵問名都過了，約定來年二月娶親。原來英臺有心於山伯，要等他來訪時，露其機括。誰知山伯有事，稽遲在家。英臺只恐哥嫂疑心，不敢推阻。山伯直到十月，方纔動身，過了六個月了。到得祝家莊，問祝九舍人時，莊客説道：「本莊只有祝九娘，并没有祝九舍人。」山伯心疑，傳了名刺進去，只見丫鬟出來，請梁兄到中堂相見。山伯走進中堂，那祝英臺紅妝翠袖，别是一般妝束了。山伯大驚，方知假扮男子，自愧愚魯，不能辨識。寒温已罷，便談及婚姻之事。英臺將哥嫂做主，已許馬氏爲辭。山伯自恨來遲，懊悔不迭。分别回去，遂成相思之病，奄奄不起，至歲底身亡。囑付父母，可葬我于安樂村路口，父母依言葬之。明年，英臺出嫁馬家，行至安樂村路口，忽然狂風四起，天昏地暗，輿人都不能行。英臺舉眼觀看，但見梁山伯飄然而來，説道：「吾爲思賢妹，一病而亡，今葬于此地。賢妹不忘舊誼，可出轎一顧。」英臺果然走出轎來，忽然一聲響亮，地下裂開丈餘，英臺從裂中跳下。衆人扯其衣服，如蟬脱一般，其衣片片而飛。頃刻天清地朗，那地裂處，只如一綫之細。歇轎處，正是梁山伯墳墓。乃知生爲兄弟，死作夫妻。再看那飛的衣服碎片，變成兩般花蝴蝶，傳説是二人精靈所化，紅者爲梁山伯，黑者爲祝英臺。其種到處有之，至今猶呼其名爲梁山伯、祝英臺也。後人有詩贊云：

十載書幃共起眠，活姻緣作死姻緣。
非關山伯無分曉，還是英臺志節堅。

又有一個女子，姓黄，名崇嘏，是西蜀臨卭人氏。生成聰明俊雅，詩賦俱通，父母雙亡，亦無親族。時宰相周庠鎮蜀，崇嘏假扮做秀才，將平日所作詩卷呈上。周庠一見，篇篇道好，字字稱奇，乃薦爲郡掾。吏事精敏，地方凡有疑獄，累年不决者，一經崇嘏剖斷，無不洞然。屢攝府縣之事，到處便有聲名，胥徒畏服，士民感仰。周庠首薦于朝，言其才可大用，欲妻之以女，央太守作媒，崇嘏只微笑不答。周庠乘他進見，自述其意，崇嘏索紙筆，作詩一首獻上。詩曰：

一辭拾翠碧江湄，貧守蓬茅但賦詩。
自服藍袍居郡掾，永抛鸞鏡畫蛾眉。
立身卓爾青松操，挺志堅然白璧姿。
幕府若教爲坦腹，願天速變作男兒。

庠見詩，大驚，叩其本末，方知果然是女子。因將女作男，事關風化，不好聲張其事，教他辭去郡掾，隱於郭外，乃於郡中擇士人嫁之。後來士人亦舉進士及第，位致通顯，崇嘏累封夫人。據如今搬演《春桃記》傳奇，説黃崇嘏中過女狀元，此是增藻之詞。後人亦有詩贊云：

珠璣滿腹綵生毫，更服烹鮮手段高。
若使生時逢武后，君臣一對女中豪。

那幾個女子，都是前朝人，如今再説個近代的，是大明朝弘治年間的故事。南京應天府上元縣有個黃公，以販綫香爲業，兼帶賣些雜貨，慣走江北一帶地方。江北人見他買賣公道，都唤他做「黃老實」。家中止一妻二女，長女名道聰，幼女名善聰。道聰年長，嫁與本京青溪橋張二哥爲妻去了。止有幼女善聰在家，方年一十二歲。母親一病而亡，殯葬已畢。黃老實又要往江北賣香生理，思想：「女兒在家，孤身無伴，況且年幼未曾許人，怎生放心得下？待寄在姐夫家，又不是個道理。若不做買賣，撇了這走熟的道路，又那裏尋幾貫錢鈔養家度日？」左思右想，去住兩難。香貨俱已定下，只有這女兒没安頓處。一連想了數日，忽然想着道：「有計了，我在客邊没人作伴，何不將女假充男子，帶將出去，且待年長，再作區處。只是一件，江北主顧人家都曉得我没兒，今番帶着孩子去，倘然被他盤問，露出破綻，却不是個笑話？我如今只説是張家外甥，帶出來學做生理，使人不疑。」計較已定，與女兒説通了，製副道袍净襪，教女兒穿着，頭上裹個包巾，妝扮起來，好一個清秀孩子。正是：

眉目生成清氣，資性那更伶俐。
若還伯道相逢，十個九個過繼。

黄老實爹女兩人，販着香貨，趁船來到江北廬州府，下了主人家。主人家見善聰生得清秀，無不誇獎，問黄老實道：「這個孩子，是你什麽人？」黄老實答道：「是我家外甥，叫做張勝。老漢没有兒子，帶他出來走走，認了這起主顧人家，後來好接管老漢的生意。」衆人聽説，并不疑惑。黄老實下個單身客房，每日出去發貨討帳，留下善聰看房。善聰目不妄視，足不亂移。衆人都道這張小官比外公愈加老實，個個歡喜。

自古道：「天有不測風雲，人有旦夕禍福。」黄老實在廬州，不上兩年，害個病症，醫藥不痊，嗚呼哀哉。善聰哭了一場，買棺盛殮，權寄於城外古寺之中。思想年幼孤女，往來江湖不便。間壁客房中下着的，也是個販香客人，又同是應天府人氏，平昔間看他少年誠實，問其姓名來歷，那客人答道：「小生姓李，名英，字秀卿，從幼跟隨父親出外經紀。今父親年老，受不得風霜辛苦，因此托本錢與小生，〔一〕在此行販。」善聽道：「我張勝跟隨外祖在此，不幸外祖身故，孤寡無依。足下若不棄，願結爲異姓兄弟，合夥生理，彼此有靠。」李英道：「如此最好。」李英年十八歲，長張勝四年，張勝因拜李英爲兄，甚相友愛。過了幾日，弟兄兩個商議，輪流一人往南京販貨，一人住在廬州發貨討帳。一來一去，不致擔誤了生理，甚爲兩便。善聽道：「兄弟年幼，況外祖靈柩無力奔回，何顏歸於故鄉？讓哥哥去販貨罷。」〔二〕於是收拾貲本，都交付與李英。李英剩下的貨物，和那帳目，也交付與張勝。但是兩邊買賣，毫厘不欺。從此李英、張勝兩家行李，并在一房。李英到廬州時，只在張勝房住，日則同食，夜則同眠。但每夜張勝只是和衣而睡，不脱衫褲，亦不去鞋襪，李英甚以爲怪。張勝答道：「兄弟自幼得了個寒疾，纔解動裏衣，這病就發作，所以如此睡慣了。」李英又問道：「你耳朵子上，怎的有個環眼？」張勝道：「幼年間爹娘與我算命，説有關煞難養，爲此穿破兩耳。」李英是個誠實君子，【眉批】真個誠實。這句話便被他瞞過，更不疑惑。張勝也十分小心在意，雖溲溺亦必等到黑晚，私自去方便，不令人瞧見。以此客居雖久，并不露一些些馬脚。有詩爲證：

女相男形雖不同，全憑心細謹包籠。

只憎一件難遮掩，行步蹺蹊三寸弓。

黄善聰假稱張勝，在廬州府做生理，初到時止十二歲，光陰似箭，不覺一住九年，如今二十歲了。這幾年勤苦營運，手中頗頗活動，比前不同。思想父親靈柩暴露他鄉，親姐姐數年不會，况且自己終身也不是個了當，乃與李英哥哥商議，只説要搬外公靈柩回家安葬。李英道：「此乃孝順之事，只靈柩不比他件，你一人如何擔帶？做哥的相幫你同走，心中也放得下。待你安葬事畢，再同來就是。」張勝道：「多謝哥哥厚意。」當晚定議，擇個吉日，顧下船隻，唤幾個僧人，做個起靈功德，擡了黄老實的靈柩下船。一路上風順則行，風逆則止，不一日到了南京，在朝陽門外，覓個空閒房子，將柩寄頓，俟吉下葬。

閒話休叙。再説李英同張勝進了城門，東西分路。李英問道：「兄弟高居何處？做哥的好來拜望。」張勝道：「家下傍着秦淮河清溪橋居住，來日專候哥哥降臨茶話。」兩下分别。張勝本是黄家女子，那認得途徑？喜得秦淮河是個有名的所在，不是個僻地，還好尋問。張勝行至清溪橋下，問着了張家，敲門而入。其日姐夫不在家，望着内裏便走。姐姐道聽駡將起來，道：「是人家各有内外，甚麽花子，一些體面不存，直入内室，是何道理？男子漢在家時瞧見了，好歹一百孤拐奉承你，還不快走！」張勝不慌不忙，笑嘻嘻的作一個揖下去，口中叫道：「姐姐，你自家嫡親兄弟，如何不認得了？」姐姐罵道：「油嘴光棍！我從來那有兄弟？」張勝道：「姐姐九年前之事，你可思量得出？」姐姐道：「思量甚麽？九十年我還記得，〔三〕我爹爹并没兒子，止生下我姊妹二人，我妹子小名善聽，九年前爹爹帶往江北販香，一去不回。至今音問不通，未審死活存亡。你是何處光棍，却來冒認别人做姐姐！」張勝道：「你要問善聽妹子，我即是也。」説罷，放聲大哭。姐姐還不信是真，問道：「你既是善聽妹子，緣何如此妝扮？」張勝道：「父親臨行時，將我改扮爲男，只説是外甥張勝，帶出來學做生理。不期兩年上父親一病而亡，你妹子雖然殯殮，却恨孤貧，不能扶柩而歸。有個同鄉人李秀卿，志誠君子，你妹子萬不得已，只得與他八拜爲交，合夥營生。淹留江北，不覺又六七年，今歲始辦歸計。適纔到此，便來拜見姐姐，别無他故。」姐姐道：「原來如此，你同個男子合夥營生，男女相處許多年，一定配爲夫婦了。自古明人不做暗事，何不帶頂髻兒，還好看相。恁般喬打扮回來，不雌不雄，好不羞耻人！」張勝道：「不欺姐姐，奴家至今還是童身，豈敢行苟且之事，玷辱門風。」道聽不信，引入密室驗之。你説怎麽驗法？用細細乾灰鋪放餘桶之内，却教女子解了下衣，坐於桶上。用綿紙條棲入鼻中，要他打噴嚏。若是破身的，上氣泄，下氣亦泄，乾灰必然吹動；若是童身，其灰如舊。朝廷選妃，都用此法，道聽生長京師，豈有不知？當時試那妹子，果是未破的童身。於是姊妹兩人，抱頭而哭。道聽慌忙開箱，取出自家裙襖，安排妹子香湯沐浴，教他更換衣服。妹子道：「不欺姐姐，我自從出去，未曾解衣露體。今日見了姐姐，方纔放心耳。」那一晚，張二哥回家，老婆打發在外廂安歇。姊妹二人，同被而卧，各訴衷腸，整整的叙了一夜説話，眼也不曾合縫。

次日起身，黄善聰梳妝打扮起來，别自一個模樣。與姐夫姐姐重新叙禮。道聽在丈夫面前，誇獎妹子貞節，〔四〕連李秀卿也稱讚了幾句：「若不是個真誠君子，怎與他相處得許多時？」話猶未絶，只聽得門外咳嗽一聲，問道：「裏面有人麽？」黄善聰認得是李秀卿聲音，對姐姐説：「教姐夫出去迎他，我今番不好相見了。」道聽道：「你既與他結義過來，又且是個好人，就相見也不妨。」善聰顛倒怕羞起來，不肯出去。道聽只得先教丈夫出去迎接，看他口氣，覺也不覺。

張二哥連忙趨出，見了李秀卿，叙禮已畢，分賓而坐。秀卿開言道：「小生是李英，特到此訪張勝兄弟，不知閣下是他何人？」張二哥笑道：「是在下至親，只怕他今日不肯與足下相會，枉勞尊駕。」李秀卿道：「説那裏話？我與他是異姓骨肉，最相愛契，約定我今日到此。特特而來，那有不會之理？」張二哥道：「其中有個緣故，容從容奉告。」秀卿性急，連連的催促，遲一刻只待發作出來了。慌得張二哥便往内跑，教老婆苦勸姨姐，與李秀卿相見，善聰只是不肯出房。他夫妻兩口躲過一邊，倒教人將李秀卿請進内宅。秀卿一見了黄善聰，看不仔細，倒退下七八步。善聰叫道：「哥哥不須疑慮，請來叙話。」秀卿聽得聲音，方纔曉得就是張勝，重走上前作揖道：「兄弟，如何恁般打扮？」善聰道：「一言難盡，請哥哥坐了，容妹子從容告訴。」兩人對坐了，善聰將十二歲隨父出門始末根由，細細述了一遍，又道：「一向承哥哥帶挈提携，感謝不盡。但在先有兄弟之好，今後有男女之嫌，相見只此一次，不復能再聚矣。」秀卿聽説，騃了半晌，自思五六年和他同行同卧，竟不曉得他是女子，好生懵懂！便道：「妹子聽我一言，我與你相契許久，你知我知，往事不必説了。如今你既青年無主，我亦壯而未娶，何不推八拜之情，合二姓之好，百年諧老，永遠團圓，豈不美哉！」善聰羞得滿面通紅，便起身道：「妾以兄長高義，今日不避形迹，厚顔請見。兄乃言及於亂，非妾所以待兄之意也。」説罷，一頭走進去，一頭説道：「兄宜速出，勿得停滯，以招物議。」

秀卿被發作一場，好生没趣。回到家中，如痴如醉，顛倒割捨不下起來。乃央媒嫗去張家求親説合。張二哥夫婦，到也欣然。無奈善聰立意不肯，道：「嫌疑之際，不可不謹。今日若與配合，無私有私，把七年貞節一旦付之東流，豈不惹人嘲笑？」【眉批】纔是真正女道學，可敬，可敬。媒嫗與姐姐兩口交勸，只是不允。那邊李秀卿執意定要娶善聰爲妻，每日纏着媒嫗，要他奔走傳話。三回五轉，徒惹得善聰焦燥，并不見鬆了半分口氣。似恁般說，難道這頭親事就不成了？且看下回分解。正是：

七年兄弟意殷勤，今日重逢局面新。
欲表從前清白操，故甘薄倖拒姻親。

天下只有三般口嘴，極是利害：秀才口，罵遍四方；和尚口，吃遍四方；【眉批】冷語好。媒婆口，傳遍四方。且説媒婆口怎地傳遍四方？那做媒的有幾句口號：

東家走，西家走，兩脚奔波氣常吼。牽三帶四有商量，走進人家不怕狗。前街某，後街某，家家户户皆朋友。相逢先把笑顔開，慣報新聞不待叩。説也有，話也有，指長話短舒開手。一家有事百家知，何曾留下隔宿口？要騙茶，要吃酒，臉皮三寸三分厚。若還羨他説作高，拌乾涎沫七八斗。

那黄善聰女扮男粧，〔五〕千古奇事，又且恁地貞節，世世罕有，這些媒嫗，走一遍，説一遍，一傳十，十傳百，霎時間滿京城通知道了。人人誇美，個個稱奇，雖搢紳之中，談及此事，都道：「難得，難得！」

有守備太監李公，不信其事，差人緝訪，果然不謬。乃喚李秀卿來盤問，一一符合。因問秀卿：「天下美婦人儘多，何必黃家之女？」秀卿道：「七年契愛，意不能捨，除却此女，皆非所願。」李公意甚憫之，乃藏秀卿於衙門中。次日，喚前媒嫗來，分付道：「聞知黃家女貞節可敬，我有個侄兒欲求他爲婦，汝去説合，成則有賞。」【眉批】那有此凑趣太監，十中無一。那時守備太監，正有權勢，誰敢不依？媒嫗回覆，親事已諧了。李公自出己財，替秀卿行聘，又賃下一所空房，密地先送秀卿住下。李公親身到彼，主張花燭，笙簫鼓樂，取那黃善聰進門成親。交拜之後，夫妻相見，一場好笑。善聰明知落了李公圈套，事到其間，推阻不得。李公就認秀卿爲侄，大出貲財，替善聰備辦妝奩。【眉批】誰肯。又對合城官府説了，五府六部及府尹縣官，各有所助。一來看李公面上，二來都道是一樁奇事，人人要玉成其美。秀卿自此遂爲京城中富室，【眉批】這出買賣做着了，煞强如販香。夫妻相愛，連育二子，後來讀書顯達。有好事者，將此事編成唱本説唱，其名曰《販香記》。有詩爲證，詩曰：

七載男妝不露針，歸來獨守歲寒心。
編成小説垂閨訓，一洗桑間濮上音。

又有一首詩，單道太監李公的好處，詩曰：

節操恩情兩得全，宦官誰似李公賢？
雖然没有風流分，種得來生一段緣。

【校記】

〔一〕「托」，内閣本作「把」。

〔二〕「讓」，底本及内閣本均作「議」，據文意改。

〔三〕「九十年」，内閣本作「前九年」。

〔四〕「誇獎」，底本作「姱漿」，内閣本作「誇漿」，據文意改。

〔五〕「粧」，底本作「粉」，據内閣本改。

月明和尚度柳翠

古今小說
欲知因果三生事
只在高僧棒喝中

第二十九卷　月明和尚度柳翠

萬里新墳盡少年，修行莫待鬢毛斑。
前程黑暗路頭險，十二時中自著研。

這四句詩，單道著禪和子打坐參禪，得成正果，非同容易，有多少先作後修、先修後作的和尚。自家今日説這南渡宋高宗皇帝在位，紹興年間，有個官人，姓柳，雙名宣教，祖貫温州府永嘉縣崇陽鎮人氏。年方二十五歲，胸藏千古史，腹蘊五車書。自幼父母雙亡，蚤年孤苦，宗族又無所依，隻身篤學，贅於高判使家。後一舉及第，御筆授得寧海軍臨安府府尹。恭人高氏，年方二十歲，生得聰明智慧，容貌端嚴。新贅柳府尹在家，未及一年，欲去上任。遂帶一僕，名賽兒，一日辭別了丈人、丈母，前往臨安府上任。饑餐渴飲，夜住曉行，不則一日，已到臨安府接官亭。蚤有所屬官吏師生，糧里耆老，住持僧道，行首人等，弓兵隸卒，轎馬人夫，俱在彼處，迎接入城。到府中，搬移行李什物，安頓已完，這柳府尹出廳到任。廳下一應人等，參拜已畢。柳府尹遂將參見人員花名手本，逐一點過不缺，止有城南水月寺竹林峰住持玉通禪師，乃四川人氏，點不到。府尹大怒道：「此禿無禮！」遂問五山十刹禪師：「何故此僧不來參接？拿來問罪！」當有各寺住持禀覆相公：「此僧乃古佛出世，在竹林峰修行已五十二年，不曾出來。每遇迎送，自有徒弟。望相公方便。」【眉批】如今果有真正修行五十二年者，尚當禮拜，況責其迎送乎？府尹太俗。柳府尹雖依僧言不拿，心中不忿，各人自散。

當日府堂公宴，承應歌妓，年方二八，花容嬌媚，唱韻悠揚。府尹聽罷，大喜，問妓者何名，答言：「賤人姓吴，小字紅蓮，專一在上廳祗應。」當日酒筵將散，柳府尹唤吴紅蓮，低聲分付：「你明日用心去水月寺内，哄那玉通和尚雲雨之事。如了事，就將所用之物前來照證【眉批】中毒了。，我這裏重賞，判你從良；如不了事，定當記罪。」紅蓮答言：「領相公鈞旨。」出府一路自思，如何是好？眉頭一蹙，計上心來。回家將柳府尹之事，一一説與娘知，娘兒兩個商議一夜。

至次日午時，天陰無雨，正是十二月冬盡天氣。吴紅蓮一身重孝，手提羹飯，出清波門。走了數里，將及近寺，已是申牌時分，風雨大作。吴紅蓮到水月寺山門下，倚門而立，進寺，又無人出。直等到天晚，只見個老道人出來關山門。紅蓮向前道個萬福，那老道人回禮道：「天色晚了，娘子請回，我要關山門。」紅蓮雙眼淚下，拜那老道人：「望公公可憐，妾在城住，夫死百日，家中無人，自將羹飯祭奠。哭了一回，不覺天晚雨下，關了城門，回家不得，只得投宿寺中。望公公慈悲，告知長老，容妾寺中過夜，明蚤入城，免虎傷命。」言罷兩淚交流，拜倒於山門地下，不肯走起。那老道人乃言：「娘子請起，我與你裁處。」紅蓮見他如此說，便立起來。那老道人關了山門，領著紅蓮到僧房側首一間小屋，乃是老道人卧房，教紅蓮坐在房內。那老道人連忙走去長老禪房裏法座下，稟覆長老道：「山門下有個年少婦人，一身重孝，説道丈夫死了，今日到墳上做羹飯，風雨大作，關了城門，進城不得，要在寺中權歇，明蚤入城，特來稟知長老。」長老見説，乃言：「此是方便之事，天色已晚，你可教他在你房中過夜，明日五更打發他去。」道人領了言語，來説與紅蓮知道，紅蓮又拜謝：「公公救命之恩，生死不忘大德。」言罷，坐在老道人房中板凳上。那老道人自去收拾，關門閉户已了，來房中土榻上和衣而睡。這老道人日間辛苦，一覺便睡著。

原來水月寺在桑菜園裏，四邊又無人家，寺裏有兩個小和尚都去化緣，因此寺中冷静，無人走動。這紅蓮聽得更鼓已是二更，心中想道：「如何事了？」心亂如麻，遂乃輕移蓮步，走至長老房邊。那間禪房關著門，一派是大槅窗子，房中挂著一碗琉璃燈，明明亮亮。長老在禪椅之上打坐，也看見紅蓮在門外。紅蓮看著長老，遂乃低聲叫道：「長老慈悲爲念，救度妾身則個。」長老道：「你可去道人房中權宿，來蚤入城，不可在此攪擾我禪房，快去，快去！」紅蓮在窗外深深拜了十數拜道：「長老慈悲爲本，方便爲門，妾身衣服單薄，夜寒難熬，望長老開門，借與一兩件衣服，遮蓋身體。救得性命，自當拜謝。」道罷，哽哽咽咽哭將起來。【眉批】婦人多淚，長老不合作准他。這長老是個慈悲善人，心中思忖道：「倘若寒禁，身死在我禪房門首，不當穩便。自古道：『救人一命，勝造七級浮屠。』」從禪床上走下來，開了槅子門，放紅蓮進去。長老取一領破舊禪衣把與他，自己依舊上禪床上坐了。

紅蓮走到禪床邊，深深拜了十數拜，哭哭啼啼道：「肚疼死也。」這長老并不採他，自己瞑目而坐。怎當紅蓮哽咽悲哀，將身靠在長老身邊，哀聲叫疼叫痛，就睡倒在長老身上，或坐在身邊，或立起叫喚不止。約莫也是三更，長老忍口不住，【眉批】口爲禍門，信哉！〔一〕乃問紅蓮曰：「小娘子，你如何只顧哭泣？那裏疼痛？」紅蓮告長老道：「妾丈夫在日，有此肚疼之病，我夫脱衣將妾摟於懷內，將熱肚皮貼著妾冷肚皮，便不疼了。【眉批】語甚無理，何以信之？〔二〕不想今夜疼起來，又值寒冷，妾死必矣。怎地得長老肯救妾命，將熱肚皮貼在妾身上，便得痊可。若救得妾命，實乃再生之恩。」長老見他苦告不過，只得解開衲衣，抱那紅蓮在懷内。【眉批】還是先動情了，定是識得破、忍不過也。這紅蓮賺得長老肯時，便慌忙解了自的衣服，赤了下截身體，倒在懷内道：「望長老一發去了小衣，將熱肚皮貼一貼，救妾性命。」長老初時不肯，次後三回五次，被紅蓮用尖尖玉手，解了裙褲，一把撮那長老玉莖在手，撚動弄得硬了，將自己陰户相輳。此時不由長老禪心不動。【眉批】看到此處，還是不迎送官府不是。這長老看了紅蓮如花似玉的身體，春心蕩漾起來，兩個就在禪床上兩相歡洽。正是：

豈顧如來教法，難遵佛祖遺言。一個色眼横斜，氣喘聲嘶，好似鶯穿柳影；一個淫心蕩漾，言嬌語澀，渾如蝶戲花陰。和尚枕邊，訴雲情雨意；紅蓮枕上，説海誓山盟。玉通房内，番爲快活道場；水月寺中，變作極樂世界。

長老摟著紅蓮問道：「娘子高姓何名？那裏居住？因何到此？」紅蓮曰：「不敢隱諱，妾乃上廳行首，姓吴，小字紅蓮，在於城中南新橋居住。」長老此時被魔障纏害，心歡意喜，分付道：「此事只可你知我知，不可泄於外人。」少刻，雲收雨散，被紅蓮將口扯下白布衫袖一隻，抹了長老精污，收入袖中，這長老困倦不知。長老雖然如此，心中疑惑，乃問紅蓮曰：「姐姐此來，必有緣故，你可實説。」再三逼迫，要問明白。紅蓮被長老催逼不過，只得實説：「臨安府新任柳府尹，怪長老不出寺迎接，心中大惱，因此使妾來與長老成其雲雨之事。」長老聽罷大驚，悔之不及，道：「我的魔障到了，吾被你賺騙，使我破了色戒，墮於地獄。」此時東方已白，長老教道人開了寺門，紅蓮別了長老，急急出寺回去了。

却說這玉通禪師教老道人燒湯：「我要洗浴。」老道人自去厨下燒湯，長老磨墨捻筆，便寫下八句《辭世頌》，曰：

自入禪門無挂礙，五十二年心自在。
只因一點念頭差，犯了如來淫色戒。
你使紅蓮破我戒，我欠紅蓮一宿債。
我身德行被你虧，你家門風還我壞。【眉批】臨去時，主意已定。

寫畢摺了，放在香爐足下壓著。道人將湯入房中，伏侍長老洗浴罷，換了一身新禪衣，叫老道人分付道：「臨安府柳府尹差人來請我時，你可將香爐下簡帖把與來人，教他回覆，不可有誤。」道罷，老道人自去殿上燒香掃地，不知玉通禪師已在禪椅上圓寂了。【眉批】轉頭快，畢竟是高僧。〔三〕

話分兩頭。却說紅蓮回到家中，吃了蚤飯，換了色衣，將著布衫袖，徑來臨安府見柳府尹。府尹正坐廳，見了紅蓮，連忙退入書院中，喚紅蓮至面前，問和尚事了得否。紅蓮將夜來事備細說了一遍，袖中取出衫袖遞與看了。柳府尹大喜，教人去堂中取小小黑漆盒兒一個，將白布衫袖子放在盒内，上面用封皮封了。捻起筆來，寫一簡子，乃詩四句，其詩云：

水月禪師號玉通，多時不下竹林峰。
可憐數點菩提水，傾入紅蓮兩瓣中。

寫罷，封了簡子，差一個承局，送與水月寺玉通和尚，要討回字，不可遲誤。承局去了。柳府尹賞紅蓮錢五百貫，免他一年官唱。紅蓮拜謝，將了錢自回去了，不在話下。

却說承局賫著小盒兒并簡子，來到水月寺中，只見老道人在殿上燒香。承局問長老在何處，老道人遂領了承局，徑到禪房中時，只見長老已在禪椅上圓寂去了。老道人言：「長老曾分付道：『若柳相公差人來請我，將香爐下簡子去回覆。』」承局大驚道：「真是古佛，預先已知此事。」當下承局將了回簡并小盒兒，再回府堂，呈上回簡并原簡，說長老圓寂一事。柳宣教打開回簡一看，乃是八句《辭世頌》，看罷吃了一驚，道：「此和尚乃真僧也，是我壞了他德行。」懊悔不及。差人去叫匠人合一個龕子，將玉通和尚盛了，教南山净慈寺長老法空禪師，與玉通和尚下火。

却説法空徑到柳府尹廳上，取覆相公，要問備細。柳府尹將紅蓮事情説了一遍，法空禪師道：「可惜，可惜，此僧差了念頭，墮落惡道矣。此事相公壞了他德行，貧僧去與他下火，指點教他歸於正道，不墮畜生之中。」言罷，別了府尹，徑到水月寺，分付擡龕子出寺後空地。法空長老手捻火把，打個圓相，口中道：

自到川中數十年，曾在毘盧頂上眠。
欲透趙州關捩子，好姻緣做惡姻緣。
桃紅柳緑還依舊，石邊流水冷湲湲。
今朝指引菩提路，再休錯意念紅蓮。

恭惟圓寂玉通大和尚之覺靈曰：惟靈五十年來古拙，心中皎如明月，有時照耀當空，大地乾坤清白。可惜法名玉通，今朝作事不通，不去靈山參佛祖，却向紅蓮貪淫欲。本是色即是空，誰想空即是色。無福向獅子光中，享天上之逍遥；有分去駒兒隙内，受人間之勞碌。雖然路徑不迷，争奈去之太速。大衆莫要笑他，山僧指引不俗。咦！

一點靈光透碧霄，蘭堂畫閣添澡浴。

法空長老道罷，擲下火把，焚龕將盡。當日，看的人不知其數，只見火焰之中，一道金光衝天而去了。法空長老與他拾骨入塔，各自散去。

却説柳宣教夫人高氏，於當夜得一夢，夢見一個和尚，面如滿月，身材肥壯，走入卧房。夫人吃了一驚，一身香汗驚醒。自此不覺身懷六甲。光陰似箭，看看十月滿足。夫人臨盆分娩，生下一個女兒。當時侍妾報與柳宣教，且喜夫人生得一個小姐。三朝滿月，取名唤做翠翠。百日周歲，做了多少筵席。正是：

窗外日光彈指過，席前花影座間移。

這柳翠翠長成八歲，柳宣教官滿將及，收拾還鄉。端的是：

世間好物不堅牢，彩雲易散琉璃脆。

柳宣教感天行時疫病，無旬日而故。這柳府尹做官清如水，明似鏡，不貪賄賂，囊篋淡薄。夫人具棺木盛貯，挂孝看經，將靈柩寄在柳州寺内。夫人與僕賽兒并女翠翠欲回温州去，路途遥遠，又無親族投奔，身邊些小錢財，難供路費。乃於在城白馬廟前，賃一間房屋，三口兒搬來住下。又無生理，一住八年，囊篋消疏，那僕人逃走。【眉批】每疑廉吏無後一事，天道亦僭乎？先輩云：「清官多刻薄，所以無後。」觀柳宣教，信矣。〔四〕這柳翠長成年紀一十六歲，生得十分容貌。這柳媽媽家中娘兒兩個，日不料生，口食不敷，乃央間壁王媽媽，問人借錢。借得羊壩頭楊孔目課錢，借了三千貫錢。過了半年，債主索取要緊。這柳媽媽被討不過，出於無奈，只得央王媽媽做媒，情願把女兒與楊孔目爲妾，【眉批】毒發了。言過：「我要他養老。」不數日，楊孔目入贅在柳媽媽家，說：「我養你母子二人，豐衣足食，做個外宅。」

不覺過了兩月，這楊孔目因蚤晚不便，又兩邊家火，忽一日回家，與妻商議，欲搬回家。其妻之父，告女婿停妻娶妾，臨安府差人捉柳媽媽并女兒一干人到官，要追原聘財禮。柳媽媽訴說貧乏無措，因此將柳翠翠官賣。却說有個工部鄒主事，聞知柳翠翠丰姿貌美，聰明秀麗，去問本府討了，另買一間房子，在抱劍營街，搬那柳媽媽并女兒去住下，養做外宅。又討個妳子并小厮，伏事走動。這柳翠翠改名柳翠。

原來南渡時，臨安府最盛。只這通和坊這條街，金波橋下，有座花月樓，又東去爲熙春樓、南瓦子，又南去爲抱劍營、漆器墻、沙皮巷、融和坊，其西爲太平坊、巾子巷、獅子巷，這幾個去處都是瓦市。〔五〕這柳翠是玉通和尚轉世，天生聰明，識字知書。詩詞歌賦，無所不通；女工針指，無有不會。這鄒主事十日半月，來得一遭，千不合，萬不合，住在抱劍營，是個行首窟裏。這柳翠每日清閒自在，學不出好樣兒，見鄰妓家有孤老來往，他心中歡喜，也去門首賣俏，引惹子弟們來觀看。眉來眼去，漸漸來家宿歇。柳媽媽說他不下，只得隨女兒做了行首。多有豪門子弟愛慕他，飲酒作樂，殆無虛日。鄒主事看見這般行徑，好不雅相，索性與他個決絕，再不往來。這邊柳翠落得無人管束，公然大做起來。只因柳宣教不行陰隲，折了女兒，此乃一報還一報，天理昭然。後人觀此，不可不戒。有詩爲證，詩曰：

用巧計時傷巧計，愛便宜處落便宜。
莫道自身僥倖免，子孫必定受人欺。

後來直使得一尊古佛，來度柳翠，歸依正道，返本還原，成佛作祖。你道這尊古佛是誰？正是月明和尚。他從小出家，真個是五戒具足，一塵不染，在臯亭山顯孝寺住持。當先與玉通禪師，俱是法門契友。聞知玉通圓寂之事，呵呵大笑道：「阿婆立脚跟不牢，不免又去做媳婦也。」後來聞柳翠在抱劍營，色藝擅名，心知是玉通禪師轉世，意甚憐之。一日，淨慈寺法空長老到顯孝寺來看月明和尚，坐談之次，月明和尚謂法空曰：「老通墮落風塵已久，恐積漸沉迷，遂失本性，可以相機度他出世，不可遲矣。」

原來柳翠雖墮娼流，却也有一種好處，從小好的是佛法。所得纏頭金帛之資，盡情布施，毫不吝惜。況兼柳媽媽親生之女，誰敢阻擋？在萬松嶺下，造石橋一座，名曰柳翠橋；鑿一井於抱劍營中，名曰柳翠井。其他方便濟人之事，不可盡說。又製下布衣一襲，每逢月朔月望，卸下鉛華，穿著布素，閉門念佛。雖賓客如雲，此日斷不接見，以此爲常。那月明和尚只爲這節上，識透他根器不壞，所以立心要度他。正是：

慳貪二字能除却，終是西方路上人。

却説法空長老，當日領了月明和尚言語，到次日，假以化緣爲因，直到抱劍營柳行首門前，敲著木魚，高聲念道：

欲海輪回，沉迷萬劫。
眼底榮華，空花易滅。
一旦無常，四大消歇。
及早回頭，出家念佛。

這日正值柳翠西湖上游耍剛回，聽得化緣和尚聲口不俗，便教丫鬟喚入中堂，問道：「師父，你有何本事，來此化緣？」法空長老道：「貧僧没甚本事，只會説些因果。」柳翠問道：「何爲因果？」法空長老道：「前爲因，後爲果；作者爲因，受者爲果。假如種瓜得瓜，種豆得豆，種是因，得是果。不因種下，怎得收成？好因得好果，惡因得惡果。所以説，要知前世因，今生受者是；要知後世因，今生作者是。」柳翠見説得明白，心中歡喜，留他吃了齋飯。又問道：「自來佛門廣大，也有我輩風塵中人成佛作祖否？」法空長老道：「當初觀音大士，見塵世欲根深重，化爲美色之女，投身妓館，一般接客。凡王孫公子，見其容貌，無不傾倒。一與之交接，欲心頓淡。因彼有大法力故，自然能破除邪網。後來無疾而死，里人買棺埋葬。有胡僧見其塚墓，合掌作禮，口稱：『善哉，善哉！』里人説道：『此乃娼妓之墓，師父錯認了。』胡僧説道：『此非娼妓，乃觀世音菩薩化身，來度世上婬欲之輩，歸于正道。如若不信，破土觀之，其形骸必有奇異。』里人果然不信，忙劚土破棺，見骨節聯絡，交鎖不斷，色如黄金，方始驚異。因就塚立廟，名爲黄金鎖子骨菩薩。這叫做清净蓮花，污泥不染。小娘子今日混于風塵之中，也因前生種了欲根，所以今生墮落。若今日仍復執迷不悔，把倚門獻笑認作本等生涯，將生生世世，浮沉欲海，永無超脱輪回之日矣。」【眉批】説得痛切，自然動人。這席話，説得柳翠心中變喜爲愁，翻熱作冷，頓然起追前悔後之意，便道：「奴家聞師父因果之説，心中如觸。倘師父不棄賤流，情願供養在寒家，朝夕聽講，不知允否？」法空長老道：「貧僧道微德薄，不堪爲師。此間皋亭山顯孝寺，有個月明禪師，是活佛度世，能知人過去未來之事，小娘子若堅心求道，貧僧當引拜月明禪師。小娘子聽其講解，必能洞了夙因，立地明心見性。」柳翠道：「奴家素聞月明禪師之名，明日便當專訪，有煩師父引進。」法空長老道：「貧僧當得。明日侵晨，在顯孝寺前相候，小娘子休得失言。」柳翠舒出尖尖玉手，向烏雲鬢邊拔下一對赤金鳳頭釵，遞與長老道：「些須小物，權表微忱，乞師父笑納。」法空長老道：「貧僧雖則募化，一飽之外，則無所需，出家人要此首飾何用？」柳翠道：「雖然師父用不著，留作山門修理之費，也見奴家一點誠心。」法空長老那裏肯受，合掌辭謝而去。有詩爲證：

追歡賣笑作生涯，抱劍營中第一家。
終是法緣前世在，立談因果倍嗟呀。

再說柳翠自和尚去後，轉展尋思，一夜不睡。次早起身，梳洗已畢，渾身上下換了一套新衣。只說要往天竺進香，媽媽誰敢阻當？教丫鬟喚個小轎，一徑擡到皐亭山顯孝寺來。那法空長老早在寺前相候，見柳翠下轎，引入山門，到大雄寶殿，拜了如來，便同到方丈，參謁月明和尚。正值和尚在禪床上打坐，柳翠一見，不覺拜倒在地，口稱：「弟子柳翠參謁。」月明和尚也不回禮，大喝道：「你二十八年煙花債，還償不勾，待要怎麼？」唬得柳翠一身冷汗，心中恍惚，如有所悟。再要開言問時，月明和尚又大喝道：「恩愛無多，冤仇有盡，只有佛性，常明不滅。你與柳府尹打了平火，該收拾自己本錢回去了。」説得柳翠肚裏恍恍惚惚，連忙磕頭道：「聞知吾師大智慧、大光明，能知三生因果，弟子至愚無識，望吾師明言指示則個。」月明和尚又大喝道：「你要識本來面目，可去水月寺中，尋玉通禪師，【眉批】尋人不如尋自。與你證明。快走，快走！走遲時，老僧禪杖無情，打破你這粉骷髏。」這一回話，唤做「顯孝寺堂頭三喝」。正是：

欲知因果三生事，只在高僧棒喝中。

柳翠被月明師父連喝三遍，再不敢開言，慌忙起身。依先出了寺門，上了小轎，分付轎夫，徑擡到水月寺中，要尋玉通禪師證明。

却説水月寺中行者，見一乘女轎遠遠而來，内中坐個婦人。看看擡入山門，急忙唤集火工道人，不容他下轎。柳翠問其緣故，行者道：「當初被一個婦人，斷送了我寺中老師父性命，至今師父們分付，不容婦人入寺。」柳翠又問道：「甚麽婦人？如何有恁樣做作？」行者道：「二十八年前，有個婦人，夜來寺中投宿，十分哀求，老師父發起慈心，容他過夜。原來這婦人不是良家，是個娼妓，叫做吴紅蓮，奉柳府尹鈞旨，特地前來，哄誘俺老師父。當夜假裝肚疼，要老師父替他偎貼，因而破其色戒。老師父慚愧，題了八句偈語，就圓寂去了。」柳翠又問道：「你可記得他偈語麽？」行者道：「還記得。」遂將偈語八句，念了一遍。柳翠聽得念到「我身德行被你虧，你家門風還我壞」，心中豁然明白，恰像自家平日做下的一般。又問道：「那位老師父喚甚麽法名？」行者道：「是玉通禪師。」柳翠點頭會意，急喚轎夫擡回抱劍營家裏，分付丫鬟：「燒起香湯，我要洗澡。」當時丫鬟伏侍，沐浴已畢。柳翠挽就烏雲，取出布衣穿了，掩上房門。卓上見列著文房四寶，拂開素紙，題下偈語二首。偈云：

本因色戒翻招色，紅裙生把緇衣革。
今朝脱得赤條條，柳葉蓮花總無迹。

又云：

壞你門風我亦羞，冤冤相報甚時休？
今朝卸却恩仇擔，廿八年前水月游。

後面又寫道：「我去後隨身衣服入殮，送到臯亭山下，求月明師父一把無情火燒却。」寫畢，擲筆而逝。丫鬟推門進去，不見聲息。向前看時，見柳翠盤膝坐于椅上。叫呼不應，已坐化去了。【眉批】來得去得，恁地脱灑。慌忙報知柳媽媽。柳媽媽吃了一驚，呼兒叫肉，啼哭將來。亂了一回，念了二首偈詞，看了後面寫的遺囑，細問丫鬟天竺進香之事，方曉得在顯孝寺參師，及水月寺行者一段説話。分明是丈夫柳宣教不行好事，破壞了玉通禪師法體，以致玉通投胎柳家，敗其門風。冤冤相報，理之自然。今日被月明和尚指點破了，他就脱然而去。他要送臯亭山下，不可違之。但遺言火厝，心中不忍。所遺衣飾儘多，可爲造墳之費，當下買棺盛殮，果然只用隨身衣服，不用錦繡金帛之用。入殮已畢，合城公子王孫平昔往來之輩，都來探喪吊孝。聞知坐化之事，無不嗟嘆。柳媽媽先遣人到顯孝寺，報與月明和尚知道，就與他商量埋骨一事。月明和尚將臯亭山下隙地一塊，助與柳媽媽，擇日安葬。合城百姓，聞得柳翠死得奇異，都道活佛顯化，盡來送葬。造墳已畢，月明和尚向墳合掌作禮，説偈四句。偈云：

二十八年花柳債，一朝脱卸無拘礙。
紅蓮翠柳總虚空，從此老通長自在。

至今臯亭山下，有個柳翠墓古迹。有詩爲證：

柳宣教害人自害，通和尚因色墮色。
顯孝寺三喝機鋒，臯亭山青天白日。

【校記】

〔一〕本條眉批，内閣本無。
〔二〕本條眉批，内閣本無。
〔三〕本條眉批，内閣本無。
〔四〕「清官」，内閣本作「官清」。
〔五〕「瓦市」，内閣本作「瓦子」。

明悟禪師

世音菩薩
東坡夢遊
孝光寺

第三十卷　明悟禪師赶五戒

昔爲東土寰中客，今作菩提會上人。
手把楊枝臨净土，尋思往事是前身。

話説昔日唐太祖，姓李名淵，承隋天下，建都陝西長安，法令一新。仗着次子世民，掃清七十二處狼煙，收伏一十八處蠻洞，改號武德，建文學館以延一十八學士，造凌煙閣以繪二十三功臣，相魏徵、杜如晦、房玄齡等輩，以治天下。貞觀、治平、開元，這幾個年號，都是治世。只因玄宗末年，寵任奸臣李林甫、盧杞、楊國忠等，以召安禄山之亂。後來雖然平定，外有藩鎮專制，内有宦官弄權，君子退，小人進，終唐之世，不得太平。

且説洛陽有一人，姓李名源，字子澄，乃飽學之士，腹中記誦五車書，胸内包藏千古史。因見朝政顛倒，退居不仕，與本處慧林寺首僧圓澤爲友，交游甚密。澤亦詩名遍洛，德行滿野，乃宿世古佛，一時豪傑皆敬慕之。每與源游山玩水，吊古尋幽，賞月吟風，怡情遣興，詩賦文詞，山川殆遍。忽一日，相約同舟往瞿塘三峽，游天開圖畫寺。源帶一僕人，澤攜一弟子，共四人發舟。不半月間，至三峽，舟泊於岸，振衣而起。忽見一婦人，年約三旬，外服舊衣，内穿錦襠，身懷六甲，背負瓦罌而汲清泉。圓澤一見，愀然不悅，指謂李源曰：「此孕婦乃某托身之所也，明早吾即西行矣。」源愕然曰：「吾師此言，是何所主也？」圓澤曰：「吾今圓寂，自有相別言語。」四人乃入寺，寺僧接入。茶畢，圓澤備道所由，衆皆驚異。澤乃香湯沐浴，分付弟子已畢，乃與源決別。説道：「澤今幸生四句，與君交游甚密。今大限到來，只得分別。後三日，乞到伊家相訪，乃某托身之所。三日浴兒，以一笑爲驗，此晚吾亦卒矣。再後十二年，到杭州天竺寺相見。」乃取紙筆，作《辭世頌》曰：

四十年來體性空，多於詩酒樂心胸。
今朝別却故人去，日後相逢下竺峰。咦！
幻身復入紅塵内，贏得君家再與逢。

偈畢，跏趺而化。本寺僧衆具衣龕，送入後山巖中，請本寺月峰長老下火。僧衆誦經已畢，月峰坐在轎上，手執火把，打個問訊，念云：

三教從來本一宗，吾師全具得靈通。
今朝覺化歸西去，且聽山僧道本風。

恭惟圓寂圓澤禪師堂頭大和尚之覺靈曰：惟靈生於河南，長在洛陽。自入空門，心無挂礙。酒吞江海，詩泣鬼神。惟思玩水尋山，不厭粗衣蔾食。交至契之李源，游瞿塘之三峽。因見孕婦而負罌，乃思托身而更出。再世杭州相見，重會今日交契。如今送入離宫，聽取山僧指秘。咄！

三生共會下竺峰，葛洪井畔尋踪迹。（一）

頌畢，荼毘之次，見火中一道青煙，直透雲端，煙中顯出圓澤全身本相，合掌向空而去。少焉，舍利如雨。衆僧收骨入塔，李源不勝悲愴。

首僧留源在寺，閒住數日。至第三日，源乃至寺前，訪於居民。去寺不半里，有一人家，姓張，已於三日前生一子。今正三朝，在家浴兒。源乃懇求一見，其人不許。源告以始末，賄以金帛，乃令源至中堂。婦人抱子正浴，小兒見源，果然一笑，源大喜而返。是晚，小兒果卒。源乃別長老回家不題。

日往月來，星移斗换，不覺又十載有餘。時唐十六帝僖宗乾符三年，黄巢作亂，天下騷動，萬姓流離。君王幸蜀，民舍官室悉遭兵火，一無所存。虧着晉王李克用，興兵滅巢，僖宗龍歸舊都，天下稍定，道路始通。源因貨殖，來至江浙路杭州地方。時當清明，正是良辰美景，西湖北山，游人如蟻。源思十二年前圓澤所言「下天竺相會」，乃信步隨衆而行，見兩山夾川，清流可愛，賞心不倦。不覺行入下竺寺西廊，看葛洪煉丹井。轉入寺後，見一大石臨溪，泉流其畔。源心大喜，少坐片時。忽聞隔川歌聲，源見一牧童，年約十二三歲，身騎牛背，隔水高歌。源心異之，側耳聽其歌云：

三生石上舊精魂，賞月吟風不要論。
慚愧情人遠相訪，此身雖異性常存。

又云：

身前身後事茫茫，欲話當時恐斷腸。
吴越山川游已遍，却尋煙棹上瞿塘。

歌畢，只見小童遠遠的看着李源，拍手大笑。源驚異之，急欲過川相問而不可得。遥望牧童，度柳穿林，不知去向。李源不勝惆悵，坐於石上久之。問於僧人，答道：「此乃葛稚川石也。」源深詳其詩，乃十二年圓澤之語，并月峰下火文記。至此在下竺相會，恰好正是三生。訪問小兒住處，并言無有，源心怏怏而返。後人因呼源所坐葛稚川之石爲「三生石」，至今古迹猶存。後來瞿宗吉有詩云：

清波下映紫襠鮮，邂逅相逢峽口船。

身後身前多少事，三生石上説姻緣。

王元瀚又有詩云：

處世分明一夢魂，身前身後孰能論？

夕陽山下三生石，遺得荒唐迹尚存。

這段話文，叫做「三生相會」。如今再説個兩世相逢的故事，乃是「明悟禪師赶五戒」，又説是「佛印長老度東坡」。

話説大宋英宗治平年間，去那浙江路寧海軍錢塘門外，南山浄慈孝光禪寺，乃名山古刹。本寺有兩個得道高僧，是師兄師弟，一個唤做五戒禪師，一個唤作明悟禪師。這五戒禪師，年三十一歲，形容古怪，左邊瞽一目，身不滿五尺。本貫西京洛陽人，自幼聰明，舉筆成文，琴棋書畫，無所不通。長成出家，禪宗釋教，如法了得，參禪訪道。俗姓金，法名五戒。且問何謂之「五戒」？

第一戒者，不殺生命；

第二戒者，不偷盜財物；

第三戒者，不聽淫聲美色；

第四戒者，不飲酒茹葷；

第五戒者，不妄言造語。

此爲之「五戒」。忽日雲游至本寺，訪大行禪師。禪師見五戒佛法曉得，留在寺中，做了上色徒弟。不數年，大行禪師圓寂，本寺僧衆立他做住持，每日打坐參禪。那第二個喚做明悟禪師，年二十九歲，生得頭圓耳大，面闊口方，眉清目秀，丰彩精神，身長七尺，貌類羅漢。本貫河南太原府人氏，俗姓王，自幼聰明，筆走龍蛇，參禪訪道，出家在本處沙陀寺，法名明悟。後亦雲游至寧海軍，到净慈寺來訪五戒禪師。禪師見他聰明了得，就留於本寺做師弟。二人如一母所生，且是好。但遇着説法，二人同升法座，講説佛教，不在話下。

忽一日，冬盡春初，天道嚴寒，陰雲作雪，下了兩日。第三日雪霽天晴，五戒禪師清早在方丈禪椅上坐，耳内遠遠的聽得小孩兒啼哭聲，【眉批】哭聲遠入，亦是俗緣注定。鳩摩羅什聞肩上二小兒啼，亦是緣到。當時便叫身邊一個知心腹的道人，喚做清一，分付道：「你可去山門外各處看，有甚事來與我説。」清一道：「長老，落了兩日雪，今日方晴，料無甚事。」長老道：「你可快去看了來回話。」清一推托不過，只得走到山門邊。那時天未明，山門也不曾開。叫門公開了山門，清一打一看時，吃了一驚，道：「善哉，善哉！」正所謂：

日日行方便，時時發道心。
但行平等事，不用問前程。

當時清一見山門外松樹根雪地上，一塊破席，放一個小孩兒在那裏，口裏道：「苦哉，苦哉！甚人家將這個孩兒丟在此間？不是凍死，便是餓死。」走向前仔細一看，却是五六個月一個女兒，將一個破衲頭包着，懷内揣着個紙條兒，上寫生年月日時辰。清一口裏不説，心下思量：「古人有云：『救人一命，勝造七級浮屠。』」連忙走回方丈，禀復長老道：「不知甚人家，將個五七個月女孩兒，破衣包着，撇在山門外松樹根頭。這等寒天，又無人來往，怎的做個方便，救他則個！」長老道：「善哉，善哉！清一，難得你善心。你如今抱了回房，早晚把些粥飯與他，喂養長大，把與人家，救他性命，勝做出家人。」

當時清一急急出門去，抱了女兒到方丈中，回復長老。長老看道：「清一，你將那紙條兒我看。」清一遞與長老，長老看時，却寫道：「今年六月十五日午時生，小名紅蓮。」長老分付清一，好生抱去房裏，養到五七歲，把與人家去，也是好事。【眉批】如此却好。清一依言，抱到千佛殿後，一帶三間四椽平屋房中，放些火，在火囤内烘他，取些粥喂了。似此日往月來，藏在空房中，無人知覺，一向長老也忘了。不覺紅蓮已經十歲，清一見他生得清秀，諸事見便，藏匿在房裏。出門鎖了，入門關了，且是謹慎。

光陰似箭，日月如梭，倏忽這紅蓮女長成一十六歲，這清一如自生的女兒一般看待。雖然女子，却只打扮如男子，衣服鞋襪，頭上頭髮，前齊眉，後齊項，一似個小頭陀，【眉批】女子如行者，和尚假尼姑，佛門中第一弊也。且是生得清楚，在房内茶飯針綫。清一指望尋個女婿，要他養老送終。

一日，時遇六月炎天，五戒禪師忽想十數年前之事，洗了浴，吃了晚粥，徑走到千佛閣後來。清一道：「長老希行。」長老道：「我問你，那年抱的紅蓮，如今在那裏？」清一不敢隱匿，引長老到房中一見，吃了一驚，却似：

分開八塊頂陽骨，傾下半桶冰雪來。

長老一見紅蓮，一時差訛了念頭，邪心遂起，嘻嘻笑道：「清一，你今晚可送紅蓮到我卧房中來，不可有誤。你若依我，我自擡舉你。此事切不可泄漏，只教他做個小頭陀，不要使人識破他是女子。」清一口中應允，心内想道：「欲待不依長老又難，依了長老，今夜去到房中，必壞了女身，千難萬難。」長老見清一應不爽利，便道：「清一，你鎖了房門跟我到房裏去。」清一跟了長老，徑到房中。長老去衣箱裏，取出十兩銀子，把與清一道：「你且將這些去用，我明日與你討道度牒，剃你做徒弟，你心下如何？」清一道：「多謝長老擡舉。」只得收了銀子，別了長老，回到房中，低低說與紅蓮道：「我兒，却纔來的，是本寺長老。他見你，心中喜愛。你今等夜靜，我送你去伏事長老。你可小心仔細，不可有誤。」紅蓮見父親如此說，便應允了。

到晚，兩個吃了晚飯。約莫二更天氣，清一領了紅蓮，徑到長老房中，門窗無些阻當。原來長老有兩個行者在身邊伏事，當晚分付：「我要出外閒走乘凉，門窗且未要關。」因此無阻。長老自在房中等清一送紅蓮來。候至二更，只見清一送小頭陀來房中。長老接入房內，分付清一：「你到明日此時來領他回房去。」清一自回房中去了。

且說長老關了房門，滅了琉璃燈，携住紅蓮手，一將將到床前，教紅蓮脱了衣服，長老向前一摟，摟在懷中，抱上床去。却便似：

戲水鴛鴦，穿花鸞鳳。喜孜孜枝生連理，美甘甘帶綰同心。恰恰鶯聲，不離耳畔；津津甜唾，笑吐舌尖。楊柳腰，脉脉春濃；櫻桃口，微微氣喘。星眼朦朧，細細汗流香玉體；酥胸蕩漾，涓涓露滴牡丹心。一個初侵女色，猶如餓虎吞羊；一個乍遇男兒，好似渴龍得水。可惜菩提甘露水，傾入紅蓮兩瓣中。當日長老與紅蓮雲收雨散，却好五更，天色將明。長老思量一計，怎生藏他在房中。房中有口大衣廚，長老開了鎖，將廚内物件都收拾了，却教紅蓮坐在廚中，分付道：「飯食我自將來與你吃，可放心寧耐則個！」紅蓮是女孩兒家，初被長老淫勾，心中也喜，躲在衣廚内，把鎖鎖了。少間，長老上殿誦經畢，入房，閉了房門，將廚開了鎖，放出紅蓮，把飲食與他吃了，又放些果子在廚内，依先鎖了。至晚，清一來房中領紅蓮回房去了。

却説明悟禪師，當夜在禪椅上入定回來，慧眼已知五戒禪師差了念頭，犯了色戒，淫了紅蓮，把多年清行，付之東流。「我今勸省他，不可如此，也不説出。」至次日，正是六月盡，門外撇骨池内，紅白蓮花盛開。明悟長老令行者採一朵白蓮花，將回自己房中，取一花瓶插了，教道人備杯清茶在房中，却教行者去請五戒禪師：「我與他賞蓮花，吟詩談話則個！」不多時，行者請到五戒禪師。兩個長老坐下，明悟道：「師兄，我今日見蓮花盛開，對此美景，折一朵在瓶中，特請師兄吟詩清話。」五戒道：「多蒙清愛。」行者捧茶至，茶罷，明悟禪師道：「行者，取文房四寶來。」行者取至面前，五戒道：「將何物爲題？」明悟道：「便將蓮花爲題。」五戒捻起筆來，便寫四句詩道：

一枝菡萏瓣初張，相伴葵榴花正芳。
似火石榴雖可愛，爭如翠蓋芰荷香？

五戒詩罷，明悟道：「師兄有詩，小僧豈得無語乎？」落筆便寫四句，詩曰：

春來桃杏盡舒張，萬蕊千花鬬艷芳。
夏賞芰荷真可愛，紅蓮爭似白蓮香？

明悟長老依韻詩罷，呵呵大笑。

五戒聽了此言，心中一時解悟，面皮紅一回、青一回，便轉身辭回臥房，對行者道：「快與我燒桶湯來洗浴。」行者連忙燒湯與長老洗浴罷，换了一身新衣服，取張禪椅到房中，將筆在手，拂開一張素紙，便寫八句《辭世頌》曰：

吾年四十七，萬法本歸一。
只爲念頭差，今朝去得急。
傳與悟和尚，何勞苦相逼？
幻身如雷電，依舊蒼天碧。【眉批】若有憾焉，所以來世種謗佛之根。

寫罷《辭世頌》，教焚一爐香在面前，長老上禪椅上，左脚壓右脚，右脚壓左脚，合掌坐化。

行者忙去報與明悟禪師。禪師聽得大驚，走到房中看時，見五戒師兄已自坐化去了。看了面前《辭世頌》，道：「你好却好了，只可惜差了這一着。你如今雖得個男子身，長成不信佛、法、僧三寶，必然滅佛謗僧，後世却墮落苦海，不得皈依佛道，深可痛哉！真可惜哉！你道你走得快，我赶你不着不信！」【眉批】去來自由，此佛法所以不可及。當時也教道人燒湯洗浴，换了衣服，到方丈中，上禪椅跏趺而坐，分付徒衆道：「我今去赶五戒和尚，汝等可將兩個龕子盛了，放三日一同焚化。」囑罷圓寂而去。衆僧皆驚，有如此異事！城内城外聽得本寺兩個禪師同日坐化，各皆驚訝，來燒香禮拜布施者，人山人海，男子婦人不計其數。嚷了三日，擡去金牛寺焚化，拾骨撇了。

這清一遂浼人説議親事，將紅蓮女嫁與一個做扇子的劉待詔爲妻，養了清一在家，過了下半世，不在話下。

且説明悟一靈真性，直赶至四川眉州眉山縣城中，五戒已自托生在一個人家。這個人家，姓蘇名洵，字明允，號老泉居士，詩禮之人。院君王氏，夜夢一瞽目和尚，走入房中，吃了一驚。明旦分娩一子，生得眉清目秀，父母皆喜。三朝滿月，百日一周，不在話下。

却説明悟一靈，也托生在本處，姓謝名原，字道清。妻章氏，亦夢一羅漢，手持一印，來家抄化。因驚醒，遂生一子。年長，取名謝瑞卿，自幼不吃葷酒，一心只愛出家。父母是世宦之家，怎麽肯？勉强送他學堂攻書，資性聰明，過目不忘，吟詩作賦，無不出人頭地。喜看的是諸經内典，一覽輒能解會。隨你高僧講論，都不如他。可惜一肚子學問，不屑應舉求官，但説着功名之事，笑而不答。這也不在話下。

却説蘇老泉的孩兒，年長七歲，教他讀書寫字，十分聰明，目視五行書。後至十歲來，五經三史，無所不通，取名蘇軾，字子瞻。此人文章冠世，舉筆珠璣，從幼與謝瑞卿同窗相厚，只是志趣不同。那東坡志在功名，偏不信佛法，最惱的是和尚，常言：「不秃不毒，不毒不秃；轉毒轉秃，轉秃轉毒。我若一朝管了軍民，定要滅了這和尚們，方遂吾願。」見謝瑞卿不用葷酒，便大笑道：「酒肉乃養生之物，依你不殺生，不吃肉，羊、豕、鷄、鵝，填街塞巷，人也没處安身了。况酒是米做的，又不害性命，吃些何傷？」每常二人相會，瑞卿便勸子瞻學佛，子瞻便勸瑞卿做官。瑞卿道：「你那做官，是不了之事，不如學佛三生結果。」子瞻道：「你那學佛，是無影之談，不如做官，實在事業。」終日議論，各不相勝。

仁宗天子嘉祐改元，子瞻往東京應舉，要拉謝瑞卿同去，瑞卿不從。子瞻一舉成名，御筆除翰林學士，錦衣玉食，前呼後擁，富貴非常。思念窗友謝瑞卿，不肯出仕：

「吾今接他到東京，他見我如此富貴，必然動了功名之念。」於是修書一封，差人到眉山縣接謝瑞卿到來。謝瑞卿也恐怕子瞻一旦富貴，果然謗佛滅僧，也要勸化他回心改念，遂隨着差人到東京，與子瞻相見。兩人終日談論，依舊各執己見，不相上下。

你說事有湊巧，物有偶然。適值東京大旱，赤地千里。仁宗天子降旨，特於內庭修建七日黃羅大醮，爲萬民祈雨。仁宗一日親自行香二次，百官皆素服奔走執事。翰林官專管撰青詞，子瞻奉旨修撰，要拉瑞卿同去，共觀勝會，瑞卿心中却不願行。【眉批】妙處在此，若願行，却抱怨子瞻不得了。子瞻道：「你平昔最喜佛事，今日朝廷請下三十六處名僧，建下祈場，誦經設醮，你不去隨喜，却不挫過？」瑞卿道：「朝廷設醮，雖然儀文好看，都是套數，那有什麼高僧談經說法，使人傾聽？」看起來也是子瞻法緣該到，自然生出機會來。當日子瞻定要瑞卿作伴同往，瑞卿拗他不過，只得從命。二人到了佛場，子瞻隨班效勞。瑞卿打扮個道人模樣，往來觀看法事。

忽然仁宗天子駕到，衆官迎入，在佛前拈香下拜。瑞卿上前一步，偷看聖容，被仁宗龍目觀見。瑞卿生得面方耳大，丰儀出衆，仁宗金口玉言，問道：「這漢子何人？」蘇軾一時着了忙，使個急智，跪下奏道：「此乃大相國寺新來一個道人，爲他深通經典，在此供香火之役。」仁宗道：「好個相貌，既然深通經典，賜你度牒一道，欽度爲僧。」謝瑞卿自小便要出家做和尚，恰好聖旨分付，正中其意，當下謝恩已畢，奏道：「既蒙聖恩剃度，願求御定法名。」仁宗天子問禮部取一道度牒，御筆判定「佛印」二字。瑞卿領了度牒，重又叩謝。候聖駕退了，瑞卿就於醮壇佛前祝髮，自此只叫佛印，不叫謝瑞卿了。那大相國寺衆僧，見佛印通透佛法，又且聖旨剃度，蘇學士的鄉親好友，誰敢怠慢？都稱他做「禪師」，不在話下。

且説蘇子瞻特地接謝瑞卿來東京，指望勸他出仕，誰知帶他到醮壇行走，累他落髮改名爲僧，心上好不過意。謝瑞卿向來勸子瞻信心學佛，子瞻不從，今日到是子瞻作成他落髮，豈非天數，前緣注定？那佛印雖然心愛出家，故意埋怨子瞻許多言語，子瞻惶恐無任，只是謝罪，再不敢説做和尚的半個字兒不好。任憑佛印談經説法，只得悉心聽受；【眉批】機緣甚妙。若不聽受時，佛印就發惱起來。聽了多遍，漸漸相習，也覺佛經講得有理，不似向來水火不投的光景了。朔望日，佛印定要子瞻到相國寺中禮佛奉齋，子瞻只得依他。又子瞻素愛佛印談論，日常無事，便到寺中與佛印閒講，或分韻吟詩。佛印不動葷酒，子瞻也隨着吃素，把個毁僧謗佛的蘇學士，變做了護法敬僧的蘇子瞻了。佛印乘機又勸子瞻棄官修行。子瞻道：「待我宦成名就，築室寺東，與師同隱。」因此别號東坡居士，人都稱爲蘇東坡。

那蘇東坡在翰林數年，到神宗皇帝熙寧改元，差他知貢舉，出策題内譏誚了當朝宰相王安石，安石在天子面前譖他恃才輕薄，不宜在史館，遂出爲杭州通判。與佛印相别，自去杭州赴任。一日，在府中閒坐，忽見門吏報説：「有一和尚説是本處靈隱寺住持，要見學士相公。」東坡教門吏出問何事要見相公，佛印見問，於門吏處借紙筆墨來，便寫四字送入府去。東坡看其四字：「詩僧謁見。」東坡取筆來批一筆云：「詩僧焉敢謁王侯？」教門吏把與和尚，和尚又寫四句詩道：

大海尚容蛟龍隱，高山也許鳳皇游。【眉批】占地高。

笑却小人無度量，詩僧焉敢謁王侯！

東坡見此詩，方纔認出字迹，驚訝道：「他爲何也到此處？快請相見。」你道那和尚是誰？正是佛印禪師，因爲蘇學士謫官杭州，他辭下大相國寺，行脚到杭州靈隱寺住持，又與東坡朝夕往來。後來東坡自杭州遷任徐州，又自徐州遷任湖州，佛印到處相隨。

神宗天子元豐二年，東坡在湖州做知府，偶感觸時事，做了幾首詩，詩中未免含着譏諷之意。御史李定、王珪等交章劾奏蘇軾誹謗朝政，天子震怒，遣校尉拿蘇軾來京，下御史臺獄，就命李定勘問。李定是王安石門生，正是蘇家對頭，坐他大逆不道，問成死罪。東坡在獄中，思想着甚來由，讀書做官，今日爲幾句詩上，便喪了性命？乃吟詩一首自嘆，詩曰：

人家生子願聰明，我爲聰明喪了生。
但願養兒皆愚魯，無灾無禍到公卿。

吟罷，凄然淚下，想道：「我今日所處之地，分明似鷄鴨到了庖人手裏，有死無活。想鷄鴨得何罪，時常烹宰他來吃？只爲他不會説話，有屈莫伸。今日我蘇軾枉了能言快語，又向那處伸冤？豈不苦哉！記得佛印時常勸我戒殺持齋，又勸我棄官修行，今日看來，他的説話，句句都是，悔不從其言也。」

嘆聲未絶，忽聽得數珠索落一聲，念句「阿彌陀佛」。東坡大驚，睁眼看時，乃是佛印禪師。東坡忘其身在獄中，急起身迎接，問道：「師兄何來？」佛印道：「南山净慈孝光禪寺，紅蓮花盛開，同學士去玩賞。」東坡不覺相隨而行，到於孝光禪寺。進了山門，一路僧房曲折，分明是熟游之地。法堂中擺設鐘磬經典之類，件件認得，好似自家家裏一般，心下好生驚怪。寺前寺後，走了一回，并不見有蓮花，乃問佛印禪師道：「紅蓮在那裏？」佛印向後一指道：「這不是紅蓮來也？」東坡回頭看時，只見一個少年女子，從千佛殿後，冉冉而來，【眉批】像，像。走到面前，深深道個萬福。東坡看那女子，如舊日相識。那女子向袖中摸出花箋一幅，求學士題詩。佛印早取到筆硯，東坡遂信手寫出四句，道是：

四十七年一念錯，貪却紅蓮甘墮却。
孝光禪寺曉鐘鳴，這回抱定如來脚。

那女子看了詩，扯得粉碎，一把抱定東坡，説道：「學士休得忘恩負義！」東坡正没奈何，却得佛印劈手拍開，驚出一身冷汗。醒將轉來，乃是南柯一夢，獄中更鼓正打五更。東坡尋思，此夢非常，四句詩一字不忘，正不知甚麽緣故。忽聽得遠遠曉鐘聲響，心中頓然開悟：「分明前世在孝光寺出家，爲色欲墮落，今生受此苦楚。若得佛力覆庇，重見天日，當一心護法，學佛修行。」

少頃天明，只見獄官進來稱賀，説聖旨赦學士之罪，貶爲黄州團練副使。東坡得赦，纔出獄門，只見佛印禪師在於門首，上前問訊，道：「學士無恙？貧僧相候久矣！」原來被逮之日，佛印也離了湖州，重來東京大相國寺住持，看取東坡下落。【眉批】佛印費盡心機。聞他問成死罪，各處與他分訴求救，【眉批】好朋友，難得，難得，使我欲涕泣下拜也。却得吴充、王安禮兩個正人，在天子面前竭力保奏。太皇太后曹氏，自仁宗朝便聞蘇軾才名，今日也在宫中勸解。【眉批】婦人憐才，反勝男子。然才人遭禍，而使婦人憐之，亦可悲矣。天子回心轉意，方有這道赦書。東坡見了佛印，分明是再世相逢，倍加歡喜。東坡到五鳳樓下，謝恩過了，便來大相國寺，尋佛印說其夜來之夢。說到中間，佛印道：「住了，貧僧昨夜亦夢如此。」也將所夢說出後一段，與東坡夢中無二，二人互相嘆異。

次日，聖旨下，蘇軾謫守黃州。東坡與佛印相約，且不上任，迂路先到寧海軍錢塘門外來訪孝光禪寺。比及到時，路徑門户，一如夢中熟識。訪問僧衆，備言五戒私汙紅蓮之事。那五戒臨化去時，所寫《辭世頌》，寺僧兀自藏着。東坡索來看了，與自己夢中所題四句詩相合，方知佛法輪迴，并非誑語，佛印乃明悟轉生無疑。此時東坡便要削髮披緇，跟隨佛印出家。佛印到不允從，說道：「學士宦緣未斷，二十年後，方能脱離塵俗。但願堅持道心，休得改變。」東坡聽了佛印言語，復來黃州上任。自此不殺生，不多飲酒，渾身内外，皆穿布衣，每日看經禮佛。在黃州三年，佛印仍朝夕相隨，無日不會。

哲宗皇帝元祐改元，取東坡回京，升做翰林學士，經筵講官。不數年，升做禮部尚書，端明殿大學士。佛印又在大相國寺相依，往來不絶。

到紹聖年間，章惇做了宰相，復行王安石之政，將東坡貶出定州安置。東坡到相國寺相辭佛印，佛印道：「學士宿業未除，合有幾番勞苦。」東坡問道：「何時得脱？」佛印説出八個字來，道是：

逢永而返，逢玉而終。

又道：「學士牢記此八字者。學士今番跋涉忒大，貧僧不得相隨，只在東京等候。」東坡怏怏而别。到定州未及半年，再貶英州；不多時，又貶惠州安置；在惠州年餘，又徙儋州；又自儋州移廉州；自廉州移永州。踪迹無定，方悟佛印「跋踄忒大」之語。

在永州不多時，赦書又到，召還提舉玉局觀。想着：「『逢永而返』，此句已應了；『逢玉而終』，此乃我終身結局矣。」乃急急登程，重到東京，再與佛印禪師相會。佛印道：「貧僧久欲回家，只等學士同行。」東坡此時大通佛理，便曉得了。當夜兩個在相國寺，一同沐浴了畢，講論到五更，分别而去。這裹佛印在相國寺圓寂，東坡回到寓中，亦無疾而逝。

至道君皇帝時，有方士言：〔二〕「東坡已作大羅仙。虧了佛印相隨一生，所以不致墮落。佛印是古佛出世。」這兩世相逢，古今罕有，至今流傳做話本。有詩爲證：

禪宗法教豈非凡，佛祖流傳在世間。

鐵樹開花千載易，墜落阿鼻要出難。

【校記】

〔一〕「井」，底本作「川」，據法政本改。

〔二〕「言」，法政本作「道」。

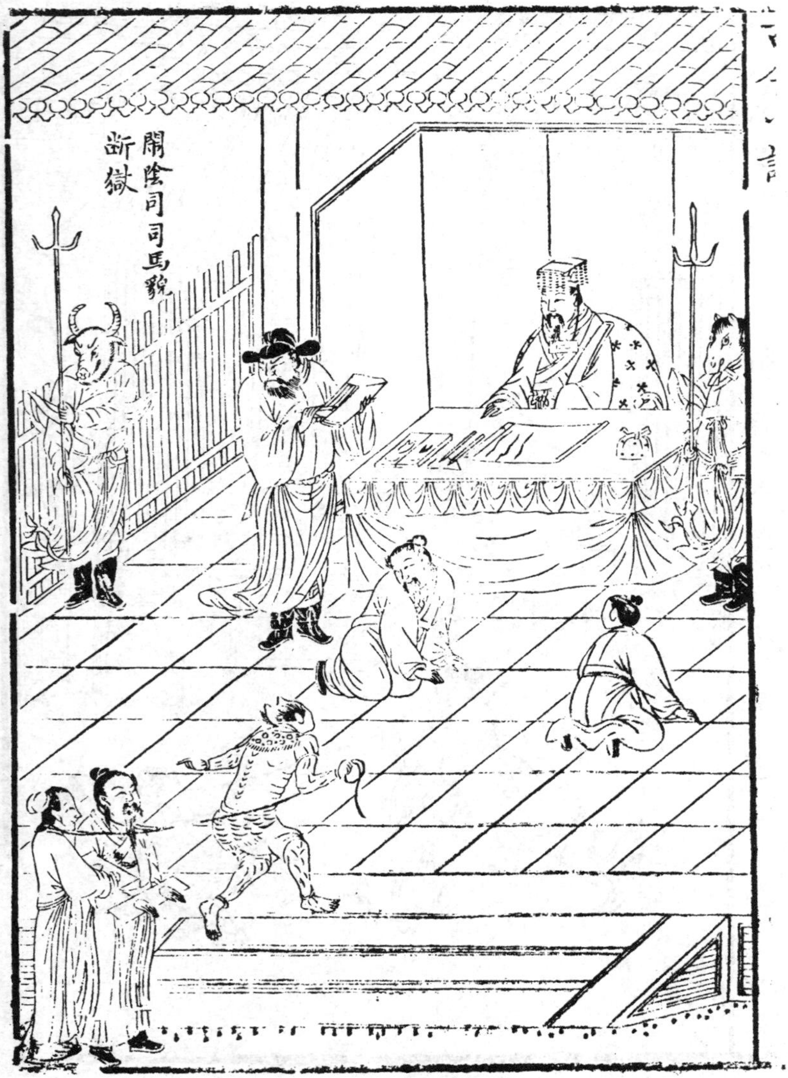
鬧陰司司馬貌斷獄

第三十一卷　鬧陰司司馬貌斷獄

擾擾勞生，待足何時是足？據見定，隨家豐儉，便堪龜縮。得意濃時休進步，須防世事多番覆。枉教人、白了少年頭，空碌碌。【眉批】老於世故語。誰不願，黄金屋？誰不願，千鍾粟？算五行，不是這般題目。枉使心機閒計較，兒孫自有兒孫福。又何須、採藥訪蓬萊？但寡欲。

這篇詞，名《滿江紅》，是晦庵和尚所作，勸人樂天知命之意。凡人萬事莫逃乎命，假如命中所有，自然不求而至；若命裏没有，枉自勞神，只索罷休。你又不是司馬重湘秀才，難道與閻羅王尋鬧不成？説話的，就是司馬重湘，怎地與閻羅王尋鬧？畢竟那個理長，那個理短？請看下回便見。詩曰：

世間屈事萬千千，欲覓長梯問老天。
休怪老天公道少，生生世世宿因緣。

話説東漢靈帝時，蜀郡益州，有一秀才，複姓司馬，名貌，表字重湘。資性聰明，一目十行俱下。八歲縱筆成文，本郡舉他應神童，起送至京。因出言不遜，衝突了試官，打落下去。及年長，深悔輕薄之非，更修端謹之行，閉户讀書，不問外事。雙親死，廬墓六年，人稱其孝。鄉里中屢次舉他孝廉有道及博學宏詞，都爲有勢力者奪去，邑邑不得志。〔一〕自光和元年，靈帝始開西邸，賣官鬻爵，視官職尊卑，入錢多少，各有定價：欲爲三公者，價千萬；欲爲卿者，價五百萬。崔烈討了傅母的人情，入錢五百萬，得爲司徒。後受職謝恩之日，靈帝頓足懊悔道：「好個官，可惜賤賣了。若小小作難，千萬必可得也。」又置鴻都門學，敕州、郡、三公，舉用富家郎爲諸生。若入得錢多者，出爲刺史，入爲尚書，士君子耻與其列。司馬重湘家貧，因此無人提挈，【眉批】若今日，豈但無人提挈，還有人排陷。淹滯至五十歲，空負一腔才學，不得出身，屈埋於衆人之中，心中怏怏不平。乃因酒醉，取文房四寶，且吟且寫，遂成《怨詞》一篇，詞曰：

天生我才兮，豈無用之？豪杰自期兮，奈此數奇。五十不遇兮，困迹蓬藁。紛紛金紫兮，彼何人斯？胸無一物兮，囊有餘貲。富者乘雲兮，貧者墮泥。賢愚顛倒兮，題雄爲雌。世運淪夷兮，俾我嶔崎。天道何知兮，將無有私？欲叩末曲兮，悲涕淋漓。

寫畢，諷詠再四。餘情不盡，又題八句：

得失與窮通，前生都註定。
問彼注定時，何不判忠佞？
善士嘆沉埋，凶人得暴横。
我若作閻羅，世事皆更正。

不覺天晚，點上燈來，重湘於燈下，將前詩吟哦了數遍，猛然怒起，把詩稿向燈焚了，叫道：「老天，老天！你若還有知，將何言抵對？我司馬貌一生鯁直，并無奸佞，便提我到閻羅殿前，我也理直氣壯，不怕甚的！」説罷，自覺身子困倦，倚卓而卧。

只見七八個鬼卒，青面獠牙，一般的三尺多長，從卓底下鑽出，向重湘戲侮了回，説道：「你這秀才，有何才學，輒敢怨天尤地，毁謗陰司！如今我們來拿你去見閻羅王，只教你有口難開。」重湘道：「你閻羅王自不公正，反怪他人謗毁，是何道理？」衆鬼不由分説，一齊上前，或扯手，或扯脚，把重湘拖下坐來，便將黑索子望他頸上套去。重湘大叫一聲，醒將轉來，滿身冷汗。但見短燈一盞，半明半滅，好生悽慘。

重湘連打幾個寒禁，自覺身子不快，叫妻房汪氏點盞熱茶來吃。汪氏點茶來，重湘吃了，轉覺神昏體倦，頭重脚輕。汪氏扶他上床，次日昏迷不醒，叫唤也不答應，正不知什麼病症。捱至黄昏，口中無氣，直挺挺的死了。汪氏大哭一場，見他手脚尚軟，心頭還有些微熱，不敢移動他，只守在他頭邊，哭天哭地。

話分兩頭。原來重湘寫了《怨詞》，焚于燈下，被夜游神體察，奏知玉帝。玉帝見了大怒，道：「世人爵禄深沉，關係氣運。依你説，賢者居上，不肖者居下；有才顯榮，無才者黜落。天下世世太平，江山也永不更變了，豈有此理！【眉批】微言可思。小儒見識不廣，反説天道有私。速宜治罪，以儆妄言之輩。」時有太白金星啓奏道：「司馬貌雖然出言無忌，但此人因才高運蹇，抑鬱不平，致有此論。若據福善禍淫的常理，他所言未爲無當，可諒情而恕之。」玉帝道：「他欲作閻羅，把世事更正，甚是狂妄。閻羅豈凡夫可做？陰司案牘如山，十殿閻君，食不暇給。偏他有甚本事，一一更正來？」金星又奏道：「司馬貌口出大言，必有大才。若論陰司，果有不平之事，幾百年淹滯獄，未經判斷的，往往地獄中怨氣上衝天庭。以臣愚見，不若押司馬貌到陰司，權替閻羅王半日之位，凡陰司有冤枉事情，着他剖斷。若斷得公明，將功恕罪；倘若不公不明，即時行罰，他心始服也。」【眉批】處分得大奇，不枉了老太白。玉帝准奏，即差金星奉旨，到陰司森羅殿，命閻君即勾司馬貌到來，權借王位與坐。只限一晚六個時辰，容他放告理獄。若斷得公明，來生注他極富極貴，以酬其今生抑鬱之苦；倘無才判問，把他打落酆都地獄，永不得轉人身。

閻君得旨，便差無常小鬼，將重湘勾到地府。重湘見了小鬼，全然無懼，隨之而行。到森羅殿前，小鬼喝教下跪，重湘問道：「上面坐者何人？我去跪他？」小鬼道：「此乃閻羅天子。」重湘聞說，心中大喜，叫道：「閻君，閻君，我司馬貌久欲見你，吐露胸中不平之氣，【眉批】豪壯。今日幸得相遇。你貴居王位，有左右判官，又有千萬鬼卒，牛頭、馬面，幫扶者甚衆。我司馬貌只是個窮秀才，孑然一身，生死出你之手。你休得把勢力相壓，須是平心論理，理勝者爲强。」【眉批】陽間誰許你平心論理。閻君道：「寡人忝爲陰司之主，凡事皆依天道而行，你有何德能，便要代我之位？所更正者何事？」重湘道：「閻君，你説奉天行道，天道以愛人爲心，以勸善懲惡爲公。如今世人有等慳吝的，偏教他財積如山；有等肯做好事的，偏教他手中空乏；有等刻薄害人的，偏教他處富貴之位，得肆其惡；有等忠厚肯扶持人的，偏教他吃虧受辱，不遂其願。作善者常被作惡者欺瞞，有才者反爲無才之淩壓。【眉批】我胸中不平，都被他説盡。有冤無訴，有屈無伸，皆由你閻君判斷不公之故。即如我司馬貌，一生苦志讀書，力行孝弟，有甚不合天心處，却教我終身蹭蹬，屈於庸流之下？似此顛倒賢愚，要你閻君何用？若讓我司馬貌坐於森羅殿上，怎得有此不平之事？」閻君笑道：「天道報應，或遲或早，若明若暗，或食報於前生，或留報于後代。假如富人慳吝，其富乃前生行苦所致；今生慳吝，不種福田，來生必受餓鬼之報矣。貧人亦由前生作業，或橫用非財，受享太過，以致今生窮苦。若隨緣作善，來生依然豐衣足食。由此而推，刻薄者雖今生富貴，難免墮落；忠厚者雖暫時虧辱，定注顯達。此乃一定之理，又何疑焉？人見目前，天見久遠。人每不能測天，致汝紛紜議論，皆由淺見薄識之故也。」重湘道：「既說陰司報應不爽，陰間豈無冤鬼？你敢取從前案卷，與我一一稽查麽？若果事事公平，人人心服，我司馬貌甘服妄言之罪。」閻君道：「上帝有旨，將閻羅王位權借你六個時辰，容放告理獄。若斷得公明，還你來生之富貴；倘無才判問，永墮酆都地獄，不得人身。」重湘道：「玉帝果有此旨，是吾之願也。」

當下閻君在御座起身，喚重湘入後殿，戴平天冠，穿蟒衣，束玉帶，裝扮出閻羅天子氣象。鬼卒打起升堂鼓，報道：「新閻君升殿！」善惡諸司，六曹法吏，判官小鬼，齊齊整整，分立兩邊。重湘手執玉簡，昂然而出，升於法座。諸司吏卒，參拜已畢，禀問要擡出放告牌。重湘想道：「五嶽四海，多少生靈？上帝只限我六個時辰管事，倘然判問不結，只道我無才了，取罪不便。」心生一計，便教判官分付：「寡人奉帝旨管事，只六個時辰，不及放告。你可取從前案卷來查，若有天大疑難事情，累百年不决者，寡人判斷幾件，與你陰司問事的做個榜樣。」【眉批】高見。〔二〕判官禀道：「只有漢初四宗文卷，至今三百五十餘年，未曾斷結，乞我王拘審。」重湘道：「取卷上來看。」判官捧卷呈上，重湘揭開看時：

一宗屈殺忠臣事：

原告：韓信、彭越、英布。

被告：劉邦、吕氏。

一宗恩將仇報事：

原告：丁公。

被告：劉邦。

一宗專權奪位事：

原告：戚氏。

被告：吕氏。

一宗乘危逼命事：

原告：項羽。

被告：王翳、楊喜、夏廣、吕馬童、吕勝、楊武。

重湘覽畢，呵呵大笑道：「恁樣大事，如何反不問決？你們六曹吏司，都該究罪。這都是向來閻君因循擔閣之故，【眉批】因循還勝誣斷。寡人今夜都與你判斷明白。」隨叫直日鬼吏，照單開四宗文卷原被告姓名，〔三〕一齊喚到，挨次聽審。那時振動了地府，鬧遍了陰司。有詩爲證：

每逢疑獄便因循，地府陽間事體均。
今日重湘新氣象，千年怨氣一朝伸。

鬼吏稟道：「人犯已拘齊了，請爺發落。」重湘道：「帶第一起上來。」判官高聲叫道：「第一起犯人聽點。」原、被共五名，逐一點過，答應：

原告：韓信　有　彭越　有　英布　有
被告：劉邦　有　呂氏　有

重湘先喚韓信上來，問道：「你先事項羽，位不過郎中，言不聽，計不從。一遇漢祖，築壇拜將，捧轂推輪，後封王爵以酬其功。如何又起謀叛之心，自取罪戮？今日反告其主？」韓信道：「閻君在上，容信一一告訴。某受漢王築壇拜將之恩，使盡心機，明修棧道，暗度陳倉，與漢王定了三秦；又救漢皇於滎陽，虜魏王豹，破代兵，禽趙王歇；北定燕，東定齊，下七十餘城；南敗楚兵二十萬，殺了名將龍且；九里山排下十面埋伏，殺盡楚兵；又遣六將，逼死項王於烏江渡口。造下十大功勞，指望子子孫孫世享富貴。誰知漢祖得了天下，不念前功，將某貶爵。吕后又與蕭何定計，哄某長樂宮，不由分説，叫武士縛某斬之，誣以反叛，夷某三族。某自思無罪，受此慘禍，今三百五十餘年，御寃未報，伏乞閻君明斷。」重湘道：「你既爲元帥，有勇無謀，豈無商量幫助之人？被人哄誘，如縛小兒，今日却怨誰來？」韓信道：「曾有一個軍師，姓蒯，名通，奈何有始無終，半途而去。」

重湘叫鬼吏，快拘蒯通來審。霎時間，蒯通唤到。重湘道：「韓信説你有始無終，半途而逃，不盡軍師之職，是何道理？」蒯通道：「非我有始無終，是韓信不聽忠言，以致於此。當初韓信破走了齊王田廣，是我進表洛陽，與他討個假王名號，以鎮齊人之心。漢王駡道：『胯下夫〔四〕，楚尚未滅，便想王位！』其時張子房在背後，輕躡漢皇之足，附耳低言：『用人之際，休得爲小失大。』漢皇便改口道：『大丈夫要便爲真王，何用假也？』乃命某齎印封信爲三齊王。某察漢王，終有疑信之心，後來必定負信，勸他反漢，與楚連和，三分天下，以觀其變。韓信道：『築壇拜將之時，曾設下大誓：漢不負信，信不負漢。今日我豈可失信於漢皇？』某反覆陳説利害，只是不從，反怪某教唆謀叛。某那時懼罪，假裝風魔，逃回田里。後來助漢滅楚，果有長樂宮之禍，悔之晚矣。」重湘問韓信道：「你當初不聽蒯通之言，是何主意？」韓信道：「有一算命先生許復，算我有七十二歲之壽，功名善終，所以不忍背漢。誰知夭亡，只有三十二歲。」

重湘叫鬼吏，再拘許復來審問，道：「韓信只有三十二歲，你如何許他七十二歲？你做術士的，妄言禍福，只圖哄人錢鈔，不顧誤人終身，可恨，可恨！」許復道：「閻君聽稟：常言：『人有可延之壽，亦有可折之壽。』所以星家偏有壽命難定。韓信應該七十二歲，是據理推算。何期他殺機太深，虧損陰隲，以致短折，非某推算無準也。」重湘問道：「他那幾處陰隲虧損？可一一說來。」許復道：「當初韓信棄楚歸漢時，迷踪失路，虧遇兩個樵夫，指引他一條經路，往南鄭而走。韓信恐楚王遣人來追，被樵夫走漏消息，拔劍回步，將兩個樵夫都殺了。雖然樵夫不打緊，却是有恩之人。天條負恩忘義，其罰最重。詩曰：

亡命心如箭離弦，迷津指引始能前。
有恩不報翻加害，折墮青春一十年。」

重湘道：「還有三十年呢？」許復道：「蕭何丞相三薦韓信，漢皇欲重其權，築了三丈高壇，教韓信上坐，漢皇手捧金印，拜爲大將，韓信安然受之。詩曰：

大將登壇閫外專，一聲軍令賽皇宣。
微臣受却君皇拜，又折青春一十年。」

重湘道：「臣受君拜，果然折福。還有二十年呢？」許復道：「辯士酈生，說齊王田廣降漢。田廣聽了，日日與酈生飲酒爲樂。韓信乘其無備，襲擊破之。田廣只道酈生賣己，〔五〕烹殺酈生。韓信得了大功勞，辜負了齊王降漢之意，掩奪了酈生下齊之功。詩曰：

說下三齊功在先，乘機掩擊勢無前。
奪他功績傷他命，又折青春一十年。」

重湘道：「這也說得有理。還有十年？」許復道：「又有折壽之處。漢兵追項王於固陵，其時楚兵多，漢兵少，又項王有拔山舉鼎之力，寡不敵衆，弱不敵强。韓信九里山排下絶機陣，十面埋伏，殺盡楚兵百萬，戰將千員，逼得項王匹馬單鎗，逃至烏江口，自刎而亡。詩曰：

九里山前怨氣纏，雄兵百萬命難延。
陰謀多殺傷天理，共折青春四十年。」

韓信聽罷許復之言，無言可答。重湘問道：「韓信，你還有辯麽？」韓信道：「當初是蕭何薦某爲將，後來又是蕭何設計，哄某入長樂宮害命。成也蕭何，敗也蕭何，某心上至今不平。」重湘道：「也罷，一發唤蕭何來與你審個明白。」少頃，蕭何當面，重湘問道：「蕭何，你如何反覆無常，又薦他，又害他？」蕭何答道：「有個緣故。當初韓信懷才未遇，漢皇缺少大將，兩得其便。誰知漢皇心變，忌韓信了得，後因陳豨造反，御駕親征，臨行時，囑付娘娘，用心防範。漢皇行後，娘娘有旨，宣某商議，説韓信謀反，欲行誅戮。某奏道：『韓信是第一個功臣，謀反未露，臣不敢奉命。』娘娘大怒道：『卿與韓信敢是同謀麽？卿若没誅韓信之計，待聖駕回時，一同治罪。』其時某懼怕娘娘威令，只得畫下計策，假説陳豨已破滅了，賺韓信入宫稱賀，喝教武士拿下斬訖。某并無害信之心。」重湘道：「韓信之死，看來都是劉邦之過。」分付判官，將衆人口詞録出。「審得漢家天下，大半皆韓信之力。功高不賞，千古無此冤苦，轉世報冤明矣。」立案且退一邊。

再唤大梁王彭越聽審：「你有何罪？吕氏殺你？」彭越道：「某有功無罪。只爲高祖征邊去了，吕后素性淫亂，問太監道：『漢家臣子，誰人美貌？』太監奏道：『只有陳平美貌。』娘娘道：『陳平在那裏？』太監道：『隨駕出征。』吕后道：『還有誰來？』太監道：『大梁王彭越，英雄美貌。』吕后聽説，即發密旨，宣大梁王入朝。某到金鑾殿前，不見娘娘。太監道：『娘娘有旨，宣入長信宫議機密事。』某進得宫時，宫門落鎖，只見吕后降階相迎，邀某入宫賜宴。三杯酒罷，吕后淫心頓起，要與某講枕席之歡。某懼怕禮法，執意不從。吕后大怒，喝教銅錐亂下打死，煮肉作醬，梟首懸街，不許收葬。漢皇歸來，只説某謀反，好不冤枉！」吕后在傍聽得，叫起屈來，哭告道：「閻君，休聽彭越一面之辭，世間只有男戲女，那有女戲男？那時妾唤彭越入宫議事，彭越見妾宫中富貴，輒起調戲之心。臣戲君妻，理該處斬。」彭越道：「吕后在楚軍中，慣與審食其私通。【眉批】食其，音異基。〔六〕我彭越一生剛直，那有淫邪之念！」重湘道：「彭越所言是真，吕氏是假飾之詞，不必多言。審得彭越，乃大功臣，正直不淫，忠節無比，來生仍作忠正之士，與韓信一同報仇。」存案。

再唤九江王英布聽審。英布上前訴道：「某與韓信、彭越三人，同功一體，漢家江山，都是我三人挣下的，并無半點叛心。一日某在江邊玩賞，忽傳天使到來，吕娘娘懿旨，賜某肉醬一瓶。某謝恩已畢，正席嘗之，覺其味美。偶吃出人指一個，心中疑惑，盤問來使，只推不知。某當時發怒，將來使拷打，説出真情，乃大梁王彭越之肉也。某聞言凄慘，便把手指插入喉中，向江中吐出肉來，變成小小螃蟹。至今江中有此一種，名爲『蟛蚏』，乃怨氣所化。某其時無處泄怒，即將使臣斬訖。吕后知道，差人將三般朝典：寶劍、藥酒、紅羅三尺，取某首級回朝。某屈死無申，伏望閻君明斷。」重湘道：「三賢果是死得可憐，寡人做主，把漢家天下三分與你三人，各掌一國，報你生前汗馬功勞，【眉批】斷得妙。不許再言。」畫招而去。

第一起人犯權時退下，喚第二起聽審。第二起恩將仇報事：

原告：丁公　有

被告：劉邦　有

丁公訴道：「某在戰場上圍住漢皇，漢皇許我平分天下，因此開放。何期立帝之後，反加殺害。某心中不甘，求閻爺作主。」重湘道：「劉邦怎麽説？」漢皇道：「丁公爲項羽愛將，見仇不取，有背主之心，朕故誅之，爲後人爲臣不忠者之戒，非枉殺無辜也。」丁公辨道：「你説我不忠，那紀信在滎陽替死，是忠臣了，你却無一爵之贈，可見你忘恩無義。那項伯是項羽親族，鴻門宴上，通同樊噲，拔劍救你，是第一個不忠於項氏，如何不加殺戮，反得賜姓封侯？還有個雍齒，也是項家愛將，你平日最怒者，後封爲什方侯。偏與我做冤家，是何意故？」【眉批】折得倒，丁公會講。漢皇頓口無言。重湘道：「此事我已有處分了，可喚項伯、雍齒與丁公做一起，聽候發落。暫且退下。」

再帶第三起上來。第三起專權奪位事：

原告：戚氏　有

被告：呂氏　有

重湘道：「戚氏，那呂氏是正宮，你不過是寵妃，天下應該歸於呂氏之子，你如何告他專權奪位，此何背理？」戚氏訴道：「昔日漢皇在睢水大戰，被丁公、雍齒赶得無路可逃，單騎走到我戚家莊，吾父藏之。其時妾在房鼓瑟，漢皇聞而求見，悦妾之貌，要妾衾枕，妾意不從。漢皇道：『若如我意時，後來得了天下，將你所生之子立爲太子。』扯下戰袍一幅，與妾爲記，奴家方纔依允。後生一子，因名如意。漢皇原許萬歲之後，傳位如意爲君。因滿朝大臣，都懼怕呂后，其事不行。未幾漢皇駕崩，呂后自立己子，封如意爲趙王，妾母子不敢争。誰知呂后心猶不足，哄妾母子入宫飲宴，將酖酒賜與如意，如意九竅流血，登時身死。呂后假推酒醉，只做不知。妾心懷怨恨，又不敢啼哭，斜看了他一看。他説我一雙鳳眼，迷了漢皇，即叫宫娥，將金針刺瞎雙眼；又將紅銅鎔水，灌入喉中，斷妾四肢，抛於坑厠。妾母子何罪，枉受非刑？至今含冤未報，乞閻爺做主。」説罷，哀哀大哭。重湘道：「你不須傷情，寡人還你個公道，教你母子來生爲后爲君，團圞到老。」畫招而去。

再唤第四起乘危逼命事，人犯到齊，唱名已畢。重湘問項羽道：「滅項興劉，都是韓信，你如何不告他，反告六將？」項羽道：「是我空有重瞳之目，不識英雄，以致韓信棄我而去，實難怪他。我兵敗垓下，潰圍逃命，遇了個田夫，問他左右兩條路，那一條是大路，田夫回言：『左邊是大路。』某信其言，望左路而走，不期走了死路，被漢兵追及。那田夫乃漢將夏廣，裝成計策。某那時仗生平本事，殺透重圍，來到烏江渡口，遇了故人吕馬童，指望他念故舊之情，放我一路。他同着四將，逼我自刎，分裂支體，各去請功。以此心中不服。」重湘點頭道是：「審得六將原無鬭戰之功，止乘項羽兵敗力竭，逼之自刎，襲取封侯，僥倖甚矣。來生當發六將，仍使項羽斬首，以報其怨。」立案訖，且退一邊。

喚判官將册過來，一一與他判斷明白：恩將恩報，仇將仇報，分毫不錯。重湘口裏發落，判官在傍用筆填注，何州何縣何鄉，姓甚名誰，幾時生，幾時死，細細開載。將人犯逐一喚過，發去投胎出世：「韓信，你盡忠報國，替漢家奪下大半江山，可惜銜冤而死，發你在樵鄉曹嵩家托生，姓曹，名操，表字孟德。先爲漢相，後爲魏王，坐鎮許都，享有漢家山河之半。那時威權蓋世，任從你謀報前世之仇。當身不得稱帝，明你無叛漢之心。子受漢禪，追尊你爲武帝，償十大功勞也。」又喚過漢祖劉邦發落：「你來生仍投入漢家，立爲獻帝，一生被曹操欺侮，膽戰魂驚，坐卧不安，度日如年。

因前世君負其臣，來生臣欺其君以相報。」唤吕后發落：「你在伏家投胎，後日仍做獻帝之后，被曹操千磨百難，將紅羅勒死宫中，以報長樂宫殺信之仇。」韓信問道：「蕭何發落何處？」重湘道：「蕭何有恩於你，又有怨於你。」叫蕭何發落：「你在楊家投胎，姓楊，名修，表字德祖。當初沛公入關之時，諸將争取金帛，偏你只取圖籍，許你來生聰明蓋世，悟性絶人，官爲曹操主簿，大俸大禄，以報三薦之恩。不合參破曹操兵機，爲操所殺，前生你哄韓信入長樂宫，來生償其命也。」判官寫得明白。又唤九江王英布上來：「發你在江東孫堅家投胎，姓孫，名權，表字仲謀。先爲吴王，後爲吴帝，坐鎮江東，享一國之富貴。」又唤彭越上來：「你是個正直之人，發你在涿郡樓桑村劉弘家爲男，姓劉，名備，字玄德。千人稱仁，萬人稱義。後爲蜀帝，撫有蜀中之地，與曹操、孫權三分鼎足。曹氏滅漢，你續漢家之後，乃表汝之忠心也。」彭越道：「三分天下，是大亂之時，西蜀一隅之地，怎能敵得吴、魏？」重湘道：「我判幾個人扶助你就是。」乃唤蒯通上來：「你足智多謀，發你在南陽托生，複姓諸葛，名亮，表字孔明，號爲卧龍。爲劉備軍師，共立江山。」又唤許復上來：「你算韓信七十二歲之壽，只有三十二歲，雖然陰隲折墮，也是命中該載的。如今發你在襄陽投胎，姓龐，名統，表字士元，號爲鳳雛，幫劉備取西川。注定三十二歲，死于落鳳坡之下，與韓信同壽，以爲算命不準之報。【眉批】算命的仔細。今後算命之人，胡言哄人，如此折壽，必然警醒了。」彭越道：「軍師雖有，必須良將幫扶。」重湘道：「有了。」喚過樊噲：「發你范陽涿州張家投胎，名飛，字翼德。」又喚項羽上來：「發你在蒲州解良關家投胎，只改姓不改名，姓關，名羽，字雲長。你二人都有萬夫不當之勇，與劉備桃園結義，共立基業。樊噲不合縱妻呂須幫助呂后爲虐，妻罪坐夫。項羽不合殺害秦王子嬰，火燒咸陽，二人都注定凶死。但樊噲生前忠勇，并無諂媚；項羽不殺太公，不污呂后，不于酒席上暗算人，有此三德，注定來生俱義勇剛直，死而爲神。」再喚紀信過來：「你前生盡忠劉家，未得享受一日富貴，發你來生在常山趙家出世，名雲，表字子龍，爲西蜀名將。當陽長坂百萬軍中救主，大顯威名。壽年八十二，無病而終。」又喚戚氏夫人：「發你在甘家出世，配劉備爲正宮。呂氏當初慕彭王美貌，求淫不遂，又妒忌漢皇愛你，今斷你與彭越爲夫婦，使他妒不得也。【眉批】巧絶，趣絶。趙王如意，仍與你爲子，改名劉禪，小字阿斗，嗣位爲後主，安享四十二年之富貴，以償前世之苦。」又喚丁公上來：「你去周家投胎，名瑜，字公瑾。發你孫權手下爲將，被孔明氣死，壽止三十五而卒。原你事項羽不了，來生事孫權亦不了也。」再喚項伯、雍齒過來：「項伯背親向疏，貪圖富貴，雍齒受仇人之封爵，你兩人皆項羽之罪人。發你來生一個改名顔良，一個改名文醜，皆爲關羽所斬，以泄前世之恨。」【眉批】巧。項羽問道：「六將如何發落？」重湘發六將于曹操部下，守把關隘，楊喜改名卞喜，王翳改名王植，夏廣改名孔秀，吕勝改名韓福，楊武改名秦琪，吕馬童改名蔡陽，關羽過五關，斬六將，以泄前生烏江逼命之恨。【眉批】又巧。重湘判斷明白已畢，衆人無不心服。

重湘又問楚、漢争天下之時，有兵將屈死不甘者，懷才未盡者，有恩欲報、有怨欲伸者，一齊許他自訴，都發在三國時投胎出世。其刻薄害人，陰謀慘毒，負恩不報者，變作戰馬，與將帥騎坐。如此之類，不可細述。判官一一細注明白，不覺五更鷄叫。

重湘退殿，卸了冠服，依舊是個秀才。將所斷簿籍，送與閻羅王看了。閻羅王嘆服，替他轉呈上界，取旨定奪。【眉批】賢哉閻王，能憐才服善。玉帝見了，贊道：「三百餘年久滯之獄，虧他六個時辰斷明，方見天地無私，果報不爽，真乃天下之奇才也。衆人報冤之事，一一依擬。司馬貌有經天緯地之才，今生屈抑不遇，來生宜賜王侯之位，改名不改姓，仍托生司馬之家，名懿，表字仲達。一生出將入相，傳位子孫，并吞三國，國號曰晉。【眉批】玉帝更有劈着。曹操雖係韓信報冤，所斷欺君弑后等事，不可爲訓。只怕後人不悟前因，學了歹樣，就教司馬懿欺凌曹氏子孫，一如曹操欺凌獻帝故事，顯其花報，以警後人，勸他爲善不爲惡。」【眉批】愈出愈奇。玉帝頒下御旨，閻王開讀罷，備下筵席，與重湘送行。重湘啓告閻王：「荆妻汪氏，自幼跟隨窮儒，受了一世辛苦，有煩轉乞天恩，來生仍判爲夫妻，同享榮華。」閻王依允。

那重湘在陰司與閻王作別，這邊床上忽然番身，挣開雙眼，見其妻汪氏，兀自坐在頭邊啼哭。司馬貌連叫怪事，便將大鬧陰司之事，細説一遍：「我今已奉帝旨，不敢久延，喜得來生復得與你完聚。」説罷，瞑目而逝。汪氏已知去向，心上到也不苦了，急忙收拾後事，殯殮方畢，汪氏亦死。到三國時，司馬懿夫妻，即重湘、汪氏轉生。〔七〕至今這段奇聞，傳留世間。後人有詩爲證：

半日閻羅判斷明，冤冤相報氣皆平。
勸人莫作虧心事，禍福昭然人自迎。

【校記】

〔一〕「邑邑」，法政本作「悒悒」。按，二字通。

〔二〕本條眉批，法政本無。

〔三〕「四宗」，底本及法政本均作「五宗」，據文意改。

〔四〕「胯下」，底本及法政本均作「夸下」，據文意改。

〔五〕「賣己」，底本作「買己」，據法政本改。

〔六〕本條眉批，法政本僅存「異」字。

〔七〕「汪氏」，法政本作「夫婦」。

胡母廸感憤吟詩

長舌夫人
秦檜
胡母廸遍遊地獄
万俟卨
酆都

第三十二卷　游酆都胡母迪吟詩

自古機深禍亦深，休貪富貴昧良心。
檐前滴水毫無錯，報應昭昭自古今。

話説宋朝第一個奸臣，姓秦名檜，字會之，江寧人氏。生來有一異相，脚面連指長一尺四寸，在太學時，都唤他做「長脚秀才」。後來登科及第，靖康年間，累官至御史中丞。其時金兵陷汴，徽、欽二帝北遷，秦檜亦陷在虜中，與金酋撻懶郎君相善，對撻懶説道：「若放我南歸，願爲金邦細作。僥倖一朝得志，必當主持和議，使南朝割地稱臣，以報大金之恩。」撻懶奏知金主，金主教四太子兀术與他私立了約誓，然後縱之南還。

秦檜同妻王氏，航海奔至臨安行在，只説道殺了金家監守之人，私逃歸宋。高宗皇帝信以爲真，因而訪問他北朝之事。秦檜盛稱金家兵强將勇，非南朝所能抵敵。

高宗果然懼怯，求其良策，秦檜奏道：「自石晉臣事夷敵，中原至今喪氣，一時不能振作。靖康之變，宗社幾絶，此殆天意，非獨人力也。今行在草創，人心惶惶，而諸將皆握重兵在外，倘一人有變，陛下大事去矣。【眉批】伏下殺岳飛案。爲今之計，莫若息兵講和，以南北分界，各不侵犯，罷諸將之兵權，陛下高枕而享富貴，生民不致塗炭，豈不美哉。」高宗道：「朕欲講和，只恐金人不肯。」秦檜道：「臣在虜中，頗爲金酋所信服。陛下若以此事專委諸臣，〔一〕臣自有道理，保爲陛下成此和議，可必萬全不失。」高宗大喜，即拜秦檜爲尚書僕射。未幾，遂爲左丞相。檜乃專主和議，用勾龍如淵爲御史中丞，凡朝臣諫沮和議者，上疏擊去之。【眉批】好得力人。趙鼎、張浚、胡銓、晏敦復、劉大中、尹焞、王居正、吳師古、張九成、喻樗等，皆被貶逐。

其時岳飛累敗金兵，殺得兀术四太子奔走無路。兀术情急了，遣心腹王進，蠟丸内藏着書信，送與秦檜。書中寫道：「既要講和，如何邊將却又用兵？此乃丞相之不信也。必須殺了岳飛，和議可成。」秦檜寫了回書，許以殺飛爲信，打發王進去訖。一日發十二道金牌，召岳飛班師。軍中皆憤怒，河南父老百姓無不痛哭。飛既還，罷爲萬壽觀使。秦檜必欲置飛于死地，與心腹張俊商議，訪得飛部下統制王俊，與副都統制張憲有隙，將厚賞誘致王俊，教他妄告張憲謀據襄陽，還飛兵權。王俊依言出首，檜將張憲執付大理獄，矯詔遣使召岳飛父子與張憲對理。御史中丞何鑄，鞫審無實，將冤情白知秦檜。檜大怒，罷去何鑄不用，改命万俟卨。那万俟卨素與岳飛有隙，遂將無作有，搆成其獄，説岳飛、岳雲父子，與部將張憲、王貴通謀造反。大理寺卿薛仁輔等訟飛之冤，判宗正寺士㒟，請以家屬百口保飛不反。樞密使韓世忠憤憤不平，親詣檜府争論，俱各罷斥。獄既成，秦檜獨坐于東窗之下，躊躇此事：「欲待不殺岳飛，恐他阻撓和議，失信金邦，後來朝廷覺悟，罪歸于我；欲待殺之，奈衆人公論有礙。」心中委决不下。【眉批】檜此時良心未盡，若得賢妻，其禍可解。其妻長舌夫人王氏適至，問道：「相公有何事遲疑？」秦檜將此事與之商議，王氏向袖中，摸出黄柑一隻，雙手劈開，將一半奉與丈夫，説道：「此柑一劈兩開，有何難决？豈不聞古語云『擒虎易，縱虎難』乎？」只因這句話，提醒了秦檜，其意遂决。將片紙寫幾個密字封固，送大理寺獄官，是晚就獄中縊死了岳飛。其子岳雲與張憲、王貴，皆押赴市曹處斬。

金人聞飛之死，無不置酒相賀，從此和議遂定。以淮水中流，及唐、鄧二州爲界。北朝爲大邦，稱伯父；南朝爲小邦，稱侄。秦檜加封太師魏國公，又改封益國公，賜第于望仙橋，壯麗比于皇居。其子秦熺，十六歲上狀元及第，除授翰林學士，專領史館。【眉批】心腹爲御史，可以箝當時之口舌；子孫爲史官，足以亂後世之是非。檜算無遺策矣。孰知閻老簿上，載得分曉乎？熺生子名埙，襁褓中便注下翰林之職。熺女方生，即封崇國夫人。一時權勢，古今無比。

且説崇國夫人六七歲時，愛弄一個獅猫。一日偶然走失，責令臨安府府尹，立限挨訪。府尹曹泳差人遍訪，數日間拿到獅猫數百，帶累猫主吃苦使錢，不可盡述。押送到相府，檢驗都非。乃圖形千百幅，張挂茶坊酒肆，官給賞錢一千貫。此時鬧動了臨安府，亂了一月有餘，那猫兒竟無踪影。相府遣官督責，曹泳心慌，乃將黄金鑄成金猫，重賂妳娘，送與崇國夫人，方纔罷手。【眉批】七歲女兒便貪賄，信有種哉！只這一節，檜賊之威權，大概可知。

晚年謀篡大位，爲朝中諸舊臣未盡，心懷疑忌，欲興大獄，誣陷趙鼎、張浚、胡銓等五十三家，謀反大逆。吏寫奏牘已成，只待秦檜署名進御。【眉批】危哉。是日，檜適游西湖，正飲酒間，忽見一人披髮而至，視之乃岳飛也。厲聲説道：「汝殘害忠良，殃民誤國，吾已訴聞上帝，來取汝命。」檜大驚，問左右，都説不見。檜因此得病歸府。次日，吏將奏牘送覽。衆人扶檜坐于格天閣下，檜索筆署名，手顫不止，落墨污壞了奏牘。立刻教重換來，又復污壞，究竟寫不得一字。長舌妻王夫人在屏後摇手道：「勿勞太師！」須臾，檜仆于几上，扶進内室，已昏憒了，一語不能發，遂死。此乃五十三家不該遭在檜賊手中，亦見天理昭然也。有詩爲證：

忠簡流亡武穆誅，又將善類肆陰圖。
格天閣下名難署，始信忠良有嘿扶。

檜死不多時，秦熺亦死。長舌王夫人設醮追薦，方士伏壇奏章，見秦熺在陰府荷鐵枷而立。方士問：「太師何在？」秦熺答道：「在酆都。」方士徑至酆都，見秦檜、万俟卨、王俊披髮垢面，各荷鐵枷，衆鬼卒持巨梃驅之而行，其狀甚苦。檜向方士説道：「煩君傳語夫人，東窗事發矣。」方士不知何語，述與王氏知道。王氏心下明白，吃了一驚。果然是人間私語，天聞若雷，暗室虧心，神目如電。因這一驚，王氏亦得病而死。未幾，秦壎亦死。不勾數年，秦氏遂衰。後因朝廷開浚運河，畚土堆積府門。有人從望仙橋行走，看見丞相府前，縱橫堆着亂土，題詩一首於墻上，詩曰：

格天閣在人何在？偃月堂深恨亦深。
不向洛陽圖白髮，却於郿鄔貯黄金。
笑談便解興羅織，咫尺那知有照臨。
寂寞九原今已矣，空餘泥濘積墻陰。

宋朝自秦檜主和，誤了大計，反面事仇，君臣貪于佚樂。元太祖鐵木真起自沙漠，傳至世祖忽必烈，滅金及宋。宋丞相文天祥，號文山，天性忠義，召兵勤王。有志不遂，爲元將張弘範所執，百計説他投降不得。至元十九年，斬于燕京之柴市。子道生、佛生、環生，皆先丞相而死。其弟名璧，號文溪，以其子陞嗣天祥之後，璧、陞父子俱附元貴顯。當時有詩云：

江南見説好溪山，兄也難時弟也難。
可惜梅花各心事，南枝向暖北枝寒。

元仁宗皇帝皇慶年間，文陞仕至集賢閣大學士。

話分兩頭。且説元順宗至元初年間，錦城有一秀才，復姓胡母，名迪。爲人剛直無私，常説：「我若一朝際會風雲，定要扶持善類，驅盡奸邪，使朝政清明，方遂其願。」何期時運未利，一氣走了十科不中，乃隱居威鳳山中，讀書治圃，爲養生計。然感憤不平之意，時時發露，不能自禁於懷也。

一日，獨酌小軒之中。飲至半酣，啓囊探書而讀，偶得《秦檜東窗傳》，讀未畢，不覺赫然大怒，氣湧如山，大罵奸臣不絶。再抽一書觀看，乃《文文山丞相遺稿》，朗誦了一遍，心上愈加不平，拍案大叫道：「如此忠義之人，偏教他殺身絶嗣，皇天，皇天，好没分曉！」悶上心來，再取酒痛飲，至于大醉。磨起墨來，取筆題詩四句於《東窗傳》上，詩云：

長脚邪臣長舌妻，忍將忠孝苦誅夷。
愚生若得閻羅做，剥此奸雄萬劫皮。

吟了數遍，撇開一邊。再將文丞相集上，也題四句：

隻手擎天志已違，帶間遺贊日争輝。
獨憐血胤同時盡，飄泊忠魂何處歸？

吟罷，餘興未盡，再題四句於後：

檜賊奸邪得善終，羡他孫子顯榮同。
文山酷死兼無後，天道何曾識佞忠？

寫罷擲筆，再吟數過，覺得酒力湧上，和衣就寢。

俄見皂衣二吏，至前揖道：「閻君命僕等相邀，君宜速往。」胡母迪正在醉中，不知閻君爲誰，答道：「吾與閻君素昧平生，今見召，何也？」皂衣吏笑道：「君到彼自知，不勞詳問。」胡母迪方欲再拒，被二吏挾之而行。離城約行數里，乃荒郊之地，煙雨霏微，如深秋景象。再行數里，望見城郭，居人亦稠密，往來貿易不絶，如市廛之狀。行到城門，見榜額乃「酆都」二字，迪纔省得是陰府。業已至此，無可奈何。既入城，則有殿宇峥嶸，朱門高敞，題曰「曜靈之府」，門外守者甚嚴。皂衣吏令一人爲伴，一人先入。少頃復出，招迪曰：「閻君召子。」迪乃隨吏入門，行至殿前，榜曰「森羅殿」。殿上王者，衮衣冕旒，類人間神廟中繪塑神像。左右列神吏六人，緑袍皂履，〔二〕高幞廣帶，各執文簿。階下侍立百餘人，有牛頭馬面，長喙朱髮，猙獰可畏。胡母迪稽顙于階下，冥王問道：「子即胡母迪耶？」迪應道：「然也。」冥王大怒道：「子爲儒流，讀書習禮，何爲怨天怒地，謗鬼侮神乎？」胡母迪答道：「迪乃後進之流，早習先聖先賢之道，安貧守分，循理修身，并無怨天尤人之事。」冥王喝道：「你説『天道何曾識佞忠』，豈非怨謗之談乎？」迪方悟醉中題詩之事，再拜謝罪道：「賤子酒酣，罔能持性，偶讀忠奸之傳，致吟忿憾之辭。顒望神君，特垂寬宥。」冥王道：「子試自述其意，怎見得天道不辨忠佞？」胡母迪道：「秦檜賣國和番，殺害忠良，一生富貴善終，其子秦熺，狀元及第，孫秦塤，翰林學士，三代俱在史館。岳飛精忠報國，父子就戮。文天祥宋末第一個忠臣，三子俱死于流離，遂至絶嗣。其弟降虜，父子貴顯。福善禍淫，天道何在？賤子所以拊心致疑，願神君開示其故。」冥王呵呵大笑：「子乃下土腐儒，天意微渺，豈能知之？那宋高宗原係錢鏐王第三子轉生，當初錢鏐獨霸吴越，傳世百年，并無失德。後因錢俶入朝，被宋太宗留住，逼之獻土。到徽宗時，顯仁皇后有孕，夢見一金甲貴人，怒目言曰：『我吴越王也。汝家無故奪我之國，吾今遣第三子托生，要還我疆土。』醒後遂生皇子構，是爲高宗。他原索取舊疆，所以偏安南渡，無志中原，秦檜會逢其適，力主和議，亦天數當然也。【眉批】《宣和遺事》有此説，《西湖志》取之。但不該誣陷忠良，故上帝斬其血胤。秦熺非檜所出，乃其妻兄王焕之子，長舌妻冒認爲兒，雖子孫貴顯，秦氏魂魄，豈得享異姓之祭哉？岳飛係三國張飛轉生，忠心正氣，千古不磨。一次托生爲張巡，改名不改姓，二次托生爲岳飛，改姓不改名。雖然父子屈死，子孫世代貴盛，血食萬年。文天祥父子夫妻，一門忠孝節義，傳揚千古。文昇嫡侄爲嗣，延其宗祀，居官清正，不替家風，豈得爲無後耶？【眉批】猶子比兒，信夫！夫天道報應，或在生前，或在死後；或福之而反禍，或禍之而反福。須合幽明古今而觀之，方知毫厘不爽。子但據目前，譬如以管窺天，多見其不知量矣。」胡母迪頓首道：「承神君指教，開示愚蒙，如撥雲見日，不勝快幸。但愚民但據生前之苦樂，安知身後之果報哉？以此冥冥不可見之事，欲人趨善而避惡，如風聲水月，無所忌憚。宜乎惡人之多，而善人之少也。賤子不才，願得遍游地獄，盡觀惡報，傳語人間，使知儆懼自修，未審允否？」冥王點頭道是，即呼緑衣吏，以一白簡書云：「右仰普掠獄官，即啓狴牢，引此儒生，遍觀泉扃報應，毋得違錯。」

吏領命，引胡母迪從西廊而進。過殿後三里許，有石垣高數仞，以生鐵爲門，題曰「普掠之獄」。吏將門鐶叩三下，俄頃門開，夜叉數輩突出，將欲擒迪。吏叱道：「此儒生也，無罪。」便將閻君所書白簡，教他看了。夜叉道：「吾輩只道罪鬼入獄，不知公是書生，幸勿見怪。」乃揖迪而入。其中廣袤五十餘里，日光慘淡，風氣蕭然。四圍門牌，皆牓名額：東曰「風雷之獄」，南曰「火車之獄」，西曰「金剛之獄」，北曰「溟泠之獄」。男女荷鐵枷者千餘人。又至一小門，則見男子二十餘人，皆被髮裸體，以巨釘釘其手足于鐵床之上，項荷鐵枷，舉身皆刀杖痕，膿血腥穢不可近。旁一婦人，裳而無衣，罩于鐵籠中。一夜叉以沸湯澆之，皮肉潰爛，號呼之聲不絕。綠衣吏指鐵床上三人，對胡母迪説道：「此即秦檜、万俟卨、王俊。這鐵籠中婦人，即檜妻長舌王氏也。其他數人，乃章惇、蔡京父子、王黼、朱勔、耿南仲、丁大全、韓侂胄、史彌遠、賈似道，皆其同奸黨惡之徒。王遣施刑，令君觀之。」即驅檜等至風雷之獄，縛于銅柱，一卒以鞭扣其環，即有風刀亂至，繞刺其身。檜等體如篩底。良久，震雷一聲，擊其身如虀粉，血流凝地。少頃，惡風盤旋，吹其骨肉，復聚爲人形。吏向迪道：「此震擊者陰雷也，吹者業風也。」又呼卒驅至金剛、火車、溟泠等獄，將檜等受刑尤甚，飢則食以鐵丸，渴則飲以銅汁。吏説道：「此曹凡三日，則遍歷諸獄，受諸苦楚。三年之後，變爲牛、羊、犬、豕，生于世間，爲人宰殺，剥皮食肉。其妻亦爲牝豕，食人不潔，臨終亦不免刀烹之苦。今此衆已爲畜類于世五十餘次了。」迪問道：「其罪何時可脱？」吏答道：「除是天地重復混沌，方得開除耳。」復引迪到西垣一小門，題曰「奸回之獄」。荷桎梏者百餘人，舉身插刃，渾類蝟形。迪問此輩皆何等人，吏答道：「是皆歷代將相，奸回黨惡，欺君罔上，蠹國害民，如梁冀、董卓、盧杞、李林甫之流，皆在其中。每三日，亦與秦檜等同受其刑。三年後，變爲畜類，皆同檜也。」復至南垣一小門，題曰「不忠内臣之獄」。内有牝牛數百，皆以鐵索貫鼻，繫于鐵柱，四圍以火炙之。迪問道：「牛，畜類也，何罪而致是耶？」吏摇手道：「君勿言，姑俟觀之。」即呼獄卒以巨扇拂火，須臾烈焰亘天，皆不勝其苦，哮吼躑躅，皮肉焦爛。良久，大震一聲，皮忽綻裂，其中突出個人來。視之俱無鬚髯，寺人也。吏呼夜叉擲于鑊湯中烹之，但見皮肉消融，止存白骨。少頃，復以冷水沃之，白骨相聚，仍復人形。吏指道：「此皆歷代宦官，秦之趙高，漢之十常侍，唐之李輔國、仇士良、王守澄、田令孜，宋童貫之徒，從小長養禁中，錦衣玉食，欺誘人主，妒害忠良，濁亂海内。今受此報，累劫無已。」復至東壁，男女數千人，皆裸體跣足，或烹剥刳心，或剉燒舂磨，哀呼之聲，徹聞數里。吏指道：「此皆在生時爲官爲吏，貪財枉法，刻薄害人，及不孝不友，悖負師長，不仁不義，故受此報。」迪見之大喜，嘆曰：「今日方知天地無私，鬼神明察，吾一生不平之氣始出矣。」吏指北面云：「此去一獄，皆僧尼哄騙人財，奸淫作惡者。又一獄，皆淫婦、妒婦、逆婦、狠婦等輩。」迪答道：「果報之事，吾已悉知，不消去看了。」吏笑攜迪手偕出，仍入森羅殿。迪再拜，叩首稱謝，呈詩四句。詩曰：

權奸當道任恣睢，果報原來總不虛。
冥獄試看刑法慘，應知今日悔當初。

迪又道：「奸回受報，僕已目擊，信不誣矣。其他忠臣義士，在于何所？願希一見，以適鄙懷，不勝欣幸。」冥王俯首而思，良久，乃曰：「諸公皆生人道，爲王公大人，享受天禄。壽滿天年，仍還原所，以俟緣會，又復托生。子既求見，吾躬導之。」於是登輿而前，分付從者，引迪後隨。行五里許，但見瓊樓玉殿，碧瓦參横，朱牌金字，題曰「天爵之府」。既入，有仙童數百，皆衣紫綃之衣，懸丹霞玉珮，執彩幢絳節，持羽葆花旌，雲氣繽紛，天花飛舞，龍吟鳳吹，仙樂鏗鏘，異香馥郁，襲人不散。殿上坐者百餘人，頭帶通天之冠，身穿雲錦之衣，足躡朱霓之履，玉珂瓊珮，光彩射人。絳綃玉女五百餘人，或執五明之扇，或捧八寶之盂，環侍左右。見冥王來，各各降階迎迓，賓主禮畢，分東西而坐。仙童獻茶已畢，冥王述胡母迪來意，命迪致拜，諸公皆答之盡禮，同聲贊道：「先生可謂『仁者能好人能惡人矣』。」乃別具席于下，命迪坐，迪謙讓再三不敢。王曰：「諸公以子斯文，能持正論，故加優禮，何用苦辭？」迪乃揖謝而坐。冥王拱手道：「座上皆歷代忠良之臣，節義之士，在陽則流芳史册，在陰則享受天樂。每遇明君治世，則生爲王侯將相，扶持江山，功施社稷。今天運將轉，不過數十年，真人當出，撥亂反正。諸公行且先後出世，爲創功立業之名臣矣。」【眉批】我朝忠良，皆是這些轉身。〔三〕迪即席又呈詩四句。詩曰：

時從窗下閱遺編，每恨忠良福不全。
目擊冥司天爵貴，皇天端不負名賢。

諸公皆舉手稱謝。冥王道：「子觀善惡報應，忠佞分别不爽。假令子爲閻羅，恐不能復有所加耳。」迪離席下拜謝罪。諸公齊聲道：「此生好善嫉惡，出于至性，不覺見之吟詠，不足深怪。」冥王大笑道：「諸公之言是也。」迪又拜問道：「僕尚有所疑，求神君剖示。僕自小苦志讀書，并無大過，何一生無科第之分？豈非前生有罪業乎？」冥王道：「方今胡元世界，天地反覆。子秉性剛直，命中無夷狄之緣，不應爲其臣子。某冥任將滿，想子善善惡惡，正堪此職。某當奏知天廷，薦子以自代。【眉批】勝科第多多矣。子暫回陽世，以享餘齡，更十餘年後，耑當奉迎耳。」言畢，即命朱衣二吏送迪還家。迪大悦，再拜稱謝。及辭諸公而出，約行十餘里，只見天色漸明。朱衣吏指向迪道：「日出之處，即君家也。」迪挽住二吏之衣，欲延歸謝之，二吏堅却不允。迪再三挽留，不覺失手，二吏已不見了。迪即展臂而寤，殘燈未滅，日光已射窗紙矣。

迪自此絕意干進，修身樂道。再二十三年，壽六十六，一日午後，忽見冥吏持牒來，迎迪赴任。車馬儀從，儼若王者，是夜迪遂卒。又十年，元祚遂傾，天下仍歸於中國，天爵府諸公已知出世爲卿相矣。後人有詩云：

王法昭昭猶有漏，冥司隱隱更無私。
不須親見酆都景，但請時吟胡母詩。

【校記】

〔一〕「諸」，法政本作「之」。

〔二〕「緑袍」，底本及法政本均作「緣袍」，據文意改。

〔三〕本條眉批底本無，據法政本補。

第三十三卷　張古老種瓜娶文女

長空萬里彤雲作，迤邐祥光遍齋閣。
未教柳絮舞千毬，先使梅花開數萼。
入簾有韻自颼颼，點水無聲空漠漠。
夜來閣向古松梢，向曉朔風吹不落。

這八句詩題雪，那雪下相似三件物事：似鹽，似柳絮，似梨花。雪怎地似鹽？謝靈運曾有一句詩詠雪道：「撒鹽空中差可疑。」蘇東坡先生有一詞，名《江神子》：

黄昏猶自雨纖纖，曉開簾，玉平檐。江闊天低，無處認青帘。獨坐閒吟誰伴我？呵凍手，撚衰髯。　使君留客醉厭厭，水晶鹽，爲誰甜？手把梅花，東望憶陶潛。雪似古人人似雪，雖可愛，有人嫌。

這雪又怎似柳絮？謝道韞曾有一句詠雪道：「未若柳絮因風起。」黄魯直有一詞，〔一〕

名《踏莎行》：

堆積瓊花，鋪陳柳絮，曉來已没行人路。長空尤未綻彤雲，飄飄尚逐回風舞。〔二〕對景銜杯，迎風索句，回頭却笑嬌癡語。〔三〕爲何終日未成吟？前山尚有青青處。

又怎見得雪似梨花？李易安夫人曾道：「行人舞袖拂梨花。」晁叔用有一詞，名《臨江仙》：

萬里彤雲密布，長空瓊色交加。飛如柳絮落泥沙。前村歸去路，舞袖拂梨花。此際堪描何處景？江湖小艇漁家。旋斟香醞過年華。披簑乘遠興，頂笠過溪沙。

雪似三件物事，又有三個神人掌管。那三個神人？姑射真人、周瓊姬、董雙成。周瓊姬掌管芙蓉城；董雙成掌管貯雪琉璃净瓶，瓶内盛着數片雪；每遇彤雲密布，姑射真人用黄金筯敲出一片雪來，下一尺瑞雪。【眉批】李靖代龍行雨事相似。當日紫府真人安排筵會，請姑射真人、董雙成，飲得都醉。把金筯敲着琉璃净瓶，待要唱隻曲兒。錯敲破了琉璃净瓶，傾出雪來，當年便好大雪。【眉批】荒唐之甚，往時小説務頭類如此。曾有隻曲兒，名做《憶瑤姬》：

姑射真人，宴紫府，雙成擊破瓊苞。零珠碎玉，被蕊宫仙子，撒向空拋。乾坤皓彩中宵，海月流光色共交。向曉來，銀壓琅玕，數枝斜墜玉鞭稍。荆山隈，碧水曲，際晚飛禽，冒寒歸去無巢。檐前爲愛成簪筯，不許兒童使杖敲。待倣他當日袁安謝女，才詞詠嘲。

姑射真人是掌雪之神。又有雪之精，是一匹白騾子，身上抖下一根毛，下一丈雪。却有個神仙是洪厓先生管着，用葫蘆兒盛着白螺子。赴罷紫府真人會，飲得酒醉，插葫蘆塞兒不牢，〔四〕走了白騾子，【眉批】更荒唐可笑。却在番人界裏退毛。洪厓先生因走了白騾子，下了一陣大雪。

且説一個官人，因雪中走了一匹白馬，變成一件蹺蹊神仙的事，舉家白日上升，至今古迹尚存。蕭梁武帝普通六年，冬十二月，有個諫議大夫姓韋名恕，因諫蕭梁武帝奉持釋教得罪，貶在滋生駟馬監做判院。這官人：

中心正直，秉氣剛强。有回天轉日之言，懷逐佞去邪之見。

這韋官人受得滋生駟馬監判院，這座監在真州六合縣界上。蕭梁武帝有一匹白馬，名作「照殿玉獅子」：

蹄如玉削，體若瓊妝。蕩胸一片粉鋪成，擺尾萬條銀縷散。能馳能載，走得千里程途；不喘不斷，跳過三重闊澗。渾似狻猊生世上，恰如白澤下人間。

這匹白馬，因爲蕭梁武帝追赶達摩禪師，到今時長蘆界上有失，罰下在滋生駟馬監，教牧養。

當日大雪下，早晨起來，只見押槽來稟覆韋諫議道：「有件禍事，昨夜就槽頭不見了那照殿玉獅子。」諕得韋諫議慌忙叫將一監養馬人來，却是如何計結？就中一個押槽出來道：「這匹馬容易尋。只看他雪中脚迹，便知着落。」韋諫議道：「説得是。」即時差人隨着押槽，尋馬脚迹。迤逦間行了數里田地，雪中見一座花園，但見：

粉妝臺榭，瓊鎖亭軒。兩邊斜壓玉欄杆，一徑平鋪銀綬帶。太湖石陷，恍疑鹽虎深埋；松栢枝盤，好似玉龍高聳。徑裏草枯難辨色，亭前梅綻只聞香。

却是一座籬園。押槽看着衆人道：「這匹馬在這莊裏。」即時敲莊門，見一個老兒出來。押槽相揖道：「借問則個。昨夜雪中滋生駟馬監裏，走了一匹白馬。這匹白馬是梁皇帝騎的御馬，名唤做『照殿玉獅子』。看這脚迹時，却正跳入籬園内來。老丈若還收得之時，却教諫議自備錢酒相謝。」老兒聽得道：「不妨，馬在家裏。衆人且坐，老夫請你們食件物事了去。」衆人坐定，只見大伯子去到籬園根中，去那雪裏面，用手取出一個甜瓜來。看這瓜時，真個是：

綠葉和根嫩，黃花向頂開。
香從辛裏得，甜向苦中來。

那甜瓜藤蔓枝葉都在上面。衆人心中道：「莫是大伯子收下的？」看那瓜顔色又新鮮。大伯取一把刀兒，削了瓜皮，打開瓜頂，一陣異氣噴人。請衆人吃了一個瓜，又再去雪中取出三個瓜來，道：「你們做老拙傳話諫議，道張公教送這瓜來。」【眉批】到此才露真姓。衆人接了甜瓜。大伯從籬園後地，牽出這匹白馬來，還了押槽。押槽攏了馬兒，謝了公公，衆人都回滋生駟馬監。見韋諫議，道：「可煞作怪！大雪中如何種得這甜瓜？」即時請出恭人來，和這十八歲的小娘子都出來，打開這瓜，合家大小都食了。恭人道：「却罪過這老兒，與我收得馬，又送瓜來，着個甚道理謝他？」

撚指過了兩月，至次年春半，景色清明。恭人道：「今日天色晴和，好去謝那送瓜的張公，謝他收得馬。」諫議即時教安排酒樽食壘，暖盪撩鍋，辦幾件食次。叫出十八歲女兒來，道：「我今日去謝張公，一就帶你母子去游玩閒走則個。」諫議乘着馬，隨兩乘轎子，來到張公門前，使人請出張公來。大伯連忙出來唱喏。恭人道：「外日相勞你收下馬，〔五〕今日諫議置酒，特來相謝。」就草堂上鋪陳酒器，擺列杯盤，請張公同坐。【眉批】十八歲女兒未嫁，一不是也；又携之游園，二不是也；請張公同坐，三不是也。大伯再三推辭，掇條凳子，橫頭坐地。酒至三杯，恭人問張公道：「公公貴壽？」大伯言：「老拙年已八十歲。」〔六〕恭人又問：「公公幾口？」大伯道：「孑然一身。」恭人說：「公公也少不得個婆婆相伴。」大伯應道：「便是，没恁麽巧頭腦。」恭人道：「也是說個七十來歲的婆婆。」大伯道：「年紀須老，道不得個：

百歲光陰如撚指，人生七十古來稀。」

恭人道：「也是說一個六十來歲的。」大伯道：「老也，

月過十五光明少，人到中年萬事休。」

恭人道：「也是說一個五十來歲的。」大伯又道：「老也，

三十不榮，四十不富，五十看看尋死路。」

恭人忍不得，自道，看我取笑他：「公公說個三十來歲的。」大伯道：「老也。」恭人說：「公公，如今要說幾歲的？」大伯擡起身來，指定十八歲小娘子道：「若得此女以爲匹配，足矣。」【眉批】念頭甚壯。韋諫議當時聽得說，怒從心上起，惡向膽邊生，却不耐這老漢，叫當直的都來要打那大伯。〔七〕恭人道：「使不得，特地來謝他，却如何打他？這大伯年紀老，説話顛狂，只莫管他。」收拾了酒器自歸去。

話裹却說張公，一并三日不開門，六合縣裹有兩個撲花的，一個唤做王三，一個

唤做趙四，各把着大蒲篗，來尋張公打花。見他不開門，敲門叫他，見大伯一行説話，一行咳嗽，一似害癆病相思，氣絲絲地。【眉批】八十老兒害相思，大奇。怎見得？曾有一《夜游宫》詞：

> 四百四病人皆有，只有相思難受。不疼不痛在心頭，魆魆地教人瘦。
> 愁逢花前月下，最怕黄昏時候。心頭一陣癢將來，一兩聲咳嗽咳嗽。【眉批】模真。

看那大伯時，喉嚨啞颯颯地出來道：【眉批】趣。「罪過你們來，這兩日不歡，要花時打些個去，不要你錢。有件事相煩你兩個，與我去尋兩個媒人婆子，若尋得來時，相贈二百足錢，自買一角酒吃。」二人打花了自去，一時之間，尋得兩個媒人來。這兩個媒人：

> 開言成匹配，舉口合和諧。掌人間鳳隻鸞孤，管宇宙孤眠獨宿。折莫三重門户，選甚十二樓中？男兒下惠也生心，女子麻姑須動意。傳言玉女，用機關把手拖來；侍香金童，下説辭攔腰抱住。引得巫山偷漢子，唆教織女害相思。

叫得兩個媒婆來，和公公厮叫。張公道：「有頭親相煩説則個。這頭親曾相見，則是難説。先各與你三兩銀子，若討得回報，各人又與你五兩銀子。説得成時，教你兩人撰個小小富貴。」張媒、李媒便問：「公公要説誰家小娘子？」張公道：「滋生駟馬監裹韋諫議有個女兒，年紀一十八歲，相煩你們去與我説則個。」兩個媒婆含着笑笑，接了三兩銀子出去，行半里田地，到一個土坡上。張媒看着李媒道：「怎地去韋諫議宅裹説？」李媒道：〔八〕「容易，我兩人先買一角酒吃，教臉上紅拂拂地走去韋諫議門前旋一遭，回去説與大伯，只道説了，還未有回報。」道猶未了，則聽得叫道：「且不得去！」回頭看時，却是那張公赶來，説道：「我猜你兩個買一角酒，吃得臉上紅拂拂地，韋諫議門前旋一遭回來，説與我道未有回報，【眉批】趣。〔九〕還是恁地麽？你如今要得好，急速便去，千萬討回報。」兩個媒人見張公恁地説道，做着只得去。

兩人同到滋生駟馬監，倩人傳報與韋諫議，諫議道：「教入來。」張媒、李媒見了，諫議道：「你兩人莫是來説親麽？」兩個媒人笑嘻嘻的，怕得開口。韋諫議道：「我有個大的兒子，二十二歲，見隨王僧辯征北，不在家中。有個女兒，一十八歲，清官家貧，無錢嫁人。」兩個媒人則在階下拜，不敢説。韋諫議道：「不須多拜，有事但説。」張媒道：「有件事，欲待不説，爲他六兩銀；欲待説，恐激惱諫議，又有些個好笑。」韋諫議問如何，張媒道：「種瓜的張老，没來歷，今日使人來叫老媳婦兩人，要説諫議的小娘子。得他六兩銀子，見在這裹。」懷中取出那銀子，教諫議看，道：「諫議周全時，得這銀；若不周全，只得還他。」諫議道：「大伯子莫是風？我女兒纔十八歲，不曾要説親。如今要我如何周全你這六兩銀子？」【眉批】諫議好性格。張媒道：「他説來，只問諫議覓得回報，便得六兩銀子。」諫議聽得説，用指頭指着媒人婆道：「做我傳話那没見識的老子，要得成親，來日辦十萬貫見錢爲定禮，并要一色小錢，不要金錢準折。」教討酒來勸了媒人，發付他去。

兩個媒人拜謝了出來，到張公家，見大伯伸着頸項，一似望風宿鵝。【眉批】趣。等得兩個媒人回來道：「且坐，生受不易！」且取出十兩銀子來，安在卓上，道：「起動你們，親事圓備。」張媒問道：「如何了？」大伯道：「我丈人説，要我十萬貫錢爲定禮，并要小錢，方可成親。」兩個媒人道：「猜着了，果是諫議恁地説。公公，你却如何對副？」那大伯取出一掇酒來開了，安在卓子上，請兩個媒人各吃了四盞。將這媒人轉屋山頭邊來，指着道：「你看！」兩個媒人用五輪八光左右兩點瞳人，打一看時，只見屋山頭堆垛着一便價十萬貫小錢兒，道：「你們看，先準備在此了。」只就當日，教那兩個媒人先去回報諫議，然後發這錢來。媒人自去了。

這裏安排車仗，從裏面叫出幾個人來，都着紫衫，盡戴花紅銀楪子，推數輛太平車：

平川如雷吼，曠野似潮奔。猜疑地震天摇，仿佛星移日轉。初觀形象，似秦皇塞海鬼驅山；乍見威儀，若夏禹行舟臨陸地。滿川寒雁叫，一隊錦鷄鳴。

車子上旗兒插着，寫道：「張公納韋諫議宅財禮。」【眉批】趣。〔一〇〕衆人推着車子，來到諫議宅前，喝起三聲喏來，排着兩行車子，使人入去，報與韋諫議。諫議出來看了車子，開着口則合不得。使人入去，説與恭人，却怎地對副？恭人道：「你不合勒他討十萬貫見錢，不知這大伯如今那裏擘劃將來？待不成親，是言而無信；待與他成親，豈有衣冠女子，嫁一園叟乎？」夫妻二人倒斷不下，恭人道：「且叫將十八歲女兒前來，問這事却是如何。」【眉批】處分最是。女孩兒懷中取出一個錦囊來。原來這女子七歲時，不會説話。一日，忽然間道出四句言語來：

天意豈人知？應於南楚畿。
寒灰熱如火，枯楊再生稊。

自此後便會行文，改名文女。當時着錦囊盛了這首詩，收十二年。今日將來教爹爹看道：「雖然張公年紀老，恐是天意，却也不見得。」恭人見女兒肯，又見他果有十萬貫錢，此必是奇異之人，無計奈何，只得成親。揀吉日良辰，做起親來。張公喜歡。正是：

旱蓮得雨重生藕，枯木無芽再遇春。

做成了親事，捲帳回，帶那兒女歸去了。韋諫議戒約家人，不許一人去張公家去。

普通七年，夏六月間，諫議的兒子，姓韋名義方，文武雙全，因隨王僧辯北征回歸，到六合縣。當日天氣熱，怎見得？

萬里無雲駕六龍，千林不放鳥飛空。
地燃石裂江湖沸，不見南來一點風。

相次到家中，只見路傍籬園裏，有個婦女，頭髮蓬鬆，腰繫青布裙兒，脚下拖雙靸鞋，在門前賣瓜。這瓜：

西園摘處香和露，洗盡南軒暑。莫嫌坐上適無蠅，只恐怕寒難近玉壺冰。
井花浮翠金盆小，午夢初回了。詩翁自是不歸來，不是青門無地可移栽。

韋義方覺走得渴，向前要買個瓜吃。擡頭一覷，猛叫一聲道：「文女，你如何在這裏？」文女叫：「哥哥，我爹爹嫁我在這裏。」韋義方道：「我路上聽得人説道，爹爹得十萬貫錢，把你賣與賣瓜人張公，却是爲何？」那文女把那前面的來歷，對着韋義方從頭説一遍。韋義方道：「我如今要與他相見如何？」文女道：「哥哥要見張公，你且少待。我先去説一聲，却相見。」文女移身，已挺脚步入去房裏，説與張公。復身出來道：「張公道你性如烈火，意若飄風，不肯教你相見。哥哥，如今要相見却不妨，只是勿生惡意。」説罷，文女引義方入去相見。大伯即時抹着腰出來。韋義方見了，道：「却不叵耐！恁麽模樣，却有十萬貫錢娶我妹子，必是妖人。」一會子掣出太阿寶劍，覷着張公，劈頭便剁將下去。只見劍靶揞在手裏，劍却折做數段。張公道：「可惜又減了一個神仙！」文女推那哥哥出來，道：「教你勿生惡意，如何把劍剁他？」韋義方歸到家中，參拜了爹爹媽媽，便問如何將文女嫁與張公。韋諫議道：「這大伯是個作怪人。」韋義方道：「我也疑他，把劍剁他不着，到壞了我一把劍。」

次日早，韋義方起來，洗漱罷，繫裹停當，向爹爹媽媽道：「我今日定要取這妹子歸來。若取不得這妹子，定不歸來見爹爹媽媽。」相辭了，帶着兩個當直，行到張公住處，但見平原曠，踪迹荒凉。問那當方住的人，道：「是有個張公，在這裏種瓜。住二十來年，昨夜一陣烏風猛雨，今日不知所在。」韋義方大驚，擡頭只見樹上削起樹皮，寫着四句詩道：

兩枚篋袋世問無，盛盡瓜園及草廬。
要識老夫居止處，桃花莊上樂天居。

韋義方讀罷了書，教當直四下搜尋。當直回來報道：「張公騎着匹蹇驢，小娘子也騎着匹蹇驢兒，帶着兩枚篋袋，取真州路上而去。」韋義方和當直三人，一路赶上，則見路上人都道：「見大伯騎着蹇驢，女孩兒也騎驢兒。那小娘子不肯去，哭告大伯道：『教我歸去相辭爹媽。』那大伯把一條杖兒在手中，一路上打將這女孩兒去。好恓惶人！令人不忍見。」韋義方聽得説，兩條忿氣，從脚板灌到頂門，心上一把無明火，高三千丈，按捺不下。帶着當直，迤邐去趕。約莫去不得數十里，則是趕不上。直趕到瓜洲渡口，人道見他方過江去，韋義方教討船渡江。直趕到茅山脚下，問人時，道他兩個上茅山去。韋義方分付了當直，寄下行李，放客店中了，自趕上山去。

行了半日，那裏得見桃花莊？正行之次，見一條大溪攔路，但見：

寒溪湛湛，流水泠泠。照人清影澈冰壺，極目浪花番瑞雪。垂楊掩映長堤岸，世俗行人絶往來。

韋義方到溪邊，自思量道：「趕了許多路，取不得妹子歸去，怎地見得爹爹媽媽？不如跳在溪水裏死休。」遲疑之間，着眼看時，則見溪邊石壁上，一道瀑布泉流將下來，有數片桃花，浮在水面上。【眉批】六月桃花比武陵源。〔一二〕韋義方道：「如今是六月，怎得桃花片來？上面莫是桃花莊，我那妹夫張公住處？」則聽得溪對岸一聲哨笛兒響，看時，見一個牧童騎着蹇驢，在那裏吹這哨笛兒，但見：

濃緑成陰古渡頭，牧童横笛倒騎牛。

笛中一曲升平樂，唤起離人萬種愁。

牧童近溪邊來，叫一聲：「來者莫是韋義方？」義方應道：「某便是。」牧童説：「奉張真人法旨，教請舅舅過來。」牧童教蹇驢渡水，令韋官人坐在驢背上渡過溪去。牧童引路，到一所莊院。怎見得？有《臨江仙》爲證：

快活無過莊家好，竹籬茅舍清幽。春耕夏種及秋收，冬間觀瑞雪，醉倒被蒙頭。

門外多栽榆柳樹，楊花落滿溪頭。絶無閒悶與閒愁，笑他名利客，役役市廛游。

到得莊前，小童入去，從籬園裏走出兩個朱衣吏人來，接見這韋義方，道：「張真人方治公事，未暇相待，令某等相款。」遂引到一個大四望亭子上，看這牌上寫着「翠竹亭」，但見：

茂林鬱鬱，修竹森森。翠陰遮斷屏山，密葉深藏軒檻。烟鎖幽亭仙鶴唳，雲迷深谷野猿啼。

亭子上鋪陳酒器，四下裏都種夭桃艷杏，異卉奇葩，簇着這座亭子。朱衣吏人與義方就席飲宴，義方欲待問張公是何等人，被朱衣吏人連勸數杯，則問不得。及至筵散，朱衣相辭自去，獨留韋義方在翠竹軒，只教少待。

韋義方等待多時無信，移步下亭子來。正行之間，在花木之外，見一座殿屋，裏面有人説話聲。韋義方把舌頭㖿開朱紅毬路亭隔看時，但見：

朱欄玉砌，峻宇彫墻。雲屏與珠箔齊開，寶殿共瓊樓對峙。靈芝叢畔，青鸞彩鳳交飛；琪樹陰中，白鹿玄猿并立。玉女金童排左右，祥煙瑞氣散氤氲。

見這張公頂冠穿履，佩劍執圭，如王者之服，坐于殿上，殿下列兩行朱衣吏人，或神或鬼。兩面鐵枷，上手枷着一個紫袍金帶的人，稱是某州城隍，因境内虎狼傷人，有失檢舉；下手枷着一個頂盔貫甲，稱是某州某縣山神，虎狼損害平人，部轄不前。看這張公書斷，各有罪名。韋義方就窗眼内望見，失聲叫道：「怪哉，怪哉！」殿上官吏聽得，即時差兩個黄巾力士，捉將韋義方來，驅至階下。官吏稱韋義方不合漏泄天機，合當有罪，急得韋義方叩頭告罪。真人正恁麽説，只見屏風後一個婦人，鳳冠霧帔，珠履長裙，轉屏風背後出來，正是義方妹子文女，跪告張公道：「告真人，念是妾親兄之面，可饒恕他。」張公道：「韋義方本合爲仙，不合以劍剁吾，吾以親戚之故，不見罪。今又窺覷吾之殿宇，欲泄天機，看你妹妹面，饒你性命。我與你十萬錢，把件物事與你爲照去支討。」張公移身，已挺脚步入殿裏。去不多時，取出一個舊席帽兒，付與韋義方，教往揚州開明橋下，尋開生藥舖申公，憑此爲照，取錢十萬貫。張公道：

「仙凡異路，不可久留。」令吹哨笛的小童，送韋舅乘蹇驢，出這桃花莊去。到溪邊，小童就驢背上把韋義方一推，頭掉脚掀，攧將下去。義方如醉醒夢覺，却在溪岸上坐地，看那懷中，有個帽兒。似夢非夢，遲疑未决。且只得携着席帽兒，取路下山來。

回到昨所寄行李店中，尋兩個當直不見。只見店二哥出來，説道：「二十年前有個韋官，寄下行李，上茅山去擔閣，兩個當直等不得，自歸去了。如今恰好二十年，是隋煬帝大業二年。」【眉批】此與爛柯事相同。人世二十年，在仙家只一日，亦未是仙家妙處。韋義方道：「昨日纔過一日，却是二十年。我且歸去六合縣滋生駟馬監，尋我二親。」便別了店主人，來到六合縣，問人時，都道二十年前滋生駟馬監裏，有個韋諫議，一十三口白日上升，至今升仙臺古迹尚存，道是有個直閣，去了不歸。韋義方聽得説，仰面大哭。二十年則一日過了，父母俱不見，一身無所歸。如今没討奈何，且去尋申公討這十萬貫錢。

當時從六合縣取路，迤邐直到揚州，問人尋到開明橋下，果然有個申公，開生藥舖。韋義方來到生藥舖前，見一個老兒：

生得形容古怪，裝束清奇。頷邊銀剪蒼髯，頭上雪堆白髮。鳶肩龜背，有如天降明星；鶴骨松形，好似化胡老子。多疑商嶺逃秦客，料是磻溪執釣人。

在生藥鋪裏坐。韋義方道:「老丈拜揖!這裏莫是申公生藥鋪?」公公道:「便是。」韋義方着眼看生藥鋪厨裏:

四個茖茗三個空,一個盛着西北風。

韋義方肚裏思量道:「却那裏討十萬貫錢支與我?」且問大伯買三文薄荷。公公道:「好薄荷!《本草》上説涼頭明目,要買幾文?」韋義方道:「回三錢。」公公道:「恰恨缺。」韋義方道:「回些個百藥煎。」公公道:「百藥煎能消酒麵,善潤咽喉,要買幾文?」韋義方道:「回三錢。」公公道:「恰恨賣盡。」韋義方道:「回些甘草。」公公道:「好甘草!性平無毒,能隨諸藥之性,解金石草木之毒,市語叫做『國老』,要買幾文?」韋義方道:「問公公回五錢。」公公道:「好教官人知,恰恨也缺。」韋義方對着公公道:「我不來買生藥,一個人傳語,是種瓜的張公。」申公道:「張公却没事,傳語我做甚麽?」韋義方道:「教我來討十萬貫錢。」申公道:「錢却有,何以爲照?」韋義方去懷裏摸索一和,把出席帽兒來。申公看着青布簾裏,叫渾家出來看。青布簾起處,見個十七八歲的女孩兒出來,道:「丈夫叫則甚?」韋義方心中道:「却和那張公一般,愛娶後生老婆。」申公教渾家看這席帽兒,是也不是?女孩兒道:「前日張公騎着蹇驢兒,打門前過,席帽兒綻了,教我縫。當時没皂綫,我把紅綫縫着頂上。」翻過來看時，果然紅綫縫着頂。申公即時引韋義方入去家裏，交還十萬貫錢。韋義方得這項錢，把來修橋作路，散與貧人。【眉批】不負張公席帽。

忽一日，打一個酒店前過。見個小童，騎隻驢兒。韋義方認得是當日載他過溪的，問小童道：「張公在那裏？」小童道：「見在酒店樓上，共申公飲酒。」韋義方上酒店樓上來，見申公與張公對坐，義方便拜。張公道：「我本上仙長興張古老，文女乃上天玉女，只因思凡，上帝恐被凡人點汙，故令吾托此態取歸上天。韋義方本合爲仙，不合殺心太重，止可受揚州城隍都土地。」道罷，用手一招，叫兩隻仙鶴。申公與張古老各乘白鶴，騰空而去。則見半空遺下一幅紙來，拂開看時，只見紙上題着八句兒詩，道是：

一別長興二十年，鋤瓜隱迹暫居廛。
因嗟世上凡夫眼，誰識塵中未遇仙？
授職義方封土地，乘鸞文女得升天。
從今跨鶴樓前景，壯觀維揚尚儼然。

【校記】

〔一〕「黄魯直」，底本作「王魯直」，據法政本改。

〔二〕「飄飄」，法政本作「飄颻」。

〔三〕「嬌癡」，法政本作「無言」。

〔四〕「插葫蘆塞兒不牢」，法政本作「把葫蘆塞得不牢」。

〔五〕「外日」，法政本作「前日」。

〔六〕「老拙」，底本及法政本均作「老挫」，據前後文改。

〔七〕「却不旼耐這老漢，叫當直的」，法政本作「却不聽他説話，叫那當直的」。

〔八〕「李媒」，底本及法政本均作「張媒」，據前後文改。

〔九〕本條眉批，法政本無。

〔一〇〕本條眉批，法政本無。

〔一一〕本條眉批，法政本無。

李元閒玩救朱蛇

龍神報德贈
稱心

第三十四卷　李公子救蛇獲稱心

勸人休誦經，念甚消灾呪？
經呪總慈悲，冤業如何救？
種麻還得麻，種豆還得豆。
報應本無私，作了還自受。

這八句言語，乃徐神翁所作，言人在世，積善逢善，積惡逢惡。古人有云：積金以遺子孫，子孫未必能守；積書以遺子孫，子孫未必能讀；不如積陰德於冥冥之中，以爲子孫長久之計。昔日孫叔敖曉出，見兩頭蛇一條，橫截其路。孫叔敖用磚打死而埋之，歸家告其母曰：「兒必死矣。」母曰：「何以知之？」敖曰：「嘗聞人見兩頭蛇者必死，兒今日見之。」母曰：「何不殺乎？」叔敖曰：「兒已殺而埋之，免使後人再見，以傷其命，兒寧一身受死。」母曰：「兒有救人之心，此乃陰隲，必然不死。」後來叔敕官拜楚相。今日説一個秀才，救一條蛇，亦得後報。

北宋神宗朝熙寧年間，〔一〕汴梁有個官人，姓李，名懿，由杞縣知縣，除僉杭州判官。本官世本陳州人氏，有妻韓氏。子李元，字伯元，學習儒業。李懿到家收拾行李，不將妻子，只帶兩個僕人，到杭州赴任。在任倏忽一年，猛思子李元在家攻書，不知近日學業如何？寫封家書，使王安往陳州，取孩兒李元來杭州，早晚作伴，就買書籍。王安辭了本官，不一日，至陳州，參見恭人，呈上家書。書院中唤出李元，令讀了父親家書，收拾行李。李元在前曾應舉不第，近日琴書意懶，止游山玩水，以自娱樂。聞父命呼召，收拾琴劍書箱，拜辭母親，與王安登程。沿路覓船，不一日，到揚子江。李元看了江山景物，觀之不足，乃賦詩曰：

西出崑崙東到海，驚濤拍岸浪掀天。
月明滿耳風雷吼，一派江聲送客船。

渡江至潤州，迤邐到常州，過蘇州，至吴江。

是日申牌時分，李元舟中看見吴江風景，不減瀟湘圖畫，心中大喜，令稍公泊舟近長橋之側。元登岸上橋，來垂虹亭上，凭欄而坐，望太湖晚景。李元觀之不足，忽見橋東一帶粉墻中有殿堂，不知何所。却值漁翁捲網而來，揖而問之：「橋東粉墻，乃是何家？」漁人曰：「此三高士祠。」李元問曰：「三高何人也？」漁人曰：「乃范蠡、張翰、陸龜蒙三個高士。」元喜，尋路渡一橫橋，至三高士祠。入側門，觀石碑。上堂，見三人列坐，中范蠡，左張翰，右陸龜蒙。李元尋思間，一老人策杖而來，問之，乃看祠堂之人。李元曰：「此祠堂幾年矣？」老人曰：「近千餘年矣。」元曰：「吾聞張翰在朝，曾爲顯官，因思鱸魚蓴菜之美，棄官歸鄉，徹老不仕，乃是急流中勇退之人，世之高士也。陸龜蒙絶代詩人，隱居吴淞江上，惟以養鴨爲樂，亦世之高士。此二人立祠，正當其理。范蠡乃越國之上卿，因獻西施於吴王夫差，就中取事，破了吴國。後見越王義薄，扁舟遨游五湖，自號鴟夷子。此人雖賢，乃吴國之仇人，如何於此受人享祭？」老人曰：「前人所建，不知何意。」李元於老人處借筆硯，題詩一絶於壁間，以明鴟夷子不可於此受享。詩曰：

地靈人傑誇張陸，共預清祠事可宜。
千載難消亡國恨，不應此地着鴟夷。

題罷，還了老人筆硯，相辭出門。見數個小孩兒，用竹杖於深草中戲打小蛇。李元近前視之，見小蛇生得奇異，金眼黄口，赭身錦鱗，體如珊瑚之狀，腮下有緑毛，可長寸餘。其蛇長尺餘，如瘦竹之形，元見尚有游氣，荒忙止住小童休打：「我與你銅錢百文，可將小蛇放了，賣與我。」小童簇定要錢。李元將朱蛇用衫袖包裹，引小童到船邊，與了銅錢自去。喚王安開書箱，取艾葉煎湯，少等温貯於盤中，將小蛇洗去汙血。命稍公開船，遠望岸上草木茂盛之處，急無人到，就那裏將朱蛇放了。蛇乃回頭數次，看着李元。元曰：「李元今日放了你，可於僻静去處躲避，休再教人見。」朱蛇游入水中，穿波底而去。李元令移舟望杭州而行。

三日已到，拜見父親，言訖家中之事，父問其學業，李元一一對答，父心甚喜。在衙中住了數日，李元告父曰：「母親在家，早晚無人侍奉，兒欲歸家，就赴春選。」父乃收拾俸餘之資，買些土物，令元回鄉，又令王安送歸。行李已搬下船，拜辭父親，與王安二人離了杭州。出東新橋官塘大路，過長安壩，至嘉禾，近吴江。從舊歲所觀山色湖光，意中不捨。到長橋時，日已平西，李元教暫住行舟，且觀景物，宿一宵來早去。就橋下灣住船，上岸獨步。上橋，登垂虹亭，凭闌佇目。遥望湖光瀲灩，山色空濛，風定漁歌聚，波摇雁影分。

正觀玩間，忽見一青衣小童，進前作揖，手執名榜一紙，曰：「東人有名榜在此，欲見解元，未敢擅便。」李元曰：「汝東人何在？」青衣曰：「在此橋左，拱聽呼喚。」李元看名榜紙上一行書云：「學生朱偉謹謁。」元曰：「汝東人莫非誤認我乎？」青衣曰：「正欲見解元，安得誤耶？」李元曰：「我自來江左，并無相識，亦無姓朱者來往爲友，多敢同姓者乎？」青衣曰：「正欲見通判相公李衙内李伯元，豈有誤耶？」李元曰：「既然如此，必是斯文，請來相見何礙。」青衣去不多時，引一秀才至，眉清目秀，齒白脣紅，飄飄然有凌雲之氣。那秀才見李元先拜，元慌忙答禮。朱秀才曰：「家尊與令祖相識甚厚，聞先生自杭而回，特命學生伺候已久。倘蒙不棄，少屈文旆，至舍下與家尊略叙舊誼，可乎？」李元曰：「元年幼，不知先祖與君家有舊，失於拜望，幸乞恕察。」朱秀才曰：「蝸居只在咫尺，幸勿見却。」李元見朱秀才堅意叩請，乃隨秀才出垂虹亭，至長橋盡處，柳陰之中，泊一畫舫，上有數人，容貌魁梧，衣裝鮮麗。邀元下船，見船内五彩裝畫，裀褥鋪設，皆極富貴，元早驚異。朱秀才教開船，從者蕩槳，舟去如飛，兩邊攪起浪花，如雪飛舞。

須臾之間，船已到岸，朱秀才請李元上岸。元見一帶松柏，亭亭如蓋，沙草灘頭，擺列着紫衫銀帶約二十餘人，兩乘紫藤兜轎。李元問曰：「此公吏何府第之使也？」朱秀才曰：「此家尊之所使也。請上轎，咫尺便是。」李元驚惑之甚，不得已上轎。左右呵喝入松林，行不一里，見一所宫殿，背靠青山，面朝緑水。水上一橋，橋上列花石欄干，宫殿上蓋琉璃瓦，兩廊下皆搗紅泥墻壁。朱門三座，上有金字牌，題曰「玉華之宫」。轎至宫門，請下轎。李元不敢那步，戰慄不已。宫門内有兩人出迎，皆頭頂貂蟬冠，身披紫羅襴，腰繫黄金帶，手執花紋簡，進前施禮，請曰：「王上有命，謹請解元。」李元半晌不能對答。朱秀才在側曰：「吾父有請，慎勿驚疑。」李元曰：「此何處也？」秀才曰：「先生到殿上便知也。」李元勉强隨二臣宰行，從東廊歷階而進，上月臺，見數十個人皆錦衣，簇擁一老者出殿上。其人蟬冠大袖，朱履長裙，手執王圭，進前迎迓。李元慌忙下拜，王者命左右扶起。王曰：「坐邀文旆，甚非所宜，幸沐來臨，萬乞情恕。」李元但只唯唯答應而已。

左右迎引入殿，王升御座，左手下設一繡墩，請解元登席。元再拜於地，曰：「布衣寒生，王上御前，安敢侍坐？」王曰：「解元於吾家有大恩，今令長男邀請至此，坐之何礙？」二臣宰請曰：「王上敬禮，先生勿辭。」李元再三推却，不得已低首躬身，坐於繡墩，王乃唤小兒來拜恩人。

少頃，屏風後宫女數人，擁一郎君至。頭戴小冠，身穿絳衣，腰繫玉帶，足躡花靴，面如傅粉，唇似塗脂，立於王側。王曰：「小兒外日游於水際，不幸爲頑童所獲。若非解元一力救之，則身爲虀粉矣。衆族感戴，未嘗忘報。今既至此，吾兒可拜謝之。」小郎君近前下拜，李元慌忙答禮。王曰：「君是吾兒之大恩人也，可受禮。」命左右扶定，令兒拜訖。

李元仰視王者，滿面虬髯，目有神光，左右之人，形容皆異，方悟此處是水府龍宮，所見者龍君也；傍立年少郎君，即向日三高士祠後所救之小蛇也。元慌忙稽顙，拜於階下。王起身曰：「此非待恩人處，請入宮殿後，少進杯酌之禮。」李元隨王轉玉屏，花磚之上，皆鋪繡褥，兩傍皆綳錦步障。出殿後，轉行廊，至一偏殿。但見金碧交輝，内列龍燈鳳燭，玉爐噴沉麝之香，繡幕飄流蘇之帶。中設二座，皆是蛟綃擁護，李元驚怕而不敢坐。王命左右扶李元上座，兩邊仙音繚繞，數十美女，各執樂器，依次而入。前面執寶杯盤進酒獻果者，皆絶色美女。但聞異香馥郁，瑞氣氤氲，李元不知手足所措，如醉如癡。王命二子進酒，二子皆捧觴再拜。臺上果卓，眝目觀之，器皿皆是玻璃、水晶、琥珀、瑪瑙爲之，曲盡巧妙，非人間所有。王自起身與李元勸酒，其味甚佳，肴饌極多，不知何物。王令諸宰臣輪次舉杯相勸，李元不覺大醉，起身拜王曰：「臣實不勝酒矣。」俯伏在地而不能起。王命侍從扶出殿外，送至客館安歇。〔二〕

李元酒醒，紅日已透窗前。驚起視之，房内床榻帳幔，皆是蛟綃圍繞。從人安排洗漱已畢，見夜來朱秀才來房内相邀，并不穿世之儒服，裹毬頭帽，穿絳綃袍，玉帶皂靴，從者各執斧鉞。李元曰：「夜來大醉，甚失禮儀。」朱偉曰：「無可相款，幸乞情恕。父王久等，請恩人到偏殿進膳。」引李元見王曰：「解元且寬心懷，住數日去亦不遲。」李元再拜曰：「荷王上厚意。家尊令李元歸鄉侍母，就赴春選，日已逼近。更兼僕人久等，不見必憂。倘回杭報父得知，必生遠慮。因此不敢久留，只此告退。」王曰：「既解元要去，不敢久留。雖有纖粟之物，不足以報大恩，但欲者當一一奉納。」李元曰：「安敢過望，平生但得稱心足矣。」【眉批】青洪如願之事略似。王笑曰：「解元既欲吾女爲妻，敢不奉命。但三載後，須當復回。」王乃傳言，喚出稱心女子來。

須臾，衆侍女簇擁一美女至前，元乃偷眼視之，霧鬢雲鬟，柳眉星眼，有傾國傾城之貌，沉魚落雁之容。王指此女曰：「此是吾女稱心也。君既求之，願奉箕帚。」李元拜於地曰：「臣所欲稱心者，但得一舉登科，以稱此心，豈敢望天女爲配偶耶？」王曰：「此女小名稱心，既以許君，不可悔矣。若欲登科，只問此女，亦可辦也。」王乃喚朱偉送此妹與解元同去。李元再拜謝。

朱偉引李元出宮，同到船邊，見女子已改素妝，先在船内。朱偉曰：「塵世阻隔，不及親送，萬乞保重。」李元曰：「君父王，何賢聖也？願乞姓名。」朱偉曰：「吾父乃西海群龍之長，多立功德，奉玉帝敕命，令守此處。幸得水潔波澄，足可榮吾子孫。君此去切不可泄漏天機，恐遭大禍，吾妹處亦不可問仔細。」元拱手聽罷，作别上船，朱偉又將金珠一包相送。但耳畔聞風雨之聲，不覺到長橋邊。從人送女子并李元登岸，與了金珠，火急開船，兩槳如飛，倏忽不見。

李元似夢中方覺，回觀女子在側，驚喜。元語女子曰：「汝父令汝與我爲夫婦，你還隨我去否？」女子曰：「妾奉王命，令吾侍奉箕帚，但不可以告家中人，若泄漏則妾不能久住矣。」李元引女子同至船邊，僕人王安驚疑，接入舟中曰：「東人一夜不回，小人何處不尋，竟不知所在。」李元曰：「吾見一友人，邀於湖上飲酒，就以此女與我爲婦。」王安不敢細問情由，請女子下船，將金珠藏於囊中，收拾行船。

一路涉河渡壩，看看來到陳州。升堂參見老母，説罷父親之事，跪而告曰：「兒在途中娶得一婦，不曾得父母之命，不敢參見。」母曰：「男婚女聘，古之禮也。你既娶婦，何不領歸？」母命引稱心女子拜見老母，合家大喜。自搬回家，不過數日，已近試期。李元見稱心女子聰明智慧，無有不通，乃問曰：「前者汝父曾言，若欲登科，必問於汝。來朝吾入試院，你有何見識教我？」女子曰：「今晚吾先取試題，汝在家中先做了文章，來日依本去寫。」李元曰：「如此甚妙，此題目從何而得？」女子曰：「吾閉目作用，慎勿窺戲。」李元未信。女子歸房，堅閉其門。但聞一陣風起，簾幕皆捲。約有更餘，女子開户而出，手執試題與元。元大喜，恣意檢本，做就文章。來日入院，果是此題，一揮而出。後日亦如此，連三場皆是女子飛身入院，盗其題目。待至開榜，李元果中高科，初任江州僉判，閭里作賀，走馬上任。一年，改除奏院。三年任滿，除江南吴江縣令，引稱心女子，并僕從五人，辭父母來本處之任。

到任上不數日，稱心女子忽一日辭李元曰：「三載之前，爲因小弟蒙君救命之恩，父母教奉箕帚。今已過期，即當辭去，君宜保重。」李元不捨，欲向前擁抱，被一陣狂風，女子已飛於門外，足底生雲，冉冉騰空而去。李元仰面大哭。女子曰：「君勿誤青春，别尋佳配。官至尚書，可宜退步。妾若不回，必遭重責。聊有小詩，永爲表記。」空中飛下花箋一幅，有詩云：

三載酬恩已稱心，妾身歸去莫沉吟。
玉華宫内浪埋雪，明月滿天何處尋？

李元終日悒怏。後三年官滿，回到陳州，除秘書，王丞相招爲婿，累官至吏部尚書。直至如今，吴江西門外有龍王廟尚存乃，李元舊日所立。有詩云：

昔時柳毅傳書信，今日李元逢稱心。
惻隱仁慈行善事，自然天降福星臨。

【校記】

〔一〕「北宋」，底本及法政本均作「南宋」，徑改。

〔二〕「交歡」，法政本作「安歡」。

簡帖僧巧騙
皇甫妻

相國寺皇甫
遇渾家

第三十五卷　簡帖僧巧騙皇甫妻

白苧輕衫入嫩涼，春蠶食葉響長廊。禹門已準桃花浪，月殿先收桂子香。鵬北海，鳳朝陽，又携書劍路茫茫。明年此日登雲去，〔一〕却笑人間舉子忙。

長安京兆府一座縣，〔二〕唤做咸陽縣，離長安四十五里。一個官人，複姓宇文，名綬，離了咸陽縣，來長安赴試，一連三番試不過。〔三〕有個渾家王氏，見丈夫試不中歸來，把複姓爲題，做一個詞兒嘲笑丈夫，名唤做《望江南》，詞道是：

公孫恨，端木筆俱收。枉念西門分手處，聞人寄信約深秋，拓拔淚交流。

宇文棄，悶駕獨孤舟。不望手勾龍虎榜，慕容顔好一齊休，甘分守閭丘。

那王氏意不盡，看着丈夫，又做四句詩兒：

良人得意負奇才，何事年年被放回？

君面從今羞妾面，此番歸後夜間來。

宇文解元從此發憤道：「試不中，定是不回。」到得來年，一舉成名了，只在長安住，不肯歸去。

渾家王氏，見丈夫不歸，理會得，道：「我曾作詩嘲他，可知道不歸。」修一封書，叫當直王吉來：「你與我將這書去四十五里，把與官人。」書中前面略叙寒暄，後面做隻詞兒，名喚《南柯子》，詞道：

鵲喜噪晨樹，燈開半夜花。果然音信到天涯，報道玉郎登第出京華。

舊恨消眉黛，新歡上臉霞。從前都是誤疑他，將謂經年狂蕩不歸家。

去這詞後面，〔四〕又寫四句詩道：

長安此去無多地，鬱鬱葱葱佳氣浮。

良人得意正年少，今夜醉眠何處樓？

宇文綬接得書，展開看，讀了詞，看罷詩，道：「你前回做詩，教我從今歸後夜間來。〔五〕我今試過了，〔六〕却要我回！」就旅邸中取出文房四寶，做了隻曲兒，喚做《踏莎行》：

足躡雲梯，手攀仙桂，姓名高挂登科記。馬前喝道狀元來，金鞍玉勒成行綴。

宴罷歸來，恣游花市，此時方顯平生志。修書速報鳳樓人，這回好個風流婿。

做畢這詞，取張花箋，摺疊成書，待要寫了付與渾家。正研墨，覺得手重，惹翻硯，水滴兒打濕了紙。再把一張紙摺疊了，寫成一封家書，付與當直王吉，教分付家中孺人：「我今在長安試過了，到夜了歸來。急去傳與孺人，不到夜我不歸來。」王吉接得書，唱了喏，四十五里田地，直到家中。

話裏且説宇文綬發了這封家書，當日天晚，客店中無甚的事，便去睡。方纔朦朧睡着，夢見歸去，到咸陽縣家中，見當直王吉在門前一壁脱下草鞋洗脚。宇文綬問道：「王吉，你早歸了？」再四問他不應。宇文綬焦躁，擡起頭來看時，見渾家王氏，把着蠟燭入去房裏。宇文綬赶上來，叫：「孺人，我歸了。」渾家不採他。又説一聲，渾家又不採。宇文綬不知身是夢裏，隨渾家入房去，看這王氏放燭在卓子上，取早間這一封書，頭上取下金篦兒，一剔剔開封皮，看時，却是一幅白紙。渾家含笑，就燭下把起筆來，於白紙上寫了四句：

碧紗窗下啓緘封，一紙從頭徹底空。
知汝欲歸情意切，相思盡在不言中。

寫畢，换個封皮，再來封了。那渾家把金篦兒去剔那燭燼，一剔剔在宇文綬臉上，吃了一驚，撒然睡覺，却在客店裏床上睡，燭猶未滅。卓子上看時，果然錯封了一幅白紙歸去，取一幅紙寫這四句詩。到得明日早飯後，王吉把那封回書來，拆開看時，裏面寫着四句詩，便是夜來夢裏見那渾家做的一般。當便安排行李，即時回家去。

這便喚做「錯封書」，下來説的便是「錯下書」。有個官人，夫妻兩口兒，正在家坐地，一個人送封簡帖兒來，與他渾家。只因這封簡帖兒，變出一本蹺蹊作怪的小説來。正是：

塵隨馬足何年盡？事繫人心早晚休。

有《鷓鴣詞》一首，單道着佳人：

淡畫眉兒斜插梳，不歡拈弄繡工夫。雲窗霧閣深深處，静拂雲箋學草書。

多艷麗，更清姝，神仙標格世間無。當時只説梅花似，細看梅花却不如。

東京汴州開封府棗槊巷裏，有個官人，複姓皇甫，單名松，本身是左班殿直，年二十六歲。有個妻子楊氏，年二十四歲。一個十三歲的丫鬟，名喚迎兒。只這三口，别無親戚。當時皇甫殿直官差去押衣襖上邊，回來是年節了。

這棗槊巷口一個小小的茶坊，開茶坊的喚做王二。當日茶市已罷，已是日中，只見一個官人入來，那官人生得：

濃眉毛，大眼睛，蹶鼻子，略綽口。頭上裹一頂高樣大桶子頭巾，着一領大寬袖斜襟褶子，下面襯貼衣裳，甜鞋凈襪。〔七〕

入來茶坊裏坐下。開茶坊的王二拿着茶盞，進前唱喏奉茶。那官人接茶吃罷，看着王二道：「少借這裏等個人。」王二道：「不妨。」等多時，只見一個男女，名叫僧兒，托個盤兒，口中叫賣鵪鶉餶飿兒。官人把手打招，叫：「買餶飿兒。」僧兒見叫，托盤兒入茶坊内，放在卓上，將條篾黄穿那餶飿兒，捏些鹽放在官人面前，道：「官人，吃餶飿兒。」官人道：「我吃，先煩你一件事。」僧兒道：「不知要做甚麽？」那官人指着棗槊巷裏第四家，問僧兒：「認得這人家麽？」僧兒道：「認得，那裏是皇甫殿直家裏。殿直押衣襖上邊，方纔回家。」官人問道：「他家有幾口？」僧兒道：「只是殿直，一個小娘子，一個小養娘。」官人道：「你認得那小娘子也不？」僧兒道：「小娘子尋常不出簾兒外面，有時叫僧兒買餶飿兒，常去認得，問他做甚麽？」官人去腰裏取下版金綫篋兒，抖下五十來錢，安在僧兒盤子裏。僧兒見了，可煞喜歡，叉手不離方寸：「告官人，有何使令？」官人道：「我相煩你則個。」袖中取出一張白紙，包着一對落索環兒，兩隻短金釵子，一個簡帖兒，付與僧兒，道：「這三件物事，煩你送去適間問的小娘子。你見殿直，不要送與他。見小娘子時，你只道官人再三傳語，將這三件物來與小娘子，萬望笑留。你便去，我只在這裏等你回報。」

那僧兒接了三件物事，把盤子寄在王二茶坊櫃上，僧兒托着三件物事，入棗槊巷來。到皇甫殿直門前，把青竹簾掀起，探一探。當時皇甫殿直正在前面交椅上坐地，只見賣餶飿兒的小廝掀起簾子，猖猖狂狂，探了一探，便走。皇甫殿直看着那廝，震威一喝，便是：

當陽橋上張飛勇，一喝曹公百萬兵。

喝那廝一聲，問道：「做甚麽？」那廝不顧便走。皇甫殿直拽開脚，兩步趕上，捽那廝回來，問道：「甚意思，看我一看了便走？」那廝道：「一個官人，教我把三件物事與小娘子，不教把來與你。」殿直問道：「甚麽物事？」那廝道：「你莫問，不要把與你。」皇甫殿直捻得拳頭没縫，去頂門上屑那廝一暴，道：「好好的把出來教我看！」那廝吃了一暴，只得懷裏取出一個紙裹兒，口裏兀自道：「教我把與小娘子，又不教把與你，你却打我則甚？」皇甫殿直劈手奪了紙包兒，打開看，裏面一對落索環兒，一雙短金釵，一個簡帖兒。皇甫殿直接得三件物事，拆開簡帖，看時：

某惶恐再拜，上啓小娘子妝前：即日孟春初時，恭惟懿處起居萬福。某外日荷蒙持杯之款，深切仰思，未嘗少替。某偶以薄幹，不及親詣，聊有小詞，名

《訴衷情》，以代面稟，伏乞懿覽。

詞道是：

知伊夫婿上邊回，〔八〕懊惱碎情懷。落索環兒一對，簡子與金釵。伊收取，莫疑猜，且開懷。自從別後，孤幃冷落，獨守書齋。

皇甫殿直看了簡帖兒，劈開眉下眼，咬碎口中牙，〔九〕問僧兒道：「誰教你把來？」僧兒用手指着巷口王二哥茶坊裏道：「有個粗眉毛、大眼睛、蹙鼻子、略綽口的官人，教我把來與小娘子，不教我把與你。」皇甫殿直一隻手捽住僧兒狗毛，出這棗槊巷，徑奔王二哥茶坊前來。僧兒指着茶坊道：「恰纔在這裏面打的床鋪上坐地的官人，教我把來與小娘子，又不教把與你，你却打我！」皇甫殿直見茶坊没人，駡聲：「鬼話！」再捽僧兒回來，不由開茶坊的王二分説。當時到家裏，殿直把門來關上，搌來搌去，諕得僧兒戰做一團。殿直從裏面叫出二十四歲花枝也似渾家出來，道：「你且看這件物事。」那小娘子又不知上件因依，去交椅上坐地。殿直把那簡帖兒和兩件物事度與渾家看，那婦人看着簡帖兒上言語，也没理會處。【眉批】忠臣義士不白之冤，如楊氏者衆矣。可憐，可憐！殿直道：「你見我三個月日押衣襖上邊，不知和甚人在家中吃酒？」小娘子道：「我和你從小夫妻，你去後，何曾有人和我吃酒？」殿直道：「既没人，這三件物從那裏來？」小娘子道：「我怎知？」殿直左手指，右手舉，一個漏風掌打將去。小娘子則叫得一聲，掩着面，哭將入去。皇甫殿直再叫將十三歲迎兒出來，去壁上取下一把箭篾子竹來，放在地上，叫過迎兒來。看着迎兒，生得：

短肐膊，琵琶腿，劈得柴，打得水，會吃飯，能窩屎。

皇甫松去衣架上取下一條縧來，把妮子縛了兩隻手，掉過屋梁去，直下打一抽，吊將妮子起去。拿起箭篾子竹來，問那妮子道：「我出去三個月，小娘子在家中和甚人吃酒？」妮子道：「不曾有人。」皇甫殿直拿起箭篾子竹，去妮子腿上便摔，摔得妮子殺猪也似叫。又問又打，那妮子吃不得打，口中道出一句來：「三個月殿直出去，小娘子夜夜和個人睡。」皇甫殿直道：「好也！」放下妮子來，解了縧，道：「你且來，我問你，是和兀誰睡？」那妮子揩着眼淚道：「告殿直，實不敢相瞞，自從殿直出去後，小娘子夜夜和個人睡，不是別人，却是和迎兒睡。」皇甫殿直道：「這妮子，却不弄我！」喝將過去。帶一管鎖，走出門去，拽上那門，把鎖鎖了。走去轉灣巷口，叫將四個人來，是本地方所由，如今叫做「連手」，又叫做「巡軍」。張千、李萬、董超、薛霸四人，來到門前，用鑰匙開了鎖，推開門。從裏面扯出賣餶飿的僧兒來，道：「煩上名收領這廝。」四人道：「父母官使令，領台旨。」殿直道：「未要去，還有人哩。」從裏面叫出十三歲的迎兒，和二十四歲花枝的渾家，道：「和他都領去。」四人唱喏道：「告父母官，小人怎敢收領孺人？」〔一〇〕殿直發怒道：「你們不敢領他，這件事干人命。」諕倒四個所由，只得領小娘子和迎兒并賣餶飿的僧兒三個同去，解到開封錢大尹廳下。

皇甫殿直就廳下唱了大尹喏，把那簡帖兒呈覆了。錢大尹看罷，即時教押下一個所屬去處，叫將山前行山定來。當時山定承了這件文字，叫僧兒問時，應道：「則是茶坊裏見個粗眉毛、大眼睛、蹶鼻子、略綽口的官人，教把這封簡子來與小娘子，〔一一〕打殺也只是恁地供招。」問這迎兒，迎兒道：「即不曾有人來同小娘子吃酒，亦不知付簡帖兒來的是何人，打殺也只是恁地供招。」却待問小娘子，小娘子道：「自從少年夫妻，都無一個親戚往來，只有夫妻二人，亦不知把簡帖兒來的是何等人。」山前行山定看着小娘子，生得恁地瘦弱，怎禁得打勘？怎地訊問他？從裏面交拐將過來兩個獄卒，押出一個罪人來，看這罪人時：

面長皴輪骨，【眉批】皴，音春。 胲生滲癩腮。
猶如行病鬼，到處降人災。

這罪人原是個强盜頭兒，綽號「静山大王」。小娘子見這罪人，把兩隻手掩着面，那裏敢開眼。山前行喝着獄卒道：「還不與我施行！」獄卒把枷稍一紐，枷稍在上，罪人頭向下，拿起把荊子來，打得殺猪也似叫。山前行問道：「你曾殺人也不曾？」静山大王應道：「曾殺人！」又問：「曾放火不曾？」應道：「曾放火！」教兩個獄卒把静山大王押入牢裏去。山前行回轉頭來，看着小娘子道：「你見静山大王，吃不得幾杖子，殺人放火都認了。小娘子，你有事，只好供招了。你却如何吃得這般杖子？」【眉批】公堂冤業，觀此可以三省。小娘子簌地兩行淚下，道：「告前行，到這裏隱諱不得。覓幅紙和筆，只得與他供招。」小娘子供道：「自從小年夫妻，都無一個親戚來往，即不知把簡帖兒來的是甚色樣人。如今看要侍兒吃甚罪名，皆出賜大尹筆下。」便恁麽說，五回三次問他，供說得一同。

似此三日，山前行正在州衙門前立，倒斷不下。猛擡頭看時，却見皇甫殿直在面前相揖，問及這件事：「如何三日理會這件事不下？莫是接了寄簡帖的人錢物，故意不與決這件公事？」山前行聽得，道：「殿直，如今台意要如何？」皇甫松道：「只是要休離了。」當日山前行入州衙裏，到晚衙，把這件文字呈了錢大尹。大尹叫將皇甫殿直來，當廳問道：「捉姦見贓，捉姦見雙，又無證見，如何斷得他罪？」皇甫松告錢大尹：「松如今不願同妻子歸去，情願當官休了。」大尹台判：「聽從夫便。」殿直自歸。僧兒、迎兒喝出，各自歸去。只有小娘子見丈夫不要他，把他休了，哭出州衙門來，口中自道：「丈夫又不要我，又没一個親戚投奔，教我那裏安身？不若我自尋個死休。」【眉批】可憐。至天漢州橋，看着金水銀堤汴河，恰待要跳將下去。則見後面一個人，把小娘子衣裳一捽捽住。回轉頭來看時，恰是一個婆婆，【眉批】圈套可畏。生得：

眉分兩道雪，髻挽一窩絲。眼昏一似秋水微渾，髮白不若楚山雲淡。

婆婆道：「孩兒，你却没事尋死做甚麽？你認得我也不？」小娘子道：「不識婆婆。」婆婆道：「我是你姑姑，自從你嫁了老公，我家寒，攀陪你不着，到今不來往。我前日聽得你與丈夫官司，我日逐在這裏伺候。今日聽得道休離了，你要投水做甚麽？」小娘子道：「我上無片瓦，下無立錐，丈夫又不要我，又無親戚投奔，不死更待何時？」婆婆道：「如今且同你去姑姑家裏，看後如何。」婦女自思量道：「這婆子知他是我姑姑也不是，我如今没投奔處，且只得隨他去了，却再理會。」即時隨這姑姑家去看時，家裏莫甚麽活計，却好一個房舍，也有粉青帳兒，有交椅、卓凳之類。

在這姑姑家裏過了兩三日，當日方纔吃罷飯，則聽得外面一個官人，高聲大氣叫道：「婆子，你把我物事去賣了，如何不把錢來還？」那婆子聽得叫，失張失志，出去迎接來叫的官人，請入來坐地。小娘子着眼看時，見入來的人：

粗眉毛，大眼睛，蹙鼻子，略綽口。頭上裹一頂高樣大桶子頭巾，着一領大寬袖斜襟褶子，下面襯貼衣裳，甜鞋凈襪。

小娘子見了，口喻心，心喻口，道：「好似那僧兒説的寄簡帖兒官人。」只見官人入來，便坐在凳子上，大驚小怪道：「婆子，你把我三百貫錢物事去賣了，今經一個月日，不把錢來還。」婆子道：「物事自賣在人頭，未得錢。支得時，即便付還官人。」官人道：「尋常交關錢物東西，何嘗捱許多日子？討得時，千萬送來。」官人説了自去。婆子入來，看着小娘子，簌地兩行淚下，道：「却是怎好？」小娘子問道：「有甚麼事？」婆子道：「這官人原是蔡州通判，姓洪，如今不做官，却賣些珠翠頭面。前日一件物事教我把去賣，吃人交加了，到如今没這錢還他，怪他焦躁不得。他前日央我一件事，我又不曾與他幹得。」小娘子問道：「却是甚麼事？」婆子道：「教我討個細人，要生得好的。若得一個似小娘子模樣去嫁與他，那官人必喜歡。小娘子你如今在這裏，老公又不要你，終不然罷了？不若聽姑姑説合，你去嫁了這官人，你終身不致擔誤，挈帶姑姑也有個倚靠，不知你意如何？」【眉批】「惡佞恐其亂義也」，正此類。小娘子沉吟半晌，不得已，只得依允。婆子去回復了。不一日，這官人娶小娘子來家，成其夫婦。

逡巡過了一年，當年是正月初一日。皇甫殿直自從休了渾家，在家中無好況。正是：

時間風火性，燒了歲寒心。

自思量道：「每年正月初一日，夫妻兩個，雙雙地上本州大相國寺裏燒香。我今年却獨自一個，不知我渾家那裏去了？」簌地兩行淚下，悶悶不已。只得勉强着一領紫羅衫，手裏把着銀香盒，來大相國寺裏燒香。到寺中燒了香，恰待出寺門，只見一個官人領着一個婦女。看那官人時，粗眉毛，大眼睛，蹶鼻子，略綽口，領着的婦女，却便是他渾家。當時丈夫看着渾家，渾家又覷着丈夫，兩個四目相視，只是不敢言語。那官人同婦女兩個，入大相國寺裏去。

皇甫松在這山門頭正沉吟間，見一個打香油錢的行者，正在那裏打香油錢。看見這兩人入去，口裏道：「你害得我苦，你這漢，如今却在這裏！」大踏步赶入寺來。皇甫殿直見行者赶這兩人，當時呼住行者道：「五戒，你莫待要赶這兩個人上去？」那行者道：「便是。說不得，我受這漢苦，到今日擡頭不起，只是爲他。」皇甫殿直道：「你認得這個婦女麽？」行者道：「不識。」殿直道：「便是我的渾家。」行者問：「如何却隨着他？」皇甫殿直把送簡帖兒和休離的上件事，對行者說了一遍。行者道：「却是怎地！」行者却問皇甫殿直：「官人認得這個人麼？」殿直道：「不認得。」行者道：「這漢原是州東墦臺寺裏一個和尚，苦行便是墦臺寺裏行者。我這本師，却是墦臺寺裏監院，手頭有百十錢，剃度這廝做小師。一年已前時，這廝偷了本師二百兩銀器，逃走了，累我吃了好些拷打。如今赶出寺來，没討飯吃處。罪過這大相國寺裏知寺廝認，留苦行在此間打化香油錢。今日撞見這廝，却怎地休得！」方纔説罷，只見這和尚將着他渾家，從寺廊下出來。行者牽衣拔步，却待去捽這廝。皇甫殿直扯住行者，閃那身已在山門一壁，道：「且不要捽他，我和你尾這廝去，看那裏着落，却與他官司。」【眉批】精細。兩個後地尾將來。

話分兩頭。且説那婦人見了丈夫，眼淚汪汪，入去大相國寺裏燒了香出來。這漢一路上却問這婦人道：「小娘子，如何你見了丈夫便眼淚出？我不容易得你來。我當初從你門前過，見你在簾子下立地，見你生得好，有心在你處。今日得你做夫妻，也非通容易。」【眉批】不打自招，黄石磯石土地説話，正是天理發見耳。兩個説來説去，恰到家中門前，入門去，那婦人問道：「當初這個簡帖兒，却是兀誰把來？」這漢道：「好教你得知，便是我教賣餶飿的僧兒把來你的。你丈夫中了我計，真個便把你休了。」婦人聽得説，捽住那漢，叫聲屈，不知高低。那漢見那婦人叫將起來，却慌了，就把隻手去剋着他脖項，指望壞他性命。外面皇甫殿直和行者尾着他，兩人來到門首，見他們入去，聽得裏面大驚小怪，搶將入去看時，見剋着他渾家，鬧閙性命。皇甫殿直和這行者兩個，即時把這漢來捉了，解到開封府錢大尹廳下。這錢大尹是誰？

出則壯士携鞭，入則佳人捧臂。世世靴踪不斷，子孫出入金門。他是兩浙錢王子，吴越國王孫。

大尹升廳，把這件事解到廳下。皇甫殿直和這渾家，把前面説過的話，對錢大尹歷歷從頭説了一遍。錢大尹大怒，教左右索長枷把和尚枷了。當廳訊一百腿花，押下左司理院，教盡情根勘這件公事。勘正了，皇甫松責領渾家歸去，再成夫妻，行者當廳給賞。和尚大情小節，一一都認了，不合設謀奸騙，後來又不合謀害這婦人性命。準「雜犯」斷，合重杖處死，這婆子不合假妝姑姑，同謀不首，亦合編管鄰州。當日推出這和尚來，一個書會先生看見，就法場上做了一隻曲兒，唤做《南鄉子》：

怎見一僧人，犯濫鋪摸受典刑。案款已成招狀了，遭刑。棒殺髠囚示萬民。沿路衆人聽，猶念高王觀世音。護法喜神齊合掌，低聲。果謂金剛不壞身。

【校記】

〔一〕「明年」，法政本作「明知」，《清平山堂話本・簡帖和尚》同底本。

〔二〕「京兆府」，法政本作「京北有」。

〔三〕「不過」，法政本作「不遇」，《清平山堂話本・簡帖和尚》同底本。

〔四〕「去」，法政本無。

〔五〕「從今歸後夜間來」，底本及法政本均作「從歸後夜今間來」，據《清平山堂話本・簡帖和尚》改。

〔六〕「過了」，法政本作「遇了」，《清平山堂話本・簡帖和尚》同底本。

〔七〕「甜鞋」，底本及法政本均作「乾鞋」，據《清平山堂話本・簡帖和尚》改，後文亦作「甜鞋」。

〔八〕從「知伊夫婿」至「我怎知」共三百八十五字，底本原缺一葉，據法政本補。

〔九〕「咬碎」，底本作「啐啐」，據《清平山堂話本・簡帖和尚》改。

〔一〇〕「怎敢」，底本作「怎致」，據法政本改。

〔一一〕「教」，法政本作「他」，《清平山堂話本・簡帖和尚》作「交」。

宋四公夜盜禁魂張

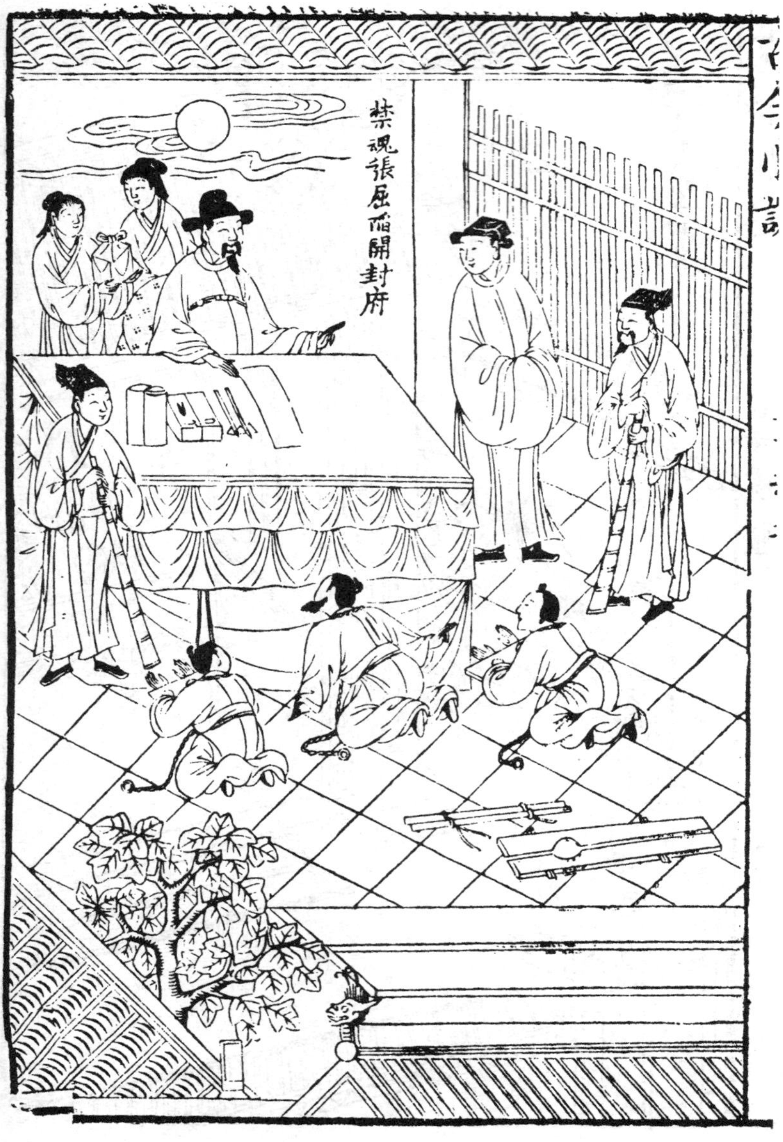
禁魂張屈陷開封府

第三十六卷　宋四公大鬧禁魂張

錢如流水去還來，恤寡周貧莫吝財。
試覽石家金谷地，於今荆棘昔樓臺。

話説晉朝有一人，姓石名崇，字季倫。當時未發迹時，專一在大江中，駕一小船，只用弓箭射魚爲生。忽一日，至三更，有人扣船言曰：「季倫救吾則個！」石崇聽得，隨即推蓬，探頭看時，只見月色滿天，照着水面，月光之下，水面上立着一個年老之人。石崇問老人：「有何事故，夜間相懇？」老人又言：「相救則個！」石崇當時就令老人上船，問有何緣故。老人答曰：「吾非人也，吾乃上江老龍王。年老力衰，今被下江小龍欺我年老，與吾鬪敵，累輸與他，老拙無安身之地。又約我明日大戰，戰時又要輸與他。今特來求季倫，明日午時彎弓在江面上，江中兩個大魚相戰，前走者是我，後趕者乃是小龍。但望君借一臂之力，可將後趕大魚一箭，壞了小龍性命，老拙自當厚報重恩。」石崇聽罷，謹領其命。那老人相别而回，湧身一跳，入水而去。

石崇至明日午時，備下弓箭。果然將傍午時，只見大江水面上，有二大魚追赶將來。石崇扣上弓箭，望着後面大魚，颼地一箭，〔一〕正中那大魚腹上。但見滿江紅水，其大魚死於江上。此時風浪俱息，并無他事。夜至三更，又見老人扣船來謝道：「蒙君大恩，今得安迹。來日午時，你可將船泊於蔣山脚下南岸第七株楊柳樹下相候，當有重報。」言罷而去。

石崇明日依言，將船去蔣山脚下楊柳樹邊相候。只見水面上有鬼使三人出，把船推將去。不多時，船回，滿載金銀珠玉等物。又見老人出水，與石崇曰：「如君再要珍珠寶貝，可將空船來此相候取物。」【眉批】荒唐。相别而去。這石崇每每將船於柳樹下等，便是一船珍寶，因致敵國之富。將寶玩買囑權貴，累升至太尉之職，真是富貴兩全。遂買一所大宅於城中，宅後造金谷園，園中亭臺樓館。用六斛大明珠，買得一妾，名曰緑珠。又置偏房姨奶侍婢，朝歡暮樂，極其富貴。結識朝臣國戚，宅中有十里錦帳，天上人間，無比奢華。

忽一日排筵，獨請國舅王愷，這人姐姐是當朝皇后。石崇與王愷飲酒半酣，石崇唤緑珠出來勸酒，端的十分美貌。王愷一見緑珠，喜不自勝，便有姦淫之意。石崇相待宴罷，王愷謝了自回，心中思慕緑珠之色，不能勾得會。王愷常與石崇鬬寶，王愷寶物，不及石崇，因此陰懷毒心，要害石崇。每每受石崇厚待，無因爲之。

忽一日，皇后宣王愷入内御宴。王愷見了姐姐，就流淚，告言：「城中有一財主富室，家財巨萬，寶貝奇珍，言不可盡。每每請弟設宴鬬寶，百不及他一二。姐姐可憐與弟争口氣，於内庫内那借奇寶，賽他則個。」皇后見弟如此説，遂召掌内庫的太監，内庫中借他鎮庫之寶，乃是一株大珊瑚樹，長三尺八寸。不曾啓奏天子，令人扛擡往王愷之宅。王愷謝了姐姐，便回府用蜀錦做重罩罩了。

翌日，廣設珍羞美饌，使人移在金谷園中，請石崇會宴，先令人扛擡珊瑚樹去園上開空閒閣子裏安了。王愷與石崇飲酒半酣，王愷道：「我有一寶，可請一觀，勿笑爲幸。」石崇教去了錦袱，看着微笑，用杖一擊，打爲粉碎。王愷大驚，叫苦連天道：「此是朝廷内庫中鎮庫之寶，自你賽我不過，心懷妒恨，將來打碎了，如何是好？」石崇大笑道：「國舅休慮，此亦未爲至寶。」石崇請王愷到後園中看珊瑚樹，大小三十餘株，有長至七八尺者。内一株一般三尺八寸，遂取來賠王愷鎮庫，〔二〕更取一株長大的送與王愷。王愷羞慚而退，自思國中之寶，敵不得他過，遂乃生計嫉妒。

一日，王愷朝於天子，奏道：「城中有一富豪之家，姓石名崇，官居太尉，家中敵國之富。奢華受用，雖我王不能及他快樂。若不早除，恐生不測。」天子准奏，口傳聖旨，便差駕上人去捉拿太尉石崇下獄，將石崇應有家資，皆没入官。王愷心中只要圖謀緑珠爲妾，使兵圍繞其宅，欲奪之。緑珠自思道：「丈夫被他誣害性命，不知存亡。今日强要奪我，怎肯隨他？雖死不受其辱！」言訖，遂於金谷園中墜樓而死，深可憫哉。王愷聞之，大怒，將石崇戮於市曹。石崇臨受刑時嘆曰：「汝輩利吾家財耳。」劊子曰：「你既知財多害己，何不早散之？」【眉批】此劊子高人。石崇無言可答，挺頸受刑。胡曾先生有詩曰：

一自佳人墜玉樓，晉家宫闕古今愁。
惟餘金谷園中樹，已向斜陽嘆白頭。

方纔説石崇因富得禍，是誇財炫色，遇了王愷國舅這個對頭。如今再説一個富家，安分守己，并不惹事生非，只爲一點慳吝未除，便弄出非常大事，變做一段有笑聲的小説。這富家姓甚名誰？聽我道來：這富家姓張名富，家住東京開封府，積祖開質庫，有名唤做張員外。這員外有件毛病，要去那

虱子背上抽筋，鷺鷥腿上割股。
古佛臉上剥金，黑豆皮上刮漆。

痰唾留着點燈，捋松將來炒菜。

這個員外平日發下四條大願：

一願衣裳不破，二願吃食不消。

三願拾得物事，四願夜夢鬼交。

是個一文不使的真苦人。他還地上拾得一文錢，把來磨做鏡兒，捍做磬兒，掐做鋸兒，叫聲「我兒」，做個嘴兒，放入篋兒。人見他一文不使，起他一個異名，唤做「禁魂張員外」。

當日是日中前後，員外自入去裹面，白湯泡冷飯吃點心，兩個主管在門前數見錢。只見一個漢，渾身赤膊，一身錦片也似文字，下面熟白絹裩拽扎着，手把着個笊籬，覷着張員外家裏，唱個大喏了教化。口裏道：「持繩把索，爲客周全。」主管見員外不在門前，把兩文撇在他笊籬裏。張員外恰在木瓜心布簾後望見，〔三〕走將出來道：「好也，主管！你做甚麽，把兩文撇與他？一日兩文，千日便兩貫。」大步向前，赶上捉笊籬的，打一奪，把他一笊籬錢都傾在錢堆裏，却教衆當直打他一頓。【眉批】何説！路行人看見也不忿。那捉笊籬的哥哥吃打了，又不敢和他争，在門前指着了駡。只見一個人叫道：「哥哥，你來，我與你説句話。」捉笊籬的回過頭來，看那個人，却是獄家院子打扮一個老兒。兩個唱了喏，老兒道：「哥哥，這禁魂張員外，不近道理，不要共他爭。我與你二兩銀子，你一文價賣生蘿蔔，也是經紀人。」捉笊籬的得了銀子，唱喏自去，不在話下。

那老兒是鄭州泰寧軍人，姓宋，排行第四，人叫他做宋四公，是小番子閒漢。宋四公夜至三更前後，向金梁橋上四文錢買兩隻焦酸餡，揣在懷裏，走到禁魂張員外門前。路上没一個人行，月又黑。宋四公取出蹊蹺作怪的動使，一挂挂在屋檐上，從上面打一盤盤在屋上，從天井裏一跳跳將下去。兩邊是廊屋，去側首見一碗燈。聽着裏面時，只聽得有個婦女聲道：「你看三哥恁麽早晚，兀自未來。」宋四公道：「我理會得了，這婦女必是約人在此私通。」看那婦女時，生得：

黑絲絲的髮兒，白瑩瑩的額兒，翠彎彎的眉兒，溜度度的眼兒，正隆隆的鼻兒，紅艷艷的腮兒，香噴噴的口兒，平坦坦的胸兒，白堆堆的妳兒，玉纖纖的手兒，細裊裊的腰兒，弓彎彎的脚兒。

那婦女被宋四公把兩隻衫袖掩了面，走將上來。婦女道：「三哥，做甚麽遮了臉子諕我？」被宋四公向前一捽，捽住腰裏，取出刀來道：「悄悄地！高則聲便殺了你！」那婦女顫做一團道：「告公公，饒奴性命。」宋四公道：「小娘子，我來這裏做不是，我問你則個，他這裏到土庫有多少關閉？」婦女道：「公公出得奴房，十來步有個陷馬坑，兩隻惡狗。過了便有五個防土庫的，在那裏吃酒賭錢，一家當一更，便是土庫。入得那土庫，一個紙人，手裏托着個銀毬，底下做着關棙子，踏着關棙子，銀毬脱在地下，有條合溜，直滚到員外床前，驚覺，教人捉了你。」宋四公道：「却是恁地。小娘子，背後來的是你兀誰？」婦女不知是計，回過頭去，被宋四公一刀，從肩頭上劈將下去，見道血光倒了。那婦女被宋四公殺了。

宋四公再出房門來，行十來步，沿西手走過陷馬坑，只聽得兩個狗子吠。宋四公懷中取出酸餡，着些個不按君臣作怪的藥，入在裏面，覷得近了，撇向狗子身邊去。狗子聞得又香又軟，做兩口吃了，先擺番兩個狗子。又行過去，只聽得人喝么么六六，約莫也有五六人在那裏擲骰。宋四公懷中取出一個小罐兒，安些個作怪的藥在中面，把魂撇火石，取些火燒着，噴鼻馨香。那五個人聞得道：「好香！員外日早晚兀自燒香。」只管聞來聞去，只見脚在下頭在上，一個倒了，又一個倒。看見那五個男女，聞那香，一霎間都擺番了。宋四公走到五人面前，見有半撥兒吃剩的酒，也有果菜之類，被宋四公把來吃了。只見五個人眼睁睁地，只是則聲不得。便走到土庫門前，見一具肐膊來大三簧鎖，鎖着土庫門。宋四公懷裏取個鑰匙，名唤做「百事和合」，不論大小粗細鎖都開得。把鑰匙一鬪，鬪開了鎖，走入土庫裏面去。入得門，一個紙人手裏，托着個銀毬。宋四公先拿了銀毬，把脚踏過許多關棙子，覓了他五萬貫錢贓物，〔四〕都是上等金珠，包裹做一處。懷中取出一管筆來，把津唾潤教濕了，去壁上寫着四句言語，道：

宋國逍遥漢，四海盡留名。

曾上太平鼎，到處有名聲。

寫了這四句言語在壁上，土庫也不關，取條路出那張員外門前去。宋四公思量道：「梁園雖好，不是久戀之家。」連更徹夜，走歸鄭州去。

且説張員外家，到得明日天曉，五個男女甦醒，見土庫門開着，藥死兩個狗子，殺死一個婦女，走去覆了員外。員外去使臣房裏下了狀，滕大尹差王七殿直王遵，看賊踪由。做公的看了壁上四句言語，數中一個老成的叫做周五郎周宣，説道：「告觀察，不是别人，是宋四。」觀察道：「如何見得？」周五郎周宣道：「『宋國逍遥漢』，只做着上面個『宋』字；『四海盡留名』，只做着個『四』字；『曾到太平鼎』，只做着個『曾』字；『到處有名聲』，只做着個『到』字。上面四字道『宋四曾到』。」王殿直道：「我久聞得做道路的，有個宋四公，是鄭州人氏，最高手段，今番一定是他了。」便教周五郎周宣，將帶一行做公的去鄭州幹辦宋四。

衆人路上離不得饑餐渴飲，夜住曉行。到鄭州，問了宋四公家裏，門前開着一個小茶坊。衆人入去吃茶，一個老子上竈點茶。衆人道：「一道請四公出來吃茶。」老子道：「公公害些病未起在，等老子入去傳話。」老子走進去了，只聽得宋四公裏面叫起來道：「我自頭風發，教你買三文粥來，你兀自不肯。每日若干錢養你，討不得替心替力，要你何用？」刮刮地把那點茶老子打了幾下。只見點茶的老子，手把隻粥碗出來道：「衆上下少坐，宋四公教我買粥，吃了便來。」衆人等個意休不休，買粥的也不見回來，宋四公也竟不見出來。衆人不奈煩，入去他房裏看時，只見縛着一個老兒。衆人只道宋四公，來收他。那老兒說道：「老漢是宋公點茶的，恰纔把碗去買粥的，正是宋四公。」衆人見說，吃了一驚，嘆口氣道：「真個是好手，我們看不仔細，却被他瞞過了。」只得出門去赶，那裏赶得着？衆做公的只得四散，分頭各去，挨查緝獲，不在話下。

原來衆人吃茶時，宋四公在裏面，聽得是東京人聲音，悄地打一望，又像個幹辦公事的模樣，心上有些疑惑，故意叫罵埋怨。却把點茶老兒的兒子衣服，打換穿着，低着頭，只做買粥，走將出來，因此衆人不疑。

却說宋四公出得門來，自思量道：「我如今却是去那裏好？我有個師弟，是平江府人，姓趙名正。曾得他信，道如今在謨縣。我不如去投奔他家也罷。」宋四公便改換色服，妝做一個獄家院子打扮，把一把扇子遮着臉，假做瞎眼，一路上慢騰騰地，取路要來謨縣。來到謨縣前，見個小酒店，但見：

雲拂煙籠錦旆揚，太平時節日舒長。
能添壯士英雄膽，會解佳人愁悶腸。
三尺曉垂楊柳岸，一竿斜刺杏花傍。
男兒未遂平生志，且樂高歌入醉鄉。

宋四公覺得肚中饑餒，入那酒店去，買些個酒吃。酒保安排將酒來，宋四公吃了三兩杯酒。只見一個精精緻緻的後生，走入酒店來。看那人時，却是如何打扮？

磚頂背繫帶頭巾，皂羅文武帶背兒，下面寬口袴，側面絲鞋。

叫道：「公公拜揖。」宋四公擡頭看時，不是别人，便是他師弟趙正。宋四公人面前，不敢師父師弟厮叫，只道：「官人少坐。」趙正和宋四公敘了間闊就坐，教酒保添隻盞來篩酒，吃了一杯。趙正却低低地問道：「師父一向疏闊。」宋四公道：「二哥，幾時有道路也没？」趙正道：「是道路却也自有，都只把來風花雪月使了。聞知師父入東京去，得拳道路。」宋四公道：「也没甚麽，只有得個四五萬錢。」又問趙正道：「二哥，你如今那裏去？」趙正道：「師父，我要上東京閒走一遭，一道賞玩則個，歸平江府去做話説。」宋四公道：「二哥，你去不得。」趙正道：「我如何上東京不得？」宋四公道：「有三件事，你去不得。第一，你是浙右人，不知東京事，行院少有認得你的，【眉批】行院，猶云本行也。你去投奔阿誰？第二，東京百八十里羅城，唤做『卧牛城』。我們只是草寇，常言：『草入牛口，其命不久。』第三，是東京有五千個眼明手快做公的人，有三都捉事使臣。」趙正道：「這三件事都不妨，師父你只放心，趙正也不到得胡亂吃輸。」宋四公道：「二哥，你不信我口，要去東京時，我覓得禁魂張員外的一包兒細軟，我將歸客店裏去，安在頭邊，枕着頭，你覓得我的時，你便去上東京。」趙正道：「師父，恁地時不妨。」兩個説罷，宋四公還了酒錢，將着趙正歸客店裏。店小二見宋四公將着一個官人歸來，唱了喏，趙正同宋四公入房裏走一遭，道了「安置」，趙正自去。當下天色晚，如何見得？

暮煙迷遠岫，薄霧捲晴空。群星共皓月争光，遠水與山光鬭碧。深林古寺，數聲鐘韻悠揚；曲岸小舟，幾點漁燈明滅。枝上子規啼夜月，花間粉蝶宿芳叢。

宋四公見天色晚，自思量道：「趙正這漢手高，我做他師父，若還真個吃他覓了這包細軟，好吃人笑！不如早睡。」宋四公却待要睡，又怕吃趙正來後如何，且只把一包細軟安放頭邊，就床上掩卧。只聽得屋梁上知知茲茲地叫，宋四公道：「作怪！未曾起更，老鼠便出來打鬧人。」仰面向梁上看時，脱些個屋塵下來，宋四公打兩個噴涕。少時老鼠却不則聲，只聽得兩個猫兒，乜凹乜凹地廝咬了叫，溜些尿下來，正滴在宋四公口裏，好臊臭！宋四公漸覺困倦，一覺睡去。

到明日天曉起來，頭邊不見了細軟包兒。正在那裏没擺撥，只見店小二來説道：「公公，昨夜同公公來的官人來相見。」宋四公出來看時，却是趙正。相揖罷，請他入房裏去，關上房門。趙正從懷裏取出一個包兒，納還師父。宋四公道：「二哥，我問你則個，壁落共門都不曾動，你却是從那裏來，討了我的包兒？」趙正道：「實瞞不得師父，房裏床面前一帶黑油紙檻窗，把那學書紙糊着。吃我先在屋上，學一和老鼠，脱下來屋塵，便是我的作怪藥，撒在你眼裏鼻裏，教你打幾個噴涕。後面猫尿，便是我的尿。」宋四公道：「畜生，你好没道理！」趙正道：「是吃我盤到你房門前，揭起學書紙，把小鋸兒鋸將兩條窗栅下來。我便挨身而入，到你床邊，偷了包兒。再盤出窗外去，把窗栅再接住，把小釘兒釘着，再把學書紙糊了，恁地便没踪迹。」宋四公道：「好，好！你使得，也未是你會處。你還今夜再覓得我這包兒，我便道你會。」趙正道：「不妨，容易的事。」趙正把包兒還了宋四公道：「師父，我且歸去，明日再會。」漾了手自去。

宋四公口裏不説，肚裏思量道：「趙正手高似我，這番又吃他覓了包兒，越不好看，不如安排走休！」宋四公便叫將店小二來説道：「店二哥，我如今要行，二百錢在這裏，煩你買一百錢爊肉，多討椒鹽，買五十錢蒸餅，剩五十錢，與你買碗酒吃。」店小二謝了公公，便去譟縣前買了爊肉和蒸餅，却待回來。離客店十來家，有個茶坊裏，一個官人叫道：「店二哥，那裏去？」店二哥擡頭看時，便是和宋四公相識的官人。店二哥道：「告官人，公公要去，教男女買爊肉共蒸餅。」趙正道：「且把來看。」打開荷葉看了一看，問道：「這裏幾文錢肉？」店二哥道：「一百錢肉。」趙正就懷裏取出二百錢來道：「哥哥，你留這爊肉蒸餅在這裏，我與你二百錢，一道相煩，依這樣與我買來，與哥哥五十錢買酒吃。」店二哥道：「謝官人。」道了便去。不多時，便買回來。趙正道：「甚勞煩哥哥，與公公再裏了那爊肉。見公公時，做我傳語他，只教他今夜小心則個。」店二哥唱喏了自去。到客店裏，將肉和蒸餅遞還宋四公。宋四公接了道：「罪過哥哥。」店二哥道：「早間來的那官人，〔五〕教再三傳語，今夜小心則個。」

宋四公安排行李，還了房錢，脊背上背着一包被臥，手裏提着包裹，便是覓得禁魂張員外的細軟，離了客店。行一里有餘，取八角鎮路上來。到渡頭看那渡船，却在對岸，等不來。肚裏又飢，坐在地上，放細軟包兒在面前，解開爊肉裹兒，擘開一個蒸餅，把四五塊肥底爊肉多蘸些椒鹽，捲做一捲，嚼得兩口，只見天在下，地在上，就那裏倒了。宋四公只見一個丞局打扮的人，就面前把了細軟包兒去。宋四公眼睜睜地見他把去，叫又不得，赶又不得，只得由他。那個丞局拿了包兒，先過渡去了。

宋四公多樣時甦省起來，思量道：「那丞局是阿誰？捉我包兒去。店二哥與我買的爊肉裹面有作怪物事！」宋四公忍氣吞聲走起來，喚渡船過來，過了渡，上了岸，思量那裏去尋那丞局好。肚裏又悶，又有些飢渴，只見個村酒店，但見：

柴門半掩，破望低垂。〔六〕村中量酒，豈知有滌器相如？陋質蠶姑，難傚彼當爐卓氏。壁間大字，村中學究醉時題；架上麻衣，好飲芒郎留下當。酸醨破甕土床排，彩畫醉仙塵土暗。

宋四公且入酒店裏去，買些酒消愁解悶則個。酒保唱了喏，賣下酒來。〔七〕一杯兩盞，酒至三杯，宋四公正悶裏吃酒，只見外面一個婦女入酒店來：

油頭粉面，白齒朱唇。錦帕齊眉，羅裙掩地。鬢邊斜插些花朵，臉上微堆着笑容。雖不比閨裏佳人，也當得壚頭少婦。

那個婦女入着酒店，與宋四公道個萬福，拍手唱一隻曲兒。宋四公仔細看時，有些個面熟，道這婦女是酒店擦卓兒的，請小娘子坐則個。婦女在宋四公根底坐定，教量酒添隻盞兒來，吃了一盞酒。宋四公把那婦女抱一抱，撮一撮，拍拍惜惜，把手去摸那胸前道：「小娘子，没有妳兒。」又去摸他陰門，只見纍纍垂垂一條價。宋四公道：「熱牢，你是兀誰？」【眉批】宋四公全不濟。那個妝做婦女打扮的，叉手不離方寸道：「告公公，我不是擦卓兒頂老，我便是蘇州平江府趙正。」宋四公道：「打脊的撿才！我是你師父，却教我摸你爺頭！原來却纔丞局便是你。」趙正道：「可知便是趙正。」宋四公道：「二哥，我那細軟包兒，你却安在那裏？」趙正叫量酒道：「把適來我寄在這裏包兒還公公。」量酒取將包兒來，宋四公接了道：「二哥，你怎地拿下我這包兒？」趙正道：「我在客店隔幾家茶坊裏坐地，見店小二哥提一裏爐肉，我討來看，便使轉他也與我去買，被我安些汗火在裏面裹了，〔八〕依然教他把來與你。我妝做丞局，後面踏將你來，你吃攧番了。被我拿得包兒，到這裏等你。」宋四公道：「恁地你真個會，不枉了上得東京去。」即時還了酒錢，兩個同出酒店。去空野處除了花朵，溪水裏洗了面，換一套男子衣裳着了，取一頂單青紗頭巾裹了。宋四公道：「你而今要上京去，我與你一封書，去見個人，也是我師弟。他家住汴河岸上，賣人肉饅頭。姓侯，名興，排行第二，便是侯二哥。」趙正道：「謝師父。」到前面茶坊裏，宋四公寫了書，分付趙正，相別自去。宋四公自在謨縣。

趙正當晚去客店裏安歇，打開宋四公書來看時，那書上寫道：

師父信上賢師弟二郎、二娘子：別後安樂否？今有姑蘇賊人趙正，欲來京做買賣，我特地使他來投奔你。這漢與行院無情，一身綫道，堪作你家行貨使用。我吃他三次無禮，可千萬剿除此人，免爲我們行院後患。

趙正看罷了書，伸着舌頭縮不上。「別人便怕了，不敢去；我且看他，如何對副我！我自別有道理。」再把那書摺疊，一似原先封了。

明日天曉，離了客店，取八角鎮。過八角鎮，取板橋，到陳留縣。沿那汴河行，到日中前後，只見汴河岸上，有個饅頭店。門前一個婦女，玉井欄手巾勒着腰，叫道：「客長，吃饅頭點心去。」門前牌兒上寫着：「本行侯家，上等饅頭點心。」趙正道：「這裏是侯興家裏了。」走將入去，婦女叫了萬福，問道：「客長用點心？」趙正道：「少待則個。」就脊背上取將包裹下來。一包金銀釵子，也有花頭的，也有連二連三的，也有素的，都是沿路上覓得的。侯興老婆看見了，動心起來，道：「這客長，有一三百隻釵子！我雖然賣人肉饅頭，老公雖然做贊老子，到没許多物事。你看少間問我買饅頭吃，我多使些汗火，許多釵子都是我的。」趙正道：「嫂嫂，買五個饅頭來。」侯興老婆道：「着！」楦個堞子，盛了五個饅頭，就竈頭合兒裏多撮些物料在裏面。趙正肚裏道：「這合兒裏便是作怪物事了。」趙正懷裏取出一包藥來，道：「嫂嫂，覓些冷水吃藥。」侯興老婆將半碗水來，放在卓上。趙正道：「我吃了藥，却吃饅頭。」趙正吃了藥，將兩隻筯一撥，撥開饅頭餡，看了一看，便道：「嫂嫂，我爺説與我道：『莫去汴河岸上買饅頭吃，那裏都是人肉的。』嫂嫂，你看這一塊有指甲，便是人的指頭；這一塊皮上許多短毛兒，須是人的不便處。」侯興老婆道：「官人休耍，那得這話來！」趙正吃了饅頭，只聽得婦女在竈前道：「倒也！」指望擺番趙正，却又没些事。趙正道：「嫂嫂，更添五個。」侯興老婆道：「想是恰才汗火少了，這番多把些藥傾在裏面。」趙正懷中又取包兒，〔九〕吃些個藥。侯興老婆道：「官人吃甚麽藥？」趙正道：「平江府提刑散的藥，名唤做『百病安丸』，婦女家八般頭風，胎前産後，脾血氣痛，都好服。」侯興老婆道：「就官人覓得一服吃也好。」趙正去懷裏別搠換包兒來，撮百十丸與侯興老婆吃了，就竈前攧番了。趙正道：「這婆娘要對副我，却到吃我擺番。別人漾了去，我却不走。」特骨地在那裏解腰捉虱子。【眉批】趣人。

不多時，見個人挑一擔物事歸。趙正道：「這個便是侯興，且看他如何？」侯興共趙正兩個唱了喏，侯興道：「客長吃點心也未？」趙正道：「吃了。」侯興叫道：「嫂子，會錢也未？」尋來尋去，尋到竈前，只見渾家倒在地下，口邊溜出痰涎，説話不真，喃喃地道：「我吃攧番了。」侯興道：「我理會得了，這婆娘不認得江湖上相識，莫是吃那門前客長攧番了？」侯興向趙正道：「法兄，山妻眼拙，不識法兄，切望恕罪。」趙正道：「尊兄高姓？」侯興道：「這裏便是侯興。」趙正道：「這裏便是姑蘇趙正。」兩個相揖了，侯興自把解藥與渾家吃了。趙正道：「二兄，師父宋四公有書上呈。」侯興接着，拆開看時，書上寫着許多言語，末稍道：「可剿除此人。」侯興看罷，怒從心上起，惡向膽邊生，道：「師父兀自三次無禮，今夜定是壞他性命！」向趙正道：「久聞清德，幸得相會！」〔一〇〕即時置酒相待，晚飯過了，安排趙正在客房裏睡，侯興夫婦在門前做夜作。

趙正只聞得房裏一陣臭氣，尋來尋去，床底下一個大缸。探手打一摸，一顆人頭；又打一摸，一隻人手共人脚。趙正搬出後門頭，都把索子縛了，挂在後門屋檐上。關了後門，再入房裏，只聽得婦女道：「二哥，好下手！」侯興道：「二嫂，使未得！更等他落忽些個。」婦女道：「二哥，看他今日把出金銀釵子，有二三百隻。今夜對副他了，明日且把來做一頭戴，教人喝采則個。」趙正聽得道：「好也！他兩個要恁地對副我性命，不妨得。」侯興一個兒子，十來歲，叫做伴哥，發脾寒，害在床上。趙正去他房裏，抱那小的安在趙正床上，把被來蓋了，先走出後門去。【眉批】弄得妙。不多時，侯興渾家把着一碗燈，侯興把一把劈柴大斧頭，推開趙正房門，見被蓋着個人在那裏睡，和被和人，兩下斧頭，砍做三段。侯興揭起被來看了一看，叫聲：「苦也！二嫂，殺了的是我兒子伴哥！」兩夫妻號天洒地哭起來。趙正在後門叫道：「你没事自殺了兒子則甚？趙正却在這裏。」侯興聽得焦燥，拿起劈柴斧赶那趙正，慌忙走出後門去，只見撲地撞着侯興額頭，看時却是人頭、人脚、人手挂在屋檐上，一似鬧竿兒相似。侯興教渾家都搬將入去，直上去赶。趙正見他來赶，前頭是一派谿水。趙正是平江府人，會弄水，打一跳，跳在溪水裏，後頭侯興也跳在水裏來赶。趙正一分一蹬，頃刻之間，過了對岸。侯興也會水，來得遲些個。趙正先走上岸，脱下衣裳擠教乾。侯興赶那趙正，從四更前後，到五更二點時候，赶十一二里，直到順天新鄭門一個浴堂。趙正入那浴堂裏洗面，一道烘衣裳。正洗面間，只見一個人把兩隻手去趙正兩腿上打一掣，掣番趙正。趙正見侯興來掣他，把兩禿膝椿番侯興，倒在下面，只顧打。

只見一個獄家院子打扮的老兒進前道：「你們看我面放手罷。」趙正和侯興擡頭看時，不是别人，却是師父宋四公，一家唱個大喏，直下便拜。宋四公勸了，將他兩個去湯店裏吃盞湯。侯興與師父説前面許多事，宋四公道：「如今一切休論。則是趙二哥明朝入東京去，那金梁橋下，一個賣酸餡的，也是我門行院，姓王，名秀，這漢走得樓閣没賽，起個渾名，唤做『病猫兒』。他家在大相國寺後面院子裏住。他那賣酸餡架兒上一個大金絲罐，是定州中山府窑變了燒出來的，他惜似氣命。你如何去拿得他的？」趙正道：「不妨。」等城門開了，到日中前後，約師父只在侯興處。

趙正打扮做一個磚頂背繫帶頭巾，皂羅文武帶背兒，走到金梁橋下，見一抱架兒，上面一個大金絲罐，根底立着一個老兒：

鄆州單青紗現頂兒頭巾，身上着一領箞楊柳子布衫。腰裏玉井欄手巾，抄着腰。

趙正道：「這個便是王秀了。」趙正走過金梁橋來，去米鋪前撮幾顆紅米，又去菜擔上摘些個葉子，和米和葉子，安在口裏，一處嚼教碎。再走到王秀架子邊，漾下六文錢，買兩個酸餡，特骨地脱一文在地下。王秀去拾那地上一文錢，被趙正吐那米和菜在頭巾上，自把了酸餡去。却在金梁橋頂上立地，見個小的跳將來，趙正道：「小哥，與你五文錢，你看那賣酸餡王公頭巾上一堆蟲蟻屎，你去説與他，不要道我説。」那小的真個去説道：「王公，你看頭巾上。」王秀除下頭巾來，只道是蟲蟻屎，入去茶坊裏揩抹了。走出來架子上看時，不見了那金絲罐。原來趙正見王秀入茶坊去揩那頭巾，等他眼慢，拿在袖子裏便行。一徑走去侯興家去。〔二〕宋四公和侯興看了，吃一驚。趙正道：「我不要他的，送還他老婆休！」趙正去房裏換了一頂搭颯頭巾，底下舊麻鞋，着領舊布衫，手把着金絲罐，直走去大相國寺後院子裏。見王秀的老婆，唱個喏了道：「公公教我歸來，問婆婆取一領新布衫、汗衫、袴子、新鞋襪，有金絲罐在這裏表照。」婆子不知是計，收了金絲罐，取出許多衣裳，分付趙正。趙正接得了，再走去見宋四公和侯興道：「師父，我把金絲罐去他家換許多衣裳在這裏。我們三個少間同去送還他，博個笑聲。我且着了去閒走一回耍子。」

趙正便把王秀許多衣裳着了，再入城裏，去桑家瓦裏，閒走一回，買酒買點心吃了，走出瓦子外面來。却待過金梁橋，只聽得有人叫：「趙二官人！」趙正回過頭來看時，却是師父宋四公和侯興。三個同去金梁橋下，見王秀在那裏賣酸餡。宋四公道：「王公拜茶。」王秀見了師父和侯二哥，看了趙正，問宋四公道：「這個客長是兀誰？」宋四公恰待説，被趙正拖起去，教宋四公：「未要説我姓名，只道我是你親戚，我自別有道理。」王秀又問師父：「這客長高姓？」宋四公道：「是我的親戚，我將他來京師閒走。」王秀道：「如此。」即時寄了酸餡架兒在茶坊，四個同出順天新鄭門外僻静酒店，去買些酒吃。入那酒店去，酒保篩酒來，一杯兩盞，酒至三巡。王秀道：「師父，我今朝嘔氣。方纔挑那架子出來，一個人買酸餡，脱一錢在地下。我去拾那一錢，不知甚蟲蟻屙在我頭巾上。【眉批】屙，音倭。我入茶坊去揩頭巾出來，不見了金絲罐，一日好悶！」宋四公道：「那人好大膽，在你跟前賣弄得，也算有本事了。你休要氣悶，到明日閒暇時，大家和你查訪這金絲罐。又没三件兩件，好歹要討個下落，不到得失脱。」趙正肚裏，只是暗暗的笑。四個都吃得醉，日晚了，各自歸。

且説王秀歸家去，老婆問道：「大哥，你恰纔教人把金絲罐歸來？」王秀道：「不曾。」老婆取來道：「在這裏，却把了幾件衣裳去。」王秀没猜道是誰，猛然想起今日宋四公的親戚，身上穿一套衣裳，好似我家的。心上委决不下，肚裏又悶，提一角酒，索性和婆子吃教醉，〔二〕解衣卸帶了睡。王秀道：「婆婆，我兩個多時不曾做一處。」婆子道：「你許多年紀了，兀自鬼亂！」王秀道：「婆婆，你豈不聞：『後生猶自可，老的急似火。』」王秀早移過枕頭，〔三〕在婆子頭邊，做一班半點兒事，兀自未了當。

原來趙正見兩個醉，撥開門躲在床底下，聽得兩個鬼亂，把尿盆去房門上打一攧。王秀和婆子吃了一驚，鬼慌起來。看時，見個人從床底下鑽將出來，手提一包兒。王秀就燈光下仔細認時，却是和宋四公、侯興同吃酒的客長。王秀道：「你做甚麼？」趙正道：「宋四公教還你包兒。」王公接了看時，却是許多衣裳，再問：「你是甚人？」趙正道：「小弟便是姑蘇平江府趙正。」王秀道：「如此，久聞清名。」因此拜識。便留趙正睡了一夜。

次日，將着他閒走。王秀道：「你見白虎橋下大宅子，便是錢大王府，好一拳財。」趙正道：「我們晚些下手。」王秀道：「也好。」到三鼓前後，趙正打個地洞，去錢大王土庫偷了三萬貫錢正贓，一條暗花盤龍羊脂白玉帶。王秀在外接應，共他歸去家裏去躲。明日，錢大王寫封簡子與滕大尹，大尹看了，大怒道：「帝輦之下，有這般賊人！」即時差緝捕使臣馬翰，限三日内要捉錢府做不是的賊人。

馬觀察馬翰得了台旨，分付衆做公的落宿，自歸到大相國寺前，只見一個人背繫帶磚頂頭巾，也着上一領紫衫，道：「觀察拜茶。」同入茶坊裏，上竈點茶來。那着紫衫的人懷裏取出一裹松子胡桃仁，傾在兩盞茶裏，觀察問道：「尊官高姓？」那個人道：「姓趙，名正，昨夜錢府做賊的便是小子。」馬觀察聽得，脊背汗流，却待等衆做公的過捉他。吃了盞茶，只見天在下，地在上，吃攧番了。趙正道：「觀察醉也。」扶住他，取出一件作怪動使剪子，剪下觀察一半衫褋，安在袖裏，還了茶錢。分付茶博士道：「我去叫人來扶觀察。」趙正自去。

兩碗飯間，馬觀察肚裏藥過了，甦醒起來。看趙正不見了，馬觀察走歸去。睡了一夜，明日天曉，隨大尹朝殿。大尹騎着馬，恰待入宣德門去，只見一個人裹頂彎角帽子，着上一領皂衫，攔着馬前，唱個大喏，道：「錢大王有劄目上呈。」滕大尹接了，那個人唱喏自去。大尹就馬上看時，腰裏金魚帶不見撻尾。簡上寫道：「姑蘇賊人趙正，拜稟大尹尚書：所有錢府失物，係是正偷了。若是太尹要來尋趙正家裏，遠則十萬八千，近則只在目前。」大尹看了越焦燥，朝殿回衙，即時升廳，引放民户詞狀。詞狀人抛箱，大尹看到第十來紙狀，有狀子上面也不依式論訴甚麼事，去那狀上只寫一隻《西江月》曲兒，道是：

是水歸於大海，閒漢總入京都。三都捉事馬司徒，衫褙難爲作主。盜了親王玉帶，剪除大尹金魚。要知閒漢姓名無？小月傍邊疋土。

大尹看罷道：「這個又是趙正，直恁地手高。」即唤馬觀察馬翰來，問他捉賊消息。馬翰道：「小人因不認得賊人趙正，昨日當面挫過。這賊委的手高，小人訪得他是鄭州宋四公的師弟。若拿得宋四，便有了趙正。」滕大尹猛然想起，那宋四因盜了張富家的土庫，見告失狀未獲。即唤王七殿直王遵，分付他協同馬翰訪捉賊人宋四、趙正。王殿直王遵稟道：「這賊人踪迹難定，求相公寬限時日。又須官給賞錢，出榜懸挂，那貪着賞錢的便來出首，這公事便容易了辦。」滕大尹聽了，立限一個月緝獲。依他寫下榜文，如有緝知真贓來報者，官給賞錢一千貫。馬翰和王遵領了榜文，徑到錢大王府中，禀了錢大王，求他添上賞錢，錢大王也注了一千貫。兩個又到禁魂張員外家來，也要他出賞。張員外見在失了五萬貫財物，那裏肯出賞錢？衆人道：「員外休得爲小失大。捕得着時，好一主大贓追還你。府尹相公也替你出賞，錢大王也注了一千貫，你却不肯時，大尹知道，却不好看相。」張員外説不過了，另寫個賞單，勉强寫足了五百貫。馬觀察將去府前張挂，一面與王殿直約會，分路挨查。

那時府前看榜的人山人海，宋四公也看了榜，去尋趙正來商議。趙正道：「可奈王遵、馬翰，日前無怨，定要加添賞錢，緝獲我們。又可奈張員外慳吝，别的都出一千貫，偏你只出五百貫，把我們看得恁賤！我們如何去蒿惱他一番，纔出得氣。」宋四公也怪前番王七殿直領人來拿他，又怪馬觀察當官禀出趙正是他徒弟，當下兩人你商我量，定下一條計策，齊聲道：「妙哉！」趙正便將錢大王府中這條暗花盤龍羊脂白玉帶遞與宋四公，四公將禁魂張員外家金珠一包就中檢出幾件有名的寶物，遞與趙正。兩下分别各自去行事。

且説宋四公纔轉身，正遇着向日張員外門首捉笊籬的哥哥，一把扯出順天新鄭門，直到侯興家裏歇脚。便道：「我今日有用你之處。」【眉批】閒錢養人，自有用處。那捉笊籬的便道：「恩人有何差使？并不敢違。」宋四公道：「作成你近一千貫錢養家則個。」〔一四〕那捉笊籬的到吃一驚，叫道：「罪過！小人没福消受。」宋四公道：「你只依我，自有好處。」取出暗花盤龍羊脂白玉帶，教侯興扮作内官模樣：「把這條帶去禁魂張員外解庫裏去解錢。這帶是無價之寶，只要解他三百貫，却對他説：『三日便來取贖，若不贖時，再加絶二百貫。你且放在鋪内，慢些子收藏則個。』」侯興依計去了。張員外是貪財之人，見了這帶，有些利息，不問來由，當去三百貫足錢。【眉批】吝者必貪，禍所從來矣。侯興取錢回覆宋四公，宋四公却教捉笊籬的到錢大王門上揭榜出首。錢大王聽説獲得真贜，便唤捉笊籬的面審。捉笊籬的説道：「小的去解庫中當錢，正遇那主管，將白玉帶賣與北邊一個客人，索價一千五百兩。有人説是大王府裏來的，故此小的出首。」錢大王差下百十名軍校，教捉笊籬的做眼，飛也似跑到禁魂張員外家，不由分説，到解庫中一搜，搜出了這條暗花盤龍羊脂白玉帶。張員外走出來分辯時，這些個衆軍校，那裏來管你三七二十一，一條索子扣頭，和解庫中兩個主管，都拿來見錢大王。錢大王見了這條帶，明是真贜，首人不虚，便寫個鈞帖，付與捉笊籬的，庫上支一千貫賞錢。錢大王打轎，親往開封府拜滕大尹，將玉帶及張富一干人送去拷問。大尹自己緝獲不着，到是錢大王送來，好生慚愧，便駡道：「你前日到本府告失狀，開載許多金珠寶貝。我想你庶民之家，那得許多東西？却原來放綫做賊！你實説這玉帶甚人偷來的？」張富道：「小的祖遺財物，并非做賊窩贓。這條帶是昨日申牌時分，一個内官拿來解了三百貫錢去的。」大尹道：「錢大王府裏失了暗花盤龍羊脂白玉帶，你豈不曉得？怎肯不審來歷，當錢與他？如今這内官何在？明明是一派胡説！」【眉批】紗帽底下好説話。喝教獄卒，將張富和兩個主管一齊用刑，都打得皮開肉綻，鮮血迸流。張富受苦不過，情願責限三日，要出去挨獲當帶之人。三日獲不着，甘心認罪。滕大尹心上也有些疑慮，只將兩個主管監候。却差獄卒押着張富，准他立限三日回話。

張富眼淚汪汪，出了府門，到一個酒店裏坐下，且請獄卒吃三杯。方纔舉盞，只見外面踱個老兒入來，問道：「那一個是張員外？」張富低着頭，不敢答應。獄卒便問：「閣下是誰？要尋張員外則甚？」那老兒道：「老漢有個喜信要報他，特到他解庫前，聞説有官事在府前，老漢跟尋至此。」張富方纔起身道：「在下便是張富，不審有何喜信見報？請就此坐講。」那老兒挨着張員外身邊坐下，問道：「員外土庫中失物，曾緝知下落否？」張員外道：「在下不知。」那老兒道：「老漢到曉得三分，特來相報員外。若不信時，老漢願指引同去起贜。見了真正贜物，老漢方敢領賞。」張員外大喜道：「若起得這五萬貫贜物，便賠償錢大王，也還有餘。」拚些上下使用，身上也得乾净。」便問道：「老丈既然的確，且説是何名姓？」那老兒向耳邊低低説了幾句，張員外大驚道：「怕没此事。」老兒道：「老漢情願到府中出個首狀，若起不出真贜，老漢自認罪。」張員外大喜道：「且屈老丈同在此吃三杯，等大尹晚堂，一同去禀。」當下四人飲酒半醉，恰好大尹升廳，張員外買張紙，教老兒寫了首狀，四人一齊進府出首。滕大尹看了王保狀詞，却是説馬觀察、王殿直做賊，偷了張富家財，心中想道：「他兩個積年捕賊，那有此事？」便問王保道：「你莫非挾仇陷害麽？有甚麽證據？」王保老兒道：「小的在鄭州經紀，見兩個人把許多金珠在彼兑换。他説家裏還藏得有，要换時再取來。小的認得他是本府差來緝事的，他如何有許多寶物？心下疑惑。今見張富失單，所開寶物相像，小的情願眼同張富到彼搜尋。如若没有，甘當認罪。」滕大尹似信不信，便差李觀察李順，領着眼明手快的公人，一同王保、張富前去。

此時馬觀察馬翰與王七殿直王遵，俱在各縣挨緝兩宗盜案未歸。衆人先到王殿直家，發聲喊，徑奔入來。王七殿直的老婆，抱着三歲的孩子，正在窗前吃棗糕，引着耍子。見衆人囉唣，吃了一驚，正不知甚麽緣故。恐怕嚇壞了孩子，把袖棢子掩了耳朵，把着進房。衆人隨着脚跟兒走，圍住婆娘問道：「張員外家贓物，藏在那裏？」婆娘只光着眼，不知那裏説起。衆人見婆娘不言不語，一齊掀箱傾籠，搜尋了一回。雖有幾件銀釵飾和些衣服，并没贓證。李觀察却待埋怨王保，只見王保低着頭，向床底下鑽去，在貼壁床脚下解下一個包兒，笑嘻嘻的捧將出來。衆人打開看時，却是八寶嵌花金杯一對，金鑲玳瑁杯十隻，北珠念珠一串。張員外認得是土庫中東西，還痛起來，放聲大哭。連婆娘也不知這物事那裏來的，慌做一堆，開了口合不得，垂了手擡不起。衆人不由分説，將一條索子，扣了婆娘的頸。婆娘哭哭啼啼，將孩子寄在鄰家，只得隨着衆人走路。衆人再到馬觀察家，混亂了一場。又是王保點點搠搠，在屋檐瓦櫺内搜出珍珠一包，嵌寶金釧等物，【眉批】王保偏曉贓處，衆人如何不疑？張員外也都認得。兩家妻小都帶到府前，滕大尹兀自坐在廳上，專等回話。見衆人蜂擁進來，階下列着許多贓物，説是床脚上、瓦櫺内搜出，見有張富識認是真。滕大尹大驚道：「常聞得捉賊的就做賊，不想王遵、馬翰真個做下這般勾當！」喝教將兩家妻小監候，立限速拿正賊，所獲贓物暫寄庫。首人在外聽候，待贓物明白，照額領賞。張富磕頭稟道：「小人是有碗飯吃的人家，錢大王府中玉帶跟由，小人委實不知。今小的家中被盜贓物，既有的據，小人認了悔氣，情願將來賠償錢府。望相公方便，釋放小人和那兩個主管，萬代陰德。」滕大尹情知張富冤枉，許他召保在外。王保跟張員外到家，要了他五百貫賞錢去了。原來王保就是王秀，渾名「病猫兒」，他走得樓閣没賽。宋四公定下計策，故意將禁魂張員外家土庫中贓物，預教王秀潛地埋藏兩家床頭屋檐等處，却教他改名王保，出首起贓，官府那裏知道？

却說王遵、馬翰正在各府緝獲公事，聞得妻小吃了官司，急忙回來見滕大尹。滕大尹不由分說，用起刑法，打得希爛，要他招承張富贓物，二人那肯招認？大尹教監中放出兩家的老婆來，都面面相覷，没處分辯，連大尹也委决不下，都發監候。次日又拘張富到官，勸他且將己財賠了錢大王府中失物，待從容退贓還你。張富被官府逼勒不過，只得承認了。歸家思想，又惱又悶，又不捨得家財，在土庫中自縊而死。可惜有名的禁魂張員外，只爲「慳吝」二字，惹出大禍，連性命都喪了。那王七殿直王遵、馬觀察馬翰，後來俱死于獄中。這一班賊盜，公然在東京做歹事，飲美酒，宿名娼，没人奈何得他。那時節東京擾亂，家家户户不得太平。直待包龍圖相公做了府尹，這一班賊盜，方纔懼怕，各散去訖，地方始得寧静。有詩爲證，詩云：

只因貪吝惹非殃，引到東京盗賊狂。
虧殺龍圖包大尹，始知好官自民安。

【校記】

〔一〕「颼」，法政本作「風」。

〔二〕「鎮庫」，法政本作「填庫」。

〔三〕「木瓜心」，法政本作「水瓜心」。

〔四〕「五萬貫錢」，法政本作「五萬貫鎖」。

〔五〕「早間」，底本作「早問」，據法政本改。

〔六〕「破望」，法政本作「破旆」。

〔七〕「賣」，法政本作「排」。

〔八〕「汗火」，法政本作「汗藥」。

〔九〕「懷中」，底本及法政本均作「道中」，據前文改。

〔一〇〕「相會」，法政本作「稍會」。

〔一一〕「走去」，法政本作「走往」。

〔一二〕「吃教醉」，法政本作「吃個醉」。

〔一三〕「枕頭」，法政本作「共頭」。

〔一四〕「近」，法政本作「趁」。

支道林同泰

梁武帝累修成佛道
素明刊

第三十七卷　梁武帝累修成佛〔一〕

香雨琪園百尺梯，不知窗外曉鶯啼。
覺來悟定胡麻熟，十二峰前月未西。

這詩爲齊明帝朝盱眙縣光化寺一個修行的，姓范，法名普能而作。這普能，前世原是一條白頸曲蟮，生在千佛寺大通禪師關房前天井裹面。那大通禪師坐關時刻，只誦《法華經》。這曲蟮偏有靈性，聞誦經便舒頭而聽。那禪師誦經三載，這曲蟮也聽經三載。忽一日，那禪師關期完滿出來，修齋禮佛。偶見關房前草深數尺，久不芟除，乃喚小沙彌將鋤去草。小沙彌把庭中的草去盡了，到墻角邊，這一鋤去得力大，入土數寸。却不知曲蟮正在其下，揮爲兩叚。小沙彌叫聲：「阿彌陀佛！今日傷了一命，罪過，罪過！」掘些土來埋了曲蟮，不在話下。

這曲蟮得了聽經之力，便討得人身，生於范家。長大時，父母雙亡，捨身於光化寺中，在空谷禪師座下，做一個火工道人。其人老實，居香積厨下，煮茶做飯，殷勤伏事長老。便是衆僧，也不分彼此，一體相待。普能雖不識字，却也硬記得些經典。只有《法華經》一部，背誦如流，晨昏早晚，一有閒空之時，着實念誦修行。在寺三十餘年，聞得千佛寺大通禪師坐化去了，去得甚是脱灑，動了個念頭，來對長老説：「范道在寺多年，一世奉齋，并不敢有一毫貪欲，也不敢狼籍天物。今日拜辭長老回首，煩乞長老慈悲，求個安身去處。」説了下拜跪着。長老道：「你起來，我與你説。你雖是空門修行，還不曉得靈覺門户。你如今回首去，只從這條寂静路上去，不可落在富貴套子裏。【眉批】凡一切作業事，皆富貴套子也。差了念頭，求個輪迴也不可得。」范道受記了，相辭長老，自來香積厨下沐浴，穿些潔净衣服，禮拜諸佛天地父母，又與衆僧作别，進到龕子裏，盤膝坐了，便閉着雙眼去了。衆僧都與他念經，叫工人扛這龕子到空地上，正要去請長老下火。只聽得殿上撞起鐘來，長老忙使人來説道：「不要下火。」長老隨即也擡乘轎子，來到龕子前。叫人開了龕子門，只見范道又醒轉來了，依先開了眼，只立不起來，合掌向長老説：「適纔弟子到一個好去處，進在紅錦帳中，且是安穩。又聽得鐘鳴起來，有個金身羅漢，把弟子一推，跌在一個大白蓮池裏。吃這一驚，就醒轉來，不知有何法旨？」長老説道：「因你念頭差了，故投落在物類。我特地喚醒你來，再去投胎。」又與衆僧說：「山門外銀杏樹下，掘開那青石來看。」衆僧都來到樹下，掘起那青石來看，只見一條小火赤鏈蛇，纔生出來的，死在那裏。衆僧見了，都驚異不已，來回覆長老，說果有此事。長老叫上首徒弟，與范道說：「安净堅守，不要妄念，去投個好去處。輪迴轉世，位列侯王帝主，修行不怠，方登極樂世界。」范道受記了，闔着高高的念聲「南無阿彌陀佛」，便合了眼。衆僧來請長老下火，長老穿上如來法衣，一乘轎子，擡到范道龕子前，分付范道如何？偈曰：

范道范道，每日厨竈。
火裏金蓮，顛顛倒倒。

長老念畢了偈，就叫人下火，只見括括雜雜的著將起來。衆僧念着經，〔二〕只見龕子頂上一道青煙，從火裏捲將出來，約有數十丈高，盤旋迴繞，竟往東邊一個所在去了。

說這盱眙縣東，有個樂安村，村中有個大財主，姓黄名岐，家資殷富，不用大秤小斗，不違例尅剥人財、坑人陷人，廣行方便，普積陰功。其妻孟氏，身懷六甲，正要分娩。范道乘着長老指示，這道靈光竟投到孟氏懷中。這裏范道圓寂，那裏孟氏就生下這個孩兒來。說這孩兒相貌端然，骨格秀拔，黄員外四十餘歲無子，生得這個孩兒，就如得了若干珍寶一般，舉家歡喜。好却十分好了，只是一件，這孩兒生下來，晝夜啼哭，乳也不肯吃。夫妻二人憂惶，求神祈佛，全然不驗。

家中有個李主管，對員外説道：「小官人啼哭不已，或有些緣故，不可知得。離此間二十里，山裏有個光化寺，寺裏空谷長老，能知過去未來，見在活佛。員外何不去拜求他？必然有個道理。」黄員外聽説，連忙備盒禮信香，起身往光化寺來。其寺如何？詩云：

山寺鐘鳴出谷西，溪陰流水帶煙齊。
野花滿地閒來往，多少游人過石堤。

進到方丈裏，空谷禪師迎接着，黄員外慌忙下拜説：「新生小孩兒，晝夜啼哭，不肯吃乳，危在須臾。煩望吾師慈悲，没世不忘。」長老知是范道要求長老受記，故此晝夜啼哭，長老不説出這緣故來。長老對黄員外説道：「我須親自去看他，自然無事。」就留黄員外在方丈裏吃了素齋，與黄員外一同乘轎，連夜來到黄員外家裏。請長老在廳上坐了，長老叫「抱出令郎來」。黄員外自抱出來，長老把手摸着這小兒的頭，布着小兒的耳朵，〔三〕輕輕的説幾句，衆人都不聽得。長老又把手來摸着這小兒的頭，説道：「無灾無難，利益雙親，道源不替。」只見這小兒便不哭了。衆人驚異，説道：「何曾見這樣異事！真是活佛超度。」黄員外説：「待周歲送到上刹，寄名出家。」長老說：「最好。」就與黄員外別了，自回寺裏來。黄員外幸得小兒無事，一家愛惜撫養。

光陰撚指，不覺又是周歲。黄員外説：「我曾許小兒寄名出家。」就安排盒子表禮，叫養娘抱了孩兒，兩乘轎子，擡往寺裏。來到方丈内，請見長老拜謝，送了禮物。長老與小兒取個法名，叫做黄復仁，送出一件小法衣、僧帽，與復仁穿戴，吃些素齋，黄員外仍與小兒自回家去。來來往往，復仁不覺又是六歲。員外請個塾師教他讀書。這復仁終是有根脚的，聰明伶俐，一村人都曉得他是光化寺裏范道化身來的，日後必然富貴。

這縣裏有個童太尉，見復仁聰明俊秀，又見黄家數百萬錢財，有個女兒，與復仁同年，使媒人來説，要把女兒許聘與復仁。黄員外初時也不肯定這太尉的女兒，被童太尉再三强不過，只得下三百個盒子，二百兩金首飾，一千兩銀子，若干段疋色絲定了。也是一緣一會，説這女子聰明過人，不曾上學讀書，便識得字，又喜誦諸般經卷。爲何能得如此？他却是摩訶迦葉祖師身邊一個女侍，降生下來了道緣的。初時男女兩個幼小，不理人事。到十五六歲，年紀漸長，兩個一心只要出家修行，各不願嫁娶。黄員外因復仁年長，選日子要做親。童小姐聽得黄家有了日子，要成親，心中慌亂，忙寫一封書，使養娘送上太太。書云：

切惟《詩》重《標梅》，禮端合巹。奈性情不一，〔四〕法律難齊。紫玉志向禪門，不樂唱隨之偶；心懸覺岸，寧思伉儷之偕？一慮百空，萬緣俱盡。禪燈一點，何須花燭之輝煌；梵磬數聲，奚取琴瑟之嘹亮？破盂甘食，敝衲爲衣。泯色象於兩忘，齊生死於一徹。伏望母親大人，大發慈悲，優容苦志。永謝爲雲神女，寧追奔月嫦娥。佛果倘成，親恩可報。莫問瓊簫之響，長寒玉杵之盟。干冒台慈，幸惟憐鑒。

養娘拿着小姐書，送上太太。太太接得這書，對養娘道：「連日因黄家要求做親，不曾着人來看小姐。我女兒因甚事，叫你送書來？」養娘把小姐不肯成親，閒常只是看經念佛要出家的事，説了一遍。太太聽了這話，心中不喜，就使人請老爺來看書。太太把小姐的書，送與太尉。太尉看了，説道：「沒教訓的婢子！男婚女嫁，人倫常道。只見孝弟通於神明，那曾見修行做佛？」把這封書扯得粉碎，罵道：「放屁，放屁！」太尉只依着黄家的日子，把小姐嫁過去。黄復仁與童小姐兩個，那日拜了花燭，雖同一房，二人各自歇宿。一連過了半年有餘，夫婦相敬相愛，就如賓客一般。黄復仁要辭了小姐，出去雲游，小姐道：「官人若出去雲游，我與你正好同去出家。自古道：『婦人嫁了從夫。』身子決不敢壞了。」復仁見小姐堅意要修行，又不肯改嫁，與小姐説道：「恁的，我與你結拜做兄姊，一同雙修罷。」小姐歡喜，兩個各在佛前禮拜，誓畢，二人換了粗布衣服，粗茶淡飯，在家修行。黄員外看見這個模樣，都不歡喜。恐怕被人笑耻，員外只得把復仁夫妻二人，連一個養娘，兩個梅香，都打發到山裏西莊上冷落去處住下。夫妻二人，只是看經念佛，參禪打坐。

三年有餘，兩個正在佛前長明燈下坐禪，黄復仁忽然見個美貌佳人，妖嬌嬝娜，走到復仁面前，道個萬福，説道：「妾是童太尉府中唱曲兒的如翠，太太因大官人不與小姐同床，必然絶了黄家後嗣，二來不礙大官人修行，并無一人知覺。」説罷，與復仁眷戀起來。復仁被這美貌佳人親近如此，又聽説道絶了黄門後嗣，不覺也有些動心。隨又想道：「童小姐比他十分嬌美，我尚且不與他沾身，怎麽因這個女子，壞了我的道念？」纔然自忖，只聽得一聲響亮，萬道火光，飛騰繚繞。復仁驚醒來，這小姐也却好放參。復仁連忙起來禮拜菩薩，又來禮拜小姐，説道：「復仁道念不堅，幾乎着魔，望姐姐指迷。」説這小姐，聰明過人，智慧圓通，反勝復仁。小姐就説道：「兄弟被色魔迷了，故有此幻象。我與你除是去見空谷祖師，求個解脱。」

次日，兩個來到光化寺中，來見長老。空谷説道：「欲念一興，四大無着。再求轉脱，方始圓明。」因與復仁夫妻二人口號，如何？

跳出愛欲淵，渴飲靈山泉。
夫也亡去住，妻也履福田。
休休同泰寺，荷荷極樂天。

夫妻二人拜辭長老，回到西莊來，對養娘、梅香說：「我姊妹二人，今夜與你們別了，各要回首。」養娘說道：「我伏事大官人小姐數載，一般修行，如何不帶挈養娘同回首？」復仁說道：「這個勉强不得，恐你緣分不到。」養娘回話道：「我也自有分曉。」夫妻二人沐浴了，各在佛前禮拜，一對兒坐化了，這養娘也在房裏不知怎麼也回首去了。黄員外聽得說，自來收拾，不在話下。

且說黄大官人精靈，竟來投在蕭家，小姐來投在支家。漁湖有個蕭二郎，在齊爲世胄之家，蕭懿、蕭坦之俱是一族。蕭二郎之妻單氏，最仁慈積善，懷娠九個月，將要分娩之時，這裏復仁却好坐化。單氏夜裏夢見一個金人，身長丈餘，袞服冕旒，旌旗羽雉，輝耀無比。一夥緋衣人，車從簇擁，來到蕭家堂上歇下。這個金身人，獨自一個，進到單氏房裏，望着單氏下拜。單氏驚惶，正要問時，恍惚之間，單氏夢覺來，就生下一個孩兒來。這孩兒生下來便會啼嘯，自與常兒不群，取名蕭衍。八九歲時，身上異香不散。聰明才敏，文章書翰，人不可及。亦且長於談兵，料敵制勝，謀無遺策。

伐竹木，沉之檀溪，積茅如岡阜。齊主知蕭衍有異志，與鄭植計議，欲起兵誅衍。鄭植奏道：「蕭衍圖謀日久，士馬精强，未易取也。莫若聽臣之計，外假加爵温旨，衍必見臣，因而刺殺之，一匹夫之力耳，省了許多錢糧兵馬。」齊主大喜，即便使鄭植到雍州來，要刺殺蕭衍。驚動了光化寺空谷長老，知道此事，就托個夢與蕭衍。長老拿着一卷天書，書裏夾着一把利刃，遞與蕭衍。衍醒來，自想道：「明明的一個僧人，挈這夾刀的一卷天書與我，莫非有人要來刺我麽？明日且看如何。」只見次日有人來報道，朝廷使鄭植賫詔書要加爵一事，蕭衍自説道：「是了。」且不與鄭植相見，先使人安排酒席，在寧蠻長史鄭紹寂家裏，都埋伏停當了，與鄭植相見，説道：「朝廷使卿來殺我，必有詔書。」鄭植賴道：「没有此事。」蕭衍喝一聲道：「與我搜看。」只見帳後跑出三四十個力士，就把鄭植挈下，身邊搜出一把快刀來，又有殺衍的密詔。蕭衍大怒，説道：「我有甚虧負朝廷，如何要刺殺我？」連夜召張弘策計議起兵，建牙樹旗，選集甲士二萬餘人，馬千餘匹，船三十餘艘，一齊殺出檀溪來。昔日所貯下竹木茅草，葺束立辦。又命王茂、曹景宗爲先鋒，軍至漢口，乘着水漲，順流進兵，就襲取了嘉湖地方。

且説郢城與魯城，這兩個城是嘉湖的護衛，建康的門户。今被王先鋒襲取了嘉湖，這兩處守城官，心膽驚落，料道敵不過，彼此相約投降。這建康就如没了門户的一般，無人敢敵，勢如破竹，進克建康。兵至近郊，齊主游騁如故，遣將軍王珍國等，將精兵十萬陳於朱雀航。被吕僧珍縱火焚燒其營，曹景宗大兵乘之，將士殊死戰，鼓譟震天地。珍國等不能抗，軍遂大敗。衍軍長驅進至宣陽門，蕭衍兄弟子侄皆集，將軍徐元瑜以東府城降，李居士以新亭降。十二月，齊人遂弑寶卷。蕭衍以太后令，追廢寶卷爲東昏侯，加衍爲大司馬，迎宣德太后入宫稱制。衍尋自爲國相，封梁國公，加九錫。【眉批】兩世修行者，固如此乎？抑有天數不礙佛理耶？黄復仁化生之時，却原來養娘轉世爲范雲，二女侍一轉世爲沈約，一轉世爲任昉，與梁公同在竟陵王西邸爲官，〔五〕也是緣會，自然義氣相合。至是梁公引雲爲諮議，約爲侍中，昉爲參謀。二年夏四月，梁公蕭衍受禪，稱皇帝，廢齊主爲巴陵王，遷太后於别宫。

梁主雖然馬上得了天下，終是道緣不斷，殺中有仁，一心只要修行。梁主因兵興多故，與魏連和。一日，東魏遣散騎常侍李諧來聘。梁主與諧談久，命李諧出得朝，更深了不及還宫，就在便殿齋閣中宿歇。散了宫嬪諸官，獨自一個默坐，在閣兒裏開着窗看月。約莫二更時分，只見有三五十個青衣使人，從甬巷中走到閣前來，内有一個口裏唱着歌，歌云：〔六〕

從入牢籠羈絆多，也曾罹畢走洪波。
可憐明日庖丁解，不復遼東白蹢歌。

梁主聽這歌，心中疑惑，這一班人走近，朝着梁主叩頭奏道：「陛下仁民愛物，惻隱慈悲，我等俱是太廟中祭祀所用牲體，百萬生靈，明日一時就殺。伏願陛下慈悲，赦宥某等苦難，陛下功德無量。」梁主與青衣使人說道：「太廟一祭，朕如何知道殺戮這許多牲體？朕實不忍。來日朕另有處。」這青衣人一齊叩頭哀祈，涕泣而去。梁主次日早朝，與文武各官說昨夜齋閣中見青衣之事，又說道：「宗廟致敬，固不可已，殺戮屠毒，朕亦不忍。自今以後，把粉麵代做犧牲，庶使祀典不廢，仁惻亦存，兩全無害。」永爲定制，誰敢違背？

梁主每日持齋奉佛，忽夜間夢見一夥絳衣神人，各持旌節，祥麟鳳輦，千百諸神，各持執事護衛，請梁主去游冥府。游到一個大寶殿内，見個金冠法服神人，相陪游覽。每到一殿，各有主事者都來相見。有等善人，安樂從容，優游自在，仙境天堂，并無罣礙；有等惡人，受罪如刀山血海，拔舌油鍋，蛇傷虎咬，諸般罪孽。又見一夥藍縷貧人，蓬頭跣足，瘡毒遍體，種種苦惱，一齊朝着梁主哀告：「乞陛下慈悲超救！某等俱是無主孤魂，饑餓無食，久沉地獄。」梁主見說，回曰：「善哉，善哉！待朕回朝，即超度汝等。」諸罪人皆哀謝。末後到一座大山，山有一穴，穴中伸出一個大蟒蛇的頭來，如一間殿屋相似，對着梁主昂頭而起。梁主見了，吃一大驚，正欲退走，只見這蟒蛇張開血池般口，説起話來，叫道：「陛下休驚，身乃郗后也。只爲生前嫉妒心毒，死後變成蟒身，受此業報。因身軀過大，旋轉不便，每苦腹饑，無計求飽。陛下如念夫婦之情，乞廣作佛事，使妾脱離此苦，功德無量。」原來郗后是梁主正宫，生前最妒，凡帝所幸宫人，百般毒害，死於其手者，不計其數。梁主無可奈何，聞得鶬鶊鳥作羹，飲之可以治妒，乃命獵户每月責取鶬鶊百頭，日日煮羹，充入御饌進之，果然其妒稍減。後來郗后聞知其事，將羹潑了不吃，妒復如舊。今日死爲蟒蛇，陰靈見帝求救。梁主道：「朕回朝時，當與汝懺悔前業。」蟒蛇道：「多謝陛下仁德，妾今送陛下還朝，陛下勿驚。」説罷，那蟒蛇舒身出來，大數百圍，其長不知幾百丈。梁主嚇出一身冷汗，醒來乃南柯一夢，咨嗟到曉。次日朝罷，與衆僧議設盂蘭盆大齋，又造《梁皇寶懺》。説這盂蘭盆大齋者，猶中國言普食也，蓋爲無主餓鬼而設也。《梁皇懺》者，梁主所造，專爲郗后懺悔惡業，兼爲衆生解釋其罪。冥府罪人，因梁主設齋造經二事，即得超救一切罪業，地獄爲彼一空。夢見郗后如生前裝束，欣然來謝道：「妾得陛下寶懺之力，已脱蟒身生天，特來拜謝。」又夢見百萬獄囚，皆朝着梁主拜謝，齊道：「皆藥。正要在那裏耍，被個僧人抱了下來。」梁主說道：「這個師傅，是支長老，明日與你去禮拜長老。」又說捨身之事。梁主致齋三日，先着天厨官來寺裏辦下大齋，普濟群生，報答天地。梁主與太子就捨身在寺裏。太子有詩一首云：

粹宇迎閶闔，天衢尚未央。
鳴輅和鸞鳳，飛旆入羊腸。
谷静泉通峽，林深樹奏琅。
火樹含日炫，金剎接天長。
月迴塔全見，煙生樓半藏。
法雨香林澤，仁風頌聖王。
皈依惟上乘，宿化喜陶唐。
且進香胡飯，山櫻處處芳。
長生容有外，諸福被遐方。

梁主、太子在寺裏一住二十餘日，文武臣僚、耆老百姓，都到寺裏請梁主回朝，梁主不允。太后又使宦官來請回朝，梁主也不肯回去。支公夜裏與梁主說道：「愛欲一念，轉展相侵，與陛下還有數年魔債未完，如何便能解脱得去？陛下必須還朝，了這孽緣，待時日到來，自無住礙。」梁主見説依允。次日，各官又來請梁主回朝。梁主與各官説：「朕已發誓捨身，今日又没緣故，便回了朝，這是虚語。朕有個善處：如要朕回朝，須是各出些錢財，贖朕回去纔可。【眉批】此兒戲也，何謂修行？朕捨得一萬兩，各官捨一萬兩，太后捨一萬兩，都送在寺裏來供佛齋僧，朕方可與太子回朝。」各官太后都送銀子在寺裏，梁主也發一萬銀子，送到寺裏來，梁主纔回朝。

無多時，適有海西一個大秦犁鞬國，轄下有個條枝國，其人長八九尺，食生物，最猛悍，如禽獸一般；又善爲妖妄眩惑，如吞刀吐火，屠人截馬之術。聞得梁主受禪，他却要起傾國人馬，來與大梁歸并。邊海守備官聞知這個消息，飛報與梁主知道。梁主見報，與文武官員商議：「别的要厮殺都不打緊，若説這條枝國人馬，怎生與他對敵？如何是好？各官有能爲朕領兵去敵得他，重加官職。」各官聽得説，都面面相看，無人敢去迎敵。侍中范雲奏道：「臣等去同泰寺與道林長老求個善處道理。」梁主道：「朕須自去走一遭。」梁主慌忙命駕來到寺裏，禮拜支長老，把條枝國要來厮殺歸并，備説一遍。支公説道：「不妨事，條枝國要過西海方纔轉洋入大海，一千七百里到得明州；明州過二三條江，纔到得建康。明州有個釋迦真身舍利塔，是阿育王所造，藏釋迦佛爪髮舍利於塔中。這塔寺非是無故而設，專爲鎮西海口子，使彼不得來暴中國，説不盡的好處。今塔已倒壞了，陛下若把這塔依先修起來，鎮壓風水，老僧上祝釋迦阿育王佛力護持，條枝國人馬，如何過得海來？」梁主見説，連忙差官修造釋迦塔，要增高做九十丈，刹高十丈，與金陵長干塔一般。錢糧工力，不計其數。

這裏正好修造，説這大秦犁鞬王，催促條枝國，興起十萬人馬，海船千艘，精兵猛將，都過大海，要來厮并。道林長老入定時，見這景象。次日，來請梁主在寺裏，打個釋迦阿育王大會。長老拜佛懺祝，武帝也釋去御服，持法衣，行清浄大捨，素床瓦器，親爲禮拜講經。你看這佛力浩大，非同小可！這裏祈佛做會，那條枝國人馬，下得海，開船不到三四日，就阻了颶風，各船幾乎覆没。躲得在海中一個阿耨嶼島裏住下，等了十餘日，風息了，方敢開船。不到一會間，風又發了，白浪滔天，如何過得來？仍舊回洋，躲在島裏。不開船便無風，若要開船就有風。條枝國大將軍乾篤説道：「却不是古怪！不開船便無風，一要開船風就發起來，還是中國天子福分。天不容我們去厮并，看這光景，便過得海，也未必取勝。我們不若回了兵罷。」把船回得洋時，風也没了，順順的放回去。乾篤領着衆頭目，來見大秦國王滿屈，備説這緣故。滿屈説道：「中國天子弘福，我們終是小邦，不可與大國抗禮。」令乾篤領幾個頭目，修一通降表，進貢獅子、犀牛、孔雀、三足雉、長鳴鷄，一班夷官來朝拜進貢。梁主見乾篤説阻風不敢過海一事，自知修塔的佛力，以此深信釋教，奉事益謹。

梁主恃中國財力，欲并二魏，遂納侯景之降。景事東魏高歡，景左足偏短，不長弓馬，而謀算諸將莫及，嘗與高歡言：「願得精兵三萬，橫行天下，渡江縛取蕭老，公爲太平主。」歡大喜，使將兵十萬，專制河南。適歡死，梁主因歡子高澄素與景不和，用反間高澄，澄果疑景，詐爲歡書召景，景發書知澄詐，遂據河南叛魏。景遂使郎中丁和奉降表於梁主，舉河南十三州歸附。梁主正月丁卯夜，夢中原牧守皆以地來降。次日，見朱异説夢中之事，异奏道：「此宇内混一之兆也。」及丁和奉降表見梁主，言景定降計，實是正月乙卯。梁主益神其事，遂納景降，封景爲河南王，又發兵馬助景。那裏曉得侯景反覆兇人，他知道臨賀王蕭正德，屢以貪暴得罪於梁主，正德陰養死士，只願國家有變，景因致書於正德，書云：

天子年尊，奸臣亂國。大王屬當儲貳，今被廢黜，景雖不才，實思自效。

正德得書大喜，暗地與景連和，又致書景，書云：

僕爲其内，公爲其外，何爲不濟？事機在速，今其時矣。

説這侯景與正德密約，遂詐稱出獵起兵。十月，襲譙州，執刺史蕭泰。又攻破歷陽，太守莊鐵以城投降，因説侯景曰：「國家承平歲久，人不習戰鬭，大王舉兵，内外震駭。宜乘此際，速趨建康，兵不血刃，而成大功。若使朝廷徐得爲備，使羸兵千人，直據采石，雖有精甲百萬，不能濟矣。」景聞大悦，遂以鐵爲導引。梁主不知正德與景暗通，反令正德督軍屯丹陽。正德遣大船數十艘，詐稱載荻，暗濟景衆。侯景得渡，遂圍臺城，晝夜攻城不息。被董勳引景衆登城，就據了臺城。把梁主拘於太極東堂，以五百甲士防衛内外，周圍鐵桶相似。

景遂入宫，恣意肆取宫中寶玩珍鼎前代法器之類，又選美好宫嬪、名姬千數，悉歸於己。景陰體弘壯，淫毒無度，夜御數十人，猶不遂其所欲。聞溧陽公主音律超衆，容色傾國，欲納爲妃。遂使小黄門田香兒，以紫玉軟絲同心結兒一奩，并合歡水果，盛以金泥小盒，密封遺公主。公主啓看，左右皆怒，勸主碎其盒，拒而不納。公主曰：「不然，非爾輩所知。侯王天下豪傑，父王昔曾夢獮猴升御榻，正應今日。我不束身歸侯王，則蕭氏無遺類矣。」【眉批】婦人乃有此見識，此拘儒所不及。陳寔吊張讓，狄仁傑臣武氏，皆此意也。遂以雙鳳名錦被，珊瑚嵌金交蓮枕，遺侯景。景見田香兒回奏，大悦，遣親近左右數十人迎公主。定情之夕，景雖狎毒萬端，主亦曲爲忍受。日親不移，致景寵結，得以顛倒是非，妨於朝務，保全公族，主之力也。後王偉勸景廢立，盡除衍族，主與偉忤，愛弛。

梁主既爲侯景所制，不得來見支公。【眉批】支公若有神通，何必梁主來見，殆天命不可違耳。所求多不遂意，飲膳亦爲所裁節。憂憤成疾，口苦索蜜不得，〔七〕荷荷而殂，【眉批】荷荷之厄，是齊寶卷花報，不礙超生。年八十六歲。景秘不發喪，支長老早已知道，況時節已至，不可待也，在寺裏坐化了。

且說梁湘東王繹痛梁主被景幽死，遂自稱假黄鉞大都督中外諸軍，承制起兵，來誅侯景。先使竟陵太守王僧辨領五千人馬，來復臺城。軍到湘州地方，僧辨暗令趙伯超來探聽侯景消息。伯超恐路上不好行，裝做個平常商人，行到栢桐尖山邊深林裏走過，望見梁主與支公二人，各倚着一杖，緩緩的行來。伯超走近，見了梁主，吃這一驚不小，連忙跪下奏道：「陛下與長老因甚到此？今要往何處去？」梁主回答道：「朕功行已滿，與長老往西天竺極樂國去。有封書寄與湘東王，正没人可寄，卿可仔細收好，與朕寄去。」説了，梁主就袖中取出書，遞與趙伯超。伯超剛接得書，就不見了梁主與支公。後伯超探聽侯景消息，回覆王僧辨，忙將書送上湘東王，説見梁主一事。湘東王拆開書看，是一首古風，詩云：

奸虜竊神器，毒痛流四海。
嗟哉蕭正德，爲景所愚賣。

兇逆賊君父，不復爲翊戴。
惟彼湘東王，憤起忠勤在。
落星霸先謀，使景臺城敗。
竄身依答仁，爲鵾所屠害。
身首各異處，五子誅夷外。
暴尸陳市中，争食民心快。
今我脱敝履，去住兩無礙。
極樂爲世尊，自在兜利界。
簒逆安在哉？鈇鉞誅千載！

湘東王讀罷是詩，淚涕潛流，不勝嗚咽。後王僧辨、陳霸先攻破侯景，景竟欲走吴依答仁。羊侃三子羊鵾殺之，暴景尸於市，民争食之，并骨亦盡。溧陽公主亦食其肉，雪冤於天，期以自死。【眉批】到來方見公主心事，真女中豪傑。景五子皆被北齊殺盡。於詩無一不驗。詩曰：

堪笑世人眼界促，只就目前較禍福。
臺城去路是西天，累世證明有空谷。

【校記】

〔一〕本卷正文卷目原作「梁武帝累修歸極樂」，但書首目録中卷目作「梁武帝累修成佛」，根據《三言》前後兩卷卷目文字對偶特點，改從書首目録。

〔二〕「念着經」，法政本作「念聲佛」。

〔三〕「布」，法政本作「在」。

〔四〕「性情」，法政本作「世情」。

〔五〕「西邸」，法政本作「西府」。

〔六〕「云」，法政本無。

〔七〕「索蜜」，底本作「索密」，據法政本改。

囑多才明朝千
萬早些來

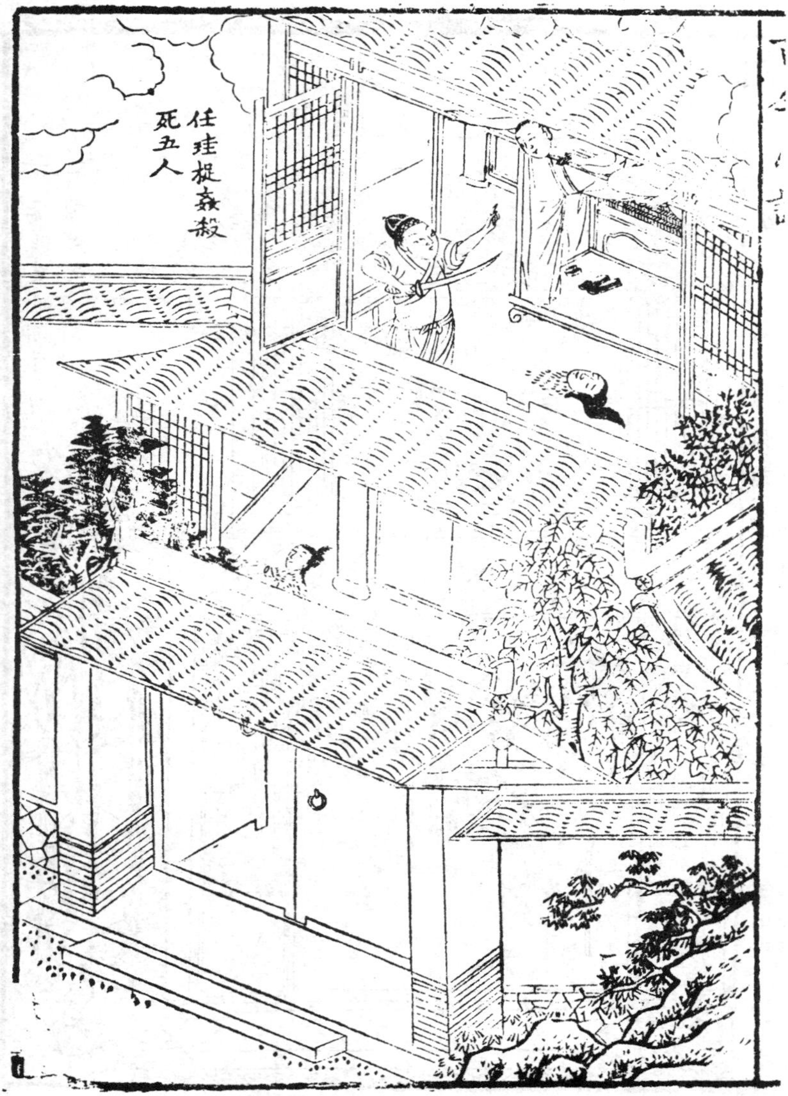
任珪捉姦殺
死五人

第三十八卷　任孝子烈性爲神

參透風流二字禪，好姻緣作惡姻緣。
癡心做處人人愛，冷眼觀時個個嫌。
閒花野草且休拈，贏得身安心自然。
山妻本是家常飯，不害相思不費錢。

這首詞，單道着色欲乃忘身之本，爲人不可苟且。

話説南宋光宗朝紹熙元年，臨安府在城清河坊南首升陽庫前有個張員外，家中巨富，門首開個川廣生藥鋪。年紀有六旬，媽媽已故。止生一子，喚做張秀一郎，年二十歲，聰明標致。每日不出大門，只務買賣。父母見子年幼，抑且買賣其門如市，打發不開。鋪中有個主管，姓任名珪，年二十五歲。母親早喪，止有老父，雙目不明，端坐在家。任珪大孝，每日辭父出，到晚纔歸參父，如此孝道。祖居在江干牛皮街上。是年冬間，憑媒説合，娶得一妻，年二十歲，生得大有顔色，係在城内日新橋河下做凉傘的梁公之女兒，小名叫做聖金。自從嫁與任珪，見他篤實本分，只是心中不樂，怨恨父母，千不嫁萬不嫁，把我嫁在江干，路又遠，早晚要歸家不便。終日眉頭不展，面帶憂容，妝飾皆廢。這任珪又向早出晚歸，因此不滿婦人之意。原來這婦人未嫁之時，先與對門周待詔之子名周得有姦。此人生得丰姿俊雅，專在三街兩巷貪花戀酒，趨奉得婦人中意。年紀三十歲，不要娶妻，只愛養婆娘。周得與梁姐姐暗約偷期，街坊鄰里，那一個不曉得。因此梁公、梁婆又無兒子，没奈何只得把女兒嫁在江干，省得人是非。這任珪是個樸實之人，不曾打聽仔細，胡亂娶了。不想這婦人身雖嫁了任珪，一心只想周得，兩人餘情不斷。

荏苒光陰，正是：

看見垂楊柳，回頭麥又黄。
蟬聲猶未斷，孤雁早成行。

忽一日，正值八月十八日潮生日。滿城的佳人才子，皆出城看潮。這周得同兩個弟兄，俱打扮出候潮門。只見車馬往來，人如聚蟻。周得在人叢中丢撇了兩個弟兄，潮也不看，一徑投到牛皮街那任珪家中來。原來任公每日只閉着大門，坐在樓檐下念佛。周得將扇子柄敲門，任公只道兒子回家，一步步摸出來，把門開了。周得知道是任公，便叫聲：「老親家，小子施禮了。」任公聽着不是兒子聲音，便問：「足下何人？有何事到舍下？」周得道：「老親家，小子是梁凉傘姐姐之子。有我姑表妹嫁在宅上，因看潮特來相訪。令郎姐夫在家麼？」任公雙目雖不明，見説是媳婦的親，便邀他請坐。就望裏面叫一聲：「娘子，有你阿舅在此相訪。」這婦人在樓上正納悶，聽得任公叫，連忙濃添脂粉，插戴釵環，穿幾件色服，三步那做兩步，走下樓來。布簾内瞧一瞧：「正是我的心肝情人！多時不曾相見。」走出布簾外，笑容可掬，向前相見。這周得一見婦人，正是：

分明久旱逢甘雨，賽過他鄉遇故知。
只想洞房歡會日，那知公府獻頭時？

兩個并肩坐下。這婦人見了周得，神魂飄蕩，不能禁止。遂携周得手，揭起布簾，口裏胡説道：「阿舅，上樓去説話。」這任公依舊坐在樓檐下板凳上念佛。

這兩個上得樓來，就抱做一團。婦人駡道：「短命的！教我思量得你成病，因何一向不來看我？負心的賊！」周得笑道：「姐姐，我爲你嫁上江頭來，早晚不得見面，害了相思病，争些兒不得見你。我如常要來，只怕你老公知道，因此不敢來望你。」一頭説，一頭摟抱上床，解帶卸衣，叙舊日海誓山盟，雲情雨意。正是：

情興兩和諧，摟定香肩臉貼腮，手撚香酥妳綿軟。實奇哉，退了袴兒脱繡鞋。

玉體靠郎懷，舌送丁香口便開。倒鳳顛鸞雲雨罷，囑多才，明朝千萬早些來。

這詞名《南鄉子》，單道其日間雲雨之事。這兩個霎時雲收雨散，各整衣巾。婦人摟住周得在懷裏道：「我的老公早出晚歸，你若不負我心，時常只説相訪，老子又瞎，他曉得甚麽！只顧上樓和你快活，切不可做負心的。」周得答道：「好姐姐，心肝肉，你既有心於我，我決不負於你，我若負心，教我墮阿鼻地獄，萬劫不得人身。」這婦人見他設呪，連忙捧過周得臉來，舌送丁香，放在他口裏道：「我心肝，我不枉了有心愛你。從今後頻頻走來相會，切不可使我倚門而望。」道罷，兩人不忍分别。只得下樓别了任公，一直去了。婦人對任公道：「這個是我姑娘的兒子，且是本分淳善，話也不會説，老實的人。」【眉批】好個老實人，所謂「此處無銀三十兩」也。任公答道：「好，好。」婦人去竈前安排中飯與任公吃了，自上樓去了，直睡到晚。任珪回來，參了父親，上樓去了。夫妻無話，睡到天明。辭了父親，又入城而去，俱各不題。

這周得自那日走了這遭，日夜不安，一心想念。歇不得兩日，又去相會，正是情濃似火。此時牛皮街人煙稀少，因此走動，只有數家鄰舍，都不知此事。不想周得爲了一場官司，有兩個月不去相望。這婦人淫心似火，巴不得他來。只因周得不來，懨懨成病，如醉如癡。正是：

烏飛兔劫，朝來暮往何時歇？女媧只會煉石補青天，豈會熬膠粘日月？

倏忽又經元宵，臨安府居民門首，扎縛燈棚，懸挂花燈，慶賀元宵。不期這周得官事已了，打扮衣巾，其日巳牌時分，徑來相望。却好任公在門首念佛，與他施禮罷，徑上樓來。袖中取出燒鵝熟肉，兩人吃了，解帶脱衣上床。如糖似蜜，如膠似漆，恁意顛鸞倒鳳，出於分外綢繆。日久不曾相會，兩個摟做一團，不捨分開。耽閣長久了，直到申牌時分，不下樓來。這任公肚中又饑，心下又氣，想道：「這阿舅今日如何在樓上這一日？」便在樓下叫道：「我肚饑了，要飯吃！」婦人應道：「我肚裏疼痛，等我便來。」任公忍氣吞聲，自去門前坐了，心中暗想：「必有蹺蹊，今晚孩兒回來問他。」這兩人只得分散，輕輕移步下樓，款款開門，放了周得去了。那婦人假意叫肚痛，安排些飯與任公吃了，自去樓上思想情人，不在話下。

却說任珪到晚回來，參見父親。任公道：「我兒，且休要上樓去，有一句話要問你。」任珪立住脚聽，任公道：「你丈人丈母家，有個甚麽姑舅的阿舅，自從舊年八月十八日看潮來了這遭，以後不時來望，徑直上樓去説話，也不打緊；今日早間上樓，直到下午，中飯也不安排我吃。我忍不住叫你老婆，那阿舅聽見我叫，慌忙去了。我心中十分疑惑，往日常要問你，只是你早出晚回，因此忘了。我想男子漢與婦人家在樓上一日，必有姦情之事。我自年老，眼又瞎，管不得，我兒自己慢慢訪問則個。」任珪聽罷，心中大怒，火急上樓。端的是：

口是禍之門，舌爲斬身刀。
閉口深藏舌，安身處處牢。

當時任珪大怒上樓，口中不説，心下思量：「我且忍住，看這婦人分豁。」只見這婦人坐在樓上，便問道：「父親吃飯也未？」答應道：「吃了。」便上樓點燈來，鋪開被，脱了衣裳，先上床睡了。任珪也上床來，却不倒身睡去，坐在枕邊問那婦人道：「我問你家那有個姑長阿舅，時常來望你？你且説是那個。」婦人見説，爬將起來，穿起衣裳，坐在床上。柳眉剔竪，嬌眼圓睁，應道：「他便是我爹爹結義的妹子養的兒子，我的爹娘記挂我，時常教他來望我。有甚麽半絲麻綫！」便焦躁發作道：「兀誰在你面前説長道短來？老娘不是善良君子，不裹頭巾的婆婆！洋塊塼兒也要落地，你且説是誰説黄道黑，我要和你會同問得明白。」任珪道：「你不要嚷！却纔父親與我說，今日甚麽阿舅，在樓上一日，因此問你則個。没事便罷休，不消得便焦躁。」一頭説，一頭便脱衣裳自睡了。那婦人氣喘氣促，做神做鬼，假意兒裝妖作勢，哭哭啼啼道：「我的父母没眼睛，把我嫁在這裏。没來由教他來望，却教别人説是道非。」又哭又説。任珪睡不着，只得爬起來，那婦人頭邊摟住了，撫恤道：【眉批】「撫恤」二字下得新。「便罷休，是我不是。看往日夫妻之面，與你陪話便了。」那婦人倒在任珪懷裏，兩個雲情雨意，狂了半夜，俱不題了。

任珪天明起來，辭了父親入城去了。每日巴巴結結，早出晚回。那癡婆一心只想要偷漢子，轉轉尋思：「要待何計脱身？只除尋事回到娘家，方纔和周得做一塊兒，耍個滿意。」日夜挂心，撚指又過了半月。

忽一日飯後，周得又來，拽開門兒徑入，也不與任公相見，一直上樓。那婦人向前摟住，低聲説道：「叵耐這瞎老驢，與兒子説道你常來樓上坐定説話，教我分説得口皮都破，被我葫蘆提瞞過了。你從今不要來，怎地教我捨得你？可尋思計策，除非回家去與你方纔快活。」周得聽了，眉頭一簇，計上心來：「如今屋上猫兒正狂，叫來叫去。你可漏屋處抱得一個來，安在懷裏，必然抓碎你胸前。却放了猫兒，睡在床上啼哭。等你老公回來，必然問你。你説：『你的好爺，却來調戲我，我不肯順他，他將我胸前抓碎了。』你放聲哭起來，你的丈夫必然打發你歸家去。我每日得和你同歡同樂，却強如偷鷄吊狗，暫時相會。且在家中住了半年三個月，却又再處。此計大妙！」婦人伏道：「我不枉了有心向你，好心腸，有見識！」二人和衣倒在床上調戲了。雲雨罷，周得慌忙下樓去了。正是：

老龜烹不爛，移禍於枯桑。

那婦人伺候了幾日。忽一日，捉得一個猫兒，解開胸膛，包在懷裏。這猫兒見衣服包籠，舒脚亂抓。婦人忍着疼痛，由他抓得胸前兩奶粉碎。解開衣服，放他自去。此是申牌時分，不做晚飯，和衣倒在床上，把眼揉得緋紅，哭了叫，叫了哭。將近黄昏，任珪回來，參了父親。到裏面不見婦人，叫道：「娘子，怎麽不下樓來？」那婦人聽得回了，越哭起來。任珪徑上樓，不知何意，問道：「吃晚飯也未？怎地又哭？」連問數聲不應。那淫婦巧生言語，一頭哭，一頭叫道：「問甚麽！説起來妝你娘的謊子。快寫休書，打發我回去，做不得這等猪狗樣人！你若不打發我回家去，我明日尋個死休！」説了又哭。任珪道：「你且不要哭，有甚事對我説。」這婦人爬將起來，抹了眼淚，擗開胸前，兩奶抓得粉碎，有七八條血路，教丈夫看了道：「這是你好親爺幹下的事！今早我送你出門，回身便上樓來。不想你這老驢老畜生，輕手輕脚跟我上樓，一把雙手摟住，摸我胸前，定要行姦。吃我不肯，他便將手把我胸前抓得粉碎，那裏肯放！我慌忙叫起來，他没意思，方纔摸下樓去了。教我眼巴巴地望你回來。」説罷，大哭起來，道：「我家不是這般没人倫畜生驢馬的事。」任珪道：「娘子低聲！鄰舍聽得，不好看相。」婦人道：「你怕別人得知，明日討乘轎子，擡我回去便罷休。」任珪雖是大孝之人，聽了這篇妖言，不由得：【眉批】豈有孝子而不能諒親之素行者？此是任珪大錯，没見識處。

怒從心上起，惡向膽邊生。

「正是『畫虎畫皮難畫骨，知人知面不知心』。罷罷，原來如此！可知道前日説你與甚麽阿舅有姦，眼見得没巴鼻，在我面前胡説。今後眼也不要看這老禽獸！娘子休哭，且安排飯來吃了睡。」這婦人見丈夫聽他虛説，心中暗喜，下樓做飯，吃罷去睡了。正是：

嬌妻唤做枕邊靈，十事商量九事成。

這任珪被這婦人情色昏迷，也不問爺却有此事也無。過了一夜，次早起來，吃飯罷，叫了一乘轎子，買了一隻燒鵝，兩瓶好酒，送那婦人回去。婦人收拾衣包，也不與任公説知，上轎去了。擡得到家，便上樓去。周得知道便過來，也上樓去，就摟做一團，倒在梁婆床上，雲情雨意。周得道：「好計麼？」婦人道：「端的你好計策！今夜和你放心快活一夜，以遂兩下相思之願。」兩個狂罷，周得下樓去要買辦些酒饌之類。婦人道：「我帶得有燒鵝美酒，與你同吃。你要買時，只覓些魚菜時果足矣。」【眉批】會快活。〔一〕周得一霎時買得一尾魚，一隻猪蹄，四色時新果兒，又買下一大瓶五加皮酒，拿來家裏，教使女春梅安排完備，已是申牌時分。婦人擺開卓子，梁公、梁婆在上坐了，周得與婦人對席坐了，女使篩酒，四人飲酒，直至初更。吃了晚飯，梁公、梁婆二人下樓去睡了。這兩個在樓上，正是：歡來不似今日，喜來更勝當初。正要稱意停眠整宿，只聽得有人敲門。正是：

日間不做虧心事，半夜敲門不吃驚。

這兩個指望做一夜快活夫妻，誰想有人敲門。春梅在竈前收拾未了，聽得敲門，執燈去開門。見了任珪，驚得呆了，立住脚頭，高聲叫道：「任姐夫來了！」周得聽叫，連忙穿衣徑走下樓。思量無處躲避，想空地裏有個東厠，且去東厠躲閃。這婦人慢慢下樓道：「你今日如何這等晚來？」任珪道：「便是出城得晚，關了城門。欲去張員外家歇，又夜深了，因此來這裏歇一夜。」婦人道：「吃晚飯了未？」任珪道：「吃了，只要些湯洗脚。」春梅連忙掇脚盆來，教任珪洗了脚。婦人先上樓，任珪却去東厠裏净手。時下有人攔住，不與他去便好，只因來上厠，争些兒死於非命。正是：

恩義廣施，人生何處不相逢？冤仇莫結，路逢狹處難迴避。

任珪剛跨上東厠，被周得劈頭揪住，叫道：「有賊！」梁公、梁婆、婦人、使女各拿一根柴來亂打。任珪大叫道：「是我，不是賊！」衆人不由分説，將任珪痛打一頓。周得就在鬧裏一徑走了。任珪叫得喉嚨破了，衆人方纔放手。點燈來看，見了任珪，各人都呆了。任珪道：「我被這賊揪住，你們顛倒打我，被這賊走了。」衆人假意埋冤道：「你不早説！只道是賊，賊到却走了。」説罷，各人自去。任珪忍氣吞聲道：「莫不是藏甚麽人在裏面，被我衝破，到打我這一頓？且不要慌，慢慢地察訪。」聽那更鼓已是三更，去梁公床上睡了。心中胡思亂想，只睡不着。捱到五更，不等天明，起來穿了衣服便走。梁公道：「待天明吃了早飯去。」任珪被打得渾身疼痛，那有好氣？也不應他，開了大門，拽上了，趁星光之下，直望候潮門來。

却忒早了些，城門未開。【眉批】情節好。城邊無數經紀行販，挑着鹽擔，坐在門下等開門。也有唱曲兒的，也有説閒話的，也有做小買賣的。任珪混在人叢中，坐下納悶。你道事有凑巧，物有偶然，正所謂：

吃食少添鹽醋，不是去處休去。

要人知重勤學，怕人知事莫做。

當時任珪心下鬱鬱不樂，與決不下。內中忽有一人説道：「我那裏有一鄰居梁凉傘家，有一件好笑的事。」這人道：「有甚麽事？」那人道：「梁家有一個女兒，小名聖金，年二十餘歲。未曾嫁時，先與對門周待詔之子周得通姦。舊年嫁在城外牛皮街賣生藥的主管，叫做任珪。這周得一向去那裏來往，被瞎阿公識破，去那裏不得了。昨日歸在家裏，昨晚周得買了嗄飯好酒，吃到更盡。兩個正在樓上快活，有這等的巧事，不想那女婿更深夜静，趕不出城，徑來丈人家投宿。姦夫驚得没躲避處，走去東厠裏躲了。任珪却去東厠净手，你道好笑麽？那周得好手段，走將起來劈頭將任珪揪住，到叫：『有賊！』丈人、丈母、女兒，一齊把任珪爛醬打了一頓，姦夫逃走了。世上有這樣的異事！」衆人聽説了，一齊拍手笑起來，道：「有這等没用之人！被姦夫淫婦安排，難道不曉得？」這人道：「若是我，便打一把尖刀，殺做兩段！那人必定不是好漢，必是個煨膿爛板烏龜。」【眉批】鋪叙如見。又一個道：「想那人不曉得老婆有姦，以致如此。」説了又笑一場。正是：

情知語是鈎和綫，從頭鈎出是非來。

當時任珪却好聽得備細，城門正開，一齊出城，各分路去了。此時任珪不出城，復身來到張員外家裏來，取了三五錢銀子，到鐵舖裏買了一柄解腕尖刀，和鞘插在腰間。思量錢塘門晏公廟神明最靈，買了一隻白公鷄，香燭紙馬，提來廟裏，燒香拜告：「神聖顯靈！任珪妻梁氏，與鄰人周得通姦，夜來如此如此。」前話一一禱告罷，將刀出鞘，提鷄在手，問天買卦：「如若殺得一個人，殺下的鷄在地下跳一跳；殺他兩個人，跳兩跳。」説罷，一刀剁下鷄頭，那鷄在地下一連跳了四跳，重復從地跳起，直從梁上穿過，墜將下來，却好共是五跳。當時任珪將刀入鞘，再拜，望神明助力報仇。化紙出廟，上街，東行西走，無計可施，到晚回張員外家歇了。没情没緒，買賣也無心去管。次日早起，將刀插在腰間，没做理會處。欲要去梁家幹事，又恐撞不着周得，只殺得老婆也無用，又不了事。轉轉尋思，恨不得咬他一口。徑投一個去處，有分教：任珪小膽番爲大膽，善心改作惡心，大鬧了日新橋，鼎沸了臨安府。正是：

青龍與白虎同行，吉凶事全然未保。

這任珪東撞西撞，徑到美政橋姐姐家裏，見了姐姐説道：「你兄弟這兩日有些事故，爹在家没人照管，要寄托姐姐家中住幾時，休得推故。」姐姐道：「老人家多住些時也不妨。」姐姐果然教兒子去接任公，扶着來家。

這日任珪又在街坊上串了一回，趄到姐姐家，〔二〕見了父親，將從前事，一一説過，道：「兒子被這潑淫婦虛言巧語，反説父親如何如何，兒子一時被惑，險些墮他計中。這口氣如何消得？」任公道：「你不要這淫婦便了，何須嘔氣？」任珪道：「有一日撞在我手裏，决無干休！」任公道：「不可造次。從今不要上他門，休了他，别討個賢會的便罷。」【眉批】上策。任珪道：「兒子自有道理。」辭了父親并姐姐，氣忿忿的入城。恰好是黄昏時候，走到張員外家，將上件事一一告訴：「只有父親在姐姐家，我也放得心下。」張員外道：「你且忍耐，此事須要三思而行。自古道：『捉姦見雙，捉賊見贓。』倘或不了事，枉受了苦楚。若下在死囚牢中，無人管你。你若依我説話，不强如殺害人性命。冤家只可解，不可結。」任珪聽得勸他，低了頭，只不言語。員外教養娘安排酒飯相待，教去房裏睡，明日再作計較。任珪謝了，到房中寸心如割，和衣倒在床上，番來復去，延捱到四更盡了，越想越惱，心頭火按捺不住。起來抓扎身體急捷，將刀插在腰間，摸到厨下，輕輕開了門，靠在後墻。那墻苦不甚高，一步爬上墻頭。其時夏末秋初，其夜月色正明如晝。將身望下一跳，跳在地上。道：「好了！」一直望丈人家來。

隔十數家，黑地裏立在屋檐下，思量道：「好却好了，怎地得他門開？」躊躇不决。只見賣燒餅的王公，挑着燒餅擔兒，手裏敲着小小竹筒過來。忽然丈人家門開，走出春梅，叫住王公。將錢買燒餅。任珪自道：「那厮當死！」三步作一步，奔入門裹，徑投胡梯邊梁公房裹來。掇開房門，拔刀在手，見丈人、丈母俱睡着。心裹想道：「周得那厮必然在樓上了。」按住一刀一個，割下頭來，丢在床前。正要上樓，却好春梅關了門，走到胡梯邊。被任珪劈頭揪住，道：「不要高聲！若高聲，便殺了你。你且説，周得在那裹？」那女子認得是任珪聲音，情知不好了，見他手中拿刀，大叫：「任姐夫來了！」任珪氣起，一刀砍下頭來，倒在地下，慌忙大踏步上樓去殺姦夫淫婦。正是：

種瓜得瓜，種豆得豆。
天網恢恢，疏而不漏。

當時任珪跨上樓來。原來這兩個正在床上狂蕩，聽得王公敲竹筒，唤起春梅買燒餅，房門都不閉，卓上燈尚明。徑到床邊，婦人已知，聽得春梅叫，假做睡着。任珪一手按頭，一手將刀去咽喉下切下頭來，丢在樓板上。口裹道：「這口怒氣出了，只恨周得那厮不曾殺得，不滿我意。」猛想：「神前殺鷄五跳，殺了丈人、丈母、婆娘、使女，只應得四跳。那鷄從梁上跳下來，必有緣故。」擡頭一看，却見周得赤條條的伏在梁上。任珪叫道：「快下來，饒你性命！」那時周得心慌，爬上去了，一見任珪，戰戰兢兢，慌了手脚，禁了爬不動。任珪性起，從床上直爬上去，將刀亂砍，可憐周得從梁上倒撞下來。任珪隨勢跳下，踏住胸脯，搠了十數刀。將頭割下，解開頭髮，與婦人頭結做一處。將刀入鞘，提頭下樓。到胡梯邊，提了使女頭，來尋丈人、丈母頭，解開頭髮，五個頭結做一塊，放在地上。

此時東方大亮，心中思忖：「我今殺得快活，稱心滿意。逃走被人捉住，不爲好漢。不如挺身首官，便吃了一剮，也得名揚於後世。」遂開了門，叫兩邊鄰舍，對衆人道：「婆娘無禮，人所共知。我今殺了他一家，并姦夫周得。我若走了，連累高鄰吃官司，如今起煩和你們同去出首。」衆人見説未信，慌忙到梁公房裏看時，老夫妻兩口俱没了頭，胡梯邊女使尸倒在那裏。【眉批】又總叙有法，太史公往往有此。上樓看時，周得被殺死在樓上，遍身刀搠傷痕數處，尚在血裏，婦人殺在床上。衆人吃了一驚，走下樓來。只見五顆頭結做一處，都道：「真好漢子！我們到官，依直與他講就是。」道猶未了，嚷動鄰舍、街坊、里正、緝捕人等，都來縛住任珪。任珪道：「不必縛我，我自做自當，并不連累你們。」説罷，兩手提了五顆頭，出門便走。衆鄰舍一齊跟定，滿街男子婦人，不計其數來看，哄動滿城人。只因此起，有分教：任珪正是：

生爲孝子肝腸烈，死作明神姓字香。

衆鄰舍同任珪到臨安府，大尹聽得殺人公事，大驚，慌忙升廳。兩下公吏人等排立左右，任珪將五個人頭，行兇刀一把，放在面前，跪下告道：「小人姓任名珪，年二十八歲，係本府百姓，祖居江頭牛皮街上。母親早喪，止有老父，雙目不明。前年冬間，憑媒説合，娶到在城日新橋河下梁公女兒爲妻，一向到今。小人因無本生理，在賣生藥張員外家做主管。早去晚回，日常間這婦人只是不喜。至去年八月十八日，父親在樓下坐定念佛，原來梁氏未嫁小人之先，與鄰人周得有姦。其日本人來家，稱是姑舅哥哥來訪，徑自上樓説話。日常來往，痛父眼瞎不明。忽日父與小人説道：『甚麼阿舅常常來樓上坐，必有姦情之事。』小人聽得説，便駡婆娘。一時小人見不到，被這婆娘巧語虛言，説道老父上樓調戲。因此三日前，小人打發婦人回娘家去了。至日，小人回家晚了，關了城門，轉到妻家投宿。不想姦夫見我去，逃躲東厠裏。小人臨睡，去東厠浄手，被他劈頭揪住，喊叫有賊。當時丈人、丈母、婆娘、使女，一齊執柴亂打小人，此時姦夫走了。小人忍痛歸家，思想這口氣没出處。不合夜來提刀入門，先殺丈人、丈母，次殺使女，後來上樓殺了淫婦。猛擡頭，見姦夫伏在梁上，小人爬上去，亂刀砍死。今提五個首級首告，望相公老爺明鏡。」大尹聽罷，呆了半晌。遂問排鄰，委果供認是實。所供明白，大尹鈞旨，令任珪親筆供招。隨即差個縣尉，并公吏仵作人等，押着任珪到尸邊檢驗明白。其日人山人海來看。

險道神脱了衣裳，這場話非同小可。

當日一齊同到梁公家，將五個尸首一一檢驗訖，封了大門。縣尉帶了一干人犯，來府堂上回話道：「檢得五個尸，并是兇身自認殺死。」大尹道：「雖是自首，難以免責。」交打二十下，取具長枷枷了，上了鐵鐐手肘，令獄卒押下死囚牢裏去。一干排鄰回家。教地方公同作眼，將梁公家家財什物變賣了，買下五具棺材，盛下尸首，聽候官府發落。

且説任珪在牢内，衆人見他是個好男子，都愛敬他。早晚飯食，有人管顧。不在話下。

臨安府大尹，與該吏商量：「任珪是個烈性好漢，只可惜下手忒狠了，周旋他不得。」只得將文書做過，申呈刑部，刑部官奏過天子，令勘官勘得本犯姦夫淫婦，理合殺死。不合殺了丈人、丈母、使女，一家非死三人。着令本府待六十日限滿，將犯人就本地方凌遲示衆。梁公等尸首燒化，財産入官。

文書到府數日，大尹差縣尉率領仵作、公吏、軍兵人等，當日去牢中取出任珪。大尹將朝廷發落文書，教任珪看了。任珪自知罪重，低頭伏死。大尹教去了鎖枷鐐肘，上了木驢。只見：

四道長釘釘，三條麻索縛。

兩把刀子舉，一朶紙花摇。

縣尉人等，兩棒鼓，一聲鑼，簇擁推着任珪，前往牛皮街示衆。但見犯由牌前引，棍棒後隨。當時來到牛皮街，圍住法場，只等午時三刻。其日看的人，兩行如堵。將次午時，真可作怪，一時間天昏地黑，日色無光，狂風大作，飛砂走石，播土揚泥，你我不能相顧。看的人驚得四分五落，魄散魂飄。少頃，風息天明，縣尉并劊子衆人看任珪時，挷索長釘，俱已脱落，端然坐化在木驢之上。衆人一齊發聲道：「自古至今，不曾見有這般奇異的怪事。」監斬官驚得木麻，慌忙令仵作、公吏人等，看守任珪尸首。自己忙拍馬到臨安府，禀知大尹。大尹見説，大驚，連忙上轎，一同到法場看時，果然任珪坐化了。大尹徑來刑部禀知此事，着令排鄰地方人等，看守過夜。明早奏過朝廷，憑聖旨發落。次日巳牌時分，刑部文書到府，隨將犯人任珪尸首，即時燒化，以免凌遲。縣尉領旨，就當街燒化。城裏城外人，有千千萬萬來看，都説：「這樣異事，何曾得見？何曾得見？」

却説任公與女兒，知得任珪死了，安排些羹飯，外甥挽了瞎公公，女兒擡着轎子，一齊徑到當街祭祀了，痛哭一場。任珪的姐姐，教兒子挽扶着公公，同回家奉親過世。

話休絮煩，過了兩月餘，每遇黄昏，常時出來顯靈。來往行人看見者，回去便患病，備下羹飯紙錢當街祭獻，其病即痊。忽一日，有一小兒來牛皮街閒耍，被任珪附體起來。衆人一齊來看，小兒説道：「玉帝憐吾是忠烈孝義之人，各坊城隍、土地保奏，令做牛皮街土地。汝等善人可就我屋基立廟，春秋祭祀，保國安民。」説罷，小兒遂醒。當坊鄰佑，看見如此顯靈，那敢不信？即日斂出財物，買下木植，將任珪基地蓋造一所廟宇。連忙請一個塑佛高手，塑起任珪神像，坐於中間，虔備三牲福禮祭獻。自此香火不絶，祈求必應，其廟至今尚存。後人有詩題於廟壁，贊任珪坐化爲神之事，詩云：

鐵銷石朽變更多，只有精神永不磨。
除却奸淫拚自死，剛腸一片賽閻羅。

【校記】

〔一〕本條眉批底本無，據法政本補。——〔二〕「�」，法政本作「走」。

二程誣陷
汪信之

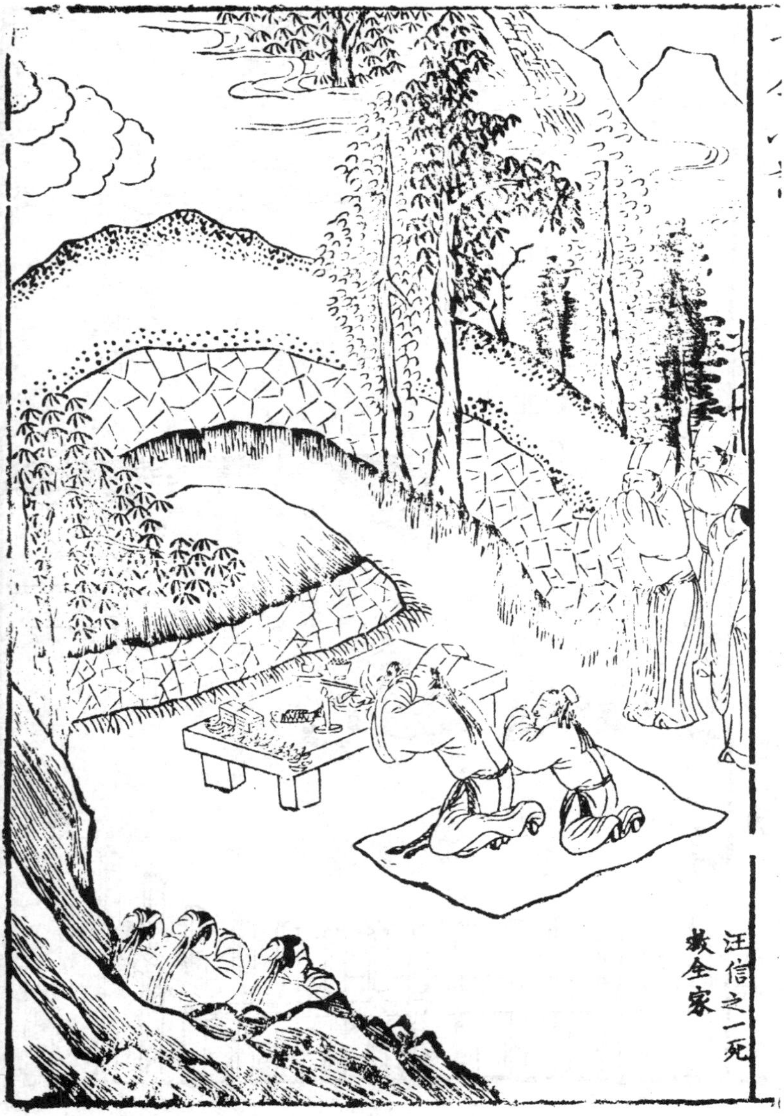
汪信之一死
救全家

第三十九卷　汪信之一死救全家

白髮蘇隄老嫗，不知生長何年。相隨寶駕共南遷，往事能言舊汴。前度君王游幸，一時詢舊悽然。魚羹妙製味猶鮮，雙手擎來奉獻。

話說大宋乾道、淳熙年間，孝宗皇帝登極，奉高宗爲太上皇。那時金邦和好，四郊安静，偃武修文，與民同樂。孝宗皇帝時常奉着太上乘龍舟來西湖玩賞。湖上做買賣的，一無所禁，所以小民多有乘着聖駕出游，赶趁生意。只賣酒的也不止百十家。

且説有個酒家婆姓宋，排行第五，唤做宋五嫂。原是東京人氏，造得好鮮魚羹，京中最是有名的。建炎中隨駕南渡，如今也僑寓蘇隄赶趁。一日太上游湖，泊船蘇隄之下，聞得有東京人語音，遣内官召來，乃一年老婆婆。有老太監認得他是汴京樊樓下住的宋五嫂，善煮魚羹，奏知太上。太上題起舊事，悽然傷感，命製魚羹來獻。

太上嘗之，果然鮮美，即賜金錢一百文。此事一時傳遍了臨安府，王孫公子，富家巨室，人人來買宋五嫂魚羹吃。那老嫗因此遂成巨富。有詩爲證：

一碗魚羹值幾錢？舊京遺製動天顏。
時人倍價來争市，半買君恩半買鮮。

又一日，御舟經過斷橋。太上捨舟閒步，看見一酒肆精雅。坐啓内設個素屏風，屏風上寫《風入松》詞一首，詞云：

一春常費買花錢，日日醉湖邊。玉驄慣識西湖路，驕嘶過沽酒樓前。紅杏香中歌舞，緑楊影裏鞦韆。暖風十里麗人天，花壓鬢雲偏。畫船載得春歸去，餘情付湖水湖煙。明日重移殘酒，來尋陌上花鈿。【眉批】好詞。

太上覽畢，再三稱賞，問酒保此詞何人所作？酒保答言：「此乃太學生于國寶醉中所題。」太上笑道：「此詞雖然做得好，但末句『重移殘酒』，不免帶寒酸之氣。」因索筆就屏上改云：「明日重扶殘醉。」即日宣召于國寶見駕，欽賜翰林待詔。那酒家屏風上添了御筆，游人争來觀看，因而飲酒，其家亦致大富。後人有詩單道于國寶際遇太上之事，詩曰：

素屏風上醉題詞，不道君王盼倈奇。

若問姓名誰上達？酒家即是魏無知。

又有詩贊那酒家云：

御筆親删墨未乾，滿城聞説盡争看。
一般酒肆偏騰湧，始信皇家雨露寬。

那時南宋承平之際，無意中受了朝廷恩澤的不知多少。同時又有文武全才，出名豪俠，不得際會風雲，被小人誣陷，激成大禍，後來做了一場没撻煞的笑話，此乃命也，時也，運也。正是：

時來風送滕王閣，運退雷轟薦福碑。

話説乾道年間，嚴州遂安縣有個富家，姓汪名孚，字師中，曾登鄉薦，有財有勢，專一武斷鄉曲，把持官府，爲一鄉之豪霸。因殺死人命，遇了對頭，將汪孚問配吉陽軍去。他又夤緣魏國公張浚，假以募兵報效爲由，得脱罪籍回家，益治貲産，復致大富。他有個嫡親兄弟汪革，字信之，是個文武全才。從幼只在哥哥身邊居住，因與哥哥汪孚酒中争論一句閒話，聱口氣隻身徑走出門，口裏説道：「不致千金，誓不還鄉！」身邊只帶得一把雨傘，并無財物，【眉批】豪傑舉動，已見一班。思想：「那裏去好？我聞得人説，淮慶一路有耕冶可業，甚好經營。且到彼地，再作道理。」只是没有盤纏。心生一計：自小學得些鎗棒拳法在身，那時抓縛衣袖，做個把勢模樣。逢着馬頭聚處，使幾路空拳，將這傘欋爲鎗棒，撇個架子。一般有人喝采，賫發幾文錢，將就買些酒飯用度。

不一日，渡了揚子江。一路相度地勢，直至安慶府。過了宿松，又行三十里，地名麻地坡。看見荒山無數，只有破古廟一所，絶無人居，山上都是炭材。汪革道：「此處若起個鐵冶，炭又方便，足可擅一方之利。」於是將古廟爲家，在外糾合無籍之徒，因山作炭，賣炭買鐵，就起個鐵冶。鑄成鐵器，出市發賣。所用之人，各有職掌，恩威并著，無不欽服。數年之間，發個大家事起來。遣人到嚴州取了妻子，來麻地居住。起造廳屋千間，極其壯麗。又占了本處酤坊，每歲得利若干。又打聽望江縣有個天荒湖，方圓七十餘里，其中多生魚蒲之類。汪革承佃爲己業，湖内漁户數百，皆服他使喚，每歲收他魚租，其家益富。獨霸麻地一鄉，鄉中有事，俱由他武斷。出則佩刀帶劍，騎從如雲，如貴官一般。四方窮民，歸之如市。解衣推食，人人願出死力。【眉批】此等人今煞有用處。又將家財交結附近郡縣官吏，若與他相好的，酒杯來往；若與他作對的，便訪求他過失。輕則遣人訐訟，敗其聲名；重則私令亡命等於沿途劫害，無處踪迹。以此人人懼怕，交驩恐後，分明是：

郭解重生，朱家再出。

氣壓鄉邦，名聞郡國。

話分兩頭。却説江淮宣撫使皇甫倜，爲人寬厚，頗得士心。招致四方豪傑，就中選驍勇的，厚其資糧，朝夕訓練，號爲「忠義軍」。宰相湯思退忌其威名，要將此缺替與門生劉光祖。【眉批】不重國計而重私恩，大臣之弊，今古一律。乃陰令心腹御史，劾奏皇甫倜靡費錢糧，招致無賴兇徒，不戰不征，徒爲他日地方之害。【眉批】偏會説。朝廷將皇甫倜革職，就用了劉光祖代之。那劉光祖爲人又畏懦，又刻薄，專一阿奉宰相，乃悉反皇甫倜之所爲，將忠義軍散遣歸田，不許占住地方生事。【眉批】可惜，可惜。可惜皇甫倜幾年精力，訓練成軍，今日一朝而散。這些軍士，也有歸鄉的，也有結夥走緑林中道路的。

就中單表二人，程彪、程虎，荆州人氏。弟兄兩個，都學得一身好武藝。被劉光祖一時驅逐，平日有的請受都花消了，無可存活，思想投奔誰好。猛然想起洪教頭洪恭，今住在太湖縣南門倉巷口，開個茶坊。他也曾做軍校，昔年相處得好，今日何不去奔他，共他商議資身之策。二人收拾行李，一徑來太湖縣尋取洪恭。洪恭恰好在茶坊中，相見了，各叙寒温，二人道其來意。洪恭自思家中蝸窄，難以相容。當晚殺鷄爲黍，管待二人，送在近處庵院歇了一晚。次日，洪恭又請二人到家中早飯，取出一封書信，説道：「多承二位遠來，本當留住幾時，争奈家貧待慢。今指引到一個去處，管取情投意合，有個小小富貴。」二人謝別而行，將書札看時，上面寫道：「此書送至宿松縣麻地坡汪信之十二爺開拆。」二人依言來到麻地坡，見了汪革，將洪恭書札呈上。汪革拆開看時，上寫道：

侍生洪恭再拜，字達信之十二爺閣下：自別台顔，時切想念。茲有程彪、程虎兄弟，武藝超群，向隸籍忠義軍。今爲新統帥散遣不用，特奉薦至府，乞留爲館賓，令郎必得其資益。外敝縣有湖蕩數處，頗有出産，閣下屢約來看，何遲遲耶？專候撥冗一臨。若得之，亦美業也。

汪革看畢大喜，即喚兒子汪世雄出來相見。置酒款待，打掃房屋安歇。自此程彪、程虎住在汪家，朝夕與汪世雄演習弓馬，點撥鎗棒。

不覺三月有餘，汪革有事欲往臨安府去。二程聞汪革出門，便欲相別。汪革問道：「二兄今往何處？」二程答道：「還到太湖會洪教頭則個。」汪革寫下一封回書，寄與洪恭，正欲賫發二程起身，只見汪世雄走來，向父親説道：「鎗棒還未精熟，欲再留二程過幾時，講些陣法。」汪革依了兒子言語，向二程説道：「小兒領教未全，且屈寬住一兩個月，待不才回家奉送。」二程見汪革苦留，只得住了。

却説汪革到了臨安府，幹事已畢。朝中訛傳金虜敗盟，詔議戰守之策。汪革投匭上書，極言向來和議之非。且云：「國家雖安，忘戰必危。江淮乃東南重地，散遣忠義軍，最爲非策。」末又云：「臣雖不才，願倡率兩淮忠勇，爲國家前驅，恢復中原，以報積世之仇，方表微臣之志。」天子覽奏，下樞密院會議。這樞密院官都是怕事的，只曉得臨渴掘井，那會得未焚徙薪？【眉批】國事之壞，大率由此。况且布衣上書，誰肯破格薦引？又未知金韃子真個殺來也不，且不覆奏，只將温言好語，款留汪革在本府候用。汪革因此逗留臨安，急切未回。正是：

將相無人國内虚，布衣有志枉嗟吁。

黄金散盡貂裘敝，悔向咸陽去上書。

話分兩頭。再説程彪、程虎二人住在汪家，將及一載，胸中本事傾倒傳授與汪世雄，〔一〕指望他重重相謝。那汪世雄也情願厚贈，奈因父親汪革，一去不回。二程等得不耐煩，堅執要行。汪世雄苦苦相留了幾遍，到後來，畢竟留不住了。一時手中又值空乏，【眉批】此八字最爲英雄之累。〔二〕打并得五十兩銀子，分送與二人，每人二十五兩，衣服一套，置酒作別。席上汪世雄説道：「重承二位高賢屈留賜教，本當厚贈，只因家父久寓臨安，二位又堅執要去，世雄手無利權，只有些小私財，權當路費。改日二位若便道光顧，尚容補謝。」二人見銀兩不多，大失所望。口雖不語，心下想道：「洪教頭說得汪家父子，萬分輕財好義，許我個小富貴。特特而來，淹留一載，只這般賫發起身，比着忠義軍中請受，也争不多。早知如此，何不就汪革在家時，即便相辭，也少不得助些盤費。如今汪革又不回來，欲待再住些時，又吃過了送行酒了。」只得怏怏而別。臨行時，與汪世雄討封回書與洪教頭。汪世雄文理不甚通透，【眉批】關目在此。便將父親先前寫下這封書，遞與二程，托他致意，二程收了。汪世雄又送一程，方纔轉去。

當日二程走得困乏，到晚尋店歇宿，沽酒對酌，各出怨望之語。程虎道：「汪世雄不是個三歲孩兒，難道百十貫錢鈔，做不得主？直恁裝窮推故，將人小覷！」程彪道：「那孩子雖然輕薄，也還有些面情。可恨汪革特地相留，不將人爲意，數月之間，書信也不寄一個。只說待他回家奉送，難道十年不回，也等他十年？」程虎道：「那些倚着財勢，横行鄉曲，原不是什麽輕財好客的孟嘗君。只看他老子出外，兒子就支不動錢鈔，便是小家樣子。」程彪道：「那洪教頭也不識人，難道别没個相識，偏薦到這三家村去處？」

二個一遞一句，説了半夜，吃得有八九分酒了，程虎道：「汪革寄與洪教頭書，書中不知寫甚言語，何不拆來一看？」程彪真個解開包裹，將書取出，濕開封處看時，上寫道：

侍生汪革再拜，覆書子敬教師門下：久别懷念，得手書如對面，喜可知也。承薦二程，即留與小兒相處。奈彼欲行甚促，僕又有臨安之游，不得厚贈。有負來意，慚愧，慚愧！

書尾又寫細字一行，云：

别諭俟從臨安回即得踐約，計期當在秋涼矣。革再拜。

程虎看罷，大怒道：「你是個富家，特地投奔你一場，便多將金帛結識我們，久後也有相逢處。又不是雇工代役，算甚日子久近？却説道欲行甚促，不得厚贈，主意原自輕了。」【眉批】也説得是。程虎便要將書扯碎燒毁，却是程彪不肯，依舊收藏了。説道：「洪教頭薦我兄弟一番，也把個回信與他，使他曉得没甚湯水。」程虎道：「也説得是。」當夜安歇無話。

次早起身，又行了一日，第三日赶到太湖縣，見了洪教頭。洪恭在茶坊内坐下，各叙寒温。原來洪恭向來娶下個小老婆，唤做細姨，最是幫家做活，看蠶織絹，不辭辛苦，洪恭十分寵愛。只是一件，那婦人是勤苦作家的人，水也不捨得一杯與人吃的。前次程彪、程虎兄弟來時，洪恭雖然送在庵院安歇，却費了他朝暮兩餐，被那婦人絮聒了好幾日。今番二程又來，洪恭不敢延款了，又乏錢相贈，家中存得幾疋好絹，洪恭要贈與二程。料是細姨不肯，自到房中，取了四疋，揣在懷裏。【眉批】怕婆之害如此。剛出房門，被細姨撞見，攔住道：「老無知，你將這絹往那裏去？」洪恭遮掩不過，只得央道：「程家兄弟，是我好朋友。今日遠來別我還鄉，無物表情。你只當權借這絹與我，休得違拗。」細姨道：「老娘千辛萬苦，織成這絹，不把來白送與人的。你自家有絹，自家做人情，莫要干涉老娘。」洪恭又道：「他好意遠來看我，酒也不留他吃三杯了，這四疋絹怎省得？我的娘，好歹讓我做主這一遭兒，待送他轉身，我自來陪你的禮。」説罷就走。細姨扯住衫袖，道：「你説他遠來，有甚好意？前番白白裏吃了兩頓，今番又做指望。這幾疋絹，老娘自家也不捨得做衣服穿，他有甚親情往來，却要送他？他要絹時，只教他自與老娘取討。」【眉批】極是不賢婦口氣。洪恭見小老婆執意不肯，又怕二程等久，只得發個狠，灑脱袖子，徑奔出茶坊來。惹得細娘喉急，發起話來道：「甚麼没廉耻的光棍，非親非眷，不時到人家蒿惱！各人要達時務便好，我們開茶坊的人家，有甚大出産？常言道：『貼人不富自家窮。』有我們這樣老無知老禽獸，不守本分，慣一招引閒神野鬼，上門鬧炒！看你没飯在鍋裏時節，有那個好朋友，把一斗五升來資助你？」故意走到屏風背後，千禽獸萬禽獸的駡。原來細娘在内争論時，二程一句句都聽得了，心中十分焦燥。又聽得後來駡詈，好没意思，不等洪恭作别，取了包裹便走。洪恭隨後赶來，説道：「小妾因兩日有些反目，故此言語不順，二位休得計較。這粗絹四疋，權折一飯之敬，休嫌微鮮。」程彪、程虎那裏肯受，抵死推辭。洪恭只得取絹自回，細姨見有了絹，方纔住口。正是：

從來陰性吝嗇，一文割捨不得。
剥盡老公面皮，惡斷朋友親戚。

大抵婦人家勤儉惜財，固是美事，也要通乎人情。比如細姨一味慳吝，不存丈夫體面，他自躲在房室之内，做男子的免不得出外，如何做人？爲此恩變爲仇，招非攬禍，往往有之。所以古人説得好，道是：「妻賢夫禍少，子孝父心寬。」

閒話休題。再説程彪、程虎二人，初意來見洪教頭，指望照前款留，他便細訴心腹，再求他薦到個好去處，又作道理。不期反受了一場辱駡，思量没處出氣。所帶汪革回書未投，想起：「書中有别諭候秋凉踐約等話，不知何事？心裏正恨汪革，何不陷他謀叛之情，兩處氣都出了？」【眉批】忒毒了。好計，好計！只一件，這書上原無實證，難以出首，除非如此如此。」二人離了太湖縣，行至江州，在城外覓個旅店，安放行李。

次日，弟兄兩個改換衣裝，到宣撫司衙門前踅了一回。回來吃了早飯，説道：「多時不曾上潯陽樓，今日何不去一看？」兩個鎖上房門，〔三〕帶了些散碎銀兩，徑到潯陽樓來。那樓上游人無數，二人倚欄觀看。忽有人扯着程彪的衣袂，叫道：「程大哥，幾時到此？」程彪回頭看，認得是府内慣緝事的，諢名叫做「張光頭」。程彪慌忙叫兄弟程虎，一齊作揖，説道：「一言難盡。且同坐吃三杯，慢慢的告訴。」當下三人揀副空座頭坐下，分付酒保取酒來飲。張光頭道：「聞知二位在安慶汪家做教師，甚好際遇！」程彪道：「甚麽際遇！幾乎弄出大事來。」便附耳低言道：「汪革久霸一鄉，漸有謀叛之意。從我學弓馬戰陣，莊客數千，都教演精熟了，約大湖洪教頭洪恭，秋凉一同舉事。教我二人糾合忠義軍舊人爲内應，我二人不從，逃走至此。」張光頭道：「有甚證驗？」程虎道：「見有書札托我回復洪恭，我不曾替他投遞。」張光頭道：「書在何處？借來一看。」程彪道：「在下處。」三人飲了一回，還了酒錢。張光頭直跟二程到下處，取書看了道：「這是機密重情，不可泄漏。不才即當稟知宣撫司，二位定有重賞。」説罷，作别去了。

次日，張光頭將此事密密的稟知宣撫使劉光祖。光祖即捕二程兄弟置獄，取其口詞，并汪革復洪恭書札，密地飛報樞密府。樞密府官大驚，商量道：「汪革見在本府候用，何不擒來鞫問？」差人去拿汪革時，汪革已自走了。原來汪革素性輕財好義，樞密府裏的人，一個個和他相好。聞得風聲，預先報與他知道，因此汪革連夜逃回。樞密府官見拿汪革不着，愈加心慌，便上表奏聞天子。天子降詔，責令宣撫使捕汪革、洪恭等。宣撫司移文安慶李太守，轉行太湖、宿松二縣，拿捕反賊。

却説洪恭在太湖縣廣有耳目，聞風先已逃避無獲。只有汪革家私浩大，一時難走。此時宿松縣令正缺，只有縣尉姓何名能，是他權印。奉了郡檄，點起土兵二百餘人，望麻地進發。行未十里，何縣尉在馬上思量道：「聞得汪家父子驍勇，更兼冶户漁户，不下千餘。我這一去可不枉送了性命？」乃與土兵都頭商議，向山谷僻處屯住數日，回來稟知李太守道：「汪革反謀，果是真的。莊上器械精利，整備拒捕。小官寡不敵衆，只得回軍。伏乞鈞旨，别差勇將前去，方可成功。」李公聽信了，便請都監郭擇商議。郭擇道：「汪革武斷一鄉，目無官府，已非一日。若説反叛，其情未的。據稱拒捕，何曾見官兵殺傷？依起愚見，不須動兵，小將不才，情願挺身到彼，觀其動靜。若彼無叛情，要他親到府中分辨。他若不來，剿除未晚。」【眉批】處得是。〔四〕李公道：「都監所言極當，即煩一行。須體察仔細，不可被他瞞過。」郭擇道：「小將理會得。」李公又問道：「將軍此行，帶多少人去？」郭擇道：「只親隨十餘人足矣。」李公道：「下官將一人幫助。」即喚緝捕使臣王立到來。王立朝上唱個喏，立於傍邊。李公指着道：「此人膽力頗壯，將軍同他去時，緩急有用。」原來郭擇與汪革素有交情，此行輕身而往，本要勸諭汪革，周全其事。不期太守差王立同去，「他倚着上官差遣，便要誇才賣智，七嘴八張，連我也不好做事了」。欲待推辭不要他去，又怕太守疑心。只得領諾，怏怏而別。

次早，王立抓扎停當，便去催促郭擇起身。又向郭擇道：「郡中捕賊文書，須要帶去。汪革這廝，來便來，不來時，小人幫着都監一條麻繩扣他頸皮。王法無親，那怕他走上天去！」郭擇早有三分不樂，便道：「文書雖帶在此，一時不可説破，還要相機而行。」王立定要討文書來看，郭擇只得與他看了。王立便要拿起，却是郭擇不肯，自己收過，藏在袖裏。當下郭擇和王立都騎了馬，〔五〕手下跟隨的，不上二十個人，離了郡城，望宿松而進。

却説汪革自臨安回家，已知樞密院行文消息，正不知這場是非從何而起。却也自恃没有反叛實迹，跟脚牢實，放心得下。前番何縣尉領兵來捕，雖不曾到麻地，已自備細知道。這番如何不打探消息？聞知郡中又差郭都監來，帶不滿二十人，只怕是誘敵之計，預戒莊客，大作準備。分付兒子汪世雄，埋伏壯丁伺候。倘若官兵來時，只索抵敵。却説世雄妻張氏，乃太湖縣監賈張四郎之女，平日最有智數。見其夫裝束，問知其情，乃出房對汪革説道：「公公素以豪俠名，積漸爲官府所忌。若其原非反叛，官府亦自知之。爲今之計，不若挺身出辨，得罪猶小，尚可保全家門。倘一有拒捕之名，弄假成真，百口難訴，悔之無及矣。」【眉批】到底莫逃其算。汪革道：「郭都監，吾之故人，來時定有商量。」遂不從張氏之言。

再説郭擇到了麻地，徑至汪革門首，汪革早在門外迎候，説道：「不知都監駕臨荒僻，失於遠接。」郭擇道：「郭某此來，甚非得已，信之必然相諒。」兩個揖讓升廳，分賓坐定，各叙寒溫。郭擇看見兩厢廊莊客往來不絶，明晃晃擺着刀鎗，心下頗懷悚懼。又見王立跟定在身傍，不好細談。汪革開言問道：「此位何人？」郭擇道：「此乃太守相公所遣王觀察也。」汪革起身，重與王立作揖，道：「失瞻，休罪！」便請王立在廳側小閣兒内坐下，差個主管相陪，其餘從人俱在門首空房中安扎。一時間備下三席大酒：郭擇客位一席，汪革主位相陪一席，王立另自一席。餘從滿盤肉，大甕酒，儘他醉飽。飲酒中間，汪革又移席書房中小坐，却細叩郭擇來意。郭擇隱却郡檄内言語，只説道：「太守相公深知信之之被誣，命郭某前來勸諭。信之若藏身不出，便是無絲有綫了；若肯至郡分辨，郭某一力擔當。」汪革道：「且請寬飲，却又理會。」郭擇真心要周全汪革，乘王立不在眼前，正好説話，連次催并汪革决計。汪革見逼得慌，愈加疑惑。此時六月天氣，暑氣蒸人，汪革要郭擇解衣暢飲，郭擇不肯。郭擇連次要起身，汪革也不放。只管斟着大觥相勸，自巳牌至申牌時分，席還不散。郭擇見天色將晚，恐怕他留宿，决意起身，説道：「適郭某所言，出於至誠，并無半字相欺。從與不從，早早裁决，休得兩相擔誤。」汪革帶着半醉，喚郭擇的表字道：「希顔是我故人，敢不吐露心腹。某無辜受謗，不知所由。今即欲入郡參謁，又恐郡守不分皂白，阿附上官，强入人罪。鼠雀貪生，人豈不惜命？【眉批】説得可憐。今有楮券四百，聊奉希顔表意，爲我轉限兩三個月，我當向臨安借貴要之力，與樞密院討個人情。上面先説得停妥，方敢出頭。希顔念吾平日交情，休得推委。」郭擇本不欲受，只恐汪革心疑生變，乃佯笑道：「平昔相知，自當效力，何勞厚賜？暫時領愛，容他日璧還。」却待舒手去接那楮券，誰知王觀察王立站在窗外，聽得汪革將楮券送郭擇，自己却没甚賄賂，帶着九分九釐醉態，不覺大怒，拍窗大叫道：「好都監！樞密院奉聖旨着本郡取謀反犯人，乃受錢轉限，誰人敢擔這干係？」【眉批】可笑王立不知何恃。

原來汪世雄率領壯丁，正伏在壁後。聽得此語，即時躍出，將郭擇一索捆番，駡道：「吾父與你何等交情，如何藏匿聖旨文書，哄騙吾父入郡，〔六〕陷之死地？是何道理？」王立在窗外聽見勢頭不好，早轉身便走。正遇着一條好漢，提着朴刀攔住。那人姓劉名青，綽號「劉千斤」，乃汪革手下第一個心腹家奴，喝道：「賊子那裏走！」王立拔出腰刀厮鬬，奪路向前，早被劉青左臂上砍上一刀。王立負痛而奔，劉青緊步赶上。只聽得莊外喊聲大舉，莊客將從人亂砍，盡皆殺死。王立肩胛上又中了一朴刀，情知逃走不脱，便隨刀仆地，妝做僵死。莊客將撓鈎拖出，和衆死尸一堆兒堆向墻邊。汪革當廳坐下，汪世雄押郭擇，當面搜出袖内文書一卷。汪革看了大怒，喝教斬首。郭擇叩頭求饒道：「此事非關小人，都因何縣尉妄稟拒捕，以致太守發怒。小人奉上官差委，不得已而來。若得何縣尉面對明白，小人雖死不恨。」汪革道：「砍下你這驢頭也罷，省得那狗縣尉没有了證見。」分付權鎖在耳房中。教汪世雄即時往炭山冶坊等處，凡壯丁都要取齊聽令。

却説炭山都是村農，怕事，聞説汪家造反，一個個都向深山中藏躲。只有冶坊中大半是無賴之徒，一呼而集，約有三百餘人。都到莊上，殺牛宰馬，權做賞軍。莊上原有駿馬三匹，日行數百里，價值千金。那馬都有名色，叫做：

惺惺騮，小驄騍，番婆子。

又平日結識得四個好漢，都是膽勇過人的，那四個？

龔四八，董三，董四，錢四二。

其時也都來莊上，開懷飲酒，直吃到四更盡，五更初。衆人都醉飽了，汪革扎縛起來，真像個好漢：

頭總旋風髻，身穿白錦袍。

輸鞋兜脚緊，裹肚繫身牢。

多帶穿楊箭，高檠斬鐵刀。

雄威真罕見，麻地顯英豪。

汪革自騎着番婆子，控馬的用着劉青，又是一個不良善的。怎生模樣？

剛鬚環眼威風凛，八尺長軀一片錦。

千斤鐵臂敢相持，好漢逢他打寒噤。

汪革引着一百人爲前鋒，董三、董四、錢四二共引三百人爲中軍。汪世雄騎着小驄騍，却教龔四八騎着惺惺騮相隨，引一百餘人，押着郭都監爲後隊。分撥已定，連放三個大硫，一齊起身，望宿松進發，要拿何縣尉。正是：

人無害虎心，虎有傷人意。〔七〕

離城約五里之近，天色大明。只見錢四二跑上前，向汪革説道：「要拿一個縣尉，何須驚天動地，只消數人突然而入，縛了他來就是。」汪革道：「此言有理。」就教錢四二押着大隊屯住，單領董三、董四、劉青和二十餘人前行，望見城濠邊一群小兒連臂而歌，歌曰：

二六佳人姓汪，偷個船兒過江。
過江能幾日？一杯熱酒難當。

歌之不已。汪革策馬近前叱之，忽然不見，心下甚疑。

到縣前時，已是早衙時分，只見静悄悄地，絶無動静。汪革却待下馬，只見一個直宿的老門子，從縣裏面唱着哩嗹花兒的走出，被劉青一把拿住，問道：「何縣尉在那裏？」老門子答道：「昨日往東村勾攝公事未回。」汪革就教他引路，徑出東門。【眉批】此時若拿得何縣尉，便是《水滸》勾當矣。約行二十餘里，來到一所大廟，唤做福應侯廟，乃是一邑之香火，本邑奉事甚謹，最有靈應。老門子指道：「每常官府下鄉，只在這廟裏歇宿，可以問之。」汪革下馬入廟，廟祝見人馬雄壯，刀仗鮮明，正不知甚人，唬得屁流屁滚，跪地迎接。汪革問他縣尉消息，廟祝道：「昨晚果然在廟安歇，今日五更起馬，不知去向。」汪革方信老門子是實話，將他放了。就在廟裏打了中火，遣人四下踪迹縣尉，并無的信。

看看捱至申牌時分，汪革心中十分焦燥，教取火來，把這福應侯廟燒做白地，【眉批】與廟神何干？引衆仍回舊路。劉青道：「縣尉雖然不在，却有妻小在官廨中。若取之爲質，何愁縣尉不來？」汪革點頭道：「是。」行至東門，尚未昏黑，只見城門已閉。却是王觀察王立不曾真死，負痛逃命入城，將事情一一禀知巡檢。那巡檢唬得面如土色，一面分付閉了城門，防他囉唣；一面申報郡中，説汪革殺人造反，早早發兵剿捕。

再説汪革見城門閉了，便欲放火攻門。忽然一陣怪風，從城頭上旋將下來，那風好不利害！吹得人毛骨俱悚，驚得那匹番婆子也直立嘶鳴，倒退幾步。汪革在馬上大叫一聲，直跌下地來。正是：

未知性命如何，先見四肢不舉。

劉青見汪革墜馬，慌忙扶起看時，不言不語，好似中惡模樣，不省人事。劉青只得抱上雕鞍，董三、董四左右防護，劉青控馬而行。轉到南門，却好汪世雄引着二三十人，帶着火把接應，合爲一處。又行二里，汪革方纔甦醒，叫道：「怪哉！分明見一神人，身長數丈，頭如車輪，白袍金甲，身坐城堵上，脚垂至地。神兵簇擁，不計其數，旗上明寫『福應侯』三字。那神人舒左脚踢我下馬，想是神道怪我燒毁其廟，所以爲禍也。明早引大隊到來，白日裏攻打，看他如何？」汪世雄道：「父親還不知道，錢四二恐防累及，已有異心，不知與衆人如何商議了，他先洋洋而去。以後衆人陸續走散，三停中已去了二停。父親不如回到家中再作計較。」汪革聽罷，懊恨不已。

行至屯兵之地，見龔四八，所言相同。郭擇還鎖押在彼，汪革一時性起，拔出佩刀，將郭擇劈做兩截。【眉批】可憐郭擇枉死。引衆再回麻地坡來，一路上又跑散了許多人。到莊點點人數，止存六十餘人。汪革嘆道：「吾素有忠義之志，忽爲奸人所陷，無由自明。初意欲擒拿縣尉，究問根由，報仇雪耻。因借府庫之資，招徠豪傑，迭宕江淮，驅除這些貪官污吏，使威名蓋世。然後就朝廷恩撫，爲國家出力，建萬世之功業。今吾志不就，命也。」對龔四八等道：「感衆兄弟相從不捨，吾何忍負累？今罪犯必死，此身已不足惜，衆兄弟何不將我掷去送官，自脱其禍？」龔四八等齊聲道：「哥哥説那裏話！我等平日受你看顧大恩，今日患難之際，生死相依，豈有更變？哥哥休將錢四二一例看待。」汪革道：「然雖如此，這麻地坡是個死路，若官兵一到，没有退步。大抵朝廷之事，虎頭蛇尾，且暫爲逃難之計，倘或天天可憐，不絶盡汪門宗祀，此地還是我子孫故業。不然，我汪革魂魄，亦不復到此矣。」【眉批】可憐。言訖，撲簌簌兩行淚下。汪世雄放聲大哭，龔四八等皆泣下，不能仰視。汪革道：「天明恐有軍馬來到，事不宜遲矣，天荒湖有漁户可依，權且躲避。」乃盡出金珠，將一半付與董三、董四，教他變姓易名，往臨安行都爲賈，布散流言，説何縣尉迫脅汪革，實無反情。只當公道不平，逢人分析。那一半付與龔四八，教他領了三歲的孫子，潛往吴郡藏匿。【眉批】先爲存祀計。「官府只慮我北去通虜，決不疑在近地。事平之後，徑到嚴州遂安縣，尋我哥哥汪師中，必然收留。」乃將三匹名馬分贈三人。龔四八道：「此馬毛色非凡，恐被人識破，不可乘也。」汪革道：「若遺與他人，有損無益。」提起大刀，一刀一匹，三馬盡皆殺死。莊前莊後，放起一把無情火，必必剥剥，燒得烈焰騰天。汪革與龔、董三人，就火光中灑淚分别。世雄妻張氏，見三歲的孩兒去了，大哭一場，自投於火而死。若汪革早聽其言，豈有今日？正是：

良藥苦口，忠言逆耳。
有智婦人，賽過男子。

汪革傷感不已，然無可奈何了。天色將明，分付莊客，不願跟隨的，聽其自便。引了妻兒老少，和劉青等心腹三十餘人，徑投望江縣天荒湖來，取五隻漁船，分載人口，摇向蘆葦深處藏躲。

話分兩頭。卻説安慶李太守見了宿松縣申文，大驚，忙備文書各上司處申報。一面行文各縣，招集民兵剿賊。江淮宣撫使劉光祖將事情裝點大了，奏聞朝廷。旨意倒下樞密院，着本處統帥約會各郡軍馬，合力剿捕，毋致蔓延。劉光祖各郡調兵，到者約有四五千之數。已知汪革燒毁房舍，逃入天荒湖内，又調各處船兵水陸并進。又支會平江一路，用兵邀截，以防走逸。那領兵官無非是都監、提轄、縣尉、巡檢之類，素聞汪革驍勇，黨與甚衆，人有畏怯之心。陸軍只屯住在望江城外，水軍只屯在裏湖港口，搶擄民財，消磨糧餉，那個敢下湖捕賊？住了二十餘日，湖中并無動静。不敢有幾個大膽的乘個小劃船，哨探出去，望見蘆葦中煙火不絶，遠遠的鼓聲敲響。近視，依舊劃轉，又過幾日，煙火也没了，鼓聲也不聞了。水哨禀知軍官，移船出港，篩鑼擂鼓，摇旗呐喊而前，搗入湖中。【眉批】搗，音盪。連打魚的小船都四散躲過，并不見一隻。向蘆葦煙起處搜看時，鬼脚迹也没一個了。但見幾隻破船上堆卻木屑和草根，煨得船板焦黑。淺渚上有兩三面大鼓，鼓上縛着羊，連羊也餓得半死了。原來鼓聲是羊蹄所擊，煙火乃木屑。汪革從湖入江，已順流東去，正不知幾時了。【眉批】汪革儘知兵，儘去得，若朝廷能用之，必大得其力，惜哉，惜哉！軍官懼罪，只得將船追去。行出江口，只見五個漁船，一字兒泊在江邊，船上立着個漢子，有人認得這船是天荒湖内的漁船。攏船去拿那漢子查問時，那漢子噙着眼淚，告訴道：「小人姓樊名速，川中人氏，因到此做些小商販，買賣已畢，與一個鄉親同坐一隻大船，三日前來此江口，撞着這五個漁船。船上許多好漢，自稱汪十二爺，要借我大船安頓人口，將這五個小船相換。我不肯時，腰間拔出雪樣的刀來便要殺害，只得讓與他去了。你看這個小船，怎過得川江？累我重復覓船，好不苦也！」船上兩個軍官商量道：「眼見得換船的汪十二爺，便是汪革了。他人衆已散，只有兩隻大船，容易算計了，且放心赶去。」

行至采石磯邊，見江面上擺列戰艦無數。却是太平郡差出軍官，領水軍把截采石，盤詰行船，恐防反賊汪革走逸。打聽的實，兩處軍官相會。安慶軍官説起汪革在湖中逃走入江，劫了兩隻大客船，裝載家小之事：「料他必從此過。小將跟尋下來，如何不見？」采石軍官聽説，大驚頓足道：「我被這奸賊瞞過了也！【眉批】好軍官。前兩日辰牌時分，果有兩隻大客船，船中滿載家小。其人冠帶來謁，自稱姓王名中一，爲蜀中參軍，任滿赴行都升補。想來『汪』字半邊是『王』字，『革』字下截是『中一』二字，此人正是汪革。今已過去，不知何往矣。」兩處軍官度道，失了汪革正賊，料瞞不過，只得從實申報上司。上司見汪革踪迹神出鬼没，愈加疑慮，請樞密院懸下賞格，畫影圖形，各處張挂。有能擒捕汪革者，給賞一萬貫，官升三級；獲其嫡親家屬一口者，賞三千貫，官升一級。

却説汪革乘着兩隻客船，徑下太湖。過了數日，聞知官府挨捕緊急，料是藏躲不了，將客船鑿沉湖底，將家小寄頓一個打魚人家，多將金帛相贈，約定一年後來取。却教劉青跟隨兒子汪世雄，間道往無爲州漕司出首，説父親原無反情，特爲縣尉何能陷害，見今逃難行都，乞押去追尋，免致興兵調餉。此乃保全家門之計，不可遲滯。世雄被父親所逼，只得去了。漕司看了汪世雄首詞，問了備細，差官鎖押到臨安府，挨獲汪革，一面稟知樞密等院衙門去訖。

却説汪革發脱家小，單單剩得一身，改換衣裝，徑望臨安而走。在城外住了數日，不見兒子世雄消息，想起城北厢官白正，係向年相識，乃夜入北關，叩門求見。白正見是汪革，大驚，便欲走避。汪革扯住説道：「兄長勿疑，某此來束手投罪，非相累也。」白正方纔心穩，開言問道：「官府捕足下甚急，何爲來此？」汪革將冤情告訴了一遍：「如今願借兄長之力，得詣闕自明，死亦無恨。」白正留汪革住了一宿，次早報知樞密府，遂下於大理院獄中。獄官拷問他家屬何在，及同黨之人姓名，汪革道：「妻小都死於火中，只有一子名世雄，一向在外做客，并不知情。莊丁俱是村民，各各逃命去訖，亦不記姓名。」獄官嚴刑拷訊，終不肯説。【眉批】好漢。

却説白正不願領賞，紀功升官，心下十分可憐汪革，一應獄中事體，替他周旋。臨安府聞説反賊汪革投到，把做異事傳播。董三、董四知道了，也來暗地與他使錢。【眉批】要緊着。大理院上官下吏都得了賄賂，〔八〕汪革稍得寬展。遂從獄中上書，〔九〕大略云：

臣汪革，於某年間曾投匭獻策，〔一〇〕願倡率兩淮忠義，爲國家前驅破虜，恢復中原。臣志在報國如此，豈有貳心？不知何人謗臣爲反，又不知所指何事。願得其人與臣面質，使臣心迹明白，雖死猶生矣。

天子見其書，乃詔九江府押送程彪、程虎二人，到行都并下大理鞫問。【眉批】聖王。其時無爲州漕司文書亦到，汪世雄也來了。那會審一日，好不熱鬧。汪革父子相會，一段悲傷，自不必説。看見對頭，却是二程兄弟，出自意外，到吃一驚，方曉得這場是非的來歷。刑官審問時，二程并無他話，只指汪革所寄洪恭之書爲據。汪革辨道：「書中所約秋涼踐約，原欲置買太湖縣湖蕩，并非别情。」刑官道：「洪恭已在逃了，有何對證？」汪世雄道：「聞得洪恭見在宣城居住，只拿他來審，便知端的。」刑官一時不能決，權將四人分頭監候，行文寧國府去了。不一日，本府將洪恭解到。劉青在外面已自買囑解子，先將程彪、程虎根由，備細與洪恭説了。洪恭料得没事，大着膽進院。

遂將寫書推薦二程，約汪革來看湖蕩，及汪家賫發薄了，二人不悦，并贈絹不受之故，始末根由，説了一遍。汪革回書，被程彪、程虎藏匿不付。兩頭懷恨，遂造此謀，誣陷平人，更無别故。堂上官録了口詞，向獄中取出汪家父子、二程兄弟面證。程彪、程虎見洪恭説得的實了，無言可答。汪革又將何縣尉停泊中途，詐稱拒捕，以致上司激怒等因，説了一遍。問官再四推鞫無異，又且得了賄賂，有心要周旋其事。當時判出審單，略云：

審得犯人一名汪革，頗有俠名，原無反狀。始因二程之私怨，妄解書詞；繼因何尉之訛言，遂開兵釁。察其本謀，實非得已。但不合不行告辨，糾合兇徒，擅殺職官郭擇及土兵數人。情雖可原，罪實難宥。念其束手自投，〔二〕顯非抗拒。但行兇非止一人，據革自供當時逃散，不記姓名。而郡縣申文，已有劉青名字。合行文本處訪拿治罪，不可終成漏網。革子世雄，知情與否，亦難懸斷。然觀無爲州首詞與同惡相濟者不侔，似宜準自首例，姑從末減。汪革照律該凌遲處死，仍梟首示衆，决不待時。汪世雄杖脊發配二千里外。程彪、程虎首事妄言，杖脊發配一千里外。俱俟兇黨劉青等到後發遣。洪恭供明釋放。縣尉何能捕賊無才，罷官削籍。【眉批】審詞儘通得。

獄具，覆奏天子，聖旨依擬。劉青一聞這個消息，預先漏與獄中，只勸汪革服毒自盡。汪革排行十二也；【眉批】也是。汪革這一死，正應着宿松城下小兒之歌。他説「二六佳人姓汪」，汪革「偷個船兒過江」，是指劫船之事；「過江能幾日？一杯熱酒難當」，汪革今日將熱酒服毒，果應其言矣。古來説童謡乃天上熒惑星化成小兒，預言禍福。看起來汪革雖不曾成什麽大事，却被官府大驚小怪，起兵調將，騷擾幾處州郡，名動京師，憂及天子，便有童謡預兆，亦非偶然也。

閒話休題。再説汪革死後，大理院官驗過，仍將死尸梟首懸挂國門。劉青先將尸骸藏過，半夜裏偷其頭去藁葬於臨安北門十里之外。次日私對董三説知其處，然後自投大理院，將一應殺人之事，獨自承認，又自訴偷葬主人之情。【眉批】不如是，某事不結。大理院官用刑嚴訊。備諸毒苦，要他招出葬尸處，終不肯言。是夜受苦不過，死於獄中。後人有詩贊云：

從容就獄申王法，慷慨捐生報主恩。
多少朝中食禄者，幾人殉義似劉青？

大理院官見劉青死了，就算個完局。獄中取出汪世雄及程彪、程虎，決斷發配。董三、董四在外，已自使了手脚，買囑了行杖的，汪世雄皮膚也不曾傷損。程彪、程虎

〔八〕「大理院」，法政本作「大尹院」。

〔九〕「從」，法政本作「於」。

〔一〇〕「某年間曾」，法政本作「某年某月」。

〔一一〕「念」，法政本作「思」。

〔一二〕「打倒」，法政本作「抑倒」。

〔一三〕「龔四八」，底本及法政本均作「龔四二」，據前後文改。

〔一四〕「哲宗」，底本及法政本同。按：本卷叙南宋乾道年間事，哲宗爲北宋皇帝，疑原本有誤。

沈青霞酒灌嚴世蕃

小霞相會出師表

第四十卷　沈小霞相會出師表

閒向書齋閲古今，偶逢奇事感人心。
忠臣番受奸臣制，骯髒英雄淚滿襟。
休解綬，慢投簪，從來日月豈常陰？
到頭禍福終須應，天道還分貞與淫。

話説國朝嘉靖年間，聖人在位，風調雨順，國泰民安。只爲用錯了一個奸臣，濁亂了朝政，險些兒不得太平。那奸臣是誰？姓嚴名嵩，號介溪，江西分宜人氏。以柔媚得幸，交通宦官，先意迎合，精勤齋醮，供奉青詞，由此驟致貴顯。爲人外裝曲謹，内實猜刻。讒害了大學士夏言，自己代爲首相，權尊勢重，朝野側目。兒子嚴世蕃，由官生直做到工部侍郎。他爲人更狠，但有些小人之才，博聞强記，能思善算。介溪公最聽他的説話，凡疑難大事，必須與他商量，朝中有「大丞相」、「小丞相」之稱。他父子濟惡，招權納賄，買官鬻爵。官員求富貴者，以重賂獻之，拜他門下做乾兒子，即得超遷顯位。由是不肖之人，奔走如市，科道衙門，皆其心腹牙爪。但有與他作對的，立見奇禍，輕則杖謫，重則殺戮，好不利害！除非不要性命的，纔敢開口說句公道話兒。若不是真正關龍逢、比干，十二分忠君愛國的，寧可誤了朝廷，豈敢得罪宰相？其時有無名子感慨時事，將《神童詩》改成四句，云：

少小休勤學，錢財可立身。
君看嚴宰相，必用有錢人。【眉批】前詩《鳴鳳記》中用之。

又改四句，道是：

天子重權豪，開言惹禍苗。
萬般皆下品，只有奉承高。

只爲嚴嵩父子恃寵貪虐，罪惡如山，引出一個忠臣來，做出一段奇奇怪怪的事迹，留下一段轟轟烈烈的話柄。一時身死，萬古名揚。正是：

家多孝子親安樂，國有忠臣世泰平。

那人姓沈名鍊，别號青霞，浙江紹興人氏。其人有文經武緯之才，濟世安民之志。從幼慕諸葛孔明之爲人，孔明文集上有《前出師表》、《後出師表》，沈鍊平日愛誦之，手自抄録數百遍，室中到處粘壁。每逢酒後，便高聲背誦，念到「鞠躬盡瘁，死而後已」，往往長嘆數聲，大哭而罷。以此爲常，人都叫他是狂生。【眉批】血性所致，非狂也。〔一〕嘉靖戊戌年中了進士，除授知縣之職。他共做了三處知縣，那三處？溧陽、茌平、〔二〕清豐。這三任官做得好，真個是：

吏肅惟遵法，官清不愛錢。
豪强皆斂手，百姓盡安眠。

因他生性伉直，不肯阿奉上官，左遷錦衣衛經歷。一到京師，看見嚴家贓穢狼籍，心中甚怒。忽一日值公宴，見嚴世蕃倨傲之狀，已自九分不像意。飲至中間，只見嚴世蕃狂呼亂叫，旁若無人，索巨觥飛酒，飲不盡者罰之。這巨觥約容酒十餘兩，〔三〕坐客懼世蕃威勢，没人敢不吃。只有一個馬給事，天性絶飲，世蕃固意將巨觥飛到他面前，馬給事再三告免，世蕃不依。馬給事略沾脣，面便發赤，眉頭打結，愁苦不勝。世蕃自去下席，親手揪了他的耳朵，將巨觥灌之。那給事出於無奈，悶着氣，一連幾口吸盡。不吃也罷，纔吃下時，覺得天在下，地在上，墻壁都團團轉動，頭重脚輕，站立不住。世蕃拍手呵呵大笑。沈鍊一肚子不平之氣，忽然揎袖而起，搶那隻巨觥在手，斟得滿滿的，走到世蕃面前説道：「馬司諫承老先生賜酒，已沾醉不能爲禮，下官代他酬老先生一杯。」世蕃愕然，方欲舉手推辭，只見沈鍊聲色俱厲道：「此杯別人吃得，你也吃得。別人怕着你，我沈鍊不怕你！」也揪了世蕃的耳朵灌去。世蕃一飲而盡。沈鍊擲杯於案，一般拍手呵呵大笑。【眉批】快極，快極！灌夫前恭後倨，又不足道矣。彼義氣，此忠義也。唬得衆官員面如土色，一個個低着頭，不敢則聲。世蕃假醉，先辭去了。沈鍊也不送，坐在椅上，嘆道：「咳，『漢賊不兩立』，『漢賊不兩立』。」一連念了七八句，這句書也是《出師表》上的説話，他把嚴家比着曹操父子。衆人只怕世蕃聽見，到替他捏兩把汗。沈鍊全不爲意，又取酒連飲幾杯，盡醉方散。

睡到五更醒來，想道：「嚴世蕃這廝，被我使氣，逼他飲酒，他必然記恨來暗算我。一不做，二不休，有心只是一怪，不如先下手爲强。我想嚴嵩父子之惡，神人怨怒。只因朝廷寵信甚固，我官卑職小，言而無益，欲待覷個機會，方纔下手。如今等不及了，只當做張子房在博浪沙中椎擊秦始皇，雖然擊他不中，也好與衆人做個榜樣。」就枕頭上思想疏稿，想到天明有了，起來焚香盥手，寫就表章。表上備説嚴嵩父子招權納賄，窮兇極惡，欺君誤國十大罪，乞誅之以謝天下。聖旨下道：「沈鍊謗訕大臣，沽名釣譽，着錦衣衛重打一百，發去口外爲民。」嚴世蕃差人分付錦衣衛官校，定要將沈鍊打死。喜得堂上官是個有主意的人，那人姓陸名炳，平時極敬重沈公的讓宅以棲罪人，誰肯，誰肯！等閣下還朝，小人回來，可不穩便。」沈鍊道：「雖承厚愛，豈敢占舍人之宅！此事決不可。」賈石道：「小人雖是村農，頗識好歹。慕閣下忠義之士，想要執鞭墜鐙，尚且不能，今日天幸降臨，權讓這幾間草房與閣下作寓，也表得我小人一點敬賢之心，不須推遜。」話畢，慌忙分付莊客，推個車兒，牽個馬兒，帶個驢兒，一夥子將細軟家私搬去，其餘家常動使家火，都留與沈公日用。沈鍊見他慨爽，甚不過意，願與他結義爲兄弟。【眉批】結義得如此兄弟也不枉。〔四〕賈石道：「小人是一介村農，怎敢僭扳貴宦？」沈鍊道：「大丈夫意氣相許，那有貴賤？」賈石小沈鍊五歲，就拜沈鍊爲兄，沈鍊教兩個兒子拜賈石爲義叔，賈石也喚妻子出來，都相見了，做了一家兒親戚。賈石陪過沈鍊吃飯已畢，便引着妻子到外舅李家去訖。自此沈鍊只在賈石宅子內居住，時人有詩嘆賈舍人借宅之事，詩曰：

傾蓋相逢意氣真，移家借宅表情親。
世間多少親和友，競産爭財愧死人。

却說保安州父老，聞知沈經歷爲上本參嚴閣老貶斥到此，人人敬仰，都來拜望，爭識其面。也有運柴運米相助的，也有携酒肴來請沈公吃的，又有遣子弟拜於門下聽教的。沈鍊每日間與地方人等，講論忠孝大節及古來忠臣義士的故事。說到間心處，〔五〕有時毛髮倒豎，拍案大叫；有時悲歌長嘆，涕淚交流。地方若老若少，無不聳聽歡喜。或時唾駡嚴賊，地方人等齊聲附和，其中若有不開口的，衆人就駡他是不忠不義。一時高興，以後率以爲常。【眉批】禍本。又聞得沈經歷文武全材，都來合他去射箭。沈鍊教把稻草扎成三個偶人，用布包裹，一寫「唐奸相李林甫」，一寫「宋奸相秦檜」，一寫「明奸相嚴嵩」，把那三個偶人做個射鵠。假如要射李林甫的，便高聲駡道：「李賊看箭！」秦賊、嚴賊，都是如此。北方人性直，被沈經歷哄得熱鬧了，全不慮及嚴家知道。自古道：「若要不知，除非莫爲。」【眉批】快心之事莫做，正爲此。世間只有權勢之家，報新聞的極多。早有人將此事報知嚴嵩父子，嚴嵩父子深以爲恨，商議要尋個事頭殺却沈鍊，方免其患。適值宣大總督員缺，嚴閣老分付吏部，教把這缺與他門下乾兒子楊順做去。吏部依言，就將楊侍郎楊順差往宣大總督。楊順往嚴府拜辭，嚴世蕃置酒送行，席間屏人而語，托他要查沈鍊過失。楊順領命，唯唯而去。正是：

合成毒藥惟需酒，鑄就鋼刀待舉手。
可憐忠義沈經歷，還向偶人誇大口。

却説楊順到任不多時，適遇大同韃虜俺答，引衆入寇應州地方，連破了四十餘堡，擄去男婦無算。楊順不敢出兵救援，直待韃虜去後，方纔遣兵調將，爲追襲之計。一般篩鑼擊鼓，揚旗放砲，都是鬼弄，那曾看見半個韃子的影兒？楊順情知失機懼罪，密諭將士，搜獲避兵的平民，將他剳頭斬首，充做韃虜首級，解往兵部報功，那一時不知殺死了多少無辜的百姓。沈鍊聞知其事，心中大怒，寫書一封，教中軍官送與楊順。中軍官曉得沈經歷是個攬禍的太歲，書中不知寫甚麽説話，那裏肯與他送。沈鍊就穿了青衣小帽，在軍門伺候楊順出來，親自投遞。楊順接來看時，書中大略説道：「一人功名事極小，百姓性命事極大。殺平民以冒功，於心何忍？況且遇韃賊止於擄掠，遇我兵反加殺戮，是將帥之惡，更甚於韃虜矣。」書後又附詩一首，詩云：

殺生報主意何如？解道功成萬骨枯。
試聽沙場風雨夜，冤魂相喚覓頭顱。

楊順見書大怒，扯得粉碎。

却説沈鍊又做了一篇祭文，率領門下子弟，備了祭禮，望空祭奠那些冤死之鬼。又作《塞下吟》云：

雲中一片虜烽高，出塞將軍已著勞。
不斬單于誅百姓，可憐冤血染霜刀。

又詩云：

本爲求生來避虜，誰知避虜反戕生。
早知虜首將民假，悔不當時隨虜行。

楊總督標下有個心腹指揮，姓羅名鎧，抄得此詩并祭文，密獻於楊順。楊順看了，愈加怨恨，遂將第一首詩改竄數字，詩曰：

雲中一片虜烽高，出塞將軍枉著勞。
何似借他除佞賊，不須奏請上方刀。

寫就密書，連改詩封固，就差羅鎧送與嚴世蕃。書中説：「沈鍊怨恨相國父子，陰結死士劍客，要乘機報仇。前番韃虜入寇，他吟詩四句，詩中有借虜除佞之語，意在不軌。」

世蕃見書大驚，即請心腹御史路楷商議。路楷曰：「不才若往按彼處，當爲相國了當這件大事。」世蕃大喜，即分付都察院便差路楷巡按宣大。【眉批】視官爵如私物，部院惟其分付，朝廷不復有人矣。〔六〕臨行世蕃治酒款别，説道：「煩寄語楊公，同心恊力，若能除却這心腹之患，當以侯伯世爵相酬，决不失信於二公也。」路楷領諾。不一日，奉了欽差敕命，來到宣府到任，與楊總督相見了。路楷遂將世蕃所托之語，一一對楊順説知。楊順道：「學生爲此事朝思暮想，廢寢忘餐，恨無良策，以置此人於死地。」路楷道：「彼此留心，一來休負了嚴公父子的付托，二來自家富貴的機會，不可挫過。」楊順道：「説得是，倘有可下手處，彼此相報。」當日相别去了。

楊順思想路楷之言，一夜不睡。次早坐堂，只見中軍官報道：「今有蔚州衛拿獲妖賊二名，解到轅門外，伏聽鈞旨。」楊順道：「唤進來。」解官磕了頭，遞上文書，楊順拆開看了，呵呵大笑。這二名妖賊，叫做閻浩、楊胤夔，係妖人蕭芹之黨。原來蕭芹是白蓮教的頭兒，向來出入虜地，慣以燒香惑衆，哄騙虜酋俺答，説自家有奇術，能呪人使人立死，喝城使城立頽。虜酋愚甚，被他哄動，尊爲國師。其黨數百人，自爲一營。俺答幾次入寇，都是蕭芹等爲之向導，中國屢受其害。先前史侍郎做總督時，遣通事重賂虜中頭目脱脱，對他説道：「天朝情願與你通好，將俺家布粟换你家馬，名爲『馬市』，兩下息兵罷戰，各享安樂，此是美事。只怕蕭芹等在内作梗，和好不終。那蕭芹原是中國一個無賴小人，全無術法，只是狡僞，哄誘你家，搶掠地方，他於中取事。郎主若不信，可要蕭芹試其術法。委的喝得城頽，呪得人死，那時合當重用；若呪人人不死，喝城城不頽，顯是欺誑，何不縛送天朝？天朝感郎主之德，必有重賞。『馬市』一成，歲歲享無窮之利，煞强如搶掠的勾當。」脱脱點頭道是，對郎主俺答説了，俺答大喜，約會蕭芹，要將千騎隨之，從右衛而入，試其喝城之技。蕭芹自知必敗，改换服色，連夜脱身逃走，彼居庸關守將盤詰，并其黨喬源、張攀隆等拿住，解到史侍郎處，招稱妖黨甚衆，山陜畿南，處處俱有。一向分頭緝捕，今日閻浩、楊胤夔亦是數内有名妖犯。楊總督看見獲解到來，一者也算他上任一功，二者要借這個題目，牽害沈鍊，如何不喜？當晚就請路御史來後堂商議道：「别個題目擺布沈鍊不了，只有白蓮教通虜一事，聖上所最怒。如今將妖賊閻浩、楊胤夔招中，竄入沈鍊名字，只説浩等平日師事沈鍊，沈鍊因失職怨望，教浩等煽妖作幻，勾虜謀逆。天幸今日被擒，乞賜天誅，以絶後患。先用密禀禀知嚴家，教他叮囑刑部作速覆本。料這番沈鍊之命，必無逃矣。」路楷拍手道：「妙哉，妙哉！」

兩個當時就商量了本稿，約齊了同時發本。嚴嵩先見了本稿及禀帖，便教嚴世蕃傳語刑部。那刑部尚書許論，是個罷軟没用的老兒，聽見嚴府分付，不敢怠慢，連忙覆本，一依楊、路二人之議。聖旨倒下，妖犯着本處巡按御史即時斬決。楊順蔭一子錦衣衛千户，路楷紀功，升遷三級，俟京堂缺推用。

話分兩頭。却説楊順自發本之後，便差人密地裏拿沈鍊下於獄中。慌得徐夫人和沈衮、沈褒没做理會，急尋義叔賈石商議。賈石道：「此必楊、路二賊爲嚴家報仇之意，既然下獄，必然誣陷以重罪。兩位公子及今逃竄遠方，待等嚴家勢敗，方可出頭。若住在此處，楊、路二賊，决不干休。」沈衮道：「未曾看得父親下落，如何好去？」賈石道：「尊大人犯了對頭，决無保全之理。公子以宗祀爲重，豈可拘於小孝，自取滅絶之禍？可勸令堂老夫人，早爲遠害全身之計。尊大人處賈某自當央人看覷，不煩懸念。」二沈便將賈石之言，對徐夫人説知。徐夫人道：「你父親無罪陷獄，何忍棄之而去？賈叔叔雖然相厚，終是個外人。我料楊、路二賊奉承嚴氏，亦不過與你爹爹作對，終不然累及妻子。你若畏罪而逃，父親倘然身死，骸骨無收，萬世罵你做不孝之子，何顔在世爲人乎？」【眉批】亦是正論。説罷，大哭不止。沈衮、沈褒齊聲慟哭。賈石聞知徐夫人不允，嘆惜而去。

過了數日，賈石打聽的實，果然扭入白蓮教之黨，問成死罪。沈鍊在獄中大罵不止。楊順自知理虧，只恐臨時處决，怕他在衆人面前毒罵，不好看相，預先問獄官責取病狀，將沈鍊結果了性命。賈石將此話報與徐夫人知道，母子痛哭，自不必説。又虧賈石多有識熟人情，買出尸首，囑付獄卒，若官府要梟示時，把個假的答應。却瞞着沈衮兄弟，私下備棺盛殮，埋於隙地。事畢，方纔向沈衮説道：「尊大人遺體已得保全，直待事平之後，方好指點與你知道，今猶未可泄漏。」沈衮兄弟感謝不已。賈石又苦口勸他弟兄二人逃走，沈衮道：「極知久占叔叔高居，心上不安。奈家母之意，欲待是非稍定，搬回靈柩，以此遲延不决。」賈石怒道：「我賈某生平，爲人謀而盡忠，今日之言，全是爲你家門户，豈因久占住房，説發你們起身之理？既嫂嫂老夫人之意已定，我亦不敢相强。但我有一小事，即欲遠出，有一年半載不回，你母子自小心安住便了。」覷着壁上貼得有前、後《出師表》各一張，乃是沈鍊親筆楷書，賈石道：「這兩幅字可揭來送我，一路上做個記念。他日相逢，以此爲信。」沈衮就揭下二紙，雙手摺叠，遞與賈石。賈石藏於袖中，流淚而别。原來賈石算定楊、路二賊，設心不善，雖然殺了沈鍊，未肯干休。自己與沈鍊相厚，必然累及，所以預先逃走，在河南地方宗族家權時居住，不在話下。

却説路楷見刑部覆本，有了聖旨，便於獄中取出閻浩、楊胤夔斬訖，〔七〕并要割沈鍊之首，一同梟示。誰知沈鍊真尸已被賈石買去了，官府也那裏辨驗得出，不在話下。

再説楊順看見止於廕子，心中不滿，便向路楷説道：「當初嚴東樓許我事成之日，以侯伯爵相酬，今日失言，不知何故？」路楷沉思半晌，答道：「沈鍊是嚴家緊對頭，今止誅其身，不曾波及其子，斬草不除根，萌芽復發。相國不足我們之意，想在於此。」楊順道：「若如此，何難之有？如今再上個本，説沈錬雖誅，其子亦宜知情，還該坐罪，抄没家私，庶國法可伸，人心知懼。再訪他同射草人的幾個狂徒，并借屋與他住的，一齊拿來治罪，出了嚴家父子之氣，那時却將前言取賞，看他有何推托？」【眉批】好計。路楷道：「此計大妙！事不宜遲，乘他家屬在此，一網而盡，豈不快哉！只怕他兒子知風逃避，却又費力。」楊順道：「高見甚明。」一面寫表申奏朝廷，再寫稟帖到嚴府知會，自述孝順之意；一面預先行牌保安州知州，着用心看守犯屬，勿容逃逸。只等旨意批下，便去行事。詩曰：

破巢完卵從來少，削草除根勢或然。
可惜忠良遭屈死，又將家屬媚當權。

再過數日，聖旨下了，州裏奉着憲牌，差人來拿沈錬家屬，并查平素往來諸人姓名，一一挨拿。只有賈石名字，先經出外，只得將在逃開報。此見賈石見幾之明也。時人有詩贊云：

義氣能如賈石稀，全身遠避更知幾。
任他羅網空中布，争奈仙禽天外飛。

却説楊順見拿到沈衮、沈褒，親自鞫問，要他招承通虜實迹。二沈高聲叫屈，那裏肯招？被楊總督嚴刑拷打，打得體無完膚，沈衮、沈褒熬鍊不過，雙雙死於杖下。可憐少年公子，都入枉死城中。其同時拿到犯人，都坐個同謀之罪，累死者何止數十人。幼子沈袠尚在襁褓，免罪，隨着母徐氏，另徙在雲州極邊，不許在保安居住。

路楷又與楊順商議道：「沈鍊長子沈襄，是紹興有名秀才，他時得地，必然銜恨於我輩。不若一并除之，永絶後患，亦要相國知我用心。」楊順依言，便行文書到浙江，把做欽犯，嚴提沈襄來問罪。又分付心腹經歷金紹，擇取有才幹的差人，齎文前去，囑他中途伺便，便行謀害，就所在地方，討個病狀回繳。事成之日，差人重賞，金紹許他薦本超遷。金紹領了台旨，汲汲而回，着意的選兩名積年幹事的公差，無過是張千、李萬。金紹喚他到私衙，賞了他酒飯，取出私財二十兩相贈。張千、李萬道：「小人安敢無功受賜？」金紹道：「這銀兩不是我送你的，是總督楊爺賞你的，教你齎文到紹興去拿沈襄，一路不要放鬆他。須要如此如此，這般這般，回來還有重賞。若是怠慢，總督老爺衙門不是取笑的，你兩個自去回話。」張千、李萬道：「莫説總督老爺鈞旨，就是老爺分付，小人怎敢有違？」收了銀兩，謝了金經歷。在本府領下公文，疾忙上路，往南進發。

却説沈襄，號小霞，是紹興府學廩膳秀才。他在家久聞得父親以言事獲罪，發去口外爲民，甚是挂懷，欲親到保安州一看。因家中無人主管，行止兩難。忽一日，本府差人到來，不由分説，將沈襄鎖縛，解到府堂。知府教把文書與沈襄看了備細，就將回文和犯人交付原差，囑他一路小心。沈襄此時方知父親及二弟，俱已死於非命，母親又遠徙極邊，放聲大哭。哭出府門，只見一家老小，都在那裏攪做一團的啼哭。原來文書上有「奉旨抄没」的話，本府已差縣尉封鎖了家私，將人口盡皆逐出。沈小霞聽説，真是苦上加苦，哭得咽喉無氣。霎時間親戚都來與小霞話別，明知此去多凶少吉，少不得説幾句勸解的言語。小霞的丈人孟春元，取出一包銀子，送與二位公差，求他路上看顧女婿，公差嫌少不受。孟氏娘子又添上金簪子一對，方纔收了。沈小霞帶着哭，分付孟氏道：「我此去死多生少，你休爲我憂念，只當我已死一般，在爺娘家過活。你是書禮之家，諒無再醮之事，我也放心得下。」指着小妻聞淑女説道：「只這女子年紀幼小，又無處着落，合該教他改嫁。奈我三十無子，他却有兩個半月的身孕，他日倘生得一男，也不絶了沈氏香煙。娘子你看我平日夫妻面上，一發帶他到丈人家去住幾時，等待十月滿足，生下或男或女，那時憑你發遣他去便了。」話聲未絶，只見聞氏淑英説道：「官人説那裏話，你去數千里之外，没個親人朝夕看覷，怎生放下？大娘自到孟家去，奴家情願蓬首垢面，一路伏侍官人前行。一來官人免致寂寞，二來也替大娘分得些憂念。」沈小霞道：「得個親人做伴，我非不欲，但此去多分不幸，累你同死他鄉何益？」聞氏道：「老爺在朝爲官，官人一向在家，誰人不知？便誣陷老爺有些不是的勾當，家鄉隔絶，豈是同謀？妾幫着官人到官申辨，決然罪不至死。就使官人下獄，還留賤妾在外，尚好照管。」孟氏也放丈夫不下，聽得聞氏説得有理，極力攛掇丈夫帶淑女同去。沈小霞平日素愛淑女，有才有智，又見孟氏苦勸，只得依允。

當夜衆人齊到孟春元家，歇了一夜。次早，張千、李萬催趲上路，聞氏換了一身布衣，將青布裹頭，别了孟氏，背着行李，跟着沈小霞便走。那時分别之苦，自不必説。一路行來，聞氏與沈小霞寸步不離，茶湯飯食，都親自搬取。張千、李萬初時還好言好語，過了揚子江，到徐州起旱，料得家鄉已遠，就做出嘴臉來，呼么喝六，漸漸難爲他夫妻兩個來了。聞氏看在眼裏，私對丈夫説道：「看那兩個潑差人，不懷好意，奴家女流之輩，不識路徑，若前途有荒僻曠野的所在，須是用心隄防。」沈小霞雖然點頭，心中還只是半疑不信。

又行了幾日，看見兩個差人，不住的交頭接耳，私下商量説話。又見他包裹中有倭刀一口，其白如霜，忽然心動，害怕起來，對聞氏説道：「你説這潑差人，其心不善，我也覺得有七八分了。明日是濟寧府界上，過了府去，便是太行山、梁山濼。一路荒野，都是響馬出入之所。倘到彼處，他們行兇起來，你也救不得我，我也救不得你，如何是好？」聞氏道：「既然如此，官人有何脱身之計，請自方便。留奴家在此，不怕那兩個潑差人生吞了我。」【眉批】聞氏真了得，又大撇脱，有用之才。沈小霞道：「濟寧府東門内，有個馮主事，丁憂在家。此人最有俠氣，是我父親極相厚的同年，我明日去投奔他，他必然相納。只怕你婦人家，没志量打發這兩個潑差人，累你受苦，於心何安？你若有力量支持他，我去也放膽。不然與你同生同死，也是天命當然，死而無怨。」聞氏道：「官人有路儘走，奴家自會擺布，不勞挂念。」這裏夫妻暗地商量，那張千、李萬辛苦了一日，吃了一肚酒，齁齁的熟睡，全然不覺。

次日早起上路，沈小霞問張千道：「前去濟寧還有多少路？」張千道：「只四十里，半日就到了。」沈小霞道：「濟寧東門内馮主事，是我年伯，他先前在京師時，借過我父親二百兩銀子，有文契在此。他管過北新關，正有銀子在家。我若去取討前欠，他見我是落難之人，必然慨付。取得這項銀兩，一路上盤纏，也得寬裕，免致吃苦。」張千意思有些作難，李萬隨口應承了，向張千耳邊説道：「我看這沈公子，是忠厚之人，況愛妾行李都在此處，料無他故。放他去走一遭，取得銀兩，都是你我二人的造化，有何不可？」張千道：「雖然如此，到飯店安歇行李，我守住小娘子在店上，你緊跟着同去，萬無一失。」

話休絮煩，看看巳牌時分，早到濟寧城外，揀個潔净店兒，安放了行李。沈小霞便道：「那一位同我到東門走遭？〔八〕轉來吃飯未遲。」李萬道：「我同你去，或者他家留酒飯也不見得。」聞氏故意對丈夫道：「常言道：『人面逐高低，世情看冷暖。』馮主事雖然欠下老爺銀兩，見老爺死了，你又在難中，誰肯唾手交還？枉自討個厭賤，不如吃了飯赶路爲上。」沈小霞道：「這裏進城到東門不多路，好歹去走一遭，不折了什麽便宜。」李萬貪了這二百兩銀子，一力攛掇該去。沈小霞分付聞氏道：「耐心坐坐，若轉得快時，便是没想頭了。他若好意留款，必然有些賫發，明日顧個轎兒擡你去。這幾日在牲口上坐，看你好生不慣。」聞氏覷個空，向丈夫丢個眼色，又道：「官人早回，休教奴久待則個。」【眉批】夫婦綢繆，特使不疑。李萬笑道：「去多少時，有許多説話，好不老氣！」聞氏見丈夫去了，故意招李萬轉來囑付道：「若馮家留飯坐得久時，千萬勞你催促一聲。」李萬答應道：「不消分付。」比及李萬下階時，沈小霞已走了一段路了。李萬托着大意，又且濟寧是他慣走的熟路，東門馮主事家，他也認得，全不疑惑。走了幾步，又裹急起來，覷個毛坑上自在方便了，慢慢的望東門而去。

却說沈小霞回頭看時，不見了李萬，做一口氣急急的跑到馮主事家。也是小霞合當有救，正值馮主事獨自在廳，兩人京中，舊時識熟，此時相見，吃了一驚。沈襄也不作揖，扯住馮主事衣袂道：「借一步說話。」馮主事已會意了，便引到書房裏面。沈小霞放聲大哭，馮主事道：「年侄有話快說，休得悲傷，誤其大事。」沈小霞哭訴道：「父親被嚴賊屈陷，已不必說了。兩個舍弟隨任的，都被楊順、路楷殺害，只有小侄在家，又行文本府提去問罪，一家宗祀，眼見滅絶。又兩個差人，心懷不善，只怕他受了楊、路二賊之囑，到前途太行、梁山等處暗算了性命。尋思一計，脱身來投老年伯。老年伯若有計相庇，我亡父在天之靈，必然感激。若老年伯不能遮護小侄，便就此觸階而死，死在老年伯面前，强似死于奸賊之手。」馮主事道：「賢侄不妨。我家卧室之後，有一層複壁，儘可藏身，他人搜檢不到之處。今送你在内權住數日，我自有道理。」沈襄拜謝道：「老年伯便是重生父母。」馮主事親執沈襄之手，引入卧房之後，揭開地板一塊，有個地道。從此鑽下，約走五六十步，便有亮光，有小小廊屋三間，四面皆樓墻圍裹，果是人迹不到之處。每日茶飯，都是馮主事親自送入。他家法極嚴，誰人敢泄漏半個字？正是：

深山堪隱豹，柳密可藏鴉。

不須愁漢吏，自有魯朱家。

且説這一日，李萬上了毛坑，望東門馮家而來。到於門首，問老門公道：「主事老爺在家麽？」老門公道：「在家裏。」又問道：「有個穿白的官人來見你老爺，曾相見否？」老門公道：「正在書房裏吃飯哩。」李萬聽説，一發放心。看看等到未牌，果然廳上走一個穿白的官人出來。李萬急上前看時，不是沈襄。那官人逕自出門去了。李萬等得不耐煩，肚裏又饑，不免問老門公道：「你説老爺留飯的官人，如何只管坐了去，不見出來？」老門公道：「方纔出去的不是？」李萬道：「老爺書房中還有客没有？」老門公道：「這到不知。」李萬道：「方纔那穿白的是甚人？」老門公道：「是老爺的小舅，常常來的。」李萬道：「老爺如今在那裏？」老門公道：「老爺每常飯後，定要睡一覺，此時正好睡哩。」李萬聽得話不投機，心下早有二分慌了，便道：「不瞞大伯説，在下是宣大總督老爺差來的。今有紹興沈公子名唤沈襄，號沈小霞，係欽提人犯。小人提押到於貴府，他説與你老爺有同年叔侄之誼，要來拜望。在下同他到宅，他進宅去了，在下等候多時，不見出來，想必還在書房中。大伯，你還不知道，煩你去催促一聲，教他快快出來，要赶路哩。」〔九〕老門公故意道：「你説的是甚麽説話？我一些不懂。」【眉批】絶好一出耍戲。李萬耐了氣，又細細的説一遍。老門公當面的一啐，罵道：「見鬼！何常有什麼沈公子到來？老爺在喪中，一概不接外客。這門上是我的干紀，出入都是我通禀，你却説這等鬼話！你莫非是白日撞麼？强裝麼公差名色，掏摸東西的。快快請退，休纏你爺的帳！」【眉批】都受馮公分付過來。李萬聽説，愈加着急，便發作起來道：「這沈襄是朝廷要緊的人犯，不是當耍的，請你老爺出來，我自有話説。」老門公道：「老爺正磕睡，没甚事，誰敢去禀？你這獠子，好不達時務！」説罷洋洋的自去了。李萬道：「這個門上老兒好不知事，央他傳一句話甚作難。想沈襄定然在内，我奉軍門鈞帖，不是私事，便闖進去怕怎的？」李萬一時粗莽，直撞入廳來，將照壁拍了又拍，大叫道：「沈公子好走動了。」不見答應，一連叫喚了數聲，只見裏頭走出一個年少的家童，出來問道：「管門的在那裏？放誰在廳上喧嚷？」李萬正要叫住他説話，那家童在照壁後張了張兒，向西邊走去了。李萬道：「莫非書房在那西邊？我且自去看看，怕怎的？」從廳後轉西走去，原來是一帶長廊。李萬看見無人，只顧望前而行。只見屋宇深邃，門户錯雜，頗有婦人走動。李萬不敢縱步，依舊退回廳上，聽得外面亂嚷。李萬到門首看時，却是張千來尋李萬不見，正和門公在那裏鬪口。張千一見了李萬，不由分説，便罵道：「好夥計，只貪圖酒食，不幹正事！巳牌時分進城，如今申牌將盡，還在此閒蕩！不催趲犯人出城去，待怎麼？」【眉批】快意。〔一〇〕李萬道：「呸！那有什麽酒食？連人也不見個影兒！」張千道：「是你同他進城的。」李萬道：「我只登了個東，被鑾子上前了幾步，跟他不上。一直趕到這裏，門上説有個穿白的官人在書房中留飯，我説定是他了。等到如今不見出來，門上人又不肯通報，清水也討不得一杯吃。老哥，煩你在此等候等候，替我到下處醫了肚皮再來。」張千道：「有你這樣不幹事的人！是甚麽樣犯人，却放他獨自行走？就是書房中，少不得也隨他進去。如今知他在裏頭不在裏頭？還虧你放慢綫兒講話。這是你的干紀，不關我事！」説罷便走。李萬赶上扯住道：「人是在裏頭，料没處去。大家在此幫説句話兒，催他出來，也是個道理。你是吃飽的人，如何去得這等要緊？」張千道：「他的小老婆在下處，方纔雖然囑付店主人看守，只是放心不下。這是沈襄穿鼻的索兒，有他在，不怕沈襄不來。」李萬道：「老哥説得是。」當下張千先去了。

李萬忍着肚飢守到晚，并無消息。看看日没黄昏，李萬腹中餓極了，看見間壁有個點心店兒，不免脱下布衫，抵當幾文錢的火燒來吃。去不多時，只聽得扛門聲響，急跑來看，馮家大門已閉上了。李萬道：「我做了一世的公人，不曾受這般嘔氣！主事是多大的官兒，門上直恁作威作勢？也有那沈公子好笑，老婆行李都在下處，既然這裏留宿，信也該寄一個出來。事已如此，只得在房檐下胡亂過一夜，天明等個知事的管家出來，與他説話。」此時十月天氣，雖不甚冷，半夜裏起一陣風，楸楸的下幾點微雨，衣服都沾濕了，好生凄楚。

捱到天明雨止，只見張千又來了。却是聞氏再三再四催逼他來的。張千身邊帶了公文解批，和李萬商議，只等開門，一擁而入，在廳上大驚小怪，高聲發話。老門公攔阻不住，一時間家中大小都聚集來，七嘴八張，好不熱鬧。街上人聽得宅裏閙炒，也聚攏來，圍住大門外閑看。驚動了那有仁有義守孝在家的馮主事，從裏面踱將出來。且説馮主事怎生模樣？

頭帶梔子花匾摺孝頭巾，身穿反摺縫稀眼粗麻衫，腰繫麻繩，足着草履。

衆家人聽得咳嗽響，道一聲：「老爺來了。」都分立在兩邊。主事出廳問道：「爲甚事在此喧嚷？」張千、李萬上前施禮道：「馮爺在上，小的是奉宣大總督爺公文來的，到紹興拿得欽犯沈襄，經由貴府。他説是馮爺的年侄，要來拜望。小的不敢阻攩，容他進見。自昨日上午到宅，至今不見出來，有誤程限，管家們又不肯代稟。伏乞老爺天恩，快些打發上路。」張千便在胸前取出解批和官文呈上，馮主事看了，問道：「那沈襄可是沈經歷沈錬的兒子麼？」李萬道：「正是。」馮主事掩着兩耳，把舌頭一伸，説道：「你這班配軍，好不知利害！那沈襄是朝廷欽犯，尚猶自可；他是嚴相國的仇人，那個敢容納他在家？【眉批】把嚴氏做題目，妙絶，妙絶！他昨日何曾到我家來？你却亂話，官府聞知傳説到嚴府去，我是當得起他怪的？你兩個配軍，自不小心，不知得了多少錢財，買放了要緊人犯，却來圖賴我！」叫家童與他亂打那配軍出去：「把大門閉了，不要惹這閑是非，嚴府知道不是當耍。」馮主事一頭罵，一頭走進宅去了。大小家人，奉了主人之命，推的推，攘的攘，煞時間被衆人擁出大門之外，閉了門，兀自聽得嘈嘈的亂罵。

張千、李萬面面相覷，開了口合不得，伸了舌縮不進。張千埋怨李萬道：「昨日是你一力攛掇，教放他進城，如今你自去尋他。」李萬道：「且不要埋怨，和你去問他老婆，或者曉得他的路數，再來抓尋便了。」張千道：「説得是，他是恩愛的夫妻，昨夜漢子不回，那婆娘暗地流淚，巴巴的獨坐了兩三個更次。他漢子的行藏，老婆豈有不知？」兩個一頭説話，飛奔出城，復到飯店中來。

却説聞氏在店房裏面聽得差人聲音，慌忙移步出來，問道：「我官人如何不來？」張千指李萬道：「你只問他就是。」李萬將昨日往毛厠出恭，走慢了一步，到馮主事家起先如此如此，以後這般這般，備細説了。張千道：「今早空肚皮進城，就吃了一這肚寡氣。你丈夫想是真個不在他家了，必然還有個去處，難道不對小娘子説的？小娘子趁早説來，我們好去抓尋。」説猶未了，只見聞氏噙着眼淚，一雙手扯住兩個公人叫道：「好，好！還我丈夫來！」張千、李萬道：「你丈夫自要去拜什麽年伯，我們好意容他去走走，不知走向那裏去了，連累我們，在此着急，没處抓尋。你到問我要丈夫，難道我們藏過了他？説得好笑！」將衣袂掣開，〔二〕氣忿忿地對虎一般坐下。聞氏到走在外面，攔住出路，雙足頓地，放聲大哭，叫起屈來。老店主聽得，忙來解勸。聞氏道：「公公有所不知，我丈夫三十無子，娶奴爲妾。奴家跟了他二年了，幸有三個多月身孕，我丈夫割捨不下，因此奴家千里相從。一路上寸步不離，昨日爲盤纏缺少，要去見那年伯，是李牌頭同去的。昨晚一夜不回，奴家已自疑心。今早他兩個自回，一定將我丈夫謀害了。你老人家替我做主，還我丈夫便罷休。」老店主道：「小娘子休得急性，那排長與你丈夫前日無怨，往日無仇，着甚來由，要壞他性命？」聞氏哭聲轉哀道：「公公，你不知道，我丈夫是嚴閣老的仇人，他兩個必定受了嚴府的囑托來的，或是他要去嚴府請功。【眉批】妙。公公，你詳情，他千鄉萬里，帶着奴家到此，豈有没半句説話，突然去了？就是他要走時，那同去的李牌頭，怎肯放他？你要奉承嚴府，害了我丈夫不打緊，教奴家孤身婦女，看着何人？公公，這兩個殺人的賊徒，煩公公帶着奴家同他去官府處叫冤。」張千、李萬被這婦人一哭一訴，就要分析幾句，没處插嘴。

老店主聽見聞氏説得有理，也不免有些疑心，到可憐那婦人起來，只得勸道：「依小娘子説便是這般説，你丈夫未曾死也不見得，好歹再等候他一日。」聞氏道：「依公公等候一日不打緊，那兩個殺人的兇身，乘機走脱了，這干係却是誰當？」張千道：「若果然謀害了你丈夫要走脱時，我弟兄兩個又到這裏則甚？」聞氏道：「你欺負我婦人家没張智，又要指望姦騙我。好好的説，我丈夫的尸首在那裏？少不得當官也要還我個明白。」老店官見婦人口嘴利害，再不敢言語。店中閒看的，一時間聚了四五十人，聞説婦人如此苦切，人人惱恨那兩個差人，都道：「小娘子要去叫冤，我們引你到兵備道去。」聞氏向着衆人深深拜福，哭道：「多承列位路見不平，可憐我落難孤身，指引則個！這兩個兇徒，相煩列位，替奴家拿他同去，莫放他走了。」衆人道：「不妨事，在我們身上。」張千、李萬欲向衆人分剖時，未説得一言半字，衆人便道：「兩個排長不消辨得，虚則虚，實則實，若是没有此情，隨着小娘子到官，怕他則甚！」婦人一頭哭，一頭走，衆人擁着張千、李萬，攪做一陣的，都到兵備道前，道裏尚未開門。

那一日正是放告日期，聞氏束了一條白布裙，徑搶進栅門，看見大門上架着那大鼓，鼓架上懸着個搥兒，〔三〕聞氏搶搥在手，向鼓上亂撾，撾得那鼓振天的響。唬得中軍官失了三魂，把門吏喪了七魄，一齊跑來，將繩縛住，喝道：「這婦人好大膽！」聞氏哭到在地，口稱潑天冤枉。只見門内么喝之聲，開了大門，王兵備坐堂，問擊鼓者何人。中軍官將婦人帶進，聞氏且哭且訴，將家門不幸遭變，一家父子三口死於非命，只剩得丈夫沈襄，昨日又被公差中途謀害，有枝有葉的細説了一遍。王兵備喚張千、李萬上來，問其緣故。張千、李萬説一句，婦人就剪一句，婦人説得句句有理，張千、李萬抵搪不過。王兵備思想道：「那嚴府勢大，私謀殺人之事，往往有之，此情難保其無。」便差中軍官押了三人，發去本州勘審。

那知州姓賀，奉了這項公事，不敢怠慢，即時扣了店主人到來，聽四人的口詞。婦人一口咬定二人，謀害他丈夫；李萬招稱爲出恭慢了一步，因而相失；張千、店主人都據實説了一遍。知州委決不下。那婦人又十分哀切，像個真情；張千、李萬又不肯招認。想了一回，將四人閉於空房，打轎去拜馮主事，看他口氣若何。

馮主事見知州來拜，急忙迎接歸廳。茶罷，賀知州提起沈襄之事，纔説得「沈襄」二字，馮主事便掩着雙耳道：「此乃嚴相公仇家，學生雖有年誼，平素實無交情。老公祖休得下問，恐嚴府知道，有累學生。」説罷站起身來道：「老公祖既有公事，不敢留坐了。」賀知州一場没趣，只得作别。在轎上想道：「據馮公如此懼怕嚴府，沈襄必然不在他家，或者被公人所害也不見得；或者去投馮公見拒不納，别走個相識人家去了，亦未可知。」

回到州中，又取出四人來，問聞氏道：「你丈夫除了馮主事，州中還認得有何人？」聞氏道：「此地并無相識。」知州道：「你丈夫是甚麽時候去的？那張千、李萬幾時來回復你的説話？」聞氏道：「丈夫是昨日未吃午飯前就去的，却是李萬同出店門。到申牌時分，張千假説催趲上路，也到城中去了。天晚方回來，張千兀自向小婦人説道：『我李家兄弟跟着你丈夫馮主事家歇了，明日我早去催他出城。』今早張千去了一個早晨，兩人雙雙而回，單不見了丈夫，不是他謀害了是誰？若是我丈夫不在馮家，昨日李萬就該追尋了，張千也該着忙，如何將好言語穩住小婦人？其情可知。一定張千、李萬兩個在路上預先約定，却教李萬乘夜下手。今早張千進城，兩個乘早將尸首埋藏停當，却來回復我小婦人。望青天爺爺明鑑！」賀知州道：「説得是。」張千、李萬正要分辨，知州相公喝道：「你做公差所幹何事？若非用計謀死，必然得財買放，有何理説？」喝教手下將那張、李重責三十，打得皮開肉綻，鮮血迸流，【眉批】又快意。〔三〕張千、李萬只是不招。婦人在旁，只顧哀哀的痛哭，知州相公不忍，便討夾棍將兩個公差夾起。【眉批】大快意。〔一四〕那公差其實不曾謀死，雖然負痛，怎生招得？一連上了兩夾，只是不招。知州相公再要夾時，張、李受苦不過，再三哀求道：「沈襄實未曾死，乞爺爺立個限期，差人押小的捱尋沈襄，還那聞氏便了。」知州也没有定見，只得勉從其言。聞氏且發尼姑庵住下。差四名民壯，鎖押張千、李萬二人，追尋沈襄，五日一比。【眉批】快意。〔一五〕店主釋放寧家。將情具由申詳兵備道，道裏依繳了。

張千、李萬一條鐵鏈鎖着，四名民壯，輪番監押。帶得幾兩盤纏，都被民壯搜去，爲酒食之費，一把倭刀，也當酒吃了。【眉批】快意。〔一六〕那臨清去處又大，茫茫蕩蕩，來千去萬，那裏去尋沈公子？也不過一時脱身之法。聞氏在尼姑庵住下，剛到五日，準準的又到州裏去啼哭，要生要死。州守相公没奈何，只苦得批較差人張千、李萬。一連比了十數限，不知打了多少竹批，打得爬走不動。張千得病身死，單單剩得李萬，【眉批】快意。〔一七〕只得到尼姑庵來拜求聞氏道：「小的情極，不得不説了。其實奉差來時，有經歷金紹，口傳楊總督鈞旨，教我中途害你丈夫，就所在地方，討個結狀回報。我等口雖應承，怎肯行此不仁之事？不知你丈夫何故，忽然逃走，與我們實實無涉。青天在上，若半字虚情，全家禍滅。【眉批】快意。〔一八〕如今官府五日一比，〔一九〕兄弟張千，已自打死，小的又累死，也是冤枉。你丈夫的確未死，小娘子他日夫婦相逢有日。只求小娘子休去州裏啼啼哭哭，寬小的比限，完全狗命，便是陰德。」聞氏道：「據你説不曾謀害我丈夫，也難準信。既然如此説，奴家且不去稟官，容你從容查訪。只是你們自家要上緊用心，休得怠慢。」李萬喏喏連聲而去。有詩爲證：

白金廿兩釀兇謀，誰料中途已失囚。
鎖打禁持熬不得，尼庵苦向婦人求。

官府立限緝獲沈襄，一來爲他是總督衙門的緊犯，二來爲婦人日日哀求，所以上緊嚴比。今日也是那李萬不該命絶，恰好有個機會。却説總督楊順，御史路楷，兩日夜商量，奉承嚴府，指望旦夕封侯拜爵。誰知朝中有個兵科給事中吴時來，風聞楊順横殺平民冒功之事，把他盡情劾奏一本，并劾路楷朋奸助惡。嘉靖爺正當設醮祝釐，見説殺害平民，大傷和氣，龍顔大怒，着錦衣衛扭解來京問罪。嚴嵩見聖怒不測，一時不及救護，到底虧他於中調停，止於削爵爲民。可笑楊順、路楷殺人媚人，至此徒爲人笑，有何益哉？【眉批】快意。〔二〇〕

再説賀知州聽得楊總督去任，已自把這公事看得冷了，又聞氏連次不來哭稟，兩個差人又死了一個，只剩得李萬，又苦苦哀求不已。賀知州分付，打開鐵鏈，與他個廣捕文書，只教他用心緝訪，明是放鬆之意。李萬得了廣捕文書，猶如捧了一道赦書，連連磕了幾個頭，出得府門，一道煙走了。身邊又無盤纏，只得求乞而歸，不在話下。

却説沈小霞在馮主事家複壁之中，住了數月，外邊消息無有不知，都是馮主事打聽將來，説與小霞知道。曉得聞氏在尼姑庵寄居，暗暗歡喜。過了年餘，已知張千、李萬都逃了，這公事漸漸懶散。馮主事特地收拾内書房三間，安放沈襄在内讀書，只不許出外，外人亦無有知者。馮主事三年孝滿，爲有沈公子在家，也不去起復做官。

光陰似箭，一住八年。【眉批】誰肯，誰肯。值嚴嵩一品夫人歐陽氏卒，嚴世蕃不肯扶柩還鄉，唆父親上本留己侍養，却於喪中簇擁姬妾，日夜飲酒作樂。嘉靖爺天性至孝，訪知其事，心中甚是不悦。時有方士藍道行，善扶鸞之術。天子召見，教他請仙，問以輔臣賢否。藍道行奏道：「臣所召乃是上界真仙，正直無阿，萬一箕下判斷有忤聖心，乞恕微臣之罪。」嘉靖爺道：「朕正願聞天心正論，與卿何涉？豈有罪卿之理？」藍道行書符念呪，神箕自動，寫出十六個字來，道是：

高山番草，父子閣老。日月無光，天地顛倒。

嘉靖爺看了，問藍道行道：「卿可解之。」藍道行奏道：「微臣愚昧未解。」【眉批】藍生諷諫投機，古滑稽之流也。嘉靖爺道：「朕知其説。『高山』者，『山』字連『高』，乃是『嵩』

字。『番草』者，『番』字『草』頭，乃是『蕃』字。此指嚴嵩、嚴世蕃父子二人也。朕久聞其專權誤國，今仙機示朕，朕當即爲處分，卿不可泄於外人。」藍道行叩頭，口稱不敢，受賜而出。

從此嘉靖爺漸漸疏了嚴嵩。有御史鄒應龍，看見機會可乘，遂劾奏：「嚴世蕃憑藉父勢，賣官鬻爵，許多惡迹，宜加顯戮。其父嚴嵩溺愛惡子，植黨蔽賢，宜亟賜休退，以清政本。」嘉靖爺見疏大喜，即升應龍爲通政右參議。嚴世蕃下法司，擬成充軍之罪，嚴嵩回籍。未幾，又有江西巡按御史林潤，復奏嚴世蕃不赴軍伍，居家愈加暴横，强占民間田産，畜養奸人，私通倭虜，謀爲不軌。得旨三法司提問，問官勘實覆奏，嚴世蕃即時處斬，抄没家財，嚴嵩發養濟院終老。被害諸臣盡行昭雪。

馮主事得此喜信，慌忙報與沈襄知道，放他出來，到尼姑庵訪問那聞淑女。夫婦相見，抱頭而哭。聞氏離家時，懷孕三月，今在庵中生下一孩子，已十歲了。聞氏親自教他念書，五經皆已成誦，沈襄歡喜無限。馮主事方上京補官，教沈襄同去訟理父冤，聞氏暫迎歸本家園上居住。沈襄從其言。到了北京，馮主事先去拜了通政司鄒參議，將沈鍊父子冤情説了，然後將沈襄訟冤本稿送與他看，鄒應龍一力擔當。次日，沈襄將奏本往通政司挂號投遞。聖旨下，沈鍊忠而獲罪，〔三〕准復原官，仍進一級，以旌其直。妻子召還原籍。所没入財産，府縣官照數給還。沈襄食廩年久準貢，諒授知縣之職。〔三〕沈襄復上疏謝恩，疏中奏道：「臣父鍊向在保安，因目擊宣大總督楊順，殺戮平民冒功，吟詩感嘆，適值御史路楷，陰受嚴世蕃之囑，巡按宣大，與楊順合謀，陷臣父於極刑，并殺臣弟二人，臣亦幾於不免。冤尸未葬，危宗幾絶，受禍之慘，莫如臣家。今嚴世蕃正法，而楊順、路楷安然保首領於鄉，使邊廷萬家之怨骨，銜恨無伸；臣家三命之冤魂，含悲莫控。恐非所以肅刑典而慰人心也。」聖旨准奏，復提楊順、路楷到京，問成死罪，監刑部牢中待決。

沈襄來別馮主事，要親到雲州，迎接母親和兄弟沈袠到京，依傍馮主事寓所相近居住，然後往保安州訪求父親骸骨，負歸埋葬。馮主事道：「老年嫂處適纔已打聽個消息，在雲州康健無恙。令弟沈袠，已在彼游庠了。下官當遣人迎之。尊公遺體要緊，賢侄速往訪問，到此相會令堂可也。」沈襄領命，徑往保安。一連尋訪兩日，并無踪迹。第三日，因倦借坐人家門首，有老者從内而出，延進草堂吃茶。見堂中挂一軸子，乃楷書諸葛孔明兩次《出師表》也。表後但寫年月，不着姓名。沈小霞看了又看，目不轉睛。老者道：「客官爲何看之？」沈襄道：「動問老丈，此字是何人所書？」老者道：「此乃吾亡友沈青霞之筆也。」沈小霞道：「爲何留在老丈處？」老者道：「老夫姓賈名石，當初沈青霞編管此地，就在舍下作寓。老夫與他八拜之交，最相契厚。不料後遭奇禍，老夫懼怕連累，也往河南逃避。帶得這二幅《出師表》，裱成一幅，時常展視，如見吾兄之面。楊總督去任後，老夫方敢還鄉。嫂嫂徐夫人和幼子沈衮，徙居雲州，老夫時常去看他。近日聞得嚴家勢敗，吾兄必當昭雪，已曾遣人去雲州報信。恐沈小官人要來移取父親靈柩，老夫將此軸懸挂在中堂，好教他認認父親遺筆。」沈小霞聽罷，連忙拜倒在地，口稱「恩叔」。賈石慌忙扶起道：「足下果是何人？」沈小霞道：「小侄沈襄，此軸乃亡父之筆也。」賈石道：「聞得楊順這廝，差人到貴府來提賢侄，要行一網打盡之計。老夫只道也遭其毒手，不知賢侄何以得全？」沈小霞將臨清事情，備細説了一遍，賈石口稱難得，便分付家童治飯款待。沈小霞問道：「父親靈柩，恩叔必知，乞煩指引一拜。」賈石道：「你父親屈死獄中，是老夫偷尸埋葬，一向不敢對人説知。今日賢侄來此搬回故土，也不枉老夫一片用心。」

説罷，剛欲出門，只見外面一位小官人騎馬而來。賈石指道：「遇巧，遇巧！恰好令弟來也。」那小官便是沈衮。下馬相見，賈石指沈小霞道：「此位乃大令兄諱襄的便是。」此日弟兄方纔識面，恍如夢中相會，抱頭而哭。賈石領路，三人同到沈青霞墓所，但見亂草迷離，土堆隱起。賈石引二沈拜了，二沈俱哭倒在地。賈石勸了一回道：「正要商議大事，休得過傷。」二沈方纔收淚。賈石道：「二哥、三哥，當時死於非命，也虧了獄卒毛公存仁義之心，可憐他無辜被害，將他尸藁葬於城西三里之外。毛公雖然已故，老夫亦知其處，若扶令先尊靈柩回去，一起帶回，使他父子魂魄相依，二位意下何如？」二沈道：「恩叔所言，正合愚弟兄之意。」當日又同賈石到城西看了，不勝悲感。次日，另備棺木，擇吉破土，重新殯殮。三人面色如生，毫不朽敗，此乃忠義之氣所致也。二沈悲哭自不必説。當時備下車仗，擡了三個靈柩，別了賈石起身。臨別，沈襄對賈石道：「這一軸《出師表》，小侄欲問恩叔取去，供養祠堂，幸勿見拒。」賈石慨然許了，取下挂軸相贈。二沈就草堂拜謝，垂淚而別。沈襄先奉靈柩到張家灣，覓船裝載。

沈襄復身又到北京，見了母親徐夫人，回復了説話，拜謝了馮主事起身。此時京中官員，無不追念沈青霞忠義，憐小霞母子扶柩遠歸，也有送勘合的，也有贈賻金的，也有饋贐儀的。沈小霞只受勘合一張，餘俱不受。到了張家灣，另換了官座船，驛遞起人夫一百名牽纜，走得好不快。不一日，來到臨清，沈襄分付座船，暫泊河下，單身入城，到馮主事家投了主事平安書信，園上領了聞氏淑女并十歲兒子下船。先參了靈柩，後見了徐夫人。那徐氏見了孫兒如此長大，喜不可言。當初只道滅門絶户，如今依舊有子有孫；昔日冤家，皆惡死見報。天理昭然，可見做惡人的到的吃虧，做好人的到底便宜。

閒話休題。到了浙江紹興府，孟春元領了女兒孟氏，在二十里外迎接。一家骨肉重逢，悲喜交集。將喪船停泊馬頭，府縣官員都在吊孝。舊時家産，已自清查給還。二沈扶柩葬于祖塋，重守三年之制，無人不稱大孝。撫按又替沈鍊建造表忠祠堂，春秋祭祀。【眉批】此撫按比楊、路何如？〔三〕親筆《出師表》一軸，至今供奉在祠堂之中。

服滿之日，沈襄到京受職，做了知縣。爲官清正，直升到黄堂知府。聞氏所生之子，少年登科，與叔叔沈袞同年進士。子孫世世書香不絶。馮主事爲救沈襄一事，京中重其義氣，累官至吏部尚書。忽一日，夢見沈青霞來拜，説道：「上帝憐某忠直，已授北京城隍之職。屈年兄爲南京城隍，明日午時上任。」馮主事覺來甚以爲疑，至日午，忽見轎馬來迎，無疾而逝。二公俱已爲神矣。有詩爲證，詩曰：

生前忠義骨猶香，精魄爲神萬古揚。
料得奸魂沉地獄，皇天果報自昭彰。

【校記】

〔一〕本條眉批，法政本無。

〔二〕「荏平」，法政本作「茌平」，《奇觀》同底本。

〔三〕「十餘兩」，法政本作「斗餘兩」，《奇觀》同底本。

〔四〕「兄弟」，底本及法政本均作「兄氣」，據《奇觀》改。

〔五〕「間心」，法政本作「關心」，《奇觀》同底本。

〔六〕「部院」，底本作「部阮」，法政本作「即阮」，據《奇觀》改。

〔七〕「楊胤夔」，底本及法政本均作「張胤夔」，據前後文改。

〔八〕「那一位」，法政本作「你二位」，《奇觀》同底本。「東門」，底本及法政本均作「南門」，據前後文改，《奇觀》同底本。

〔九〕「要赶路哩」，法政本作「要赶路走」，《奇觀》同底本。

〔一〇〕本條眉批底本無，據法政本補。

〔一一〕「掣開」，底本及法政本均作「製開」，據《奇觀》改。

〔一二〕「鼓架上」，底本作「鼓架着」，據法政本改，《奇觀》同法政本。

〔一三〕本條眉批底本無，據法政本補。

〔一四〕本條眉批底本無，據法政本補。

〔一五〕本條眉批底本無，據法政本補。

〔一六〕本條眉批底本無，據法政本補。

〔一七〕本條眉批底本無，據法政本補。

〔一八〕本條眉批底本無，據法政本補。

〔一九〕「五日一比」，底本作「五日一批」，據法政本改，《奇觀》同法政本。

〔二〇〕本條眉批底本無，據法政本補。

〔二一〕「沈鍊」，底本及法政本均作「沈裹」，據《奇觀》改。

〔二二〕「諒授」，底本及法政本同，《奇觀》亦同。疑爲「誥授」之誤，待考。

〔二三〕本條眉批，法政本無。

龔自珍全集	[清]龔自珍著	王佩諍校點
龔自珍詩集編年校注	[清]龔自珍著	劉逸生、周錫䪖校注
水雲樓詩詞箋注	[清]蔣春霖著	劉勇剛箋注
人境廬詩草箋注	[清]黄遵憲著	錢仲聯箋注
嶺雲海日樓詩鈔	[清]丘逢甲著	丘鑄昌標點

龔鼎孳詞校注	[清]龔鼎孳著　孫克强、鄧妙慈校注
吴嘉紀詩箋校	[清]吴嘉紀著　楊積慶箋校
陳維崧集	[清]陳維崧著　陳振鵬標點　李學穎校補
屈大均詩詞編年校箋	[清]屈大均著　陳永正等校箋
屈大均詞箋注	[清]屈大均著　陳永正箋注
秋笳集	[清]吴兆騫撰　麻守中校點
漁洋精華録集釋	[清]王士禛著　李毓芙、牟通、李茂肅整理
聊齋志異會校會注會評本	[清]蒲松齡著　張友鶴輯校
敬業堂詩集	[清]查慎行著　周劭標點
納蘭詞箋注	[清]納蘭性德著　張草紉箋注
方苞集	[清]方苞著　劉季高校點
樊榭山房集	[清]厲鶚著　[清]董兆熊注　陳九思標校
劉大櫆集	[清]劉大櫆著　吴孟復標點
儒林外史彙校彙評(增訂版)	[清]吴敬梓著　李漢秋輯校
小倉山房詩文集	[清]袁枚著　周本淳標校
忠雅堂集校箋	[清]蔣士銓著　邵海清校　李夢生箋
甌北集	[清]趙翼著　李學穎、曹光甫校點
惜抱軒詩文集	[清]姚鼐著　劉季高標校
兩當軒集	[清]黄景仁著　李國章校點
惲敬集	[清]惲敬著　萬陸、謝珊珊、林振岳標校　林振岳集評
茗柯文编	[清]張惠言著　黄立新校點
瓶水齋詩集	[清]舒位著　曹光甫點校

白蘇齋類集	[明]袁宗道著　錢伯城校點
袁宏道集箋校	[明]袁宏道著　錢伯城箋校
珂雪齋集	[明]袁中道著　錢伯城點校
喻世明言會校本	[明]馮夢龍編著　李金泉點校
警世通言會校本	[明]馮夢龍編著　李金泉點校
醒世恒言會校本	[明]馮夢龍編著　李金泉點校
隱秀軒集	[明]鍾惺著　李先耕、崔重慶標校
譚元春集	[明]譚元春著　陳杏珍標校
張岱詩文集(增訂本)	[明]張岱著　夏咸淳輯校
陳子龍詩集	[明]陳子龍著　施蟄存、馬祖熙標校
夏完淳集箋校(修訂本)	[明]夏完淳著　白堅箋校
牧齋初學集	[清]錢謙益著　[清]錢曾箋注　錢仲聯標校
牧齋有學集	[清]錢謙益著　[清]錢曾箋注　錢仲聯標校
牧齋雜著	[清]錢謙益著　[清]錢曾箋注　錢仲聯標校
牧齋初學集詩注彙校	[清]錢謙益著　[清]錢曾箋注　卿朝暉輯校
李玉戲曲集	[清]李玉著　陳古虞、陳多、馬聖貴點校
吴梅村全集	[清]吴偉業著　李學穎集評標校
歸莊集	[清]歸莊著
顧亭林詩集彙注	[清]顧炎武著　王蘧常輯注　吴丕績標校
安雅堂全集	[清]宋琬著　馬祖熙標校

放翁詞編年箋注(增訂本)　[宋]陸游著　夏承燾、吴熊和箋注
陶然訂補

渭南文集箋校　[宋]陸游著　朱迎平箋校

范石湖集　[宋]范成大撰　富壽蓀標校

范成大集校箋　[宋]范成大撰　吴企明校箋

于湖居士文集　[宋]張孝祥著　徐鵬校點

稼軒詞編年箋注(定本)　[宋]辛棄疾撰　鄧廣銘箋注

辛棄疾詞校箋　[宋]辛棄疾著　吴企明校箋

姜白石詞編年箋校　[宋]姜夔著　夏承燾箋校

後村詞箋注　[宋]劉克莊著　錢仲聯箋注

劉辰翁詞校注　[宋]劉辰翁著　吴企明校注

瀛奎律髓彙評　[元]方回選評　李慶甲集評校點

雁門集　[元]薩都拉著
殷孟倫、朱廣祁校點

揭傒斯全集　[元]揭傒斯著　李夢生標校

高青丘集　[明]高啓著　[清]金檀注
徐澄宇、沈北宗校點

唐寅集　[明]唐寅著　周道振、張月尊輯校

文徵明集(增訂本)　[明]文徵明著　周道振輯校

震川先生集　[明]歸有光著　周本淳校點

海浮山堂詞稿　[明]馮惟敏著
凌景埏、謝伯陽標校

滄溟先生集　[明]李攀龍著　包敬第標校

梁辰魚集　[明]梁辰魚著　吴書蔭編集校點

沈璟集　[明]沈璟著　徐朔方輯校

湯顯祖詩文集　[明]湯顯祖著　徐朔方箋校

湯顯祖戲曲集　[明]湯顯祖著　錢南揚校點

歐陽修詞校注	[宋]歐陽修著　胡可先、徐邁校注
蘇舜欽集	[宋]蘇舜欽著　沈文倬校點
嘉祐集箋注	[宋]蘇洵著　曾棗莊、金成禮箋注
王荆文公詩箋注(修訂版)	[宋]王安石著　[宋]李壁箋注 高克勤點校
王令集	[宋]王令著　沈文倬校點
蘇軾詩集合注	[宋]蘇軾著　[清]馮應榴注 黄任軻、朱懷春校點
東坡樂府箋	[宋]蘇軾著　[清]朱孝臧編年 龍榆生校箋
東坡詞傅幹注校證	[宋]蘇軾著　[宋]傅幹注 劉尚榮校證
欒城集	[宋]蘇轍著　曾棗莊、馬德富校點
山谷詩集注	[宋]黄庭堅著　[宋]任淵、史容、 史季温注　黄寶華點校
山谷詩注續補	[宋]黄庭堅著　陳永正、何澤棠注
山谷詞校注	[宋]黄庭堅著　馬興榮、祝振玉校注
淮海集箋注(修訂本)	[宋]秦觀撰　徐培均箋注
淮海居士長短句箋注	[宋]秦觀著　徐培均箋注
清真集箋注	[宋]周邦彦著　羅忼烈箋注
石門文字禪校注	[宋]釋惠洪撰　周裕鍇校注
石林詞箋注	[宋]葉夢得著　蔣哲倫箋注
樵歌校注	[宋]朱敦儒著　鄧子勉校注
李清照集箋注(修訂本)	[宋]李清照著　徐培均箋注
吕本中詩集箋注	[宋]吕本中著　祝尚書箋注
陳與義集校箋	[宋]陳與義著　白敦仁校箋
蘆川詞箋注	[宋]張元幹著　曹濟平箋注
劍南詩稿校注	[宋]陸游著　錢仲聯校注

韓昌黎文集校注	［唐］韓愈著　馬其昶校注 馬茂元整理
劉禹錫集箋證	［唐］劉禹錫著　瞿蜕園箋證
白居易集箋校	［唐］白居易著　朱金城箋校
柳宗元詩箋釋	［唐］柳宗元著　王國安箋釋
柳河東集	［唐］柳宗元著　［宋］廖瑩中輯注
元稹集校注	［唐］元稹著　周相録校注
長江集新校	［唐］賈島著　李嘉言新校
張祜詩集校注	［唐］張祜著　尹占華校注
三家評注李長吉歌詩	［唐］李賀著　［清］王琦等評注 蔣凡校點
樊川文集	［唐］杜牧著　陳允吉校點
樊川詩集注	［唐］杜牧著　［清］馮集梧注
温飛卿詩集箋注	［唐］温庭筠著　［清］曾益等箋注
玉谿生詩集箋注	［唐］李商隱著　［清］馮浩箋注 蔣凡校點
樊南文集	［唐］李商隱著　［清］馮浩詳注 錢振倫、錢振常箋注
皮子文藪	［唐］皮日休著　蕭滌非、鄭慶篤整理
鄭谷詩集箋注	［唐］鄭谷著 嚴壽澂、黄明、趙昌平箋注
韋莊集箋注	［五代］韋莊著　聶安福箋注
李璟李煜詞校注	［南唐］李璟、李煜著　詹安泰校注
張先集編年校注	［宋］張先著　吴熊和、沈松勤校注
二晏詞箋注	［宋］晏殊、晏幾道著　張草紉箋注
樂章集校箋	［宋］柳永著　陶然、姚逸超校箋
梅堯臣集編年校注	［宋］梅堯臣著　朱東潤編年校注
歐陽修詩文集校箋	［宋］歐陽修著　洪本健校箋

蕭繹集校注	[南朝梁]蕭繹著　陳志平、熊清元校注
玉臺新咏彙校	吴冠文、談蓓芳、章培恒彙校
王績集會校	[唐]王績著　韓理洲校點
王梵志詩校注(增訂本)	[唐]王梵志著　項楚校注
盧照鄰集箋注	[唐]盧照鄰著　祝尚書箋注
駱臨海集箋注	[唐]駱賓王著　[清]陳熙晉箋注
王子安集注	[唐]王勃著　[清]蔣清翊注
陳子昂集(修訂本)	[唐]陳子昂撰　徐鵬校點
孟浩然詩集箋注(增訂本)	[唐]孟浩然著　佟培基箋注
王右丞集箋注	[唐]王維著　[清]趙殿成箋注
李白集校注	[唐]李白著　瞿蜕園、朱金城校注
高適集校注(修訂本)	[唐]高適著　孫欽善校注
杜詩趙次公先後解輯校	[唐]杜甫著　[宋]趙次公注　林繼中輯校
新刊校定集注杜詩	[唐]杜甫著　[宋]郭知達輯注　聶巧平點校
新定杜工部草堂詩箋斠證	[唐]杜甫著　[宋]魯訔編　[宋]蔡夢弼會箋　曾祥波新定斠證
杜詩鏡銓	[唐]杜甫著　[清]楊倫箋注
錢注杜詩	[唐]杜甫著　[清]錢謙益箋注
杜甫集校注	[唐]杜甫著　謝思煒校注
岑參集校注	[唐]岑參著　陳鐵民、侯忠義校注
戴叔倫詩集校注	[唐]戴叔倫著　蔣寅校注
韋應物集校注(增訂本)	[唐]韋應物著　陶敏、王友勝校注
權德輿詩文集	[唐]權德輿撰　郭廣偉校點
王建詩集校注	[唐]王建著　尹占華校注
韓昌黎詩繫年集釋	[唐]韓愈著　錢仲聯集釋

《中國古典文學叢書》已出書目

詩經今注	高亨注
楚辭集注	[宋]朱熹撰　黄靈庚點校
楚辭今注	湯炳正、李大明、李誠、熊良智注
司馬相如集校注	[漢]司馬相如著　金國永校注
揚雄集校注	[漢]揚雄著　張震澤校注
張衡詩文集校注	[漢]張衡著　張震澤校注
阮籍集	[魏]阮籍著　李志鈞等校點
陸機集校箋	[晉]陸機著　楊明校箋
陶淵明集校箋(修訂本)	[晉]陶潛著　龔斌校箋
世説新語箋疏(修訂本)	[南朝宋]劉義慶撰　余嘉錫箋疏　周祖謨等整理
世説新語校釋(增訂本)	[南朝宋]劉義慶撰　[南朝梁]劉孝標注　龔斌校釋
鮑參軍集注	[南朝宋]鮑照著　錢仲聯增補集説校
謝宣城集校注	[南朝齊]謝朓著　曹融南校注集説
江文通集校注	[南朝梁]江淹著　丁福林、楊勝朋校注
文心雕龍義證	[南朝梁]劉勰著　詹鍈義證
詩品集注(增訂本)	[梁]鍾嶸著　曹旭集注
文選	[梁]蕭統編　[唐]李善注